독일어 시간 1

Deutschstunde

세계문학전집 40

독일어 시간 1

Deutschstunde

지그프리트 렌츠

정서웅 옮김

민음사

일러두기
1 본문의 모든 주석은 옮긴이 주이다.

차례

2권 차례

독일어 시간 1

1

글짓기 벌

그들은 벌로 내게 글짓기를 시켰다. 요스비히 자신이 나를 독방으로 데리고 와서는 창문의 쇠창살에 이상이 없나 두드려보았고, 짚으로 만든 침대 시트를 주물러보았다. 그다음, 친애하는 우리의 간수님께서는 내 철제 사물함과 거울 뒤편의 은닉처까지 샅샅이 조사했다. 입을 꾹 다물고, 자존심이 잔뜩 상하기라도 한 사람처럼, 그는 계속해서 책상과, 칼자국이 요란한 앉은뱅이 의자를 검사했고, 세면대에 비상한 관심을 쏟았으며, 심지어는 자못 의심쩍다는 듯 창틀을 몇 차례 두드려보기까지 했다. 냉정한 표정으로 난로를 뒤져본 뒤, 나에게 다가와 어깨부터 무릎까지 천천히 더듬어 내려가면서 혹 주머니 속에 무슨 위험한 물건이라도 넣고 있지 않은가 확인했다. 그것이 끝나자 그는 투덜거리면서 책상 위에 공책, 다시 말해 나의 작문 공책——회색빛 표지에 '지기 예프젠의 국어 작문집'이라고 쓰여 있다——을 올려놓고는 인사도 없이, 자신의 친절이 손상되기라도 한 듯 실망에 차서 문 쪽으로 갔다. 확실히, 우리가 간혹 벌을 받게 될 때마다 우리의 친애하는 간수님, 요스비히가 벌 받는 우리보다 더 민감하게, 더 오래도록, 그리고 벌의 효력이 실감나도록 괴로워하는 것이다.

말은 하지 않았지만, 자물쇠를 채우는 행동으로 그는 나를 얼마나 걱정하고 있는가 하는 자신의 마음을 보여주었다. 즉 마지못해 하는 짓이라는 듯이 열쇠를 자물쇠 속에 아무렇게나 쑤셔 넣었다. 그러고는 열쇠를 돌리지 않고 망설였다. 열린 자물쇠 앞에서 고민하던 그는, 이내 자기 자신을 꾸짖기라도 하듯 거칠게 열쇠를 두 번 회전시켜 이 망설이던 일을 끝내버렸다. 이렇게 해서 사람 좋고 소심한 친구 칼 요스비히가 글짓기의 벌을 수행하도록 나를 이 독방 속에 감금한 것이다.

거의 하루를 꼬박 앉아 있었건만, 나는 시작조차 할 수 없었다. 창밖으로 눈을 보낸다면, 내 흐릿한 망막에 엘베강이 흐르는 모습이 나타나겠지. 눈을 감으니 강물 소리가 끊임없이 귓전에 와 닿았다. 푸르스름하고 희끄무레한 성엣장들로 잔뜩 덮인 엘베강. 그 위로 뱃머리를 견고하게 무장한 예인선(曳引船)들이 빙판을 재단하고 다닐 것이며, 강물은 얼음 조각들을 해안 위로, 때로는 메마른 갈대숲까지 밀어 올려선 그곳에 방치해 버리고 있으리라. 그러나 나는 슈타데 근처에서 모이기로 약속했음직한 까마귀 떼에 시선을 보냈다. 이들은 베델을 떠나 핑켄베르더와 하얀외퍼 사구(砂丘)를 지나 뿔뿔이 날아와서는, 우리의 섬에 모여 비로소 떼를 이룬다. 그런 다음, 함께 날아올라 각을 이루어 대오를 정비하면서, 때마침 불어오는 순풍의 도움을 받으며 슈타데 방면으로 날아간다. 섬의 해안에는 마른 서리를 쓰고 유리처럼 매끄러운 버드나무 숲과 하얀 그물식 철망과 경고판 그리고 작업장들의 모습이 보인다. 그리고 단단히 얼어붙은 야채밭들. 그것을 우리는 봄에 간수들이 지켜보는 가운데 일구어놓았었지. 이 모든 것들, 게다가 밀크잔처럼 뿌연 모습을 하고 긴 쐐기 모양의 그림자를 만들어주는 태양까지도 나의 주의를 빼앗아 가는 판이었다. 그런 속에서도 작문을 막 시작하리라 싶었을 때, 이번엔 정박용 평저선(平底船)으로 눈길이 갔다. 사슬에 매인 이 노후선 옆에는 함부르크로부터 달려온 커다란 보트 한 척이 황동색으로 번쩍이면서 매여 있었다. 우리들 표현으로, 일주일이 멀다 하고 200명 가깝게 떼를 지어 상륙하는 이 심리학도님네들은 바로 우리처럼 교화하기 힘든 소년범들에게 병적이다 싶게 관심을 많이 갖고 있었다. 나는 이들이 구불구불한 해안길을 따라 올라와 푸른색의 본부 건물로 안내되는 모습을 지켜보았다. 이들은 필경 그곳에서 의례적인 인사와 함께 주의 사항이나 눈에 띄지 않는 기술적인 조사 방법 등에 대한 훈시를 듣게 되겠지. 그러곤 참을 수 없다는 듯 밖으로 쏟아져 나와, 얼핏 보기엔 별 할 일도 없는 양 우리의 섬을 돌아다니며 우리의 친구들에게로 접근해 가는 것이다. 예컨대 펠레 카스트너나 에디 질루스 그리고 성깔 있는 쿠르트헨 니켈 등에게로. 이들이 우리에게 특히 관심을 갖는 까닭은 아마도, 이 섬에서 교화

받고 출소한 자의 거의 80퍼센트 정도가 다시는 범죄를 저지르지 않는다는 교도소 당국의 공언 때문이었으리라. 만일 요스비히가 나를 글을 짓도록 골방에 집어넣지만 않았던들, 이들은 틀림없이 내 꽁무니를 쫓아다니며 나의 이력에 학문의 점화경(點火鏡)을 들이대고, 내게서 하나의 형상을 얻어내려고 애썼을 것이다. 그러나 나는 독일어 시간을 곱으로 보충해서, 무서운 말라깽이 코르프윤 박사와 힘펠 원장이 요구하는 작문을 지어 제출해야 한다. 엘베강의 바로 하구, 트빌렌플레트 비슈하펜 방향에 위치한 이웃 섬인 하안외퍼 사구에도 우리네와 똑같은 소년범들이 억류되어 교육을 받고 있지만, 이러한 연구가 그곳에선 가능하지 못하리라. 비록 두 섬이 똑같은 조건을 갖고 있고, 똑같이 기름투성이의 바닷물에 둘러싸여 있으며 똑같은 배들, 똑같은 갈매기들이 지나다녀도, 그곳엔 코르프윤 박사와 독일어 시간이 없기 때문이다. 대부분의 소년범들을 육체적으로까지 괴롭히는 이 빌어먹을 작문 시간 말이다. 그 때문에 우리들 대부분은 차라리 하안외퍼 사구에서 지낼 수 있었으면 하고 간절히 바란다. 배들이 이곳보다 먼저 지나가고, 정유소에서 솟아나는 불꽃이 끊임없이 소음을 내면서 인사를 보내는 그곳에서.

그 자매섬에서였더라면, 내가 글짓기 벌 따위는 받지 않았으리라. 우리네에서 일어나는 일이 그곳에서는 일어날 수 없을 테니까. 즉 고약 냄새를 풍기는 말라깽이 코르프윤 박사가 그 특유한 방법으로 교실을 돌아다니며, 우리를 조롱의 눈초리로, 그러나 무시무시하게 노려보면서 "박사님 안녕하세요"라는 인사를 강요하고 아무 예고도 없이 작문 공책을 배부하는, 그런 일 말이다. 그는 말이 없었다. 차라리 기분을 만끽하면서 칠판 쪽으로 걸어갔다는 말이 옳을 게다.

분필을 잡고, 쪼글쪼글한 손을 들자 소매가 팔꿈치까지 흘러내렸다. 역시 백 년쯤은 되었음직한 노랗고 앙상한 다른 한 팔을 늘어뜨리고, 그는 예의 구부정하고 삐딱한 글씨로 제목을 칠판에 써나갔다. '의무의 기쁨'이라고. 나는 놀라서 교실 안을 휘둘러보았다. 어깨를 움츠린 당혹한 얼굴들뿐. 여기저기에서 야유에 찬 소리들이 들려왔고, 한숨을 내쉬면서 책상판을 끼워올리는 축들도 있었다. 나의 짝 올레 플뢰츠는 그 두툼한 입술을 움직이며 웅얼웅얼 제목을 읽더니 경련을 일으킬 준비를 하고 있었다. 얼굴색을 자유자재로 바꿀 수 있는 재능을 가진 샬리 프리드랜더—죽어 나자빠질 것 같은 안색 때문에 선생들이 그에게는 일체의 작업도 시키지 않았다—도 자신의 호흡 연기(演技)를 시작했다. 아직 얼굴색은 변하지 않았지만, 교묘한 목 동맥의 변화를 일으키면서 이마와 윗입술에서 구슬 같은 땀방울을 만들어내는 중이었다. 나는 손거울을 꺼냈다. 우선 창문 쪽으로 각도를 맞추어 햇빛을 받아들인 다음 칠판을 향해 광선을 내쏘았다. 코르프윤 박사는 놀란 듯 몸을 돌려 교단 위를 한두 걸음 걸은 후에 시작을 명령했다. 그의 앙상한 손이 다시 한번 높이 올라가더니 집게손가락을 빳빳하게 펴 제목을 가리켰다. '의무의 기쁨.' 그러고는 질문을 피하기 위해 이렇게 덧붙였다. "쓰고 싶은 것은 무엇이든 좋다. 다만 내용이 의무의 기쁨을 다룬 것이면 된다."

나는 이 글짓기 벌—그동안은 혼자 격리되고 친구들의 방문이 금지되었다—을 합당하다고 생각하지 않는다. 그도 그럴 것이, 벌을 준 자들은 내가 기억이나 상상으로부터 아무것도 이끌어내지 못했다는 것을 반성케 하려는 것이 아니기 때문이다. 그들이 나에게 이러한 격리를 지시한 이유는 차라리 다른 데 있었다고 보아야 한다. 순순히 의무의 기쁨을 찾고 있던 나는 갑자기 너무도 할 이야기가 많은 나머지 서두도 꺼내지 못한 채 무진 애를 썼다. 코르프윤이 우리에게 찾아내어 묘사하고 음미하도록 요구한 주제가 자유로운 것이 아니고 반드시 의무의 기쁨에 관한 것이었던 까닭에. 나에게 떠오른 것은 별수 없이 나의 아버지 올레 예프젠과 그의 유니폼, 순찰용 자전거, 망원경, 우비용 어깨 망토 그리고 제방의 윗길을 따라 끊임없이 불어오는 서풍을 헤치고 달려가던 그의 실루엣뿐이었다. 코르프윤 박사가 재촉의 눈길을 보내는 가운데 나에겐 즉시 아버지의 모습이 나타났던 것이다. 봄에도 가을에도, 아니 습기 찬 바람이 불어대는 음산한 여름날에도, 그는 여느 때처럼 좁다란 벽돌 길로 자전거를 끌고 내려가, 여느 때처럼 '루크빌 파출소'라는 간판 밑에 멈춰 서서는 뒷바퀴를 들어 페달을 출발하기 편한 높이에 오게 한 다음, 여느 때처럼 발을 두 번 굴러 필요한 스윙을 하며 펄쩍 뛰어 올라탔다.

　처음엔 흔들흔들 지그재그로 나아가다가, 이윽고 서풍에 상의를 부풀리면서, 얼마간은 황무지와 함부르크로 이어지는 후줌 국도 방향으로 달리고 나서, 이탄(泥炭) 못 근처에서 방향을 틀어 이제는 옆으로 바람을 받으며 두더쥐빛 같은 회색의 도랑을 따라 제방 쪽으로 달려갔다. 여느 때와 마찬가지로 날갯죽지가 떨어져 나간 풍차 곁을 지나 나무다리 뒤에서 자전거를 내려서는, 제방의 등성이까지 비스듬히 자전거를 끌고 올라간다. 이윽고 둑길에 올라선 그는 광활한 지평선을 바라보면서, 이 돌변한 주변 공간에 걸맞게끔 다시 한번 안장 위로 몸을 날린 다음, 팽팽히 부풀어오른, 아니 거의 터져버릴 것만 같은 어깨 망토를 펄럭이면서, 외로운 둑길을 따라 블레켄바르프를 향해 달려간다. 여느 때와 마찬가지로 블레켄바르프를 향하여.

결코 그는 자신의 임무를 잊은 적이 없었다. 가을바람이 돛단배들을 슐레스비히-홀스타인으로부터 하늘을 가로질러 실어 나른 듯한 날에도 그는 길을 달리고 있었다. 꽃들이 아롱대는 봄날에도, 비가 오는 날에도, 우중충한 일요일에도, 아침에도, 저녁에도, 전쟁 시에도, 평화 시에도, 그를 블레켄바르프로만 이끌어가는 이 사명의 소로를 달리면서, 그는 열심히 자전거의 페달을 밟아댔다. 영원히 영원히, 아멘.

이와 같은 영상, 독일 최북단 루크뷜 파출소의 지방 경찰관이 사시사철 수행한 이 신고(辛苦)의 순찰이 즉시 나의 기억을 일깨워 주었고, 코르프윤에게 봉사하기 위하여 나는 좀 더 가까이 내 회상으로 접근해 갔다. 나는 숄로 어깨를 감싼 채 자전거의 짐받이 위에 올려져서는 종종 그랬듯이 블레켄바르프를 향해 동승하게 되는 것이다. 아버지의 요대를 단단히 움켜잡고 그의 등에 바싹 매달려 가노라면, 짐받이의 단단한 격자쇠들이 내 엉덩이를 빨간 자국이 생기도록 꼬집어 뜯곤 했다. 나는 그와 함께 달렸으며 동시에 지평선 저편에 떠가는 저녁 구름을 바라보았고, 둑길을 함께 달리며 황량한 모래톱으로부터 돌진해 오는 세찬 바람을 힘껏 맞아들였으며, 제방 밑 도랑 속에서 똑같은 바람 때문에 흔들거리는 우리 둘의 모습을 바라보았다. 앞으로 나아가려고 안간힘을 쓸 때마다 아버지는 신음을 뱉어냈는데, 이 규칙적인 신음조차도 나에게는 절망이나 바람에 대한 짜증이 아닌, 남모를 은밀한 만족감을 감추고 있는 듯했다. 모래톱을, 검푸르게 출렁대는 겨울의 바닷가를 지나 우리는 블레켄바르프를 향해 달렸다. 이윽고 저편 더러운 토대(土臺) 위에, 낡아빠진 풍차와, 우리 집 다음으로 나에게 친숙한 블레켄바르프가 나타난다. 말갈기처럼 번들대는 수관(樹冠)을 동쪽으로 숙이고 있는 오리나무들로 둘러싸여 흔들거리는 나무문 앞에 내린 나는, 문을 열고 본채와 마구간과 헛간을 조심스레 살펴보았다. 그리고 종종 그랬듯이, 막스 루드비히 난젠이 조용히 하지 않으면 혼을 내주겠다는 듯 교활한 표정을 짓고 손짓하던 아틀리에도.

당시에 그는 그림 그리기를 금지당했고, 루크뷜의 경찰관인 나의 아버지가 이 금지령의 준수 여부를 감시하도록 되어 있었다. 다시 말해서 아버지는 하루 종일, 일 년 내내 단 한 장의 그림도 제작되지 않도록, 그리고 광선에 관한 마땅치 않은 주장들은 모조리 없애도록 해야 했다. 요컨대 그가 띤 임무는 더 이상 블레켄바르프에서 그림이 그려지지 않도록 하는 것이었다. 내가 알기로 아버지와 막스 루드비히 난젠은 오래전 유년 시절부터 친구였다. 게다가 그들은 똑같이 글뤼제루프 출신이었기 때문에 상대방에 대해서는 누구보다 자세히 알 수 있었으니, 아마도 이러한 상태가 더 지속될 경우 그들에게 무슨 일이 초래될지는 피차 알고 있었을 것이다.

내 기억의 창고 속에 아버지와 막스 루드비히 난젠의 만남처럼 생생히 간수된 것도 없으리라. 그래서 자신 있게 공책을 펼친 후, 내 손거울을 그 옆에 놓고는, 블레켄바르프로 달려가는 아버지의 모습을 묘사해 보려고 했다. 아니, 비단 자전거를 타던 모습뿐만 아니라 그가 난젠을 위해 생각해 낸 술책과 함정, 서서히 앙심을 품게 됨에 따라 생겨난 간단하거나 복잡한 간계와 계획과 기만들을 묘사해 보려고 했다. 그러한 의무를 수행할 때 생겨나는 기쁨이 바로 코르프윤이 바라 마지않는 것일 테니까. 그러나 나는 성공하지 못했다. 여전히 나는 웅크리고 앉은 채로, 아버지가 제방을 오르내리게 하는 게 고작이었다. 어깨 망토를 걸치게도 하고, 또 걸치지 않게도 하고, 바람이 부는 날과 불지 않는 날, 수요일 또는 토요일. 그러나 소용이 없었다. 너무나 많은 불안이, 너무나 많은 움직임들이, 그리고 너무도 많은 사소한 주변사들이 떠올라서는, 블레켄바르프에 채 도착하기도 전에 그의 모습이 사라지는 것이다. 갈매기떼가 폭동을 일으키기도 했고, 이탄을 적재한 뗏목이 전복하기도 했으며, 또 낙하산을 탄 적군이 모래톱 위로 내려오기도 했으니 말이다.

그러나 무엇보다도 내 회상의 전면으로 내달려 오는 것은 하나의 조그맣고 대담한 불꽃이 아닐까? 이 불꽃은, 기억에 떠올린 모든 영상과 사건들을 일그러뜨리거나 녹여버리기도 하고 또는 불붙게도 했다. 그것들을 지워버리거나 숯검댕이가 되게 하지는 않더라도, 나타나는 영상들을 그 파들거리는 불꽃 속에 감추어버렸다.

　이번엔 다른 쪽에서 작문의 출발점을 찾기 위해 나는 블레켄바르프를 기억에 떠올렸고, 회색빛 눈동자의 막스 루드비히 난젠을 등장시켜 내 기억의 모든 문을 열게 했다. 즉 그는 내 시선을 자기에게 돌리게 한 다음, 나를 위해 아틀리에에서 나와 자기가 자주 그렸던 백일초들이 만발한 여름의 정원을 지나온다. 천천히 둑길로 올라갈 때, 하늘엔 보기 싫은 노란색 구름이 무겁게 드리워졌지만, 이내 짙은 청색 하늘에서 쫓겨나 버린다.

　망원경을 들어 잠깐 루크뷜 방면을 살펴본 다음, 갑자기 그는 집 안으로 달려 들어가 은밀한 곳에 몸을 감추어버렸다. 이만하면 서두를 뗄 만하다 싶었을 때, 문득 창문이 열리고 막스 루드비히 난젠의 부인인 디테가, 종종 그랬듯이, 고명과자 한 조각을 나에게 내밀었다. 아아 무수한 기억의 편린들! 나는 블레켄바르프의 학교에서 울려오는 노랫소리를 들었고, 다시금 조그만 불꽃 하나를 보았고, 저녁 나절에 출근하는 아버지가 내는 부산스러운 소리를 들을 수 있었다. 갈대숲에 숨어 나를 놀라게 하던 유타와 욥스트, 그리고 낯선 아이들. 희한한 오렌지 빛을 띠고 번들거리던 웅덩이들. 블레켄바르프에 나타난 장관(長官). 이상한 번호판을 단 대형 승용차들. 아버지의 거수경례. 그림들을 감추어놓은 낡은 풍차 방앗간. 그 아지트에서 나는 이런 꿈을 꾸었다. 불꽃을 끈에 묶어 끌고 가던 아버지가 목걸이를 풀어주며 명령했다. "찾아라!" 점점 더 모든 것이 교차되고, 뒤섞이고, 얼크러질 때, 갑자기 코르프윤이 경고의 시선을 나에게 보냈다. 안 되겠다 싶어 나는, 도랑들로 단절되고 있는 내 기억의 지평 위를 청소하기로 마음먹었다. 즉 모든 부수적인 사건들을 떨어내 버리고, 지극히 단순화된 상태에서 내가 원하는 것을 쉽사리 모사해 내려고 한 것이다. 특히 나의 아버지와 의무의 기쁨을. 나는 일단 결정적 역할을 할 인물들만 골라서 제방의 아래쪽에 일렬 횡대로 도열시켰다. 내가 그들의 열병을 막 명령하려고 할 때, 내 짝인 올레 플뢰츠가 악 하고 소리를 치면서 발작의 성공을 알리려는 듯 의자에서 나자빠졌다. 그 외마디 소리는 내 기억을 모두 앗아가 버렸고, 나는 더 이상 시작할 수 없어 작문을 포기하고 말았다. 코르프윤 박사가 공책을 걷을 때 물론 빈 공책을 제출할 수밖에 없었다.

율리우스 코르프윤은 나의 어려움을, 시작을 위한 고통을 알아차릴 수 없었고, 내 회상의 닻이 땅바닥에 단단히 고정되지 못하고 이리 흔들 저리 흔들 덜커덩 소리를 내면서 기껏해야 흙탕물만 잔뜩 일으키며 바다 밑에 드리워져 있다는 사실을, 그리하여 과거를 향해 그물을 던질 수 있는 잔잔함과 고요함이 존재하지 않음을 상상할 수 없었다.

이 독일어 선생은 놀란 듯 나의 공책을 훑어본 후에 나를 불러 일으켜 세웠다. 한편으론 약간 욕지기가 나는 표정으로, 또 한편으로는 한번 고려해 볼 용의도 없지 않다는 표정으로 나에게 설명을 요구했고, 말할 것도 없이 내 변명에 만족감을

나타내지 않았다. 그는 열심히 애를 쓴 내 기억과 환상의 의
도를 의심하고, 작문의 시작이 무어 그리 어려우냐고 반박하
면서 이렇게 내뱉었다. "자네의 변명은 믿을 수가 없는데, 지기
예프젠 군." 그러고는 빈 공책이 분명 무슨 의도를 지녔다고,
즉 그에 대한 반항이나 적의를 갖고 있는 것이라고 연신 주장
했다. 결국 이 일은 원장의 소관 사항이므로 안타깝게 가물거
리면서 영 연결되지 않는 기억의 고통만을 안겨준 이 작문 시
간이 끝난 후, 그는 나를 푸른색 본부 건물로 데리고 가, 2층
의 층계 바로 옆에 있는 원장의 방으로 안내했다.

　힘펠 원장은 늘 그렇듯이 방풍용 재킷에 무릎에서 졸라매
는 짧은 반바지를 입고, 청소년 범죄자들의 문제라면 광적이
다 싶게 관심을 보이는 30여 명의 심리학도들에 에워싸여 있
었다. 그의 책상 위에는 푸른색 커피 주전자가 세워져 있었고,
무언가를 잔뜩 써놓은 악보 용지들이 흩어져 있었다. 그중 몇
장은 그가 급히 곡을 붙인 목가적인 노래들, 즉 엘베강과 습
기 찬 바닷바람, 몸은 숙이고 있지만 강인하기 짝이 없는 해
초들, 번쩍이는 갈매기의 비상(飛翔), 나풀대는 소녀의 머플러
와 짙은 안개 속에서 숨가쁘게 불어대는 피리 소리 등이 들어
있는 곡들이었고, 이러한 노래들을 시험해 볼 원생 합창단은
이미 선발되어 있었다.

　심리학도들은 우리가 들어가자 조용해졌고, 코르프윤 박사
가 원장에게 전하는 말에 귀를 기울였다. 비록 나지막했지만
다시 한번 반항과 적의를 들먹이는 보고를 끝낸 후, 그는 그것
을 증명이라도 하듯 나의 빈 작문 공책을 원장에게 건네주었

다. 원장은 조심스러운 눈짓을 심리학도들과 주고받으며 나에게 다가와, 내 공책을 동그랗게 말아 처음엔 그의 팔목 관절을, 다음엔 짧은 반바지를 탁탁 치면서 해명을 요구했다. 나는 긴장된 얼굴들을 바라보았고, 내 등 뒤에서 코르프윤이 손가락 마디를 딱딱 꺾는 소리를 들으면서, 주위의 군집된 호기심에 압박감을 느꼈다. 피아노의 위쪽에 있는 넓은 창문으로 엘베강이 눈에 들어왔고, 두 마리의 까마귀들이 하늘을 날면서 무언가 축 늘어진, 물고기의 내장 조각 같은 것을 가지고 다투고 있는 모습이 보였다. 까마귀들이 교대로 그 먹이를 빼앗아 물고, 토하고, 뱉어내다가 결국은 성엣장 위에 떨어뜨리자, 그곳에서 잔뜩 노리고 있던 갈매기가 날쌔게 잡아채고 말았다. 원장은 손을 내 어깨 위에 올려놓고 자못 다정스레 고개를 끄덕이면서 다시 한번 모든 심리학도들이 지켜보는 가운데 설명을 들어보자고 요청했다. 나는 내 고충을 이야기해 나갔다. 작문의 테마를 보았을 때 어떻게 가장 중요한 것이 떠올랐다가 사라져 버렸는가를. 내 기억 속으로 서서히 이끌어갈 난간을 발견하지 못했음을. 내 기억 속을 가로질러 온 수많은 얼굴들, 간과할 수 없는 영상과 움직임들이 어떻게 우글거리며 몰려와 나의 시작을 방해하고 그르쳐놓았는가를.

그리고 아직도 나의 아버지에게는 의무가 기쁨이기 때문에, 그것을 정당하게 평가하기 위해서는 요약하거나 이것저것 발췌하는 식으로는 기술할 수 없다는 점을 빠뜨리지 않고 이야기했다. 놀라서, 혹은 충분히 이해가 간다는 표정으로 원장은 나의 말을 경청했다. 반면에 학위 과정을 밟고 있는 심리학도들은 수군거리기도 하고, 저희들끼리 쿡쿡 찌르며 흥분해서 속삭이기도 했다. '바르텐부르크의 지각 효과(知覺效果)'라는 둥, '도피성 환각(逃避性幻覺)'이라는 둥. 특히 내 비위를 상하게 하는 말은 '인식의 억압'이라는 말이었는데, 어쨌거나 골자는 다 말했다 싶어서, 무작정 나를 발가벗겨 보려는 이 사람들 앞에선 더 이상의 설명을 거부하기로 마음먹었다. 그 정도의 배짱은 이미 이 감화원에서 단련해 놓았으니까.

신중한 생각에 잠기며 소장은 그의 손을 내 어깨에서 떼어낸 다음, 손가락이 모두 온전한지를 확인이라도 하듯이 꼼꼼히 살펴본 후, 방문객들의 잔인하다고까지 할 호기심을 느끼면서 창가로 다가갔다. 그곳에서 잠시 함부르크의 겨울을 내다보던 그는 고무적인 처방이라도 발견한 듯이 갑자기 몸을 돌리고 아래쪽을 내려다보면서 그의 판결을 이야기했다. 즉 나는 독방으로 들어가, 그의 표현을 빌리면 '차분한 격리 상태'에 있도록 하라는 것이었다. 물론 잘못을 속죄하려는 것이 아니고, 독일어 작문을 방해하지 않게 하기 위해서였다. 나는 하나의 기회를 얻게 되었다.

그는 공언했다. 나의 주의를 딴 데로 쏠리게 할 모든 것—나의 누나 힐케의 면회 따위—이 제지될 것이며, 내가 빗자루 공장이나 감화원 도서실의 임무는 수행하지 않아도 급식이 줄어들지는 않을 것이다. 요컨대, 그는 나를 모든 방해로부터 지켜줄 것을 약속했으며, 그가 기대하는 것은 오직 내가 계속 작문을 하는 일이라고 했다. "조용한 시간이 무엇보다 중요하지." 하고 그는 말했다. "그것이 필요하다면 말야." 나는 의무의 기쁨을 참을성 있게 감지해 내야 하고, 모든 기억들이 신중하게 떨어져 내려와 마치 종유석(鍾乳石)처럼 자라나게 해야 한다. 왜냐하면 기억이라는 것이 때로는 하나의 함정, 하나의 위험이 될 수도 있기 때문이다. 특히 시간이 아무것도, 전혀 아무것도 개선시켜 주지 않을 땐 더 그렇다. 심리학도들이 잔뜩 지켜보는 가운데 그는 나의 손을 잡고 다정스레 흔들었다. 이 노련한 악수를 끝내자 그는 우리의 친애하는 간수 요스비히를 불러, 그의 결심을 이야기한 다음 덧붙여 말했다. "고독일세. 지기가 필요로 하는 것은 시간과 고독 이외에 아무것도 없다는 걸 명심해 두게. 이 두 가지를 충분히 가질 수 있게 도와주도록." 그런 다음 그는 요스비히에게 나의 빈 공책을 건네주었고, 우리 둘은 그곳을 나와 꽁꽁 얼어붙은 땅을 터덜터덜 걸어갔다──요스비히는 나의 글쓰기 징벌에 심히 실망을 느끼고 또 걱정스러운 모양으로 계속 욕지거리를 퍼부어 댔다. 이 친구, 세상에서 신나는 일이라곤 고화(古貨)를 수집하는 일과 원생 합창단에서 노래 부르는 것뿐인 이 사나이는, 나를 독방으로 데려가면서 자신의 직업에 대한 환멸을 느끼는 듯 깊은 생각에 빠져 있었다. 내가 그의 팔을 잡고, 제발이지 욕설일랑 좀 치워달라고 간청하자, 그는 내 말에는 아랑곳없이 이렇게 말을 꺼냈다. "필립 네프를 생각해 봐!"

이 말은 다분히 필립 네프를 빗대서 이야기하는 간접적인 경고였다. 이 애꾸눈의 소년도 나와 똑같이 글짓기 벌을 받고, 전하는 말로는, 이틀 낮, 이틀 밤을 서두를, 만족할 만한 서두를 찾느라 고투했다는 것이다. 내가 알기로 그때 코르프윤이 내놓은 테마는 '유별나게 생각나는 사람'이었다. 사흘째 되는 날 그는 간수를 때려눕히고 밖으로 빠져나가 원장의 개를 때려죽인 다음 강변까지 달아났다. 아직도 우리 사이에 잊히지 않는 활극이었다. 결국 9월의 엘베강을 헤엄쳐 건너려던 시도는 헛되이 익사체가 되고 말았지만. 이 코르프윤의 액운에 가득 찬 행위에 대해 비극적인 반증을 보여준 필립 네프가 그의 공책에 써놓은 단 한마디 말은 '카룬켈'이라는 이름이었는데, 추측에 추측을 거듭해 얻게 된 이 카룬켈이라는 자는 사마귀를 유별나게 생각나게 하는 사람이었다. 어쨌든 필립 네프는, 내가 이 섬에 도착하자 중범죄자 취급을 당하며 얻은 견고한 독방의 선배임에 틀림없었다. 그를 빗대어 경고해 준 요스비히의 말을 듣고 그 불행한 일이 뇌리를 스쳤을 때, 알 수 없는 공포와 고통스러운 초조감이 나를 엄습했다. 책상으로 다가갈 때 그에 대한 두려움까지 느꼈지만, 한편으론 이 선배의 흔적을 다시 찾아보고 싶은 마음도 들었다. 주저하고 망설이는 한편, 간절하게 갈망하면서 나는 그저 요스비히가 나의 방을 검사하는 양을, 아니 검사할 뿐만 아니라 작문의 벌을 위해 자유를 배려해 주는 양을 망연히 바라보았을 뿐이다.

거의 하루 동안을 가만히 앉아 있었다. 지금쯤 시작을 했어야 옳았다. 처음엔 소리만 들리다가 이윽고 겨울의 강물 위에 나타나는 배들이 나의 주의를 빼앗아 가지만 않았다면 말이다. 아련히 들려오는 기관의 엔진 소리가 이들의 출현을 예고하자, 강철의 뱃전을 따라 구르며 쪼개지는 성엣장들이 툭탁툭탁 요란한 소리를 내었다. 피칭 소리가 더욱 날카롭고 또렷해지면서 저편 납빛의 수평선으로부터 이상한 색깔들이 촉촉이 젖은 채 가물가물 떨면서, 물이라기보다 마치 대기가 모습을 나타내듯이 미끄러져 왔다. 이물과 난간 그리고 배기통에 얼음 딱지를 떼지도 않고, 얼음과 서리가 뒤덮인 갑판과 늑재(肋材)를 번들거리면서, 배들은 완강한 얼음의 저지망을 뚫고 나아간다.

이 배들이 뒤에 남겨놓는 것은 떠다니는 얼음 가운데를 갈라놓은 넓고 불분명한 틈새로, 이 구불구불한 균열은 수평선을 향해 사뭇 좁아지다가 이윽고는 합쳐지고 만다. 그리고 빛. 겨울의 엘베강 위에 나타나는 빛은 도대체가 믿을 것이 못 된다. 납덩이 같은 회색이 엷은 회색으로 바뀌는가 하면 보라색도 보라색 그대로 남아 있지 않다. 빨강색이 그 농도를 더 보충하지 않으려 하는 함부르크 쪽 하늘은 몇 겹의 홍색 얼룩이 덧칠되어 있었다.

건너편 강변으로부터는 맥 빠진 듯한 해머 소리가 들려오고, 좁다랗고 칙칙한 안개 자락이 풀린 모슬린 붕대처럼 드리워져 있었다. 내 쪽 가까이, 강의 한가운데에는 조그마한 준설선 '에미 구스펠'이 연기에 그은 깃발을 달고 한 시간 전부터 난폭하게 얼음밭을 갈고 있었다. 배에서 내뿜는 연기 구름은 가라앉지도 흩어지지도 않고 있었다. 아마도 이 혹한의 날씨가 파업을 선언하고 모든 것을 내버려 두고 있기 때문이 아닐까? 심지어 하얗게 내쉬는 입김조차 눈앞에 머물러 있으려 하니까. '에미 구스펠'은 벌써 두 번째나 왕복하면서 성엣장들을 계속 움직이도록 했다. 강물 속의 얼음덩이들이 응고되어 물의 흐름을 막는 일이 없도록 해야 하기 때문이다.

경고판들이 비뚜름하게 저 아래쪽 섬의 황량한 강변에 세워져 있었는데, 성엣장들은 그 경고판의 말뚝들까지 계속 밀어대며 흔들었다. 밀물과 바람까지 합세해 밀어붙인 나머지, 수영객들이 이 경고판들을 읽으며 어떤 캠프 시설도 이곳에선 금지돼 있다는 사실을 알아내기 위해서는 고개를 갸우뚱하고 보아야 할 판이었다. 여름까지 이 말뚝들이 다시 곧바로 세워질 게 틀림없었다. 특히 수영객이야말로 소년범들의 교화에 위험한 존재들이기 때문이다. 우리가 알기로는 그것은 원장의 의견이자, 또한 원장의 개가 대변해 주는 의견이기도 했다.

우리네 작업장에서만은 소리가 약해지거나 중단되거나 하는 일이 없었다. 감화원 당국은 노동의 유익함을 인식시키려고 했거니와, 심지어 노동하는 가운데 교육적 가치를 발견했기 때문에 결코 정지란 있을 수 없는 일이었다. 전기 공장에서는 발전기가 윙윙 돌아가는 소리가, 대장간에서는 통탕통탕 해머 내리치는 소리, 목공소에서는 찢어지는 듯 회전톱이 돌아가는 소리, 빗자루 공장에서는 나무를 빠개고 긁는 소리가 그칠 줄 모르는 채 겨울을 잊고 있었으며, 나에게 아직도 과제가 앞에 놓여 있음을 상기시켜 주었다. 시작을 해야 할 텐데.

책상은 낡았지만 깨끗하다. 여기저기에 칼자국이며 이니셜 새겨놓은 것들이며 날짜 표시 등이 고뇌와 희망과 고집의 순간을 떠오르게 한다. 나는 공책을 펼친 채로 작문의 징벌을 받을 준비가 되어 있다. 나를 방해할 것이라곤 아무것도 없으니 이제 시작해야 한다. 모든 것이 갇혀 있는 내 기억의 금고를 열어 코르프윤이 요구하는 것들을 꺼내 보여주어야 한다. 의무의 기쁨을 그에게 확인하고, 내 안에 작용할 그 영향력을 성공적으로 증명해야 한다. 벌이긴 하지만 아무런 방해도 받지 않고 또 오래도록. 나는 준비가 되어 있다. 앞으로 나아가기 위해 나는 과거로 되돌아가야 하고, 알맞는 기억을 골라잡아야 하고, 장소를 물색해야 한다. 루크뷜 파출소라도 좋고, 글뤼제루프와 후줌의 국도와 제방 사이의 슐레스비히-홀스타인의 들판 전부라도 좋다. 그 땅 위에는 나를 위한 하나의 길만이 뻗어 있다. 바로 루크뷜에서 블레켄바르프로 이어지는 길이다. 비록 내 과거를 그 잠으로부터 깨워내는 한이 있어도, 나는 시작하지 않으면 안 된다. 자 그러면.

2
창작 금지

1943년부터 이야기는 시작된다. 4월의 어느 금요일, 아침이던가 점심 때던가, 어쨌든 독일의 북쪽 슐레스비히-홀스타인, 거기에서도 최북단 루크빌의 파출소장인 나의 아버지 옌스 올레 예프젠은, 우리 지방에서는 단지 화가로 통했고 또 언제까지나 그렇게 불리기를 원했던 막스 루드비히 난젠에게 베를린에서 결정된 창작 금지의 통고를 전하기 위해 블레켄바르프로 출발할 순찰용 자전거를 탈 참이었다. 아버지는 서두르지 않고 우비용 망토, 망원경, 요대, 전지를 챙긴 다음에, 공연히 사무용 책상으로 다가가거나 두 번씩 제복 상의의 단추를 채운다든가——그동안 나는 변장을 한 몰골로 꼼짝 않고 그를 기다렸다——재삼재사 불순한 봄 날씨를 내다보고, 바람소리에 귀를 기울이면서 시간을 끌고 있었다.

바람만 불고 있는 것이 아니었다. 이 북서풍은 소리도 요란해서 들과 산울타리와 나무들을 포위하고는 소요를 일으키고 기습을 감행하면서 그 의연함을 시험했고, 일그러지고 구겨져서 어느 것 하나 옳게 포착할 수 없는 바람 속의 풍경을 만들어냈다. 좀 그럴싸하게 묘사한다면, 우리 고장의 바람은 지붕들의 귀를 밝게 하고 나무들을 예언자로 만들고 낡은 풍찻간을 자라나게 해준다. 바람은 또 제방 옆 도랑 위를 스치며 그곳을 환상적으로 만들고, 이탄을 실은 뗏목을 습격해 그 이상하게 생긴 하물들을 약탈해 간다.

우리 고장에 바람이 불라치면, 그것에 대적하기 위해 우리는 바닥짐—가령 못뭉치나 납덩어리 또는 인두 대가리—을 주머니 속에 넣고 다녀야 할 지경이다. 그런 바람이 바로 우리네 바람이었고, 따라서 루드비히 난젠이 북서풍을 그릴 때 주석 광맥이 폭발하듯 광란하는 연보라색과 차가운 흰색을 사용하는 데 이의가 있을 수 없었다—이 낯익은 북서풍이 부는 소리에 나의 아버지는 앙심을 품은 표정으로 귀 기울이고 있었다. 부엌에도 거실에도 급격히 움직이는 연기 자락이 이탄 냄새를 풍기며 떠다녔다. 난로 속에 들어간 바람이 방 안 가득히 불붙는 소리를 진동시킬 때, 나의 아버지는 방 안을 서성거리며 자신이 출발을 망설이는 이유를 찾고 있었다. 즉 여기에서 무엇인가를 집어서는 저기에 갖다놓고, 사무실에 각반을 갖다놓는가 하면, 부엌의 식탁 옆에 걸려 있는 근무 수첩을 펼쳐보기도 하고, 좌우간 그는 계속해서 자신의 의무 수행을 지체할 구실을 찾고 있었다. 무언가 다른 것이 내

부에 생겨난 자신에 대해 놀라기도 하고 화를 내기도 하다가, 마침내 그는 본의를 무시하고 정규의 경찰관으로 돌변했다. 임무 수행을 위해 헛간의 톱질 모탕에 기대놓은 자전거가 없어서는 안 되는 시골 경찰관으로.

이날, 결국 그를 출발하게 만든 것은 아마도 습관에서 연유한 책임 완수 정신이었을 것이며, 열성이라든가 직업적인 즐거움이라든가 더욱이 그에게 맡겨진 임무 그 자체는 아니었을 게다. 어쨌든 그는 단정한 유니폼에 완전무장을 하고 여느 때처럼 활동을 개시했다. 떠나기 전의 인사도 여느 때와 다름이 없었다. 어둠침침한 현관으로 나와서 잠시 귀를 기울인 다음, 닫힌 문들을 향해 외친다.

"다녀올게, 여보!" 어느 쪽에서도 응답의 소리가 나지 않았지만, 그는 결코 의아해하거나 실망하는 법이 없었다. 마치 응답을 받은 듯 만족스레 머리를 끄덕이고, 현관문 쪽으로 나를 불렀다. 문지방을 넘을 때, 그는 다시 한번 몸을 돌려 분명치 않은 작별의 몸짓을 보냈다. 그런 다음 우리는 문을 나서서 사나운 바람 속에 몸을 맡겼다.

밖으로 나오자 그는 즉시 어깨로 바람을 막으며 얼굴을 숙였다——메마르고 공허한 얼굴, 미소라든가 불신 또는 동감의 표현이 너무 늦게 나타나서 때로 시간이 걸리긴 해도 뜻밖의 효과를 얻기도 하는 얼굴, 즉 좀 늦어서 탈이지, 알 것은 철저히 알고 있다는 표정의 얼굴을. 잔뜩 구부리고 뜰로 나오니 바람이 날카로운 회오리를 일으키며 신문 한 장을 구기박지르고 있었다. 아프리카에서의 승리, 대서양에서의 승리, 그리고 승리가 거의 확실한 알트메탈 전선의 승리를 구겨서는 우리 집 정원의 가시 철망에 밀어붙였다. 열려 있는 헛간으로 들어가자, 아버지는 끙끙거리며 나를 짐받이 위로 올려놓았다. 한 손으로는 안장의 뒤편을, 다른 한 손으로는 핸들을 잡고 벽돌길까지 자전거를 밀고 내려갔다.

그는 우리의 녹청색 석조 가옥을 가리키는 간판 '루크빌 파출소' 밑에 일단 멈추어서, 왼쪽 페달을 편리한 위치에 오게 한 다음 그 페달을 밟고 껑충 올라앉았다. 다리 사이의 걸쇠에 죄어 맨 망토에 가득 바람을 받아 넣으며 그는 달려간다. 블레켄바르프를 향해.

그가 망토를 힘껏 부풀리며 오랫동안 바람 속을 헤쳐온 덕분에 풍찻간까지 그리고 홀름젠바르프의 흔들거리는 울타리문 바로 못 미치는 곳까지 자전거는 우리를 잘도 실어다 주었다. 그러나 제방에 다다라서 몸을 잔뜩 구부리고 경사면을 올라가는 그는 우리 지방의 안내 광고 '자전거를 타고 슐레스비히-홀스타인을'에 나오는 남자를 닮았다. 이를 악물고 뻣뻣한 상체를 옆으로 비틀면서 엉덩이를 잔뜩 치켜든 이 여행자는, 향리의 아름다움을 찾기 위해서 이곳에서는 얼마나 힘겹게 전진해 나가야 하는가를 보여주고 있었다. 광고가 시사하는 것은 이러한 힘겨움뿐만이 아니었다. 측면에서 발작적으로 불어오는 북서풍의 공격을 받을 때, 자전거를 제방 위까지 타고 오르는 데 얼마나 교묘한 기술이 필요한가, 그리고 바람 속을 달릴 땐 어떠한 자세를 취해야 하는가를 설명했다. 그림은 또한 북독(北獨)의 수평선을 상상케 하고, 바람이 일으키는 하얀 역선(力線)을 보여주었으며, 무엇보다도 제방을 어울리게 장식해 주는 양 떼를 강조했다. 이 한결같이 우직해 보이는 털북숭이들은 아버지와 나의 뒷모습을 바라보는 중이었다. 아버지가 어떻게 블레켄바르프를 향해 제방 위를 달렸는가 묘사하기 위해 안내 광고식 묘사가 불가피하다면, 나는 그림의 완성을 위해 외투갈매기, 청어갈매기, 웃음갈매기 그리고 햇볕에 말리려 걸어놓은 하얀 물걸레 들처럼, 지친 자전거 주자(走者) 위에 장식된 몇 마리의 촌장갈매기들을 이야기하지 않을 수 없다.

제방의 등성이, 나지막한 풀들 사이로 이어진 갈색의 소로를 따라, 때려치는 바람에 눈을 내리깔고──그렇게 아버지는 달렸다. 그의 임무를 안주머니에 접어 간직하고 부드러운 궁형(弓形)의 융기 위를 달려갈 때, 그는 힘들어하기만 했을 뿐 서두르는 기색은 아니었다. 그래서 사정을 모르는 사람들 같으면, 그가 회색의 페인트칠을 한 목조 술집 '바트블리크'에서 그로그주(酒)[1] 한 잔을 들고, 주인인 힌레크 팀젠과 악수를 하거나 또는 몇 마디 이야기를 주고받으러 가는 줄로 추측할 것이다.

얼마 가지 않아서 주점 '바트블리크'가 나타났고, 나무다리 두 개의 도움을 받아 제방 위에 걸쳐 있는 이 술집──그래서 볼 때마다, 앞다리를 담벼락 위에 올려놓은 개가 그 위를 넘겨다보려는 모습을 연상케 한다──앞에서 아버지는 자전거를

─────────────

1) 럼주에 더운 설탕물을 탄 것.

틀었다. 비탈길을 내려가는 가속도에 브레이크를 걸면서 우리는 제방의 아랫길로 잠시 접어들었다가, 다시 거기서부터 블레켄바르프로 이어지는 긴 경사로로 방향을 틀었다. 오리나무들이 울타리처럼 둘러싸고 있고, 흔들거리는 흰 판자문으로 경계지어진 저 블레켄바르프로. 긴장은 고조되고, 기대는 부풀었다. 북서풍이 불어대는 4월, 일거수일투족이 관찰되는 벌판 위를 앞서 말한 목적을 가지고 움직인다면 우리 고장의 어느 누구도 그런 기분이 들었을 것이다.

천천히 나아가는 자전거로 밀어붙인 나무문이 신음을 내면서 우리를 맞아들였고, 이제는 못 쓰게 된 적갈색의 마구간과 연못 그리고 헛간을 지나 아주 천천히, 마치 미리 사람들의 눈에 띄기를 바라는 것처럼, 본채의 좁다란 창문들 바로 옆으로 아버지는 자전거를 몰았다. 그는 새로 지은 아틀리에를 한 번 바라본 후에 자전거를 세우고, 짐짝처럼 나를 땅 위에 내려놓고는 출입구 쪽으로 자전거를 끌고 갔다.

우리 고장에서는 어느 누구도 다른 사람의 눈에 띄지 않고 남의 집에 들어설 수는 없었으므로, 아버지는 어슴푸레한 현관에 들어가기 위해 문을 두드릴 필요가 없었고, 나 또한 다가오는 발소리를 묘사하거나 새삼스럽게 놀라움을 나타내고 싶지는 않다. 문을 열고 들어선 아버지가, 망토 속에 집어넣어 녹이던 손을 즉시 위아래로 떨고 있었다는 사실, 그리고 얼른 "안녕하세요, 디테"라는 인사말을 하지 않을 수 없었다는 사실로 충분할 것이다. 그도 그럴 것이, 우리가 제방을 떠나 내리막길을 달려 내려오는 순간, 이미 화가의 부인이 문을 향해 걸어오고 있었으니까 말이다.

엄격한 홀스타인의 시골 점쟁이를 생각게 하는 길고 투박한 옷을 입고 그녀는 우리를 앞서서 걸어가다가, 어둠 속에서도 재빨리 거실의 손잡이를 잡아 문을 열고는 아버지에게 들어오라는 눈짓을 했다. 아버지는 우선 허벅지 사이에 양끝을 묶어놓았던 망토를 풀었다──늘 그러듯이 양다리를 벌리고, 꾸부정하게 무릎을 굽힌 다음, 걸쇠의 머리가 손가락 사이에 잡힐 때까지 계속 더듬은 후에. 망토를 벗자 그는 상체를 가라앉히며 제복 상의를 빳빳하게 폈으며, 내 복면을 약간 벗겨준 다음 나를 앞세워 거실로 들어갔다.

그리 높지는 않지만, 널찍하고 많은 창문을 갖고 있는 이 블레켄바르프의 거실은, 적어도 900명의 혼례객이나 혹은 선생까지 포함해 일곱 학급의 학생들이 자리할 수 있을 만큼이나 커 보였다. 자못 거만스럽게 자리를 차지하고 둘러서 있는 가구들, 즉 육중한 캐비닛, 테이블, 옷장들을 빼놓고도 그랬다. 룬문자[2] 같은 연대 표시가 새겨진 이 가구들은 위압적이고 군림하는 자세로 그들의 존속을 요구하는 듯했고, 의자들 역시 엄청나게 무겁고 위압적이었으며 아주 무표정하고 요지부동하게 자리를 지키려 했다. 벽의 선반에는 어두운 색조의 통통한 찻단지──그들은 그것을 비트된의 도자기라고 불렀다──가 놓여 있었는데, 이제는 쓸모가 없어 내버릴 만도 하건만, 화가와 그의 아내는 참을성 있게 어느 것 하나도 바

---

2) 고대 게르만인의 글자.

꾸어놓지 않았다. 엄청나게 큰 옷장에 목을 매달기 전, 그래도 안심이 안 되어 동맥까지 끊고 자살한 프레데릭센 노인의 딸에게서 이 건물을 사들인 후에도 그대로였다.

그들은 질서정연하게 정돈된 부엌의 가구들, 예컨대 냄비, 단지, 주발, 주전자 등에도 거의 손을 대지 않았고, 볼품없는 비트뢴의 접시들과 공기나 주발들이 엄청나게 많이 들어 있는 회색 찬장도 건드리지 않았으며, 심지어는 극히 인색한 밤을 지냈던 좁고 딱딱한 나무 침대들도 모두 제자리에 놓아두었다.

어쨌든 이미 거실 안에 들어선 나의 아버지는 등 뒤로 문을 닫고, 언제나 홀로 소파 위에 앉아 있는 테오도르 부스베크 박사와 악수를 나누었다. 30미터는 되어 보이는, 괴물 같은 소파 위에 부스베크는 수년 전부터, 읽지도 쓰지도 않고 다만 기다리면서, 생각에 잠겨 앉아 있었다. 단정한 옷차림으로, 어떤 순간에도 그가 고대하는 변화와 소식을 받아들일 준비가 되어 있다는 모습으로.

그의 창백한 얼굴 위에서 읽어낼 수 있는 것은 아무것도 없었다. 순간적으로 그의 얼굴에 떠오르는 표정도 그는 조심스레 닦아서 지워버렸으니까. 그러나 우리가 그에 관해 알고 있는 것은 많았다. 즉 그가 최초로 화가의 그림들을 전시했으며, 그의 화랑(畵廊)이 강제로 폐쇄된 후에 줄곧 이 블레켄바르프에 와서 살고 있다는 것 등.

미소를 지으며 그는 나의 아버지에게 다가와 인사를 건넸고, 바람의 강도에 대해 물어보았고, 내게도 고개를 끄덕이며 미소를 던져주었고, 다시 자신의 자리로 물러났다. "차를 드시겠어요, 술을 한잔 드시겠어요?" 화가의 부인이 물었다. "제가 보기엔 술 한잔이 좋을 것 같군요."

아버지는 고개를 저었다. "괜찮아요, 디테. 오늘은 아무것도." 그는 여느 때처럼 창가의 의자에 앉지도, 마시지도 않았고, 여느 때처럼 자전거를 타고 오느라고 생긴 견비통을 호소하지도 않았으며, 루크빌 경찰관으로서의 정통한 뉴스, 예컨대 밀도살 적발이라든가 우리 고장의 화재 사건 등에 대해 이야기하지도 않았다. 어머니의 안부를 전하는 것은 물론, 화가가 맡아 기르는 아이들의 안부를 묻는 것도 그는 잊어버리고 있었다. 단지 그가 되풀이한 말은, "괜찮아요, 디테. 오늘은 아무것도."였다.

그는 앉지 않았다. 손가락 끝으로 안주머니를 더듬으면서, 창문 밖 아틀리에를 건너다보았다. 그는 입을 다물고 기다렸고, 디테와 부스베크 박사는 그가 즐겁지 않은 마음으로 심지어는 불안스레 화가를 기다리고 있음을 알았다. 마음의 안정을 잃은 한 그는 무표정을 가장할 수가 없었고, 당황하거나 불안하거나 프리스란트 사람 특유의 흥분에 빠졌을 때는 늘 그렇듯이, 그의 시선에는 초점이 없었다. 상대방을 쳐다보면서도 사실은 보고 있지 않았고, 시선이 맞닿기가 무섭게 위쪽을 보거나 옆으로 미끄러뜨리면서, 자기 자신이 포착되지 않도록, 모든 심문으로부터 벗어나도록 애를 썼다. 어쨌든 그가 엉성한 제복을 차려입고, 마지못해 아무것도 인지하고 싶지 않은 시선으로 거기 블레켄바르프의 커다란 거실에 서 있을 때만 해도, 그에게서 위협적인 일면은 조금도 찾아볼 수가 없었다.

그러자 화가의 부인이 그의 등을 향해 물었다. "막스에게 무슨 일이 생긴 건가요?" 아버지가 앞쪽을 향해 고개를 끄덕일 수밖에 없었을 때, 부스베크 박사가 자리에서 일어났다. 몇 걸음 다가온 그는 디테의 팔을 잡으며 두려운 음성으로 물었다. "베를린의 통첩?"

비록 망설이기는 했지만, 아버지는 놀란 듯이 몸을 돌려 이 조그마한 남자를 내려다보았다. 질문에 대해서, 그리고 다른 무엇에 대해서건 죄송하다는 표정을 짓는 남자를. 그러나 아버지는 대답하지 않았다. 아니 대답할 필요가 없었다. 화가의 부인과 그의 가장 오래된 친구, 이 두 사람은 침묵을 통해 아버지를 이해했다는, 그리고 그가 전달해야 되는 통첩이 무엇인가 이미 안다는 듯한 표정을 지었기 때문이다.

물론 디테가 이제 그 임무의 정확한 내용을 물을 수 있었고, 아버지도 생각하건대, 기꺼이 또한 안심하고 대답해 줄 수도 있었으리라. 그러나 그들은 더 이상의 이야기를 원하지 않았다. 잠시 동안 그대로 나란히 서 있다가 마침내 부스베크가 혼잣말로 중얼거렸다. "이제 막스 차례가 왔군. 다른 사람들에겐 벌써 일어난 일이 이제야 찾아온 것이 이상할 뿐이야." 두 남자가 똑같은 생각으로 소파로 향할 때, 화가의 부인은 입을 열었다. "막스는 그림을 그리고 있어요, 정원 뒤 도랑 옆에서."

딴 곳을 바라보고 한 그 말 속에는 일종의 작별에 대한 암시가 들어 있었기 때문에, 아버지는 앉지 않고 그 방을 떠날 수밖에 없었다. 이런 일을 전달하게 되어 심히 유감스럽다는, 그리고 자신은 이 모든 일에 거의 무관하다는 것을 알아달라는 듯 어깨를 으쓱했다. 망토를 횟대로부터 낚아챈 다음 그는 내 등을 밀었고, 우리 둘은 밖으로 나왔다.

천천히 그는 황폐한 집의 전면을 끼고 가다가, 정원으로 통하는 문을 열고 은신처 역할을 하는 울타리 앞에 섰다. 그러고는 어떤 사람과의 만남이 일상적인 것보다 더 많은 말을 요구할 때 늘 그랬듯이, 입술을 움직여 자기가 말해야 할 어휘와 문장을 전부 연습해 보았다. 그러고는 깨끗이 치워진 꽃밭들 사이로 해서, 짚으로 뒤덮인 별채를 지나 도랑 쪽으로 다가갔다. 갈대로 울을 두르고 블레켄바르프를 감싼 개울, 그곳을 찾는 사람의 외로움을 더욱 고조시키는 고요한 물가로.

그곳에 화가 막스 루드비히 난젠이 서 있었다.

그는 난간 없는 나무 다리에 바람막이를 만들어놓고 일하고 있었다. 나는 그가 일하는 모습을 알기 때문에, 사전 준비 없이 그를 방해하고 싶지는 않았다. 아버지의 어깨를 툭툭 쳐서 두 사람의 만남을 지연하고자 한 것도, 기실 이것이 예정된 회동(會同)이 아닌 데다가, 적어도 다음과 같은 사실을 언급해 둘 필요가 있기 때문이었다. 즉 둘 다 똑같이 유년 시절을 글뤼제루프에서 보냈지만, 화가의 나이가 아버지보다 여덟 살이나 위라는 것, 키는 더 작고 몸매는 더 호리호리하지만 명석하고 의연하고 덜 권위적이라는 것이다. 오, 이들이 같은 글뤼제루프 태생이라니!

펠트 모자를 이마까지 깊숙이 쓰고 있어서, 그의 회색빛 눈은 차양이 드리우는 조그만 그림자 속에 가려 있었다. 그는 등허리 쪽이 닳아 해진 낡은 외투를 입었는데, 이 푸른색의 외투는 엄청나게 큰 주머니가 있어서, 언젠가 우리에게 겁을 주려고 한 말마따나 자신의 일을 방해하는 꼬마들을 그 속으로 사라져 버리게 할 만도 했다. 이 회청색의 외투를 그는 사시사철, 집 안에서나 집 밖에서나 맑은 날이건 비가 오는 날이건 입고 다녔다. 어쩌면 잠을 잘 때도 입었을 성싶을 정도로, 가히 그와 외투는 일심동체라고 할 수 있었다. 그런즉 왕왕, 가령 모래톱 위 하늘에 무거운 구름배들이 몰려드는 여름밤 같은 때에, 제방 위를 어슬렁거리며 수평선을 바라보는 것이 화가가 아니라 단지 외투에 불과하다는 인상을 가지게 되는 것도 무리는 아니다. 외투가 감추지 않는 것이라곤 구겨진 바짓가랑이 정도와, 복사뼈까지 올라오는, 구식이지만 값나가는 구두뿐이었다.

우리는 그러한 모습의 그를 만나는 데 익숙했고, 아버지는 또 울타리의 뒤편에 서서, 같은 모습의 그를 바라보았다. 아버지가 그곳에 오지 않아도 되었다면 얼마나 다행한 일이었을까? 오더라도 용건이 없다든가, 안주머니 속의 편지, 다시 말해 계고장 따위를 갖고 있지만 않다면! 아버지는 화가를 관찰하고 있었다. 그러나 긴장을 한다거나 작업상 조심성을 보이는 관찰은 아니었다.

화가는 일을 하고 있었다. 풍차를, 날개를 잃어버린 채 꼼짝 않고 4월의 들판 위에 서 있는 낡은 풍차를 그리고 있는 것 같았다. 아주 짧은 줄기를 가진 볼품없는 꽃이 그의 마지막 날을 기다리는 양, 그 풍차는 음울하게 서 있었다. 막스 루드비히 난젠은 풍차에서 무언가를 끄집어내기 위해서 그것을 다른 날, 다른 상황 속에 옮겨놓고 다른 밝기로 화폭을 채우고 있었다. 언제나처럼 화가는 일하면서 계속 지껄여 댔다. 그것은 혼잣말이 아니라 옆에 서 있는 친구 발타자르에게 하는 것이었는데, 그는 자신만이 보고 들을 수 있는 이 친구와 끊임없이 떠들고 싸웠다. 심지어 그는 격한 나머지 친구를 팔꿈치로 한 대 먹이는 모양이었는데, 비록 발타자르의 모습이 보이지는 않았지만, 우리는 이 보이지 않는 감정인(鑑定人)이 갑자기 신음을 내뱉거나 무슨 소린가 욕지거리를 해대는 양을 보는 듯했다. 그의 뒤에 오래 서 있으면 있을수록 우리는 발타자르를 더 믿게 되었고, 그의 실재를 인정해야만 했다. 왜냐하면 그는 실망스럽다는 듯이 가쁜 숨소리와 야유 담은 소리를 내질렀고, 화가는 즉시 또 유감을 표명하긴 했지만 계속 그에게 말을 걸고 그를 설득하려고 애를 썼기 때문이다. 아버지가 지켜보는 이 순간에도 화가는 발타자르와 싸우고 있었다. 이 발타자르는 화가가 시작한 그림 속에서 보랏빛의 까칠까칠한 여우털 외투를 입고 비뚜름한 눈에 부글거리는 오렌지색이 뚝뚝 떨어질 듯한 수염을 하고 있었다. 화가는 주위를 거의 돌아보지도 않고 그림에만 집착했다. 다리를 약간 벌리고 허리를 옆으로, 앞으로, 뒤로 움직이면서 머리를 어깨에서 갸우뚱하게 빼내어 시계추처럼 흔들어대기도 하고, 무언가를 들이받으려는 수양처럼 수그리기도 했다. 오른쪽 팔은 야릇한 마비 증세라도 일으킨 듯이 뻣뻣하고 긴장된 움직임을 보였는데, 마치 어림잡을 수 없는 까다로운 저항감이 작용하는 것 같았다. 여하튼 중요한 쪽 팔이 묘한 경화 현상을 보이기는 했지만, 화가는 온몸을 다 동원해 그림을 그리는 중이었다.

화가의 몸짓은 그가 방금 무엇을 그렸는지 확인하고 증명해 주었다. 가령 바람이 없는 곳에 바람을 불러내려고 하면, 청색과 녹색 사이에 그것을 생기게 했을 것이고, 그러면 우리는 이내 허공에서 환상의 배들이 돛대를 부딪치며 떠가는 소리를 들었을 것이며, 그의 외투자락이 펄럭이기 시작했을 것이고, 만일 그의 입에 파이프가 물려 있었다면 담배 연기가 옆으로 흩어졌을 것이다——지금 이 순간에 그의 모습을 떠올려본다면 말이다.

이렇듯 아버지는 그림에 열중하는 화가를 바라보면서, 머뭇거리고 기가 꺾인 채 오랫동안 그곳에 서 있었다. 그러나 아버지는 결국 우리가 방금 떠나온 집으로부터 우리를 주시하는 시선을 느끼고 계속 등 뒤의 시선을 의식하면서 천천히 울타리를 따라, 울타리를 이룬 나무의 좁은 틈을 비집고 나가서는 곧 나무다리의 맨 끝 가장자리에 가 섰다.

나의 아버지는 도랑을 내려다보면서 그곳에 떠다니는 갈잎과 좀개구리밥 사이에서 자신의 얼굴을 알아보았다. 몸을 옆으로 빼던 화가가 그를 발견한 곳도 바로 그곳이었다. 약한 바람에 잔잔한 파문을 일으키는 도랑. 그 어두운 거울 속에서 그들은 서로를 발견하고 알아보았다. 그리고 누가 장담할 수 있겠는가마는, 바로 이러한 인식의 순간, 늘 그들을 묶어놓은 기억 하나가 번개처럼 나타나서는 그 조그맣고 초라한 글뤼제루프의 항구로 그들을 날라다 주었을지도 몰랐다. 그곳의 방파제에서 그들은 낚시질을 하기도 했고, 수문 위를 이리저리 돌아다니거나, 게잡이배의 빛바랜 갑판 위에서 해바라기를 하기도 했다. 그러나 도랑의 거울 속에서 서로를 알아보았을 때, 그들이 무의식중에 생각한 것이 있다면 물론 그런 것은 아니었을 게다. 이들의 기억 속에 나타난 것은 차라리 우중충한 항구와 바로 그 토요일이 아니었을까? 아홉 살 때던가 열 살 때던가, 그날 아버지는 조수(潮水)를 조절하는 수문에서 미끄러져 떨어졌으며, 화가는 마치 지금처럼 그를 따라 물속으로 잠수해 들어가 마침내 그의 셔츠를 움켜잡았고, 죽어라 잡고 늘어지는 그를 끌어올리기 위해 손가락을 하나 부러뜨려야 했다.

그들은 서로 다가갔다. 위와 아래, 즉 도랑 속에서도 다리 위에서도 물속에서도 캔버스 앞에서도 그들은 악수를 나누었고, 늘 그랬듯이, 가벼운 의문의 억양을 넣어 이름을 부르면서 인사를 대신했다. "옌스인가?" "막스인가?" 그런 다음, 루드비히 난젠은 다시 그림 쪽으로 몸을 돌렸고, 아버지는 안주머니에 손을 넣어 편지를 꺼내들었다. 아버지는 손가락 두 개를 가위처럼 만들어 접힌 봉투를 편 다음, 무슨 말로 그것을 전달할까 궁리했다. 필경 아버지는, 서명이 되고 직인이 찍힌 계고장을, 아무 말 없이 건네주는 방법을 생각했으리라. 일이 여의치 않으면 이런 말을 첨가하면서. "베를린에서 자네에게 온 걸세." 분명 아버지가 바라는 것은, 화가가 먼저 그 내용을 읽게 함으로써, 불필요한 질문을 줄이는 것이었다. 가장 좋은 방법은, 이 모든 용무를 외팔이 우편집배원 오코 브로더젠에게 위임하는 일이리라. 그러나 이 금지의 통고는 경찰의 선에서 전달되어야 했기에, 자연히 루크뷜의 파출소장인 나의 아버지가 전달해야 했을 뿐 아니라, 금지의 조치가 이행되고 있는가의 여부도 감시하는 임무를 떠맡게 되었다.

그리하여 아버지는 펼쳐진 편지를 손에 들고 화가의 등 뒤에서 망설이고 있었다. 아버지는 풍차를 쳐다보고, 그림을 쳐다보고, 다시 풍차를, 다시 그림을 바라보았다. 자기도 모르게 아버지는 캔버스 가까이 다가가서 이번에는 그림을 먼저, 풍차를 나중에, 다시 그림을, 다시 날개 없는 풍차를 보았지만, 찾고 있는 것을 발견할 수가 없었다. 그는 물었다. "그 풍차 옆에 그려놓은 게 뭔가, 막스?" 화가는 약간 옆으로 비켜나면서 말했다. "풍차의 친구라네." 화가가 계속해서 녹색의 언덕에 그늘진 부분을 그려넣을 때, 아버지도 역시 풍차의 이 위대한 친구를 알아보았다. 갈색의 옷을 입고, 조용히 수평선에서 몸을 일으켜 거인의 모습으로 커지는 사람, 기적을 행할 듯이 보이는 다정하고 천진한 표정의 이 온화한 노인장을. 끝이 빨갛게 달아오른 갈색의 손가락을 뻗어 그는 자신이 막 갖다붙인 듯이 보이는 풍차의 날개를 가볍게 튕겨주려는 듯, 그리하여 저 아래 죽어가는 회색 위에 서 있는 풍차의 날개를 움직여 보려는 것 같았다. 빨리, 더욱더 빨리. 어두움을 짓빻아서, 오 제발, 찬란한 낮, 더 밝은 빛을 만들어낼 때까지. 풍차 날개가 그 일을 해내리라는 것은 틀림없어 보였다. 왜냐하면 그의 거동이 벌써 만족감을 앞세우고 있었고, 그 졸린 듯한 표정은, 내가 하는 일치고 성공하지 않은 게 있더냐, 하는 것 같았기 때문이다. 풍차 앞 연못에는 아직 보랏빛 의혹이 감돌았지만, 그 의혹이 그리 오래갈 것 같지는 않았다. 이 풍차의 친구가 깊은 애정으로 그것을 풀어줄 것이기 때문이다.

"저건 끝장일세." 나의 아버지가 말했다. "다시는 돌아가지 않을 거야." 그러자 화가가 말했다. "언젠가는 돌아갈걸세, 옌스. 기다리기만 하면 돼. 언젠가는 우리가 양귀비꽃을 빨으면서 물씬물씬 연기를 내뿜게 될 거야." 그는 일을 중단하고 파이프에 불을 붙인 다음, 머리를 흔들거리며 그림을 관찰했다. 돌아보지도 않고 담배 쌈지를 내밀다가, 아버지가 파이프를 태우지 않는다는 것을 생각하고, 이내 커다란 주머니 속으로 집어넣었다. "아직도 분노가 좀 빠져 있는 것 같지 않나, 옌스? 암록색의 분노 말일세, 풍차가 더 요란한 소리를 내며 돌아가게 할."

아버지는 편지를 손에 들고 있었다. 몸에 바싹 붙이고는, 언제라도 적절한 순간이 오면 내보일 참이었다. 스스로 그 순간을 만들 자신은 없었으므로. "어떠한 바람도 풍차를 돌릴 순 없을 거야, 막스, 분노조차도." 아버지가 말하자 화가가 대꾸했다. "덜커덩덜커덩 소리를 우리에게 보내줄걸세. 기다려보자고. 날개가 윙윙 돌아갈 날이 꼭 올 거야."

만일 화가의 마지막 말이, 자신의 주장을 꺾을 수 없다는 결의를 담고 있지 않았다면, 아마도 아버지는 좀 더 망설였을 것이다. 어쨌든 그는 갑자기 팔을 뻗어 편지를 내밀면서 덧붙여 말했다. "자, 막스. 베를린으로부터 온 걸세. 지금 읽어봐야 하네." 대수롭지 않게 화가는 편지를 외투 주머니 속에 집어넣은 다음, 아버지에게로 몸을 돌려 그의 어깨를 잡았다. 그러곤 그를 옆으로 끌면서 말했다. "가세, 옌스. 발타자르가 풍찻간에 있으니 우리는 잠시 실례해도 될 거야. 내게 제네바산(産) 포도주가 한 병 있는데, 맛을 보면 자네도 놀랄걸. 허 참, 가까운 네덜란드가 아니고 스위스 것이라니! 스위스의 한 박물관 직원이 보낸 걸세, 자 아틀리에로 가자고."

그러나 아버지는 가려 하지 않았다. 집게손가락으로 외투 주머니 쪽을 가리키면서 그는 말했다. "거기 그 편지." 그리고 잠깐 쉰 후에, "지금 당장 읽어야 하네, 막스. 베를린에서 온 거야." 그러곤 구두(口頭) 지시로는 충분하지 않다는 듯, 화가의 앞으로 한걸음 더 나아가면서 집으로 향하는 길목을 좁혔다. 화가는 할 수 없다는 듯 편지를 꺼내어 우선 발신인을 확인하고 ──아버지를 안심시키려는 것처럼── 가벼운 경멸을 담은 표정으로 고개를 끄덕이며 말했다. "이 백치들." 그는 재빨리 아버지를 바라보았다. 아버지는 그 시선에 놀랐다. 봉투 속에서 편지를 꺼낸 다음, 그는 다리 위에 선 채로 그것을 읽었다. 오랫동안, 내가 보기에는 천천히, 점점 더 천천히 내용을 읽고 난 후에 그것을 다시 주머니 속에 집어넣고 바르르 몸을 떨었다. 구원을 얻으려는 듯이 그는 시선을 돌려 바람이 몰아치는 들판, 풍차가 서 있는 곳을 바라보았다. 미로와 같은 도랑과 운하들, 황폐한 산울타리와 연못 그리고 그 위를 우쭐대며 떠다니는 들오리들을.

"나도 생각지 못했던 일일세." 하고 아버지가 말했다. 그러자 "알고 있네." 하고 화가가 말했다. "나로선 어쩔 수가 없어." "그것도 알고 있네." 화가는 파이프의 재를 털어내면서 말했다. "나는 모든 것을 다 알아보겠네. 이 읽기 힘든 서명만 제외하고는. 그들은 서명할 것이 너무 많을 테니까." 화가는 격분했다. "그들은 그걸 모르고 있어, 이 바보들은. 창작 금지니 직업 금지니……. 그러다간 식사 금지, 음주 금지까지 나올 판이야. 분명한 필적으로야 이 많은 걸 다 서명할 수 있겠어?" 그는 고개를 갸우뚱하고 풍차의 친구를 관찰했다. 오늘은 아니더라도, 필경 내일은 덜커덩 소리도 요란히 풍차의 날개를 돌려줄 거인의 모습을. 그러자 아버지가 그 특유의 말투로 끼어들었다. "금지는 해당자가 그 사실을 인지할 때부터 효력을 발생한다라고 쓰여 있지 않나, 막스?" "그래." 하고 화가는 놀란 듯 대꾸했다. "그렇게 쓰여 있었지." 아버지는 조용히, 그러나 또렷하게 말했다. "내 말은, 바로 지금 이 순간부터라는 뜻일세." 그러자 화가는 그의 화구들을 챙기기 시작했다. 홀로. 루크뷜 경찰관의 도움도, 아니 어느 누구의 도움도 기대하지 않고.

그들은 앞뒤로 서서 터덜터덜 울타리를 지나고 정원을 지나 뻣뻣한 걸음을 아틀리에 쪽으로 옮겨갔다.

본채에 딸린 이 아틀리에에는 화가가 희망한 대로 단층에다가 천창(天窓)에서 광선이 들어오도록 설계되었으며, 55개의 벽감(壁龕)이 있는 실내에는 오래된 장들과 책이 가득찬 서가, 그리고 무수한 간이침대들이 놓여 있었다. 내가 믿기로 이 침대들은 화가의 그림에 나오는 그 기이하고 무시무시한 주인공들의 잠자리였다. 노란색의 예언자와 환전상(換錢商)과 사도

(使徒), 요괴들, 초록색의 교활한 장사치들의 잠자리. 슬로베니아인들과 해변의 춤꾼들은 물론, 허리가 꾸부정한 농부들도 그곳에서 잠을 자는 게 분명했다. 침대만큼이나 무수한 벤치들, 그리고 아마포로 커버를 씌운 접의자들을 보고 있노라면, 이 화가의 상상에서 태어난 인물들이 모두 인광을 번득이며 이곳에 둘러앉아 있을 때도 있겠구나 하는 생각이 들기도 했다. 침울한 금발머리의 여자 죄수들도 포함해서. 궤짝들이 책상을, 마멀레이드 병이나 묵직한 항아리들이 꽃병을 대신했다. 그 무수한 꽃병들을 채우기 위해서 꽃밭 하나는 좋이 망가졌으리라. 내가 아틀리에에 들어설 적마다 온 책상 위에는 꽃다발들이 불꽃처럼 타오르며 색의 경연을 벌였다. 세면대가 있는 구석, 출입문 맞은편에는 도자기를 만드는 기다란 작업대가 있고, 그 위편의 선반 위에는 구워놓은 병이나 그릇들이 놓여 있었다.

그들은 들어왔다. 화구를 내려놓은 화가는 제네바산 포도주를 꺼내려고 나무궤짝 쪽으로 걸어갔고, 아버지는 앉았다 일어섰다, 망토를 벗었다 입었다 하면서 연신 창밖만을 내다보았다. 궤짝 안에서 대팻밥이 바스락거리는 소리, 셀룰로이드 종이가 찢어지는 소리가 들리더니, 이윽고 화가는 포도주를 한 병 꺼내들었다. 우선 햇빛 쪽을 향해 높이 들었다가 외투에 쓰윽 한 번 문지르고, 다시 햇빛에 비쳐보더니 만족한 듯 탁자 위에 내려놓았다. 선반에 초록색의 커다란 샴페인 잔을 솜씨 좋게 낚시질한 뒤, 지금까지와는 달리 서투르고 불안정한 솜씨로 잔을 채워 아버지에게 내밀었다.

"그래, 맛이 어떤가?" 잔을 비우자 화가가 말했다. 아버지는 인정한다는 듯, "그만인데, 막스, 그만이야." 화가는 한 번 더 잔을 채워놓은 다음, 술병을 손이 거의 닿기 어려운 선반에 올려놓았다. 그러고 나서 그들은 말없이 마주앉았다. 조심스레 결코 편안하지 않은 마음으로 그들은 노호하는 바람이 지붕을 넘어 굴뚝 깊은 속까지 뒤흔들며 내는 소리를 들었다. 창밖 뜨락에서는 바람에 휘몰린 참새 떼가 찌르레기 무리에 섞여 날고 있었다. 용마루나 풍신기(風信旗)도 그들이 안주할 곳이 되지 못했기 때문이다. 대기 중에서는 이상한 것이 타는 냄새가 났는데, 그들은 곧 냄새의 출처를 알겠다는 듯 나직이 중얼거렸다. "네덜란드인들이 이탄을 태우고 있군." 화가는 묵묵히 잔을 가리켰고 그들은 마셨다. 그런 다음 아버지는 일어나서, 포도주의 훈기를 온몸에 느끼듯 방 안을 오락가락하기 시작했다. 책상과 서가를 왕래하던 아버지는 시선을 들어 모퉁이의 한 그림, 즉 「가면을 살펴보는 피에로」에 고정했다. 아버지는 시선을 계속해서 「망아지들의 저녁」과 「레몬을 따는 여자」 위로 옮기다가 다시금 몸을 돌려 테이블 옆으로 다가왔다. 마치 해야 할 말을 찾아냈다는 듯이. 분명치는 않지만 모든 생각을 다 내포한 듯한 동작으로 아버지는 그림들 쪽을 바라보며 말했다. "베를린에서는 저런 걸 못 그리게 하려는 모양이지?" 어깨를 으쓱하며 화가가 말했다. "다른 도시들에서는 그런 짓을 않는데 말이야. 코펜하겐이나 취리히 그리고 런던이나 뉴욕에서는." "베를린은 베를린이니까." 아버지가 말했다. "자네 생각은 어떤가, 막스? 왜 그들은 그런 요구를 할까?

왜 자네에게 금지령을 내리는 거지?" 화가는 망설였다. 그리고 잠시 후에 말했다. "얘기를 하자면 좀 복잡할걸세." "복잡하다고?" 그러자 화가가 입을 열었다. "색깔 때문이지." "색깔도 항시 무언가를 이야기하고 있는 거라네. 때로 심지어는 어떤 주장을 내세우기도 하지. 하지만 그러한 색깔을 구사할 줄 아는 사람이 몇 되려고?" "편지에 쓰여 있는 말은 다르던데, 독소가 되는 것이 있다고 했지, 아마." "알고 있네." 화가는 씁쓰레한 미소를 띠고 있다가 잠시 후 말을 이었다. "그들은 독소를 좋아하지 않지. 하지만 약간의 독소는 필요한 거야——보다 밝아지기 위해서는." 그는 꽃송이 하나를 자기 쪽으로 구부려——튤립이 아니었던가 생각된다——손가락으로 꽃잎을 탁탁 튕겨댔다. 마치 풍차의 날개를 돌리려던 위대한 친구처럼. 집게손가락의 타격을 받은 꽃잎들은 하나씩 날아가 버렸고, 이윽고 꽃자루까지 허공 높이 튕겨올랐다. 화가는 선반의 포도주를 바라보았지만, 꺼내지는 않았다. 아버지는 아무래도 막스 루드비히 난젠에게 무언가 죄를 지은 것만 같아서 이렇게 말했다. "정말 난 꿈에도 생각지 못했던 일이었네, 막스, 이 금지 조치는 나와 전혀 무관한 거야. 난 그저 전달의 임무를 수행했을 뿐."

"알고 있네." 하고 화가는 말을 이었다. "이 미치광이들은 이것이 불가능하다는 사실을 모르는 모양이야. 창작 금지라니! 저들은 아마 방해를 하기 위해 갖가지 방법을 동원하겠지. 해 보라지. 그러나 이 한 가지, 그림 그리는 것을 막진 못할걸. 이건 이미 다른 사람들이 써먹었던 방법이야, 벌써 오래전에. 하지만 저들은 이걸 알아야 될 거야. 원치 않는 그림에 대해 금지할 방법이 없다는 사실을. 국외로 추방한다거나, 또는 눈을 후벼 파버리는 한이 있더라도. 손이 잘리면 그들은 입으로 그림을 그렸으니까. 이 바보들은 또 눈에 보이지 않는 그림이 있다는 걸 모른단 말이야."

화가가 앉아 있는 테이블을 빙빙 돌면서 아버지는 질문을 계속하는 대신, 다짐의 범위를 좁혀갈 뿐이었다. "하지만 금지는 이미 결정된 것이 아니겠나, 막스?" "암, 베를린에서." 화가는 긴장해, 그리고 호기심에 찬 듯 아버지를 바라보면서, 그의 시선을 줄곧 붙잡고 늘어졌다. 마치 아버지에게 말하기 힘든 무엇이 있음을 잘 알고 있으며, 그것을 결코 놓치지 않겠다는 듯. "막스, 내가……." 아버지는 별수 없이 입을 열었다. "실은 내가 자네를 감시하도록 지시를 받았네. 자네도 그걸 알고 있었겠지만."

"자네가?" 화가는 묻고, 아버지는 대답했다. "그렇다네, 바로 내가." 그들은 서로를 바라보았다. 한 사람은 앉고, 한 사람은 서서. 그들은 잠시 말없이 대적했다. 그들은 아마도 서로의 심중을 알고 싶어 했을 것이고, 장차 어떻게 지낼까, 여기저기서 맞닥뜨리게 될 때 어떤 방식으로 대하게 될까를 자문했을 것이다. 그렇게 서로를 탐색하고 있는 양을 보니 내 머릿속에는 화가의 그림 「울타리 옆의 두 남자」가 떠올랐다. 연초록의 빛을 배경으로 두 노인이 서로를 쳐다보고 있었는데, 이 둘은 담 하나를 사이에 두고 오랫동안 친숙하게 지낸 사이련만 지금 이 순간에는 눈에 띄는 적대심으로 서로를 관찰했다. 어쨌든 내 생각대로 화가는 결국 이런 질문을 던지지 않을 수 없었다. "도대체 어떤 방법으로 나를 감시할 생각인가, 옌스?" 아버지는 이미 그 말 속에 담긴 다정스러움을 귀담아듣지 않고 있었다. 그는 말했다. "두고 보면 알걸세, 막스."

그러자 화가도 자리에서 일어나 머리를 약간 갸우뚱하고 아버지를 바라보았다. 과연 아버지가 그런 일을 할 수 있을까를 탐문하듯이. 아버지가 갈 때가 되었다는 듯 망토를 꺼내 다리 사이의 걸쇠에 묶고 있을 때, 화가가 말했다. "같은 고향 친구들끼리 어쩌겠나?" 그러자 아버지는 고개를 들지 않고 대답했다. "고향이 같다고 성격까지 바꿀 순 없겠지." "그렇다면 눈 똑똑히 뜨고 날 한번 감시해 보게." "아마 그렇게 해야겠지." 아버지는 말하면서 손을 내밀었다. 막스 루드비히 난젠은 아버지의 손을 꼭 잡은 채 문간까지 걸어갔다. 정원으로 통하는 문 앞에 이르러서야 둘은 악수를 풀었다. 화가에게 몰리기라도 하듯 문간에 바싹 붙어선 아버지는, 손잡이를 볼 수 없어 허리 높이 부근을 더듬거렸다. 여러 차례 실패를 거듭한 후 손잡이를 거머쥔 그는, 마치 화가의 영역에서 벗어나야겠다는 듯 재빨리 문을 열었다.

바람이 문 밖으로 그를 낚아채 갔다. 아버지는 무의식중에 팔을 뻗었고, 북서풍이 그를 날려보내기 전에 어깨의 힘으로 바람을 막으며 자전거 쪽으로 걸어갔다. 화가는 바람의 기승 때문에 문을 닫고 뜰로 면한 창가로 다가왔다. 아마도 그는 아버지가 나를 데리고 떠나는 모습을 보려고 했을 것이다. 또 보지 않으면 안 되었으리라. 처음으로 그는, 아버지가 정말 블레켄바르프를 떠나는지 확인할 필요를 느꼈을 것이고, 그 때문에 바람과 싸우며 떠나는 우리의 힘든 출발을 지켜보는 것이리라.

나는 디테와 부스베크 박사도 계속 우리를 주시했으리라고 추측해 본다. 우리가 빨간색과 흰색이 자동으로 교차되는 등대 옆을 지날 때까지 말이다. 디테는 물었겠지. "그 일이 일어난 건가요?" 그러자 화가가 대답했겠지. "그래, 그리고 옌스가 나를 감시하게 되었대." "옌스가?" "그렇소, 고향 친구 옌스 올레 예프젠, 그가 바로 나의 감시자요."

3

갈매기들

엿보기 구멍으로 누군가 들여다보고 있었다. 나는 그것을 즉시 느꼈다. 등허리를 바늘로 찌르는 듯한 찌르르한 아픔만으로도 그것을 충분히 알 수 있었다. 탐색하는, 우리들 말로 차갑게 탐색하는 눈동자 하나가 구멍에 달라붙어서 쓰고 또 쓰는 나를 관찰하고 있었다. 처음 내가 그 시선을 느낀 것은, 아버지와 화가가 막 술잔을 비울 때였다. 등허리에 와 박히는 그 길고 고통스러운 시선이 나를 놓아주지 않고 날아다니는 모래알처럼 따끔따끔 내 살갗을 찔러댔다. 게다가 발소리와 경고, 반쯤 질식할 듯한 기쁨의 외침들이 뒤섞여 들려왔다. 나는 내 골방 문 바깥 상황을 짐작하고 남았다. 200명 남짓한 심리학자들이 썰렁한 복도에 출두하셔서, 나와 나의 벌을 초조하게 조사하고 있을 그런 상황을.

내가 엿보기 구멍을 통해 보여준 정경에 흥분한 몇몇은 자신도 모르게 터져나오는 외침으로 "불즈 씨 증세"니 "객관적 동시역(同時蝪)"이니 하고 지껄여 댔다. 내가 이 소동을 강제로 진압하지 않는다면, 얼마나 오래도록 이 장사진이 내 방의 구멍 앞에서 부산을 떨 것인가? 내 목덜미의 불안과 등허리를 찌르는 고통은? 나는 손거울 속에 전구 불빛을 비춰보고는, 급작스레 구멍을 향해 내쏘았다. 광선은 구멍 앞을 일소해 버렸다. 기괴한 부르짖음과 경고의 말소리가 들리더니, 발소리를 쿵쿵거리면서 무리는 멀어져 갔다. 시끌벅적한 소리가 고조되면서. 그리하여 내 등허리는 이완되었고, 고통은 사라졌다.

나는 만족스럽게 작문 공책을 쓰다듬고는, 책상 옆에 서서 몇 가지 간단한 체조로 긴장을 풀었다. 그때, 자물쇠에 열쇠가 꽂히더니 문이 벌컥 열리면서 요스비히가 들어왔다. 여전히 언짢은 표정으로, 말없이 그는 손을 벌려 작문 공책을 요구했다. 이 독일어 시간에 바쳐질 공물을 코르프윤이나 힘펠 원장이 회수하려는 모양이었다. 나는 깜짝 놀라서 그에게 나무라는 시선을 잔뜩 던졌다. 하지만 우리의 친애하는 간수님께서는 내 주의를 엘베강 위로 동터오기 시작하는 아침 빛에 돌리면서 말했다. "다 챙겨가지고 이곳을 나가도록 해." 그는 내 공책을 집어들고 엄지손가락 끝으로 스르르 넘겨보았다. 그렇게 내가 빈둥대며 보내지 않았다는 사실을 확인했다.

"오, 지기, 잘됐어, 이것이 작문이건 아니건 간에." 이렇게 말해주던 그의 음성에는 아버지와 같은 흡족감이 들어 있었다고 지금도 생각한다. 그는 벌이 끝났음을 인정한다는 듯 한 손을 내 어깨 위에 올려놓으며 미소를 지었고 고개를 끄덕거렸다. 그는 내가 밤을 꼬박 새우며 글을 썼다는 사실을 상기시켜 주었다. 틀림없이 원장도 칭찬해 주리라 예견하기도 했다. 감사하다는 표정으로 나를 쳐다보면서, 내 공책을 원장실까지 가져다주겠다고 자청했다. 하지만 그가 막 문을 나서려 할 때, 나는 그를 소리쳐 불러 세우고 내 공책을 요구했다. 이해할 수 없다는 듯, 믿을 수 없다는 듯, 그는 나를 바라보며 단단히 말아서 거머쥔 공책을 높이 들었다. "하지만 지기, 벌은 이걸로 끝난단 말이야."

나는 머리를 흔들었다. "벌은 이제 막 시작이에요. '의무의 기쁨'이 조금 생겨나려는 참이에요. 아주 조금. 모든 게 아직 시작에 불과해요."

칼 요스비히는 내 작문의 서두를 넘겨 페이지를 헤아리고는 미심쩍은 듯 물었다. "아직 끝내지 못했다고? 밤새도록 썼는데도?" "싹일 뿐이에요." 하고 내가 말했다. "기쁨의 싹이 막 돋아나고 있었던 거지요." 그러자 요스비히는 다소 언짢은 표정으로 되돌아갔다. "그게 그렇게 오래 걸려야 한단 말이지?" "그 기쁨은 오랜 시간 계속될 거예요. 벌로서 하는 작문이니 더 진지하게 다루어야겠지요?" 그는 시인했다. "벌이 효과가 있었다면, 그만큼 개전(改悛)의 성과를 거두었다는 것이 될 테니까." "그래요." 하고 내가 말했다. "넌 내가 바라는 것이 무엇인지 알겠지?" "네, 알아요." "너는 작문이라는 징벌이 성공적이라는 걸 보여주어야 해." 하고 요스비히는 말을 계속했다. "그걸 보여줄 때까지 독방에 있어도 좋아. 혼자 식사하고 혼자 잠을 자면서. 우리에게 돌아올 날을 네가 결정해도 좋아."

그러고 나서 그는 힘펠 원장이 나에게 부과한 과제를 상기시켰고, 나의 벌이 무기한 연기되었음을 되풀이했다. 결국 내 조반을 가지러 가기에 앞서 요스비히는 내 공책을 되돌려 주었고, 솔직한 동정의 말을 잊지 않았다. "저들이 너무 가혹하게 너를 괴롭히고 있는 것이 아닌지 모르겠다." "의무의 기쁨인걸요." 내가 말했다. "정말 안됐어, 지기." 그는 들릴락 말락 한 음성으로 이야기하고 자기도 모르게 주머니에 손을 넣고는, 꼬깃꼬깃한 담배 두 개비와 성냥을 꺼내 재빨리 내 침대 시트 밑으로 집어넣었다. 그러곤 아무 표정 없이 말했다. "실내에서의 흡연은 금지돼 있어." "네." 나는 대답했다.

그는 가버렸고, 조반을 마친 다음 나는 격자 창문 앞에 서서 엘베강의 새벽과 얼음에 뒤덮인 강물 그리고 견고한 예인선들과 준설선 '에미 구스펠'이 얼음을 재단하는 모습을 바라보았다. 흐르는 얼음의 압박을 받으며 부표(浮標)들이 비스듬히 서 있었다. 쿡스하펜 쪽 하늘에는 황갈색의 투시화(透視畵)가 전개되고 있었고, 그 주변엔 금방 눈이라도 쏟아낼 듯한 구름이 몰려 있었다. 정유 공장에서 솟아오르는 작은 불꽃들은 점점 거칠어지는 바람 때문에 고개를 숙였고, 멀리 조선소에서 두드리는 해머 소리가 여기까지 들려왔다.

우리네 작업장과, 소매치기의 명수 올레 플뢰츠가 내 일을 대신하고 있을 감화원 도서관에서도 일찌감치 일이 시작되었다. 그러나 그것 때문에 우울하지도 않고, 지금으로선 내 친구들 가까이에 있고픈 마음도 없다. 무엇이든, 가령 코르프윤의 목소리나 동작, 또는 힘펠 원장의 제스처까지 흉내낼 수 있는 샬리 프리드랜더와는 단짝이긴 했지만. 나는 이 방에 머물러 있고 싶다. 홀로. 이 골방은 내게, 그들이 나를 올려놓은 스프링 보드였다. 나는 아래로 뛰어내려 잠수해 들어가야 한다. 그리하여 그 깊은 곳에서 내 기억의 말들을 집어올려 도미노 놀이[3] 판 위에 하나씩하나씩 올려놓아야 한다.

유조선 한 척이 엘베강의 하류 쪽으로 가고 있었는데, 이 '기슈 마루'인지 '기시 마루'인지 하는 유조선은 '클레르 B. 나파시스'나 '베티외트커' 등과 더불어 내가 아침 식사를 시작한 후 여섯 번째로 도착한 배였다. 글뤼크슈타트와 쿡스하펜을 지나 섬의 앞바다에 도착한 듯한 이 배들은 위용을 떨치면서 스크루 소리도 요란히 얼음물을 헤쳐갔다.

그러나 서쪽을 향해 혈로를 뚫고 있는 이 배들에 승선해 테헤란이나 카라카스 등지로 가고 싶지는 않다. 나는 루크뷜로 통하는 어려운 길을 떠나가야 하므로, 기분이 내키는 대로 진로를 바꿀 수도 없다. 루크뷜, 그 기억의 부두에 내가 적재할 화물이 쌓여 있다. 내게 운명지어진 행선지는 루크뷜 항구——적어도 글뤼제루프——였으니, 나는 멋대로 키의 방향을 돌려서는 안 된다.

출발의 닻줄을 올린 지금 얼마나 고집스레 모든 것이 나타나 나를 이끌고 가는지, 그리고 얼마나 또렷이 그것들은 다시 내 앞에 되살아나는지! 나는 넓은 들판을 펼쳐놓고, 우선 네

---

3) 28개의 말로 하는 수 맞히기 놀이.

덜란드식 수문(水門)이 설치된 도랑과 어두운 운하들을 새겨 넣는다. 정교한 언덕 위에는 우리 집 헛간에서도 바라다보이는 다섯 개의 풍차—그중엔 물론 내가 아끼는 날개 없는 풍차도 있다—를 올려놓고, 그 풍차와 거기 딸린 적갈색 집들 주위에 팔을 구부려 감싼 듯한 연못을 그려 넣는다. 그 서편에는 빨간 모자를 쓴 등대와 북해를 둘러친 긴 방파제—그 옆에 지어놓은 오두막으로부터 화가는 밀려온 파도가 이곳에 부딪혀 부서지는 모습을 관찰하곤 했다—를 그려놓은 다음, 이제 나의 루크뷜에 도착하기 위해 좁다란 벽돌길을 따라가기만 하면 된다. 이윽고 나타나는 간판 '루크뷜 파출소'. 이 간판 아래서 나는 아버지를 얼마나 자주 기다렸던가. 때로는 할아버지를, 또 드물게는 누나 힐케까지도.

정말로 어김없이 모든 것은 되살아났다. 들도, 빛깔도, 벽돌길도, 이탄 늪도 그리고 퇴색한 말뚝에 박아놓은 간판도. 마치 어두운 바다 밑을 헤엄쳐 나오듯 조용히 이 모든 것들이, 얼굴들이, 구부정한 나무들이, 바람 잔 날의 오후들이 기억 속에 떠오른다. 그리하여 나는 다시 맨발로 간판 밑에 서서, 화가가—또는 그저 화가의 외투가—외투 자락을 펄럭이면서 제방을 넘어 반도(半島) 쪽으로 걸어가는 모습을 보고 있었다. 그리고 어느 봄, 우리네 고장엔 아직도 소금기가 담긴 강풍이 불어대는 날, 나는 내 은신처, 즉 바퀴도 없이 손잡이를 위로 곧추세운 빈 손수레 속에 숨어서 힐케 누나와 그녀의 약혼자를 기다리고 있었다. 그들은 막 반도로 가서 갈매기 알을 주워오려는 참이었다.

나도 함께 데려가 달라고 졸랐지만, 힐케는 딱 잘라 거절하면서 이렇게 말했다. "네가 끼어들 일이 못 돼." 그래서 나는 손수레의 밑바닥에 누워 그들을 기다렸다가 몰래 뒤를 따라갈 심산이었다. 아버지는 내게 출입을 허락지 않는 비좁은 사무실에서 독특한 필체로 보고서를 쓰는 중이었고, 어머니는 침실에 꾹 박혀 있었다. 힐케가 자신의 약혼자 아달베르트 스코브로네크──그녀는 그냥 아디라고 불렀다──를 처음 우리 집에 데려온 이 불순한 봄날엔 특히 더 심했다. 그들이 집에서 나오는 기척을 느끼고, 나는 판자의 갈라진 틈을 통해 헛간 옆을 지나가는 그들을 바라보았다. 힐케는 예의 권위적이고 오만한 자세로 앞장을 서고, 늘 그랬지만 한 발자국쯤 뒤떨어져 아디가 어정어정 그녀를 따라갔다. 손가락 하나 잡지 않고, 팔을 허리에 올려놓는 법도 없이──이렇듯 엇갈린 보조로──마치 접촉을 통한 즐거움 따위는 안중에도 없다는 표정들이었다. 우의(雨衣) 소리를 요란히 내면서 벽돌길로 접어든 그들은 제방을 향해서 뒤도 돌아보지 않고 나아갔다. 누군가에게 감시당하고 방해받고 있다는 생각에 마치 그들이 원하는 것은 오로지 갈매기 알뿐이라는 인상을 주도록 행동하는 것 같았다. 부지중에 등허리가 뻣뻣해지고, 납구두를 신은 듯 걸음이 무거워지고, 애써 그들이 접촉을 피하는 것, 이 모든 것의 이유는 단 하나, 침실의 커튼이 살며시 움직이고 불룩해지더니 재빨리 위로 걷어올려졌기 때문이 아닐까?

어머니가 거기에 서 있으리라는 점은 충분히 짐작하고도 남았다. 아래를 내려다보며, 특유의 비난에 찬 표정으로 거만스레, 입술을 깨문 빨간 얼굴이 거기 꼼짝 않고 있을 것이었다. 아디 스코브로네크가 악사(樂士)라는 사실, 즉 힐케가 여급으로 일하고 있었던 함부르크의 '퍼시픽 호텔'에서 아코디언을 연주했다는 사실을 알았을 때 어머니는 당황해 아버지에게 이렇게 말한 적이 있었다. "집시 녀석 같으니라고!" 그 후로 침실에 틀어박힌 여인, 구드룬 예프젠, 이것이 바로 내 일생을 두고 잊히지 않는 어머니의 한 모습이었다.

손수레 안에 꼼짝 않고 누워 관자놀이를 판자 틈에 붙이고서 나는 커튼을 관찰했고, 또 힐케와 아디가 제방을 지나 바다 쪽을 향해 멀어지는 소리에 귀를 기울였다. 침실 창문에서 아무런 미동도 보이지 않을 때, 그리고 둘의 목소리가 더 이상 들리지 않게 되었을 때, 나는 몸을 일으켜 수레 밖으로 몸을 날렸다. 그러곤 곧장 도랑의 옆길을 따라 몸을 비탈 쪽으로 비스듬히 붙이고는 둘의 뒤를 맹렬히 추격했다.

힐케는 바구니를 들고 있었다. 그녀는 이제 몸을 가볍게 숙이고 걷고 있었는데, 마치 집의 영역에서 단숨에 떠나기 위해 뛰어갈 태세를 취하는 것 같았다. 그녀의 하얀 구두가 황톳빛 뚝길 위에서 선명히 눈에 띄었다. 외투 깃 속에 집어넣은 머리채는 깊고 단단히 넣지 않았기 때문인지 밀고 누르고 하는 동안 다시 밖으로 흘러나와 목덜미를 덮었다. 그 덕분에 그녀의 머리는 흡사 편평한 공처럼 보였다. 때로 종종걸음을 하던 다리가 무엇엔가 걸려 비트적거릴 때에는 딴딴하고 미끈한 장딴지가 서로 닿고 부딪치기도 했는데, 그녀는 그것을 느끼지도 못했다. 그것은 어느 때나 마찬가지였다. 그녀의 걸음

걸이에도, 그녀가 행하는 모든 활동과 계획과 마찬가지로 맹목적이고 마구잡이식인 에너지가 들어 있기 때문이 아닌가 한다. '불개미 같은 여자'. 내가 그녀를 두고 하고 싶은 말이다. 단 한 번도 그녀는 뒤를 돌아보지 않았고, 무엇 하나 확인하려 들지 않았다. 반면에 아코디언 연주자 아디는 연방 뒤를 돌아다보면서 내키지 않는 듯 다소 망설이는 걸음으로 걸어가고 있었다. 그래서 나는, 그가 나를 발견하지나 않을까, 혹은 그가 갈매기 알 줍기보다 더 재미난 일을 갑자기 생각해 내지나 않을까 신경을 써야 했다. 그는 추운 모양이었다. 두 손을 주머니에 넣고, 담배를 피우고 있었다. 바람에 날린 담배 연기가 그의 어깨 위로 가느다란 구름이 되어 움직였다. 이따금 그는 몸을 돌려 두서너 걸음 바람을 등으로 받으며 뒷걸음질치기도 했다. 그럴 때마다 그는 우의 속으로 깊숙이 몸을 움츠렸다. 나는 그의 창백하고 까칠한 얼굴을 알아보았고, 거기서 풍기는 유일한 인상, 즉 온화한 참을성을 볼 수 있었다. 처음 인사하러 왔을 때 지니고 온 이 표정을, 그는 어머니가 앉으라고 하지 않을 때도, 또 힐케가 소개한 이웃 사람들이 한마디도 질문을 던지지 않을 때도 결코 바꾼 적이 없었다. 그가 무슨 병을 앓고 있는지, 그가 누구인지, 즐거운 것이 무언지, 두려운 것이 무언지 누구 하나 아는 사람이 없었고, 그저 항시 우리의 기억 속에 새겨진 인상은 그가 처음 나타났을 때의 그 표정, 온화한 참을성뿐이었다.

이제 나는 제방 뒤에서 이들을 잃어선 안 된다. 시선을 떼지 않고, 그때도 그랬듯이, 이들의 뒤를 쫓아가야만 한다. 도랑의 경사면에 몸을 숙이기도 했고, 수문이 가려주는 곳에서는 몸을 세우고 걸어갔다. 주위를 비호해 주는 갈대숲에서 한시름 놓을 수가 있었고, 제방의 둔덕 바로 앞에 이르러서는, 그들이 뒤를 돌아볼 경우 간단히 머리만 수그려도 눈에 띄지 않게 되었다. 아버지가 블레켄바르프로 갈 때마다 자전거를 끌고 오르던 제방을 그들은 올라갔다. 그러고는 눈앞에 전개되는 바다의 경이로움에 눈 한 번 팔지 않고, 재빨리 해변 쪽으로 뛰어내려 가 해안선을 따라 난 소로를 제방의 굴곡을 반복하면서 술집 '바트블리크'까지, 그리고 다시 반도까지 그들은 걸어갔다.

이곳에서 그들은 멈추었다. 그들은 가까이 다가섰다. 힐케는 어깨를 그의 가슴에 기대고, 내가 보기엔 볼 만한 것이 별로 눈에 띄지 않는 북해를 가리켰다. 그러고는 팔을 벌려 느린 호선(弧線)을 그렸는데, 그것은 마치 북해를 몽땅, 조개와 파도와 수뢰(水雷)와 흐릿한 바다 밑의 잡동사니까지 그에게 선사하려는 듯이 보였다. 아디는 한 손을 그녀의 어깨 위에 올려놓고 그녀에게 입을 맞추었다. 그러고는 그녀의 손에서 바구니를 받아 자기를 껴안기 쉽도록 만들어주었다. 그러나 힐케는 그를 껴안지 않고 그에게 무언가를 이야기했다. 그도 또한 긴장된 몸짓으로 무언가를 얘기했다. 모래가 빛나는 반도의 꼭대기를 가리키면서, 이번엔 그가 힐케에게 어림잡아 1.5평방킬로미터는 됨직한 바다의 한 귀퉁이를 선사했다.

파도는 해안의 돌멩이들을 때려 물보라를 일으켰고, 그때마다 돌멩이들의 틈새에서 거품투성이의 혓바닥들이 치솟았다가는 다시 철썩 밀려나곤 했다. 바다 저편 하늘에서는 검은 삭구(索具)들이 비구름 속에 솟아나, 장루(檣樓)돛, 웃돛, 큰돛들이 솟아 있는 가운데 또 다른 돛대들을 부풀려 올렸다. 이 광경을 보고 아디는 누나에게 무언가를 얘기하지 않을 수 없었고, 누나도 무언가 떠들며 몸을 젖히고 깔깔거렸다. 아디는 별수 없이 그녀의 팔을 죄인 다루듯 움켜잡고는 해변을 따라 끌고 갔다.

소로 바로 옆으로 해조(海藻)며, 시든 쐐기풀 그리고 조약돌로 만들어진 두 개의 궤적이 뻗어 있었다. 하나는 선명하고 하나는 다소 오래되어 보이는 이 두 평행선은 두 번의 만조(滿潮)가 남기고 간 흔적, 그 기억의 띠, 거칠게 날뛰던 겨울 바다의 격랑, 그 분노의 흔적이었다. 밀물이 노획해 온 물건들이 각각 달랐는데, 하얗게 씻긴 해초의 뿌리들이며 코르크 조각이며 부서진 토끼장의 널빤지들이 있었다. 해조 덩어리, 조개, 찢어진 그물 그리고 이상한 옷자락처럼 보이는 요오드 색의 식물들이 궤적 위에 이어져 있었고, 그 옆을 누나와 아코디언 연주자가 반도를 바라보며 사뭇 따라가고 있었다. 주점 '바트블리크'에 들르지도 않고, 그들은 해안길만을 계속 따라갔다. 손에 손을 맞잡고, 상기된 얼굴 위로 튀어오르는 물방울을 맞아가면서. 저편, 반도가 북해 속으로 잠겨드는 곳, 그 기슭에는 흰 양털 같은 파도머리들이 보였다. 이 물결은 멀리 검푸른 해심(海心)으로부터 밀려와 부드러운 지면에 부딪혀서는, 마치 들불이 타오르듯 불똥을 튀겼다. 기슭을 기어오르다간 밀려나고, 오르다간 또 밀려나면서 파도는 끊임없이 철썩철썩 소리를 내고 있었다.

반도는 뱃머리처럼 바다 한가운데 솟아올라 완만한 경사를 이루며 뻗어 있었는데, 불모(不毛)의 울퉁불퉁한 모래언덕 위에는 나무 한 그루 없이 거친 바닷귀리들만 자라고 있었다. 이 언덕의 발치에, 나지막하지만 넓은 창문을 바다로 향한 화가의 오두막이 서 있었다. 이 일대가 갈매기들이 깃을 들이는 곳이었다. 해마다 이른 봄이 되면 갈매기들은 그곳, 조류 감독관(鳥類監督官)의 초소와 화가의 오두막 사이에 새끼를 까기 위해 깃을 들였다.

술집 뒤편으로 해서 제방 위에 올랐을 때, 나는 힐케와 아디를 시야에서 놓치고 말았다. 누나가 원해서였겠지만, 이 아코디언 연주자는 그의 아코디언을 들쳐메고 우리 집에 나타났었다. 그가 악기를 들 때마다 어머니가 방을 나가지 않았던들 그는 즐겁게 아코디언을 연주했으련만! 아버지도, 그가 사랑의 노래를 연주하는 걸 보고 싶어 했고, 나 또한 아디의 노래를 듣고 싶었다. 하지만 어머니는 그때마다 참을 수 없다는 듯 노골적인 불만을 나타냈고, 별수 없이 이 A. S.라는 이니셜이 은으로 새겨진 묵직한 아코디언은 힐케의 방 안에서만 돌아다니고 있었다. 어느 날 밤 몰래 손수레 같은 데 숨어서 이 악기를 한번 시험해 보리라고 나는 벼르던 참이었다.

주점의 목조 테라스 위에 서서, 나는 조망창을 통해 실내를 들여다보았다. 그러자 거기 혼자 빈 테이블에 앉아 있던 남자가 나를 놀리려는 듯 고등어 가시가 담긴 재떨이를 집어던지는 시늉을 하는 바람에 나는 창 밑으로 몸을 날리고는, 다시 제방의 비탈길을 올라갔다. 저 앞 해안의 돌멩이들 위를 둘은 앞뒤로 서서 걸어가고 있었다. 물이 가라앉으면서 평평하고 밝은 반도의 백사장이 시작되는 곳에 이르자, 그들은 다시 손을 맞잡고 해변을 가로질렀다. 바다를 배경으로 삼고, 떠내려온 나무와 해조 사이를 지나 쓸쓸한 모래언덕을 횡단해 갈 때, 그들은 영락없이 아스무스 아스무센이 쓴 소설 『바다의 빛』의 주인공인 팀과 티네 같아 보였다. 아니, 이것은 잘못된 비유인 것 같다. 팀이라면 북해 위에 걸쳐 있는 비구름을 걱정스러운 양 손가락질하지도 않았을 것이고, 아디처럼 저렇게 꽁꽁 얼어 있지도 않았을 것이며, 푸른외투갈매기가 급선회하면서 머리 위로 내려왔을 때 저렇게 깊숙이, 그리고 놀라서 몸을 움츠리지도 않았을 것이기 때문이다. 이 갈매기가 화살 같은 소리를 내며 위를 덮쳐오자 아디는 놀란 나머지 머리를 숙이고 몸을 돌리기까지 했다. 그래서 그는 갈매기가 그의 바로 위에서 급하강을 멈추고 바람에 실려 공중으로 높이 솟아오르는 모습을 보지 못했다. 하늘로 올라간 갈매기는 고막을 찢는 듯한 경고와 위협과 비탄의 울음을 내질렀다. 시작은 언제나 그랬다. 푸른외투갈매기나 그루터기갈매기나 혹은 모자갈매기 한 마리가 공격의 포문을 열곤 했다. 해안의 갈매기들치고 그들의 알을 호락호락 내주는 법이 없었다. 공격을 감행한다. 눈에 핏발을 세우고 샛노란 주둥이를 하고 위장 공격을 벌이며 나는 것이다.

이 아코디언 연주자가 그런 걸 경험했을 리가 없었다. 돌연 지천의 갈매기들이 어지럽게 날면서 반도의 하늘 위에 은회색의 구름을 만들었다. 날개를 파닥이고 캑캑거리며 아찔하게 하늘 높이 솟구쳤다가 떨어지기도 하고 커브를 돌기도 하면서. 새떼의 구름은 하얀 깃털을 비처럼 뿌려댔다. 아니 깃털의 눈[雪]이라는 게 옳았다. 그것은 모래의 골짜기를 하도 폭신하게 덮어버렸기 때문에 누나와 그녀의 애인이 마음만 먹으면 그것을 침대 삼아 잠을 자도 될 성싶었다. 그렇게 말하고 싶어 내 가슴이 얼마나 뛰었던지!

갈매기들이 보금자리에서 날아올라 하늘을 새로운 소요 속으로 몰아넣기가 무섭게, 나는 제방에서 해변 쪽으로 내리달렸다. 거기 부서진 생선통 뒤편에 숨을 곳을 발견한 나는, 숨을 죽이고 누워서 하늘 가득한 갈매기들의 광란을 지켜보았다. 손에 막대기를 단단히 거머쥐고, 여차하면 청회색 잠수부 갈매기의 머리통을 후려칠 판이었다. 그놈의 날갯죽지라도 하나 주워들고 집으로 돌아간다면 좋은 화젯거리가 될 테니까.

갈매기들은 벌써 나를 발견하고, 내 머리 위에서도 구름의 소용돌이를 일으키고 있었다. 육중한 촌장갈매기들이 폭탄처럼 돌진해 왔고, 날렵한 그루터기갈매기들은 해안 위를 아슬아슬하게 날면서 내게 분노를 터뜨렸다. 하늘을 가르듯 날카로운 소리를 내며 기습해 오던 갈매기는 내 바로 앞에서 급커브를 틀어 바다 쪽으로 멀리 날아가서는, 그곳에서 다시 새로운 공격을 준비했다.

나는 벌떡 일어나 머리 위에서 막대기를 뱅뱅 돌렸다. 어떤 사람이—그게 누구더라?—비를 맞지 않으려고 검을 뱅뱅 휘둘렀던 것처럼. 그러곤 해변을 떠나 막대기를 휘둘러 화살

같은 공격에 대적하면서, 두 사람의 자취를, 촉촉한 모래 위에 새겨진 발자국들을 따라 달렸다.

청록색, 회색, 흑갈색의 알들이 놓인 둥우리 사이를 힘겹게 헤치며 잠시 나아가자, 다시 그들의 모습이 내 앞에 나타났다.

그러나 아디가 죽어 있었다. 하늘을 향해 그는 누워 있었다. 한 마리의 폭풍갈매기, 혹은 열 마리의 청어갈매기와 90마리의 우아한 바닷제비들이 그를 죽였음에 틀림없다. 그의 몸을 벌집처럼 쑤셔놓고 말이다. 누나는 그의 옆에 무릎을 꿇고 슬퍼하는 기색도 없이, 침착하게 그의 옷을 적당한 만큼만 벗겨내고 있었다. 모든 것을 지배하고 계획하고 규정짓는 그녀, 주저나 우유부단만은 참지 못하는 그녀가 얼굴을 그의 얼굴에 포갠 다음 그를 포옹하고 그의 몸뚱이 위로 올라갔다. 아디의 양다리는 짧게 땅을 밀기도 하고 차기도 하고 또 움찔움찔 움직이기도 했고, 양손은 공중에서 허우적허우적, 어깨는 경련이라도 나는 듯 떨고 있었으며, 몸통은 땅을 박차고 일어나려는 것 같았다.

나는 그만 모든 것을 잊고 말았다. 달려드는 갈매기를 향해 막대기를 휘두르면서 그들을 향해 달려가 쓰러지듯 무릎을 꿇었다. 흙빛이 된 아디의 얼굴은 경련에 떨고 있었고, 턱을 바짝 잡아당긴 채 이를 부드득부드득 갈고 있었다. 엄지손가락을 움켜쥐고 오그라붙은 손가락들. 땀으로 범벅이 된 살갗. 그가 입을 열 때마다 반흔(瘢痕)이 있는 그의 혀끝이 보였다.

"그대로 놔둬." 누나가 말했다. "붙잡지 마." 그녀는 불쑥 튀어나온 나에 대해서 놀랄 겨를도 없었다. 그녀는 흥분하지도 놀라지도 않고 다만 걱정스러운 표정으로 아디의 셔츠 단추를 채워주고, 그의 얼굴을 쓰다듬었다. 나는 그녀의 애무를 받으며 아디가 다시 소생하는 모습을 지켜보았다. 한숨을 내쉬고 근심 어린 미소를 띠고 일어난 그는, 막대기를 가지고 갈매기를 막아내는 나를 보자 머리를 끄덕여 아는 체를 했다.

이쪽저쪽으로 막대기를 찔러대면서, 나는 갈매기들을 당황하게 했고, 그들이 하강하지 못하도록 했다. 누나가 풀어놓을 잔소리는 미처 들을 겨를이 없다는 듯이, 아디를 위해 싸웠다. 그렇다, 나는 팔방파(八方破)의 검법을 휘둘렀다. 돌격과 도약과 투척을 되풀이하며 새들을 방어하는 동안, 누나는 부지런히 갈매기 알들을 바구니에 집어넣었고, 아디는 멍청하게 서서 목덜미를 문지르고 있었다. 가죽처럼 딴딴하고 쭈글쭈글한, 지독히도 늙은 목덜미를.

갈매기들은 갑자기 전략을 바꾸었다. 위장 공격으로는 성공할 수 없다는 사실을 알아차렸는지, 몇몇 갈매기가 가미카제 특공대를 편성했다. 우선 폭풍갈매기들이 갈퀴가 있는 발을 바싹 붙이고, 산호처럼 새빨간 주둥이를 딱 벌리면서 Ju-87[4]의 속도로 돌진해 왔다. 그러나 그것은 몇몇 광포한 낙오병에 불과했을 뿐, 다른 갈매기들은 모두 편대를 지어 우리 머리 위에 평평한 구름을 만들고 있었다. 그곳에서 날개를 파닥이며

---

4) 독일의 융커스사에서 개발해 제2차 세계대전에서 맹활약한 독일 공군의 단발 급강하 폭격기.

이젠 목소리로 우리를 공격할 참이었다. 낙하 비행이 주효하지 않으니 울음소리로 우리를 물리치려는 심산이리라. 소리의 폭동이 하늘을 덮었다. 꽥꽥, 삑삑, 캑캑, 끼룩끼룩, 그 소리는 골수와 척수에 사무쳤고, 오싹 소름이 돋게 만들었다.

아디는 미소를 지으며 귀를 막았고, 누나는 몇 차례나 갈매기똥에 얻어맞으면서 알을 주웠다. 막대기를 허공에 휘두르기만 해도 자욱한 깃털의 소용돌이가 일어났고, 때로 나의 막대기는 어지럽게 비상하는 새의 구름 속에 묻혀버릴 지경이었다. 한번은 막대기가 외투갈매기의 어깻죽지를 명중시키기도 했지만, 내 발밑으로 추락하지는 않았다. 나는 이 광란하는 갈매기의 하늘에 구멍을 낼 수가 없었다. 그들을 제압하고 평온을 되찾을 수가 없었다. 그 소란을 그저 감수하는 수밖에.

이번에는 한 녀석이 달려들어 내 다리를 물어뜯었다. 막대기로 헛손질을 한 나는 갈매기 알을 하나 집어던졌다. 알은 녀석의 잔등에 명중했다. 깨진 알의 노른자로 황색 훈장을 얻어 단 녀석은 브라질을 공격하러 날아가 버렸다.

아디는 끄덕이면서 내 사격 솜씨를 추켜주었다. 그러곤 다가와 자신의 우의 속으로 나를 끌어당겼다. 저편 바다 쪽에서 한 줄기 거친 바람이 몰아쳐 와서는 바닷귀리들을 납작 엎드리게 만들었고, 모래바람을 일으켜 내 노출된 다리를 향해 휘몰아쳤기 때문이다.

그는 알 줍기에 열중하는 힐케를 부르고는, 비구름이 몰려오는 북해를 가리켰다. 바다의 호선은 더 짧아졌고, 그 위를 덮은 흐릿하고 하얀 커튼이 우리 쪽을 향해 몰려오고 있었다.

바다 앞쪽에서는 섬광이 번쩍거렸고, 물마루가 바람을 만나 흩어질 때마다 옷자락 모양이 되면서 반짝거렸다.

"그만해." 하고 아디가 외쳤지만 그녀는 듣지 못했다. 혹은 그냥 귓전에 흘려버리고 바구니를 가득 채우려고 하는지도 몰랐다. 우리는 천천히 그녀의 뒤를 따랐다. 다시 말해 갈매기들 사이로 길을 뚫고 나갔다는 말이 옳을 것이다. 아디의 우의 속에 기분 좋게 싸여서, 나는 밖을 내다보거나 막대기를 휘두를 틈새 하나만을 만들어놓았다. 나는 그의 체온을 느꼈고, 가쁜 숨소리를 들었고, 내 어깨를 가볍게 누르고 있는 따사로운 그의 손길을 느꼈다.

"그만하라니까." 그는 다시 외쳤다. 갑자기 바람이 그치더니 비가 내리기 시작했기 때문이다. 억센 빗줄기 뒤로, 계속 몸을 굽히고 알 더미 사이를 뛰어다니는 누나의 모습이 작고 아련하게 보였다. 바다 위에 번개가 번쩍 하더니 뿌리 모양의 광선이 어두운 수평선 위에 나타났고, 이어서 웅장하면서도 기분 좋은 천둥소리가 바다 위를 굴러갔다. 그제서야 누나는 몸을 일으켜 바다 쪽을 바라보고는, 우리를 향해 가야 할 방향을 가리켰다. 안쪽으로 향한 장딴지 때문에 무척 애를 먹으며 그녀는 자신이 지정한 방향으로 달렸고, 우리 둘도 하는 수 없이 그녀의 뒤를 따랐다.

갈매기들이 우르르 날아올랐다. 방어의 자세로 주둥이를 딱딱 벌리면서, 비를 피해 달아나는 우리 위로 미칠 듯한 울음의 폭포수를 퍼부어 댔다. 백사장을 지나고 모래언덕을 넘어 우리는 달렸다. 바람이 다시 일어나 비를 뿌렸다. 도랑과 운하의 협소함을 증명해 주고 목초지를 적셔주며, 가축의 엉덩이에서 말라붙은 겨울 시금치를 씻어내 주는 루크빌의 봄비.

우리 고장에 비가 오면 대지는 그 얼굴과 깊이를 감추어 버린다. 자욱이 피어나는 안개가 우리의 시계(視界)를 막아, 모든 것이 낮고 오그라든 것처럼 보이게 하거나, 아니면 검은 덩어리를 이루며 불어난다. 처마 밑 같은 데 들어가 비가 그치길 기다리는 것처럼 쓸데없는 일이 또 있을까? 한번 시작한 비는 언제 그칠지 어림하기 어려웠고, 아침에 눈을 떠보고서야 즐거운 마음으로 갠 하늘을 대할 수 있다. 비만 내리고 있었다면 우리는 차분히 집으로 돌아갔으리라. 하지만 하늘을 찢는 번개와 천둥과 강풍이 우리를 모래언덕의 뒤편으로 몰아댔고, 사실 이러한 악천후 속을 걸어 반도를 빠져나간다는 것은 극히 어려운 일이었다. 비에 젖어 빛을 잃은 모래 위를 우리는 힐케의 뒤를 따라 비척거리며 뛰었다. 그녀는 화가의 오두막으로 달려가 재빨리 문을 열었다. 그런 다음 빗줄기가 비쳐 보이는 어두운 입구에 서서, 빨리 뛰어오라는 듯 우리를 손짓해 불렀다. 우리가 모두 오두막 속으로 들어서자, 그녀는 문을 닫으며 안도의 한숨을 내쉬었다.

"빗장을 채우도록 해." 하고 화가가 말했다. 누나는 엄지손가락 끝으로 빗장을 쳐서 걸었으며, 우리는 물에 빠진 생쥐 꼴이 되어 오두막 안에 서 있는 자신들을 발견했다.

나는 곧 아디의 우비로부터 빠져나와 책상 뒤편에 있는 널찍한 창문으로 달려갔다. 그러곤 언젠가처럼, 다시 말해 파도가 부서지는 바위 곁에서 한 구의 시체를 발견했던 그때처럼 열심히 밖을 내다보았다. 그 조종사의 시체는 파도에 의해 해안 쪽으로 떠밀렸다가, 다시 역저류(逆底流)를 타고 바다 위로 되돌아왔다. 화가도, 내가 무엇을 찾으려 하는지 알겠다는 듯 미소를 띠고 말했다. "뇌우야. 오늘은 그저 뇌우뿐이야."

나는 그를 따라 이 오두막에 자주 왔다. 그의 옆, 책상 위에 걸터앉아 나도 그처럼 파도의 생성과 와해를, 또는 바다 위를 떠도는 구름과 오만한 빛을 바라보았다. 함께 조종사의 시체를 발견하던 날, 그는 오래도록 자리를 지키면서 그 몸뚱이가 물 위에서 떠다니는 모습을 관찰했다. 뻣뻣한 채로 떠 있기도 하고 구르기도 하고, 파도의 리듬을 탈 때는 가볍게 흔들리며 뒤집히기도 하고……. 꽤 오랫동안 그 광경을 지켜보던 우리는 마침내 해안으로 내려가 시체를 뭍으로 끌어올렸다.

"뇌우뿐이야." 화가는 다시 한번 되풀이하며 어둠 속에서 미소를 지었다. 그가 커다란 손수건을 꺼내 얼굴을 닦아주는 동안에도, 나는 해안에 부서지는 물보라를 샅샅이 훑어보았다. 그의 말을 듣고서도 계속 얌전히 서 있질 않으니까, 그는 여러 차례 주의를 주었다. "가만히 있지 못하겠니, 삣 — 삣?" 이렇게 나를 부르는 사람은 화가밖에 없었다. 깝작도요새가 급할 때에 내지르는 울음소리다. 삣 — 삣 하는 소리에 몸을 돌린 나는 그에게 얌전히 나를 맡겼다. 막스 루드비히 난젠은 내 머리카락과 목덜미와 발을 닦아준 다음, 힐케에게 손수건을 넘겨주었다. 그녀도 역시 몸을 닦았고, 물에 젖은 긴 머리를 손가락으로 빗질하기도 하고 누르기도 했다. 거친 바람이 바다 쪽에서 질주해 와서는 문 뒤쪽에서 소란을 떨었다. 우리를 감시하던 갈매기들도 하늘에서 사라져 버렸고, 물보라치는 바다만이 저기 있었다. 몸을 굽히고 머리를 옆으로 비스듬히 숙인 채, 나는 물보라가 빛나는 모습을 보았다. 바다가 하늘로, 그리고 하늘이 바다로 혼동되었다. 이윽고 몸을 일으켜 뒤를 돌아보았을 때, 그녀가 거기 있었다.

유타는 말없이, 꼼짝도 하지 않고 장 옆 마루 위에 재봉사의 자세로 앉아 있었다. 손을 무릎 사이에 집어넣고 앙상한 다리를 딱 벌려 옷의 주름을 편 채 쪼그리고 앉아 있었다. 그녀가 미소짓는 모습을, 그리고 당황한 아디가 답례의 미소를 보내는 모습을 보았다. 나는 놀라운 마음으로 두 사람을 번갈아 바라보았다. 유타는 장난기가 담긴 짓궂은 얼굴로 아디를 보았고, 그는 몸이 굳어진 채 마치 얼빠진 마네킹처럼 거기에 서 있었다. 16세의 소녀, 가느다란 목과 앙상한 다리, 그리고 대담한 눈동자를 가진 이 유타가 바로 그의 얼을 빼간 장본인이었다. 그녀는 생각한 것을 결코 말하는 일이 없었고, 난폭한 동생 욥스트와 함께 화가의 집에 온 이후, 온 블레켄바르프를 마술에 걸린 듯이 만들었다. 역시 화가였던 이들의 양친이 죽은 후, 화가가 이 아이들을 맡아 기르게 되었다.

어쨌든 나는 호기심을 갖고, 이 무언의 대면(對面)을 바라보았다. 그때 누나가 끼어들었다. "닦아, 아디. 날씨가 차니까." 아디의 손에 수건을 쥐여주면서, 그녀는 팔꿈치로 그의 옆구리를 쿡 찔렀다. 아디는 이해할 수 없다는 듯 그녀를 바라보다가 결국은 말없이 복종하기 시작했다. 그가 커다란 손수건을 사용하는 동안, 힐케가 화가에게 말했다. "이이는 제 약혼자 아디라고 해요. 지금 제 집을 방문 중이에요." 그러자 화가는 미소를 지으며 구석을 가리켰다. "얘는 유타다. 동생과 함께 우리 집에 살고 있지." 그러자 힐케는 유타에게, 아디는 화가에게 손을 내밀었다. 내가 유타와 악수를 한 후에 아디도 그녀와 악수를 했다. 화가와 악수를 하지 않은 생각이 나서 나는 그와 악수를 나누었고, 힐케도 뒤늦게 그에게 손을 내밀었다. 만일 그가 파이프를 선반에서 꺼내려고 우리 사이로 들어서지만 않았던들 나는 누나 힐케에게도 악수를 청할 뻔했다.

"빨리 지나갔으면 좋겠어요." 하고 힐케가 말했다. "뇌우가 문제지, 비는 괜찮아." 하고 화가가 대꾸했다. "이게 다 너 때문이야." 하고 힐케는 나를 보면서 말했다. "왜 우리 뒤를 쫓아왔지?" 그래서 내가 대답했다. "나도 젖었는데 뭘 그래?" 나는 두 남자들이 내 머리 위에서 놀랍다는 듯 유쾌한 눈짓을 주고받는 것을 보았다. 아디가 담배를 권하자, 화가는 파이프를 들어 보이면서 사양했다. 파이프에 불을 붙인 다음, 화가는 창가로 다가가 바람 속을, 그리고 바다의 어둠 속을 내다보았다. 그곳에서는 아마 그의 참을성 있는 회색빛 눈동자만이 찾아낼 수 있는 일이 일어나고 있었으리라. 나는 이미, 눈에 보이지 않는 사건과 운동과 현상 속으로 그가 빠져드는 순간을 감지했고, 또한 그의 벗 발타자르와 의논을 하거나 싸울 때의 거동을 알고 있었다. 그의 시선을 따라가지 않고도 그저 그를 쳐다보고만 있어도, 그가 얼마나 환상의 인물들에게 신경을 쓰는지 알 수 있었다. 그의 눈이 도처에서 찾아내는 이 주인공들, 예를 들면 비의 왕, 구름의 신(神), 바다의 요정, 대기의 키잡이, 안개사람, 풍차와 해변과 정원의 벗들이, 은밀히 숨어 있던 처소에서 일어나 나와서 지금 그의 눈앞에 모습을 드러냈다.

담배 연기를 내뿜으며 창 앞에 서서 그는 바위에 부서지는 파도를 응시하고 있었다. 눈을 가느다랗게 뜨고 머리는 산양처럼 숙이고서. 그때 유타가 어둠 속에서 살며시 걸어나왔다. 앞니를 드러내고 웃으면서 새로이 아디를 어리벙벙하게 만들 참이었다.

순간, 나는 힐케의 폭소를 들었다. 그녀는 그림 한 장을 손에 들고 흔들어댔다. 화가 몰래 책상 위에 놓인 가방 밑에서 끄집어낸 모양이었다. "왜 그래?" 하고 내가 물었다. "이리 좀 와봐, 지기." 그녀는 그림을 들여다보면서 다시 웃음보를 터뜨렸다. "무슨 일이야?" 내가 재차 묻자, 그녀는 그림을 테이블 위에 올려놓고 마무름질을 하면서 물었다. "이게 누군지 알겠니, 응?"

"갈매기 아냐?" 하고 내가 말했다. "몽땅 갈매기들뿐인데." 그럴밖에. 처음에 내 눈에 들어온 것은 하강 중인 갈매기, 부화 중인 갈매기, 이리저리 정찰 중인 갈매기들뿐이었다. 그러나 다음 순간 나는, 모든 갈매기들이 똑같이 경찰관의 모자를 쓰고, 하켄크로이츠[5]를 어깻죽지에 달고 있는 모습을 보았다. 그뿐이 아니었다. 모든 갈매기가 아버지를 닮았다. 그것들은 분명 길고 졸린 듯한 루크뷜 경찰관의 얼굴이었고, 발에는 아버지가 신는 각반 친 장화를 신고 있었다. "가방에 넣어라." 화

---

5) Hakenkreuz , 나치 시대의 십자 훈장.

가가 머뭇거리는 음성으로 말했지만, 누나는 듣지 않았고 간청했다. "이걸 저에게 줘요, 네? 제게요." "가방 속에 넣으라고 했지?" 화가는 힐케의 손에서 그림을 빼앗아 가방에 밀어넣으며 말했다. "이건 너희가 가질 수 없어. 나도 필요하니까." 그러고 나서 화가는 가방 위에 오래된 유화 물감이 든 상자를 올려놓았다. "그 그림의 제목이 뭔가요?" 힐케가 물었다.

"아직 정하지 않았지만, 아마「순찰 중인 웃음갈매기」라고 붙이게 될 것 같아. 더 생각해 봐야겠어."

"그렇담 안 되겠군요." 하고 힐케는 말을 이었다. "하지만 왜 저를 그리지 않지요? 언젠가 약속하셨잖아요? 저와 아디를 같이 그려주셔도 좋아요. 이리 와요, 아디." 누나는 약혼자의 팔을 잡아 화가 쪽으로 힘껏 밀었다. 초상화를 그리기엔 이 사람처럼 쉬운 사람도 없다는 듯이. "어렵겠다." 하고 화가가 말했다. "왜요? 어째서 어렵다는 거죠?" 힐케가 묻자 화가는 "끓는 물에 손을 데었단다." 하고 대답했다. "정말로 손을 데었어요?" "나으려면 꽤 오래 걸릴 것 같아." 화가는 머리를 끄덕이며 말했다.

뇌우가 이제는 반도 위에 머물러 있었다. 가까운 곳에서 번개가 규칙적인 섬광을 발하고, 모래언덕의 발치까지 다가온 강풍과 우뢰가 오두막을 흔들어대고 있었다. 문짝은 신음을 내었고, 마룻바닥은 덜덜 떨렸으며, 창유리의 접착제가 떨어져 나갔다. 바다에서 오는 뇌우가 우리 고장에 자주 연출하는 광경이었다.

그러나 내 기억의 실마리를 풀어준 것은 뇌우가 아니라, 오두막이 비질 한 번 하지 않고 방치되어 있었다는 것을 알아낸 누나였다. 그녀는 번갯불이 번쩍거릴 때 그것을 확인했다. 어느 누구도 할 수 없는, 오직 그녀만이 가능한 일이었다. 그녀는 재빨리 구석에 놓인 빗자루를 찾아낸 다음, 레인 코트를 벗어젖혔다. 그러곤 다른 사람들의 의견을 물어보지도 않고, 일단 걸상들을 옆으로 밀어놓은 다음 쓸기 시작했다. 모래를 한 귀퉁이로 쓸어가면서 그녀는 우리 모두를 책상 쪽으로 몰아대더니 나중엔 문간 옆까지 바싹 쫓아냈다. 걸상들을 탑처럼 쌓아올리고, 바닥에 널린 것들은 선반에 올려놓았으며, 알코올램프의 먼지를 말끔히 떨었다. 이리저리 열심히 몸을 움직이는 그녀의 부지런함에 비해 오두막이 너무 작다고나 할까. 그녀는 걸상들을 다시 제자리에 갖다놓지 못하고 망설일 지경이었다. 그것은 즉 청소가 다 끝났다는 뜻일 테니까. 그런데 유타는? 미소를 머금고 그녀는 나무 침대 위에 쪼그리고 앉아 있었다. 반짝거리는 앞니를 드러낸 채로, 이리 몰리고 저리 몰리고 어쩔 줄을 모르는 아디를 바라보았다. 이럴 때 한마디함직도 하련만! 날렵하게 움직이는 빗자루를 발로 뭉개버렸으면 얼마나 시원했을까? 하지만 그는 아무 말도 없이 힐케가 요구하는 대로 순순히 복종할 따름이었다.

나는 아직도 아디가 놀라던 순간을 기억한다. 돌연, 오두막 밖에서 문을 두드리는 소리가 났을 때, 그야말로 그는 놀라 자빠질 것 같았다. 뇌우의 한가운데서 탕탕거리는 소리가 들려왔을 때, 우리는 모두 어찌할 바를 모르고 서로 얼굴만 바라보았다. 문 바로 옆에 서 있는 사람은 아디였는데도 빗장을 벗긴 사람은 화가였다. 빗장을 내린 다음엔 손잡이를 돌려놓는 것만으로도 충분했다. 바람이 문을 오두막 벽에 밀어붙였으니까.

회색빛 모래언덕을 배경으로 번갯불의 조명을 받으면서, 거기 입구에 아버지가 서 있었다. 정녕 오랫동안 이 살찐 비[雨] 도깨비는 안으로 들어올 기색도 없이 우리를 어리둥절하게 만들었다. 망토를 펄럭이면서, 의미심장한 표정으로, 불안해하는 우리가 마치 재미있다는 듯이 문 앞에 버티고 서 있었다. 마침내 그는 억양이 없는 목소리로 말했다. "지기?"

"여기 있어요." 하고 말하면서 나는 그에게로 달려갔다. 그는 망토에서 팔을 내밀어 내 손목을 잡고는 집 밖으로 낚아채 갔다. 일언반구의 말도 없이 그는 몸을 돌렸고, 쏟아지는 빗속을 뚫고 제방을 향해 나를 끌고 갔다.

말도 않고, 욕도 하지 않았다. 다만 나지막하지만 가쁜 그의 숨소리에서, 그리고 내 손목에 느껴지는 통증으로 그의 노여움을 감지할 수 있었다. 우리는 비척거리며 모래언덕을 넘어 그의 자전거가 놓인 제방까지 갔다. 아버지는 단 한마디도 하지 않았고, 나 또한 감히 물어볼 엄두도 내지 못했다. 두려움이 앞서는 데다가 또한 그 두려움의 근저에서 내게 닥쳐올 일을 예감했기 때문이다. 말 한마디쯤으로 바뀔 상황이 아니었으므로 나는 그가 자전거를 밀고 가다 올라타는 동안, 그저 뻣뻣해진 내 몸을 짐받이 위에 바짝 붙이고 있는 수밖에 없었다. 그는 옆에서 몰아치는 강풍을 받으며 뇌우 속을, 한 번도 자전거를 멈추지 않고 달렸다. 제방으로 이어지는 이 길이 얼마나 힘들고 조심해야 하는지 나는 알고 있었다. 그가 바람을 받으며 힘껏 페달을 밟을 때마다, 식식대면서 신음을 내지르는 소리가 내 귓전에서 들려왔다. 차라리 욕지거리라도 퍼부어 주었으면! 오두막에서 나를 끌어낼 때, 따귀라도 한 대 때려주었다면 모든 것이 수월해졌을 테고, 어쩌면 오히려 두려움과도 친숙해질 수 있었을 텐데! 그러나 아버지는 시종 침묵을 지켰고, 그 침묵으로 나를 벌주었으며, 늘 그랬듯이 엄한 벌을 예고하고 있었다. 그는 기습적인 방법으로 일을 처리하는 사람이 아니었다. 모든 것은 일단 예시되었고 통고되었다. 요컨대 직업상의 이유로 어떤 일을 시작할 때, 암시를 주지 않고 착수하는 적은 드물었다. "주의하라고. 시작할 판이니까."

이렇게 우리는 말없이 제방 아래로 내려와 벽돌길을 지나서 집으로 돌아왔다. 층계 앞에 나를 내려놓은 다음, 집게손가락을 움직여 자전거를 헛간에 갖다놓도록 명령했다. 내가 되돌아오자, 그는 다시 내 팔목을 잡고 집 안으로 들어갔다. 걸어가면서 망토를 벗었고, 애써 외면하면서——마치 축적된 실망과 노여움이 너무 일찍 스러질까 봐 겁을 내듯이——나를 앞세우고 이층 내 방으로 올라갔다. 형 클라스가 징집을 모면하려고 자해(自害)를 했다가 연행된 후로, 이 방은 내 차지가 되었다. 벽이며 창문이며 다 내 것이 되었고, 넓이가 조절되는 책상과 그 위를 완전히 덮은 푸른 해도(海圖)——아마포로 된 이 해도 위에선 늘 무시무시한 해전이 일어나고 있었다——역시 내 소유물이 되었다. 심지어는 열쇠까지 갖고 있어서 방을 잠글 수도 있었다. 그런데 이 방에 불이 켜져 있었다. 문틈으로 흐릿하게 새어나오는 불빛을 보고, 나는 곧 누가 내 방 안에 있는지를 알아차렸다. 노여움으로 몸이 굳은 어머니의 모습이 문틈으로 보였다. 단단히 땋은 머리를 한 어머니가 여덟 팔자 입을 하고 장 옆에 똑바로 서 있었다. 문을 열자, 아버지는 문지방 위에 멈춰서 있는 나를 방 안으로 밀어넣었다. 그러곤 기대에 차서 어머니를 바라보았지만, 어머니는 미동도 않고, 마치 멀리 떨어져 있는 듯이 나를 바라보았다. 꽤 오래 기다린 다음 "이 녀석을 데려왔소." 하고 아버지가 말했다. 질문하듯이 어머니를 쳐다보던 아버지는 침대 밑에서 막대기를 꺼내 들었고, 질문하듯이 또 어머니를 바라본 다음 나에게 말했다. "바지 내려!" 이 말이 나올 줄 알고는 있었지만, 미리 명령을 앞지르는 일 따위는 하지 않고 있던 터였다. 바지를 벗어 건네주자, 아버지는 젖은 바지를 조심스레 개어서 책상 위에 올려놓았다. 다음은 엎드릴 차례지만, 나는 일단 명령을 기다렸다. "엎드려!" 손바닥을 넓적다리에 갖다붙이고 나는 몸을 굽혔다. 그러나 그가 첫 번째 매질을 시작하기도 전에 나는 잽싸게 몸을 일으켰다.

못마땅한 표정으로 아버지는 막대기를 내리고 나의 불복에 대해 사과라도 하듯 어머니를 쳐다보았지만, 역시 어머니는 꼼짝도 않고 있었다. 막대기가 다시 올라가자, 나는 몸을 굽혔다. 엉덩이에 잔뜩 힘을 주면서 이를 악물고 나는 비스듬히 어머니를 올려다보았다. 그리고 이번에도 날렵하게 몸을 일으켜 매를 피했다. 나는 두어 걸음 매질을 유혹하듯 움직이다가, 엉덩이를 슬쩍 주무르고는 다시 제자리로 돌아왔다. 여전히 치켜든 막대기 아래에 와 서면서 이번엔 매를 맞아주기로 마음을 정했다. 그러나 쉿 소리를 내며 매가 떨어지기도 전에, 방바닥의 못들이 살아나 나를 찌르고, 가재들이 오금을 물어뜯고, 신천옹[6]이 잔등을 내리쪼았다. 별수 없었다. 나는 무릎을 꿇고 흑흑 흐느껴 울었다.

내가 이렇게까지 나오리라고 어머니는 생각지 못한 모양이었다. 그녀는 경직 상태에서 깨어나 손을 내리고 멸시의 눈으로 나를 바라보았다. 그러곤 체벌에 더 이상 흥미가 없다는 듯 방을 나갔다. 아버지는 어리둥절한 표정으로 어머니를 바라보면서, 불러세우려는 듯 무어라고 몇 마디 웅얼거렸다. 그러나 어머니는 이미 문밖 복도에 서 있었고, 어머니 침실에 꽂힌 열쇠가 달그닥 소리를 내면서 돌아가고 있었다.

그러자 아버지는 어깨를 으쓱하고 낭패한 듯이, 벌을 주고자 하는 의욕을 상실한 듯이 나를 쳐다보았다. 나는 기회가 왔구나 생각하고, 흐느낌 속에서 미소를 던졌다. 심지어 위험의 고비를 함께 넘긴 공범자나 되는 것처럼 그의 곁으로 다가가려고 했다. 하지만 그러한 접근은 성공을 거두기는커녕, 아버지의 얼굴을 더욱 험상궂게 만들어버렸다. 회중시계를 한 번 들여다본 후, 아버지는 내 셔츠를 움켜잡고 책상 쪽으로 끌고 가서 조심스럽게 상체를 책상 위에 엎드리게 했다. 내가 약간 저항하자, 아버지는 다시 눌렀다. 다시 저항하자 아버지는 손바닥으로 내 잔등을 냅다 후려갈겼다. 책상 위로 쿵 소리가

---

6) 信天翁, 바닷새의 일종.

나도록 얼굴을 부딪혔지만, 나는 계속 저항했다. 내 얼굴 밑에는 푸른 해도가 놓여 있었고, 공상 속에서 위대한 해전들을 재연해 보이는 오대양이 펼쳐져 있었다. 여기서 나는 레판토 전투, 트라팔가 전투를 전개했고, 스카게라크 전투, 스카파강(江) 전투, 오코니 전투 그리고 포클랜드 전투를 재연해 보곤 했다. 그러나 이제 내 배는 깨진 난파선이 되어 돛을 내린 채, 승리의 꿈이 무산된 바다 위를 표류하는 중이다.

첫 번째의 매가 이다지도 매울 줄은 미처 생각지 못했다. 흥미를 잃은 듯, 내키지 않는 그의 표정과는 달리 일격이 끝나기 무섭게 내 엉덩이에는 얼얼한 매 자국이 무늬를 그렸다. 소스라쳐 일어나자, 그는 왼손으로 나를 눌러 확확 부풀어오는 통증의 바다 속에 집어넣었다. 그러곤 오른손을 치켜들고 소리도 날카롭게, 교묘히 위치를 바꿔가면서 막대기를 내리쳤다. 그때마다 나는 단말마의, 약간은 과장된 소리를 질러대기 시작했는데, 아버지는 수시로 복도 쪽을 바라보며 어머니가 나타나기를 바라는 눈치였다. 내가 울부짖음으로써 어머니의 실망을 배상해 주기라도 하려는 듯이.

내 울부짖음이 어머니 귀에 들리면 어머니도 무심하게 그 쓸쓸하고 썰렁한 방에 들어박혀 있지만은 않겠지 하는 생각으로, 나는 계속 고개를 뽑아 그 쪽을 살펴보았다. 아버지처럼, 이 영원한 명령의 수행자, 나무랄 데 없는 집행자처럼. 그러나 어머니는 나타나지 않았다. 어머니의 주의를 환기시킬 만큼 더 잦게, 더 요란하게 소리를 질렀지만 어머니는 종내 나타나지 않았고, 흥미를 잃은 아버지는 그저 기계적인 매질만을 계속할 뿐이었다. 내가 아버지를 돌아다보자, 아버지는 막대기로 침대 쪽을 가리켰다.

나는 침대에 몸을 던졌다. 막대기 끝이 나의 턱 밑에 다가와 내 시선을 아버지에게로 향하게 했다. 눈물의 베일 너머로 아버지의 피곤하고 우울한 얼굴이 보였다. 이러한 인상을 떨쳐버리려는 듯 그는 격앙된 어조로 물었다. "자, 해야 할 말이 있겠지?" 아버지가 질문을 반복하는 것이 싫었기 때문에 나는 재빨리 대답했다. "비가 오는 날엔 집에 있어야 해요." 그는 만족한 듯 고개를 끄덕이고는 막대기를 내 턱에서 철수시켰다. "비가 올 땐 집에 있어야지." 하고 아버지가 말했다. "암, 엄마도, 그리고 나도 그렇게 말했지. 비오는 날엔──집에 있으라고."

그러고 나서 아버지는 내 밑에 깔린 시트를 잡아 빼 나를 덮어주고는 오대양 앞 나무의자 위에 자리를 잡았다. 갸우뚱 무언가를 엿듣는 듯한 모습. 아니, 얼굴을 찡그리고 낙망한 모습. 부과받은 임무가 없을 때, 아버지는 으레 반쯤 멍한 사람이 돼 있었다. 조용히 빈둥거리며 앉아 있는 데 점차 익숙해졌다. 그래서 아무런 일거리도 없는 겨울 동안 난로나 지키며 앉아 있는데도 별 불만이 없었다. 아버지가 생기를 얻는 것은 말할 것도 없이 명백한 임무가 주어졌을 때, 그리하여 그것을 수행하기 위해 생각을 짜내고 의문을 제기하고 있을 때였다.

아픔을 확인이라도 하듯 훌쩍거리면서, 나는 한쪽 눈으로 그를 올려다보았다. 엉덩이는 불이 붙는 것처럼 아팠고, 부푼 살갗에 와닿는 시트의 무게가 견딜 수 없을 정도였다. 나는 아버지가 나가주었으면 했다. 빨리 내 곁을 떠나 날 혼자 내버려 두었으면 싶었다. 그러나 아버지는 결코 갈 생각도 않고 내 홀쩍거림을 견뎌내고 있었다. 갑자기 일어나더니 아버지는 내 곁으로 다가와 어깨를 가볍게 두드리며 말했다. "네가 아까 말한 것만 알고 있으면 된다. 그걸로 족하다, 알겠니?" "네." 하고 말하면서 아버지를 내쫓아 버리고 싶은 마음에서 한 번 더 덧붙였다. "네." "쓸모 있는 인간이란 순종할 줄 아는 사람이다." 나는 얼른 대답했다. "네, 아빠, 네." 아버지는 다시 무표정으로 돌아가 무언가를 곰곰이 생각하고 있었다. "우리가 널 쓸모 있는 인간으로 만들려고 하는 걸 알아야 한다." 그러더니 갑자기 난데없는 질문을 했다. "그림을 그렸지, 화가가?" 말뜻을 얼른 알아차리지 못하는 나를 보자, 다시 입을 열었다. "오두막에서 말이야. 너희가 들어갔을 때 그 사람이 그림을 그리지 않았느냔 말이다." 나는 놀라서 아버지를 바라보았다. 그리고 어떤 일들이 내 대답 여하에 달려 있다는 것, 그리고 내가 알고 있는 것이 매우 중대한 의미를 지닌다는 사실을 알아차렸다. 기억을 더듬어내기가 어렵다는 듯, 내 궁둥이에서 불붙고 있는 통증 때문에 내 기억이 흐릿해지기라도 한 듯 나는 계속 뜸을 들였다. "갈매기들이에요." 나는 불쑥 입을 열었다. "갈매기들을 그려놓았어요. 그리고 그 갈매기들은 전부 아빠 얼굴을 닮았고요." 아버지는 더 이상 들으려 하지 않았다. 더 할 말도 사실 없었지만, 이 간단한 정보는 아버지를 돌변시키기에 충분했다. 망설임은 사라져 버렸다. 갑자기 깨어난 사람처럼 아버지의 얼굴은 총명해 보였고, 아버지의 거동은 활기에 넘쳤다. 아버지는 잠시 노여움이 복받치는 듯 경고와 실망이 교차하는 시선을——적어도 내가 보기엔——창밖으로 던졌다. 아버지가 내 침대 옆으로 와서 경탄하듯 나를 바라보던 순간을 나는 결코 잊지 못하리라. 휘파람 소리까지 내면서 아버지는 나를 응시했다. 그리고 천천히, 간절한 음성으로 말했다. "우린 함께 일하는 거야, 지기. 나는 네가 필요해, 날 도와주겠지? 우리 둘을 당해낼 자는 없을 거야——결코. 네가 날 위해 일을 해주면, 일이 순조롭게 잘될 거야. 이건 중요한 일이다. 자 이제 내 말을 들어봐! 울음을 그치고 내 말을 들어보란 말이야!"

4

생일 파티

　점점 더 높이, 점점 더 빨리 그네는 치솟아 올랐다. 진폭이 점점 넓어져, 프레데릭센이 어려서 심었다는 늙은 사과나무의 잎새들이 손에 잡힐 듯 가까워왔다. 팽팽한 그넷줄이 날카로운 바람을 일으키면서 나무 그늘을 떠나올 때마다, 주위엔 삐거덕 소리와 바람소리가 요란하고, 쭉 뻗어 균형을 잡은 유타의 몸 위엔 나뭇가지 무늬가 어른거렸다. 그녀는 하늘 높이 솟아올라서는 허공 속에 잠시 머물렀다가 다시 쏟아져 내려오곤 했다. 이 추락의 순간을 기다려 나는 그네의 발판이나 유타의 조그마한 허리를 번개처럼 붙잡고는 앞으로 위로 사과나무의 수관을 향해 밀어댔다. 다리를 딱 벌리고 옷자락을 펄럭이면서 화살처럼 그녀는 튕겨 올라갔고, 바람에 그녀의 머리카락이 뒤로 날렸으며 장난기 어린 앙상한 얼굴은 더욱 또

렷해 보이는 것 같았다. 그날은 부스베크 박사의 60회 생일날. 화가의 정원에서 유타는 그네로 곡예 비행을, 나는 그것에 필요한 추진력을 제공해 주었다. 그녀가 벌린 다리를 아무리 힘차게 굴러도, 나뭇잎에 도달하는 곡예는 성공할 수가 없었다. 그네가 매여 있는 가지가 너무 휜데다가 추진력이 충분치 못하기 때문이었다. 내가 더 이상 밀지 않자, 유타는 그것을 알아차리고 다시 발판 위에 앉았다. 욕심이 없다는 듯 미소를 지으며 이리저리 그네를 흔들면서 계속해서 나를 응시했다. 갑자기 그녀는 앙상한 다리 사이에 나를 채어 넣고 눌러댔다. 감지되는 것이라곤 오로지 그녀의 묽뚱이뿐이었다. 어쨌든 나는 그녀의 몸을 안고 있었다. 그래서 나 자신에게 명령했다. 무슨 일이 일어나는지 느긋하게 기다려보자고. 하지만 더이상은 아무 일도 일어나지 않았다. 유타는 나에게 가볍게 키스를 하고, 그녀의 발 고리를 풀어준 다음, 그네에서 내려 본체 쪽으로 뛰어갔다. 그러자 디테가 400개의 창문 중 하나로부터 몸을 내밀고, 새에게 모이를 주듯, 손바닥 위에 노란 고명과자를 몇 개 올려놓고 있었다.

나도 얼른 내 막대기를 집어들고 그녀의 뒤를 따랐다. 꽃밭과 관목들을 건너뛰면서 지름길을 만들어 달렸다. 그러나 우리가 아무리 서둘러도 소용이 없었다. 유타와 내가 창문에 채 도달하기도 전에 별채에서 달려온, 아니 굴러왔다고 해야 할 새치기꾼이 나타났기 때문이다. 욥스트였다. 이 번개처럼 날쌘 뚱보, 짤막한 손가락에 튀어나온 입술을 하고 있는 무뢰한은, 양귀비며 백일초며 갖가지 현란한 꽃들을 마구 짓밟으며 달렸고, 물론 창문에도 단숨에 도착했다. 디테의 손에서 과자를 낚아챈 그는 우선 두 개를 주머니에 밀어넣고, 다음 세 번째 과자를 느긋하게 삼키는 중이었다. 약탈한 과자를 내놓을 것 같지 않았기 때문에——그가 수중에 들어온 물건을 내놓은 적은 한 번도 없었다——디테는 그를 구슬려보겠다는 생각은 아예 버리고, 우리를 거실 안으로 손짓해 불렀다.

어두운 낭하를 지날 때 나는 유타와 같이 가고 싶었지만, 그녀는 내가 불러도 대답하지 않고 앞서가고 있었다.

내가 대야와 빗자루와 궤짝들 사이를 더듬어 갈 때, 그녀는 이미 거실 문을 열고 있었다. 나를 위해 문을 열어놓으면서도 뒤를 돌아다보는 법은 없었다. 믿을 수 없을 만큼 고요한 정적이 감돌고 있어, 문지방을 넘어서면서 거실이 비어 있나 보다 하고 생각할 정도였다. '생일 축하연이 도대체 어디에서 열리고 있지?' 하고 생각하면서 막 몸을 돌리자마자 나는 소스라치게 놀랐다. 하긴 나 같은 생각을 하고 거실에 들어온 사람이 있다면 누구든 마찬가지였을 것이다. 좁고 기다란 테이블에 백발의 바다 생물들이 엄숙하게 앉아 말없이 커피를 마시거나 카스테라, 호두파이, 노란 고명과자 등을 삼키고 있는데, 그들은 한결같이 어떤 고집스러운 정관(靜觀)의 경지에라도 흠뻑 빠진 것 같았다. 길쭉한 다리의 게, 꽃게, 바닷가재들이 정교한 장식이 새겨진 블레켄바르프의 의자 위에 웅크리고 앉아 있었다. 여기저기에서 팔다리의 갑각(甲殼)이 내는 딱딱 소리가 들려왔고, 바닷게의 집게발이 접시를 옮기다가 내는 짤그랑 소리도 들렸다. 그중 몇몇은 무관심한 게의 눈으로, 꿈짝도 않은 채 흘끗 나를 바라보았는데, 그들의 그 엄숙한 무표정은 마치 신성화된 그 무엇이라고나 할까? 어쨌든 분명한 것은 이 바닷게의 무리가 내가 아는 사람들과 꼭 닮아 보였다는 것이다. 둘은 홀름젠바르프의 노부부 같아 보였고, 트레플린 목사와 플뢰니스 선생을 닮은 게도 있었다. 아버지는 물론 힐케와 아디도 분간할 수 있었고, 부스베크 박사와 꼭 닮은 자그마한 송어 옆에, 퉁명스러운 얼굴에 머리 매듭이 빈틈없는 농어, 즉 나의 어머니가 앉아 있었다. 램프피시[7]처럼 이리저리 뛰어다니며 유쾌하게 떠들고 있는 사람은 바로 화가였다.

갑자기 소리를 지른 사람도 화가였다. "아이들은 작은 식탁에서 먹게 해줘요, 여보." 말이 끝나기도 전에 디테가 내 곁으로 다가와 나를 조그마한 테이블 옆으로 데리고 갔다. 고풍스러운 의자에 앉자마자 나는 허리를 꼿꼿이 하고 얌전히 앉아 있을 수밖에 없었다. 그러지 않았다간 경사진 좌석에서 미끄러져 떨어질 판이었으니까. 디테는 내 손에서 제도용 핀이 꽂힌 막대기를 빼앗아 창틀 위에 올려놓았다. 나에게 우유를 따라주도록 유타에게 부탁하면서, 둥근 케이크 접시를 내 쪽으로 약간 밀어주었다. "그럼 많이 들어라." 그녀는 다정하게 말하며 나의 어깨를 두드린 다음, 다시금 환상의 무리 틈으로 돌아가 넓적한 바닷가자미로 변해버렸다.

나는 과자도 밀크도 잊고 있었다. 줄곧 맞은편에 앉은 유타만 바라보면서 그녀의 주의를 내게로 끌고픈 충동에 사로잡

---

7) 남태평양에 사는 작은 물고기로 발광 기관을 가지고 있다.

혀 있었다. 그녀에게 나를 바라보도록 무언의 명령을 내렸다. 이것이 실패하자, 이번엔 테이블 밑으로 그녀의 발을 찼다. 한 번 두 번, 방심 상태에서 깨어난 그녀는 움찔하며 발을 뺐지만 화가 난 얼굴은 아니었다.

그녀가 무엇을 생각하고 무엇을 꿈꾸고 있는지는 알 수 없었다. 다만 그녀의 멍한 검은 눈에선 태양의 불꽃만이 이글거렸다. 억센 치아로 과자를 씹고 있는 양을 바라보았더니 그녀는 나를 흘끗 스쳐 보고는 시선을 거실 저편으로 돌렸다. 오랜 세월의 정적과 지나간 겨울의 쓸쓸함이 자리 잡은 그곳으로.

유타의 빨갛고 하얀 체크무늬 옷, 가느다란 팔, 타래 같은 머리채, 어떠한 순간에라도 약속을 취소할 수 있는 입술. 얼마나 쉽게 나는 이 모습을 기억해 낼 수 있는가! 얼마나 힘들이지 않고 그녀를 다시 한번 내 이 조그만 책상의 맞은편에 불러낼 수 있으며, 그네 타기와 그것을 밀어주던 나의 노고를 빨리도 잊어버린 그녀에 대한 놀라움을 나는 또 얼마나 손쉽게 되새겨 볼 수 있는가! 유타는 바로 그런 소녀였다. 같이 어울리고 같이 일을 꾸미다가도 다음 순간 달아나 버리는 소녀, 그것이 바로 유타였다. 그녀는 갑자기 일어섰다. 고명과자를 잇사이에 물고, 그녀는 방을 가로질러 생일 파티석상으로 다가갔다. 그러곤 거기에 앉아 있는 아디 스코브로네크의 귀에다 무언가 속삭였다. 아디가 놀라긴 했지만, 감히 거절하지 못하게끔. 그러곤 허리를 구부리고 문 쪽으로 되돌아가 나에게 눈짓 한 번 하지 않고 사라져 버렸다. 참으로 예기치 못했던 일이었다.

나는 뒤따라가지 않았다. 나는 내 과자를 그녀의 접시 위에 놓고 내 우유를 그녀의 잔에 따랐다. 그녀의 자리로 옮겨 앉아, 그곳 정원이나, 울타리 앞, 또는 난간 없는 나무다리 위에서 어렵지 않게 그녀를 찾아낼 수 있었을 텐데도 한 번도 창밖을 내다보지 않았다. 식사 중인 군상을 바라보면서, 나도 먹기 시작했다. 그 조그만 식탁 위에는 또 한 사람 몫의 케이크와 우유가 있었다. 나는 주위를 살펴가며 그것들도 몽땅 해치워 버렸다——아니 이 말은 맞지 않다. 남은 우유를 케이크 접시에 담은 다음 나는 세 번째, 즉 욥스트의 의자 위에서 허리를 높이 하고 잠자고 있는 고양이를 깨웠다. 활활 타는 듯한 시선을 우유 쪽으로 돌리게 하자, 고양이는 혓바닥을 굴리며 처음에는 시식하듯이, 곧 성급하게 핥기 시작했다. 깨끗이 청소한 접시를 식탁 위에 다시 올려놓자, 고양이는 늘어지게 기지개를 켠 다음, 자신의 다리를 핥았다. 느리고 조심스러운 걸음으로 내 무릎 위로 올라와 가상의 축을 몇 바퀴 돈 뒤에, 미리 계산이 되었다는 듯 넙죽 엎드리더니 구부러진 앞발을 내 손에 올려놓고 목을 가르랑거렸다.

나는 침묵의 군상을 바라보았다. 그들은 여전히 삼키고, 마시고, 웅얼웅얼 지껄이고, 의미심장하게 헛기침을 하고 있었다. 멀리 어둠 속으로, 어쩌면 사주(砂洲)나 어두운 개펄 수로의 속까지 이어져 나간 듯 엄청나게 긴 식탁에 앉아서, 이제나는, 탐식가(貪食家)이자 향토 연구가인 나의 할아버지 페르아르네 쉐셸을 알아보았고, 제방 감독관 불트요한 그리고 글뤼제루프 출신인 92세의 선장 안데르젠도 발견했다. 안데르젠은 적어도 56번은 문화영화에 출연해 선장 역을 맡아야 했는데, 그것은 그의 균형 잡힌 은빛 구레나룻을 찾는 사람이 많은 데다가, 물기를 머금은 그의 적막한 눈빛이 이내 먼 곳을 동경하는 마음을 불러일으키기 때문이었다. 만일 테이블에 앉아 있는 사람들을 다 헤아린다면 겨울이 지나갈 것이요, 엘베강의 얼음이 녹을 것이므로 그저 힐데 이젠뷔텔과 이전의 조류 감독관 콜슈미트를 이 비늘 달린 손님들 사이에서 찾아냈다는 정도로 끝낼까 한다. 그리고 간과하지 않은 것이 있었다면, 통통한 장딴지를 가진, 인광을 발하는 보리새우 한 마리가 줄곧 나를 향해 손짓하고 있는 것이었다. 그 사인이 의미하는 것은 별것이 아니었다. '파이가 먹고 싶거든 이리 와.'

나는 파이 생각이 없었다. 정식 축하연이 시작되기를 기다렸지만, 좌중은 좀처럼 그만 먹으려 하지를 않았다. 탄식소리, 신음이 계속되었다. 어느 누구도 끊임없이 제공되는 과자와 파이의 더미를 물리치는 사람이 없었다. 적어도 향토 연구가인 내 할아버지의 경우는 더욱 그랬다. 툭 불거져 나온 눈을 가진 바닷가재처럼 그는 웅크리고 앉아, 느릿느릿 그러나 끊임없이 모든 케이크를 잘라서 자신의 접시에 날라놓았다. 마치 배우 선장과 공개적인 경합을 벌이려는 것 같았다. 식사 때엔 철저히 식사만 하는 것이 우리 고장의 관습이었다. 할아버지 말씀에 따르면, 식사를 하는 동안 시간이 적절히 지나가는 것이니까. 모든 사람에게 그것은 중요한 일인 모양이었다. 아버지의 모습으로 유니폼을 입은 대구조차도, 보이지 않는 시간의 경과를 도와주려는 이유만으로, 나막신 크기만 한 호두파이와 꿀파이 조각을 숟갈질하고 있었다.

여자들도 매한가지로 시간의 저항을 이겨내느라 부심했다. 천천히 케이크 한 조각을 씹으면서 눈은 어느새 다른 케이크에 가 있었고, 삼키려 할 때나 혹은 턱뼈가 피로해지면 뜨거운 커피를 목구멍 안으로 흘려넘겼다. 만일 우리가 향응자에게 손해를 끼쳐야 한다는 기막힌 저의를 드러내는 굼뜬 식욕만 도외시한다면, 이 글뤼제루프인의 커피 테이블에서 볼 수 있는 것 하나하나가 제법 배울 만했다. 무엇보다 칭찬할 만한 것은 계속해서 돌려지는 아홉 가지의 케이크 종류였다. 커피에 넣는 사각 설탕이 그릇마다 가득했고, 맑은 화주를 부은 커피에 한 방울 쳐 먹는 크림 그릇도 예외 없이 준비되어 있었다.

하지만 나는 제법 이야깃거리가 될 수 있는 이러한 디테일은 더 이상 늘어놓지 않겠다. 식탁을 지배하고 있는 침묵에 의미를 붙이는 따위도 더 이상 하지 않을 것이다. 내 성급함을 양해해 준다면, 테이블의 전면, 즉 60회 생일을 맞은 부스베크 박사 쪽을 향해 곧바로 걸어가도록, 차라리 화가를 부추겨 그를 높은 안락의자에서 일어서게 하고 싶다.

화가가 그에게 다가갔을 때, 부스베크는 한층 더 민감한 반응을 보이며 당황해한 것 같다. 무언가가 와닿은 조개처럼 그는 오므라들었고 조그마해졌다. 다시 한번 머리를 옆으로 빼내어 뒤쪽을 바라보았다. 마치 거기에, 자신에게 집중된 주의를 벗어나는 데 자기보다 힘을 들이지 않을 또 하나의 부스베크가 있기라도 하듯. 화가는 그를 굽어보며, 봉사와 신의의 뜻이 담긴 인사로 머리를 약간 숙였다. 그러고는 그의 등을 가볍게 두드려 용기를 붙돋워 주면서 말했다. "친애하는 테오, 그리고 친애하는 친구 여러분." 이런 호칭에 친애하는 부스베크는 머리를 숙였고, 친애하는 친구들은 빙글거리는 시선으로 이 조그마한 남자를 할 수 있는 한 더욱 당황하게 만들었다.

"저는 능변가가 못 됩니다." 하고 화가는 운을 뗐다. 특히 그 점을 강조하고 확인하려는 듯이, 그는 이야기를 30년 전 어느날 저녁, 쾰른에서 만난 부스베크에 대한 회상에 국한시켰다. 내가 그의 말을 제대로 이해했다면, 그때 디테는 병석에 있었다. 냉방은 아니었지만 싸구려 여인숙의 초라한 방에 그녀는 누워 있었다. 빨랫줄이 방 안에 쳐져 있고, 주인이 전구를 빼간 지 오래였다. 몇 달 동안 방세를 내지 않았으니 상상이 되고도 남지 않는가? 여하튼 디테는 침대에 누워 있었고, 짐작건대 호흡조차 힘이 들었던 모양이다. 공예 학교 선생 자리를 얻는 데 실패한 화가가 빌려온 식기를 막 닦고 있을 때였다. 부스베크 박사가 어둠침침한 나무계단을 올라와서는, 놀랄 만큼 수줍은 태도로 그림을 좀 봐도 좋으냐고 물다. 화가는 거절하지 않았다. 그를 구석의 창가로—나는 그렇게 알아들었다—데리고 가서 몇 개의 그림 가방을 살펴보게 해주었다. 그가 옆에 있다는 사실을 잊어버릴 정도로 부스베크는 눈에 잘 띄지 않았기 때문에, 화가는 그의 존재를 거의 잊어버린 상태였다. 그 방문객이 손에 열 장의 그림을 들고 유포(油布)가 덮인 테이블 곁으로 불쑥 걸어오리라곤 전혀 예상치 못했다.

말없이 그는 400마르크의 금화를 테이블 위에 놓고는, 또 와도 되느냐고 물을 뿐이었다. 이 질문이 간청으로 들렸기 때문에—화가의 말인즉—그는 그 청을 거절하고 싶지 않았다.

"이렇게 되니 무언가 변화가 일어날 수밖에 없어요." 화가는 자신과 부스베크를 위해 그 쾰른의 5월 어느 날을 즐겁게 회고했다. 심지어 날짜까지 기억하고 있었다. 현재분사형을 빈번히 사용하면서 화가는, 그 후 30년간 수시로 베풀어준 관대한 우정에 감사를 표했다. "이제 당신은 우리 곁에 계십니다, 테오. 우리는 당신이 쾰른에서는 물론, 루체른과 암스테르담에서 우리를 위해 행해준 일을 잊지 않을 겁니다. 우리가 함께 그 대살베르크와 맞서 싸웠던 일도 기억합니다. 당신의 60회 생일을 축복하는 모임도 그러한 연유에서입니다. 우리 친구들을 둘러보건대 모두가 저와 동감일 것으로 생각됩니다. 그렇습니다, 테오."

좌중이 그 기다란 생일 식탁에서 일어났을 때, 고양이가 소스라치며 깨어나 내 무릎에서 뛰어내렸다. 그들은 부스베크를 위해 건배했다. 맑은 백포도주를 떨리는 듯한 손으로 입에 가져가서는, 마치 귀찮은 것 하나를 우선 해치워야 한다는 듯이 입속에 부어넣었다. 요란한 소리를 내면서 그들은 잔을 내려놓았고, 의자들을 잡아당겨 다시 원래의 위치로 돌아가느라 번잡을 떨었다. 한편, 부스베크 박사는 당황해 어쩔 줄 모르는 모습으로 자기 때문에 좌중이 일어나야 했던 것을 사과하려는 듯 서 있었다. 그는 의자 뒤로 갔다. 무늬가 새겨진 등받이를 쓰다듬고 있는 손을 내려다보면서, 그는 늘 생각해 오던 것을 이야기했다. 화가와 디테 그리고 다른 사람들에게 감사를 보내며, 오랫동안 이들의 짐이 되어온 것에 유감을 표했다. 그는 이것이 그에겐 일시적인 삶이라는 점, 그리고 과거에 자기가 한 일은 지금의 일에 비교될 수도 없다는 점을 상기시켰다. 자신을 필요로 하는 곳이 있으면 어느 때고 돌아갈 생각이라는 희망을 이야기한 것 같다. 이야기하는 동안, 그는 단 한 번도 좌중을 바라보지 않았다. 간혹 그는 목을 옆으로 빼 갸우뚱한 머리로 디테를 바라보는 것이 고작이었는데, 이 화가의 부인은 그에게 줄곧 미소를 띠고 있었다. 그는 다시 한번 감사했다. 그리고 다시 한번 포근한 동료 의식을 느꼈다. 그렇다. 특히 저 밖에서—그는 밖에서라고 말했을 뿐 다른 주석은 전혀 고려치 않는 것 같았다—위대한 빛의 연출가로 평가받는 한 사나이의 우정으로 인한 동료 의식을. 끝으로 그는 정말 디테와, 온 환상의 무리에게 허리를 굽히고는, 화가가 따라준 술잔을 허겁지겁 잡아서 들이마셨다. 이제야 안정을 되찾은 양, 그는 테이블 건너편의 이 사람 저 사람을 향해 고개를 끄덕거렸다. 빳빳한 커프스를 참을성 있게 소매 속으로 집어넣으면서, 새로 백포도주 한잔을 요청했다. 그는 이마의 땀을 닦았고, 만족해했다.

부스베크 박사는 자신이 우리 모두와 관계를 맺고 있다는 사실을 알았으므로 또한 만족해했다. 그때 화가가 말했다. "자 이제는 선물이 있는 테이블로 가보실까요?" 부스베크 박사가 그 창백하고 표정 없는 얼굴로 계속 앉아 있기만 하자, 화가 부부가 그를 가뿐히 의자에서 이끌어내 아틀리에로 안내했다. 그곳에는 화가나 디테, 아니면 두 사람이 함께 장식해 놓았을 선물 테이블이 놓였다. 초대객들이 채 일어나기도 전에 나는 잽싸게 의자에서 미끄러진 다음, 어두운 낭하를 달려 제일 먼저 아틀리에의 문에 도달했다. 하지만 아버지의 노여운 표정을 보고는 결국 4위로 도달하는 데 그치고 말았다. 테이블 위에는 무엇이 놓여 있었을까? 루크뷜과 글뤼제루프 사람들이, 이 타향인이기는 하지만 앞서 말한 연유로 그들 한가운데로 표류해 온 사람을 위해 무엇을 선사하려 했을까? 넥타이핀이 아직도 생각난다. 화주(火酒) 한 병, 과일 케이크, 커피포트, 양말, 책——페르 아르네 쉐셀이 자비 출판한——그리고 양초 한 상자. 담배 쌈지도 생각난다. 목도리도 있었고, 말할 것도 없이 코사크⁸⁾산 커피 한 병도 있었다. 바로 우리 집 선물이니까. 그러나 무엇보다 기억에 남는 것은 「햇빛 속에 돛을 펴고」라는 그림이었다.

그 그림은 테이블의 뒤쪽, 벽에 기대어 있었다. 그림 옆에는 술병들이 보초를 서고, 앞에는 양말들이 공손히 허리를 굽히고 있었다. 우쭐우쭐 뽐내는 커피포트, 신임을 구하는 듯 아양을 떨고 있는 과자 케이크, 목도리는 양초의 몸을 감고 조용히 질식시키려는 듯했다. 모든 선물들이 자기를 과시하려 애를 썼지만, 이들의 공손한 예우를 받으며 경멸하듯 그림이 이들 위에 군림하는 것을 막을 수는 없었다.

나는 부스베크 박사에게 시선을 돌렸다. 그는 그림의 빛에

---

8) 카자흐스탄의 영어 이름.

탐닉해 겁을 먹은 듯 그림을 향해 걸어가며 손을 내뻗었다. 나도 믿기지 않을 정도였다. 그는 손가락 끝으로 가볍게 그림을 만져보고는 다시 뒤로 물러나 눈을 가늘게 뜨고 주시하다가 갑자기 오한이 이는 듯 어깨를 움찔거렸다. 그곳에는 하늘과 바다가 합쳐져 있었다. 엷은 오렌지 빛이 밝은 청색에게 제구실을 다하도록 부추기고 있었다. 가물거리는 돛들이 그들의 거리와, 돛을 펴느라 일어난 일들을 추측게 했다. 돛들은 흰색을 잃어버려 이 몽상적인 혼합을 성공적으로 만들었다. 돛들이 펼쳐지면서 남는 것이라곤 오로지 빛, 그 빛이 나에겐 비할 바 없는 찬가처럼 여겨졌다. 부스베크 박사가 손을 뻗으며 다시 그림 앞으로 다가갔을 때, 화가가 입을 열었다. "어때요, 테오? 손볼 곳이 약간 남긴 했지만." "완벽해." 하고 부스베크가 말했다. "흰색이 너무 많은 것을 말하려는 것 같아." 하고 화가가 말하자 다시 부스베크가 응수했다. "이건 너무 과한 선물이요, 막스. 나는 받을 수가 없어요." 하지만 화가는 그에게 눈을 꿈벅 하고 말했다. "완성이 되면 이건 당신 겁니다."

이제 그들은 모두 선물 테이블 주위에 둘러서서 평가하고 비교하고 감정(鑑定)하고, 마르크와 페니히로 값을 산출해 냈다. 누가 무엇을 갖고 왔는지 알아내기 위해 재빠른 추측의 시선을 휘두르면서, 귓갓길에 늘어놓을 이야깃거리를 찾고 있었다. 그들은 선물을 손에 들고 놀라운 관심을 소리로 표현했고, 주석을 곁들이고, 감탄과 함께 재삼 살펴보면서 선물들을 돌렸다. 아무렇게나, 혹은 소홀히 선물을 다루는 사람은 아무도 없었다. 혀를 차면서 술병을 들어올렸고, 커피포트를 주먹으로 두드려보기도 했으며, 넥타이핀을 장난삼아 옷깃에 꽂아보기도 했다. 페르 아르네 쉐셸은 자신이 지은 책을 펼쳐 보이며, 책에 적힌 그 지루한 향토 연구론을 강의하려고 했다. 어쨌든 선물을 보고 그들은 놀라움을 표했고, 칭찬해 마지않았으며 머리를 끄덕거렸고, 잇사이로 휘파람을 불어댔다. 만져보기도 하고, 물어보기도 하는 중에 배우 선장 안데르젠이 자신의 갈색 단장을 들어 그림을 가리키면서 말했다. "저게 아마 도버해협이렷다? 도버해협에선 날씨가 늘 저 모양이거든." "저건 글뤼제루프입니다." 하고 불트요한이 말했다. "저의 관할 구역이지요." 그러자 화가는 두 사람의 어깨를 두드리며, 두 사람이 다 옳다고 말없이 시인했다.

그들은 선물을 놓고, 이제 그림 주위에 모여들었다. 나는 그들이 그림에 대해 떠들어대는 이야기를 놓칠 수밖에 없었다. 유타가 맨발로 울타리 앞의 난간 없는 다리 위로 무언가를 들고 뛰어가는 모습이 유리창을 통해 보였기 때문이다. 그녀는 검은색 짐을 들고 별채 쪽으로 내달렸다. 나는 얼른 이 심각한 그림 감상자들의 울타리를 뚫고 나와, 거실로 가서 내 막대기를 찾아 들었다. 창문을 뛰어넘어 정원 쪽을 향해 달려갈 때, 아디가 내 뒤를 쫓아왔다. 그도 역시 창문을 뛰어넘어서는, 꽃밭을 가로질러 정원 쪽으로 가고 있었다. 그도 역시 유타를 보았던지, 아니면 그녀에게서 무슨 신호를 받은 모양이었다. 그는 곧 나를 추월했고, 곁을 지나며 내 옆구리를 가볍게 때렸다.

별채의 검은 땅바닥 위에 아디의 아코디언이 놓여 있었다.

유타가 그 뒤에 다리를 벌리고 서서, 한판 대결을 벌이겠다는 자세로 기다리고 있었다. 그러나 아디는 아무 말도, 한마디의 항의도 하지 않았다. 그저 의아스러운 표정으로 그녀를 바라보면서 머리를 흔들었을 뿐이다. "연주해요." 그녀가 말했다. 아디는 움직이지 않았다. "연주하란 말예요." 그녀는 되풀이했다. "오늘은 생일이잖아요." 아디는 어깨를 으쓱했다. "그럼 작은 소리로 연주해요." 하고 유타가 말했다. 나도 거들었다. "그래요, 작게. 우리만 들을게요." 아디는 머리를 흔들었다. "전에는 나도 아코디언을 갖고 있었단 말예요. 두 개씩이나요. 나도 아코디언을 켤 줄 알았어요." 하고 유타가 말했다. "그렇담 네가 켜봐." 하고 내가 말했지만 그녀는 아디를 가리켰다. "아디가 켜야 해, 저건 그의 악기니까." "너의 어머니가 듣고 싶어 하지 않아." 아디가 나에게 말했다. "하지만 다른 사람들은 다 듣고 싶어 해요." 내가 말을 마치기도 전에, 우리 시선은 동시에, 한 그림자가 던져진 입구 쪽으로 돌려졌다. 거기엔 욥스트가 서 있었다. 이 살찐 돼지는 우리의 모의 현장을 급습하기라도 한 것처럼 헤벌쭉 웃고 있었다. 그는 아코디언 상자와 우리를 번갈아 쳐다보다가 쿵당쿵당 걸어 들어와서는 아코디언을 상자에서 꺼내고 가죽끈을 풀어냈다. 이제 나는 무얼 더 망설이며 뜸을 들이고 있는 것일까? 어차피 다 그려내야 할 장면일 텐데. 아디는 두 팔로 가죽끈을 휘감아 쥐고는, 우리에게 고개를 끄덕였다. 우리는 그의 뒤에 일렬로 늘어섰다. 그러곤 앞사람의 허리에 손을 얹고, 「알로하오에」의 가락에 맞추어 초가의 별채에서부터 행진해 나갔다.

유타는 아디의 허리를, 나는 유타의 가늘고 앙상한 허리를 단단히 잡았다. 내 허리에 느껴지는 따뜻한 압박은 물론 욥스트의 통통한 손가락 때문이었다. 정원에 난 길을 따라, 우리는 아틀리에 쪽으로 행진해 갔다. 몸을 흔들고 춤을 추고 허리를 구부리면서. 바람이 불었다. 아디의 연주에 따라 기막히게 아름다운 하와이안 노래가 블레켄바르프에 흘러넘쳤다.

방 안에 있던 사람들이 유리창을 두드리고 우리를 향해 손짓을 하기도 했다. 우리의 짤막한, 노래하는 용은 이리저리 몸을 움직이며 아틀리에를, 그리고 400개나 되는 거실 창들을 지나, 동참할 사람을 구하면서 검은색의 정원 위를 오르락내리락하고 있었다. 아직도 기억에 생생하지만, 춤추는 우리 대열에 제일 먼저 달라붙은 사람은 힐케였다. 그 뒤를 이어 트레플린 목사와 홀름젠 그리고 조류 감독관 콜슈미트와 디테가 합세했다. 지나가다가 내 아버지의 손목을 잡아서는 자신의 허리에 갖다 대준 것도 바로 디테였다. 졸지에 우리의 대열은 꽁무니에 항적(航跡)을 갖게 되었고, 만만치 않은 힘을 얻어, 길가에 서 있는 사람들을 닥치는 대로 합병하기에 이르렀다. 유쾌하게 흔들리는 이 줄은 가까이 다가온 사람들이 참여하지 않을 수 없는 힘을 갖고 있었기 때문에, 줄은 불어나고 또 불어나 어느새 긴 꼬리를 늘이게 되었다. 이제 화가도 대열에 끼어들었고, 제방 감독관 불트요한과 힐데 이젠뷔텔도 뒤를 따랐다. 다만 한 사람, 어머니만은 예외였다. 그녀를 우리와 합류시킬 수 있는 것은 전혀 없다는 사실을 나는 알고 있었다. 아틀리에 속 깊은 곳에 드리운 그녀의 그림자조차 오만한 거절을 나타냈다. 구드룬 예프젠, 본성(本姓)이 쉐셀인 이 여자, 그녀는 자신과 같은 보기를 안데르젠 선장에게서 찾을 수 있을는지 몰랐다. 그러나 적어도 그는 90세의 고령에도 불구하고 우리의 춤추는 용에 참가해 뤼네부르크 황야와 아름다운 모래밭을 행진하려고 했다. 이 백발의 배우 선장이 아디와 유타 사이에 끼어들어 오도독 소리를 내면서 허리를 굽혔을 때, 나는 마른 양귀비 껍질이 터져서는 그의 바짓가랑이 속을 구르고 있는 소리를 듣는 기분이었다. 노인은 정말로 몇 미터가량 우리와 함께 흔들거렸다. 그러나 말하자면 그의 가을 양귀비 열매가 사방으로 흩어져 나갔기 때문에, 노인은 가쁜 숨을 몰아쉬며 대열에서 떨어져 나가고 말았다. 아디는 우리를 이끌었고, 유타는 그의 허리를 단단히 잡고 조정했다. 정원을 몇 차례 오고 간 뒤 우리는 울타리를 뚫고 지나가 나무다리 위를 쿵쿵 걸어갔으며, 목장을 지나 제방 위까지 올라갔다. 만일 아디가 마음을 고쳐먹지 않았던들, 우리는 바다 밑까지, 더 멀리 영국 땅까지 가게 되었을지도 모를 일이었다. 아디의 강압적인 방향 전환으로 우리는 다시 제방을 내려왔으며, 흔들거리는 긴 몸체는 아코디언의 바람통이 들락날락하며 연출하는 동작을 꽤나 정확히 반복해 냈다. 우리는 다시 블레켄바르프 쪽으로 나아갔고, 도랑 속에 모습을 비추고 있는 오리나무 울타리를 지나갔다. 오리나무들이 비친 얼굴을 만끽할 수 없도록 바람이 거울을 하늘하늘 흔들어놓고 있었다. 그래서 나무 줄기들은 마치 해저(海底)의 태풍에 휘말린 듯 이리저리 흔들렸다. 대열의 고리가 나 때문에 풀려선 안 되겠다 싶어, 나는 두 손으로 유타를 단단히 움켜잡았고, 유타는 아디를, 다른 사람들은 또 다른 사람들을 부여잡았다.

우리가 흔들거리는 정원 문에 도달했을 때, 거기에 외팔이 집배원 오코 브로더젠이 서 있었던 장면이 아직도 생각난다. 그의 자전거는 문 기둥의 바깥 쪽에 기대어져 있었다. 그는 손에 든 종이를 높이 들어 자신도 여기에 머무를 권리가 있음을 표시했다. "같이 해요." 유타가 외쳤다. 나도 되풀이했다. "같이 해요." 우리는 열심히 청해, 가지고 온 우편물과 함께 그를 합류시켜 버렸다. 적갈색의 마구간과 연못 그리고 헛간을 지나서 아틀리에를 끼고 돌 때 나는 뒤를 돌아다보았다. 그리고 우리의 거위 행렬이 와해되었거나 와해 직전임을 알아차렸다. 모두들 지치고 몽롱한 기분이 되었기 때문이다. 이 나른한 상태를 어머니가 알았어야 하는 건데. 행렬이 흩어지는 속에서도, 아디는 연주를 계속하면서 정원 안으로 접어들었고, 그곳에서 「베를린의 바람, 바람, 바람」을 연주했다. 그러자 몇 사람들은 북해 위의 하늘을 유심히 관찰한 후에 식탁과 의자들을 밖으로 내오기 시작했다. 검은 구름 틈으로 비치는 햇빛, 하늘 위에 생겨난 푸른 연못 그리고 우리의 머리 위를 빠르게 지나가는 새털구름이 원기를 되살려 주었다. 우리는 생일 축연을 정원으로 옮긴 셈이다.

들어내고, 떼어내고, 모서리진 부분으로 질질 끌어서는 열린 창밖으로 옮겨내는 등 요컨대 유쾌함 이상의 소동이 벌어졌고, 아디는 「라 팔로마」와 「롤링 홈」을 신나게 연주했다. 잠시 일어난 이 가구의 이동은 각자의 상상에 맡기는 수밖에 없겠다. 내 막대기를 찾아야 했기 때문이다. 찍는 꼬챙이가 달린 내 막대기를 행진 중 어디엔가 떨어뜨린 모양이다. 하지만 어디일까? 거실? 아틀리에? 나는 왔던 길을 다시 내려갔다. 관목 숲을 뒤져보았고, 뜰과 헛간을 찾아보았다. 창틀 위에 놓이지도 않았고, 연못 위를 떠다니지도 않았다. "내 막대기 못 봤어요?" 하고 나는 연못가에 서 있는 두 남자에게 물었다. 아버지와 막스 루드비히 난젠은 말이 없었다. 대꾸도 하지 않았고, 그렇다고 고개를 흔들지도 않았다. 그저 입을 다문 채 그들은 흥분해 있었다. 계속 찾던 나는 갑자기 의심이 생겨 연못가로 되돌아갔다. 수면에서는 하얀 오리 한 쌍이 네 마리의 새끼오리에게 편대 수영법을 가르치고 있었다. 베어서 쌓아놓은 포플러나무에 몸을 숨기고 나는 이 글뤼제루프 태생의 친구들 곁으로 다가갔다. 나무 더미 밑에 동굴처럼 움푹한 곳을 발견한 나는, 그 틈바구니로 미끄러져 들어갔다. 알맞게 나 있는 길쭉한 틈 사이로 내 앞에 서 있는 아버지와 화가의 상체가 내다보였다. 어찌나 가까웠던지 그들의 주머니는 물론, 주머니 속에 들어 있는 물건까지 추측해 낼 정도였다. 내 은신처의 바닥은 매끄럽고 축축했고, 바람이 나무들의 틈바구니로 세차게 불어 들어왔다. 내가 몸을 일으키거나 쪼그리고 앉는데 따라 그들의 몸체가 작아지거나 커졌지만, 얼굴만은 결코 볼 수가 없었다. 우선 화가의 손에 들린 편지가 눈에 들어왔다. 빨간 횡선이 그어진 편지를 그는 이미 읽은 모양으로 아버지에게 넘겨주었다. 다소 초조하면서도 거만한 몸짓으로, 아버지는 낚아채듯이 편지를 받았다. 늘 그랬듯이 아버지는 양

자택일—편지의 내용을 구두로 전해줄 건가, 아니면 당사자가 스스로 읽게 할 건가 하는—중에서 자신의 고충이 가장 적은 편을 택한 것이 분명했다. 그는 화가에게 편지를 읽도록 한 다음, 이제 털투성이의 손에 받아들고는 조심스레 접고 있었다. 그러자 화가가 말했다. "너희는 미쳤어, 옌스. 감히 그런 생각을 해내다니."

나는 그가 복수(複數)로 언급하는 것을 놓치지 않았다. 그 속에는 필경 아버지까지 포함되어 있을 것이다. "너희에게 그런 권리는 없어." 하고 화가가 말했고 그에 대해 아버지는 "내가 쓴 편지가 아닐세, 막스. 이건 내 생각이 아니야." 하고 대답했다. 그의 손은 어쩔 줄 모를 때는 늘 그렇듯이 애매한 움직임을 계속하고 있었다. "아니지." 화가가 말했다. "자네가 생각해 낸 건 아니지. 하지만 그들이 이러한 월권을 행사할 수 있도록 도와주고 있는 거지."

"도대체 난들 어떡하란 말인가?" 아버지는 냉정하게 말했다.

"2년간의 그림. 그것이 무얼 뜻하는지 아나, 자네? 너희는 나에게 그림을 못 그리게 했어. 그것으로는 부족하다는 말인가? 또 무슨 생각을 해낼 건가? 사람들 앞에 내놓지도 않은 그림을 압류할 수는 없어. 디테나 또는 기껏해야 테오만이 본 그림들을 말이야."

"자넨 편지를 읽었지. 최근 2년 동안 제작된 그림을 모두 회수하라는 지시 말일세. 나는 직책상, 내일 그 그림들을 꾸려가지고 후줌으로 보내야만 하네."

그들은 입을 다물었다. 눈을 옆으로 돌리니 두 개의 연통처럼 가늘고 동그란 바짓가랑이가 현관에서 나왔다. 그리고 외침소리가 들려왔다. "당신들이 없어서 허전해하고 있어요. 언제들 오실 거죠?" 그러자 화가와 아버지가 되받아 외쳤다. "곧, 곧 갈게." 안심한 듯 연통다리는 집 안으로 사라져 버렸고 잠시 후 아버지의 말이 들렸다. "아마도, 막스, 그 그림들은 언젠가 다시 돌려주지 않을까? 당국이 그걸 검열한 후에 말일세." 루크뷜 파출소장인 아버지가 그런 식으로 물으면서 가능성을 내비칠 때면 제법 그럴싸하게 들리곤 했다. 아무도 그 말을 믿으려고 하지는 않았지만. 너무 기가 막힌 화가는 대답하는 데 잠시 시간이 걸리는 모양이었다. "옌스." 하고 그는 비꼬는 듯한, 하지만 관대한 어조로 말했다. "자넨 언제나 깨닫게 될까, 저들이 공포에 차 있다는 것을? 이따위 짓을 하도록 부추기는 것도 다 공포 때문일세. 작업을 금지시키고, 그림을 압수하고 하는 것들이 다. 되돌려 준다고? 분명 잿더미에 묻혀버릴 거야. 예술 비평에 성냥을 사용하는 걸 모르나, 옌스? 저들이 말하는 예술에 대한 고찰이지."

아버지는 당황하지 않고 화가를 마주하고 서 있었다. 심지어 기다리기에 조바심이 난다는 태도를 성공적으로 보이고 있는 점까지 어렵잖게 알 수 있었다. 그래서 아버지가 이렇게 말했을 때, 나는 조금도 놀라지 않았다. "베를린에서 지시했다는 것, 그것으로 충분해. 자네 스스로 편지에서 읽은 대로일세, 막스. 나는 자네가 그림을 선별하는 데 입회해 줄 것을 요구하네." "자네가 그림을 압수한다고?" 그러자 아버지는 무뚝뚝하고 엄격하게 말했다. "어떤 그림을 이송해야 할지 확인해야 하네. 내일 그것이 인도될 수 있도록 목록을 작성해야겠네." "눈을 씻고 다시 자네를 봐야겠군." "좋도록 하게나." "그렇다고 달라지는 건 없을 테니까. 너희는 자신이 무슨 짓을 하고 있는지도 몰라." 화가의 말이 채 끝나기도 전에 아버지가 끼어들었다. "나는 내 의무를 수행하고 있을 뿐일세, 막스." 그때 나는 화가의 손을 보았다. 그 억세고 솜씨 좋은 손이 가슴쪽으로 부드럽게 올라와서는 재빨리 허공을 움켜쥐었다. 손가락을 일단 뻗었다가 다음 순간 무슨 결심이라도 한 듯이 불끈 주먹을 움켜쥐는 것을 볼 수 있었다. 반면에 아버지의 손, 이복종의 존재는 바지의 이음줄에 축 늘어져 평퍼짐하게 걸려 있는 게, 그다지 눈에 띄지 않았다. "가볼까, 막스?" 아버지가 물었다. 화가는 움직이지 않았다. "그저 보기만 하는걸세. 나는 의무를 다하려는 것뿐이야." 그러자 갑자기 화가가 입을 열었다. "그래야 아무 소용없을걸. 어느 누구도 별수 없었으니까. 너희를 두렵게 하는 것들을 가져갈 테면 가져가라지. 압수하든 찢어버리든 태워버리든 맘대로 하라지. 하지만 한번 그려진 그림은 결코 사라지지 않는 법이야."

"자네가 나에게 그렇게 말할 수 있나?" 아버지가 말하자, "자네에게?" 하고 화가는 말을 이었다. "자네에게 전혀 다르게 말할 수도 있지. 그때 내가 자네를 물에서 끌어내지 않았던들 오늘 자네도 여기 서 있지도 못했을 거라고." 그러자 아버지는 "언젠가는 벗어나야 할 생각이야." 하고 말했다. "내 말을 듣게, 옌스. 사람들이 결코 포기할 수 없는 것이 있네. 내가 그때 자네의 뒤를 따라 잠수했을 때, 나는 결코 포기하지 않았네. 이번에도 나는 포기하지 않을걸세. 나는 계속 그림을 그릴 거야. 눈에 보이지 않는 그림을 그릴 거야. 그 속에 너무나 빛이 가득 차서 너희가 아무것도 찾아낼 수 없는 그런 보이지 않는 그림을 말이야."

아버지는 손을 들어 혁대 높이쯤에서 느린 낫질을 하면서 경고하듯 말했다. "이보게, 막스. 내가 어떤 의무를 지니고 있는지 자넨 알지 않나?" "알고말고. 잘 알지. 너희가 의무를 들먹거릴 때마다 내가 얼마나 구역질이 나는지 자네도 잘 알겠지? 너희가 의무를 내세운다면 상대편도 무언가 각오를 해야겠지." 아버지는 화가 앞으로 한걸음 걸어나갔다. 양엄지손가락을 요대 속에 쑤셔넣어 허리를 팽팽하게 만들면서 말했다. "갈매기들 그림에 대해선 묻지 않겠네. 그걸로 우리 관계는 청산된 거야. 하지만 오늘부터는, 막스, 주의하게! 더 이상 자네에게 주의하라는 충고 따위는 보내지 않을 테니까." "그럼 각별히 유의해야겠군그래." 그러자 아버지는 잠시 후에 "그럼 가볼까, 막스?" 하고 제안했다. "자네가 원한다면 가도록 하세." 그러나 자리를 뜨기 전에 그는 망설이는 듯한 음성으로 말했다. "하지만 아무도 눈치채지 않도록 해주게, 옌스, 누구보다도 테오가." 루크뷜의 파출소장은 말이 없었다. 나는 아버지가 동의했다고 짐작했다.

내가 내다보고 있는 틈새 옆을 지나 그들은 바람이 부는 빈 뜰을 가로질렀다. 툭 건드려서 그들을 놀라게 하거나 또는 몸을 스칠 수도 있었지만, 나는 은신처 속에서 깊숙이 몸을 가리며 두 남자의 모습이 커다랗게 확대되어 다가왔다가 집 안으로 사라져 버리도록 내버려 두었다. 그제야 나는 은신처를 새삼 살펴보면서, 이곳이 두 사람쯤, 예를 들어 유타와 내가 들어와 있기에 안성맞춤인 장소란 것을 알았다. 틈바구니를 빠져나온 나는 연못가에 홀로 서 있었다. 그러곤 그 위를 헤엄치는 오리들의 앞, 뒤, 사이에 요란한 분수 줄기를 장식하는 것으로 불의의 기습을 감행했다. 나는 갖가지 구경(口徑)의 탄환을 사용했다. 물결이 철벙대고, 흔들리고, 공중 높이 분수를 뿜어내자, 오리들은 탄환을 피하기 위해 여러 차례 줄 모양을 바꿀 도리밖에 없었다. 정원으로 되돌아오기 전에 마지막 일제 사격을 퍼부었더니, 넋을 잃은 새끼 한 마리가 편대를 이탈해 내 탄환이 떨어지는 수면 위에서 날개를 퍼덕이며 헤매고 있었다. 어미들 곁에 있었던들 이런 명중탄을 맞지는 않았을 텐데.

어쨌든 서둘러 정원으로 달려오니, 거기에서는 여전히 아디가 아코디언을 켜고 있었다. 노래의 내용인즉, 어떠한 일이 있어도, 파도가 미친 듯이 날뛰어도, 먼 곳에 있는 사랑하는 마도로스를 찾아가겠다는 것이었다. 그와 그녀는 마치 바람과 바다처럼 각자의 음성을 멀리서도 들을 수 있기 때문이라는 것이다. 이 멜로디에 맞추어 넓은 잔디밭 위에서는 한창 춤판이 벌어지고 있었다. 글쎄 이걸 춤이라고 할 수 있을지? 우선 힐데 이젠뷔텔과 플뢰니스 선생이, 또한 늙은 홀름젠 부부가 깡총깡총 뛰기도 하고 동동 발을 구르기도 하고 느릿느릿 돌기도 하고 힘차게 혹은 조심스레 서로의 주위를 맴돌기도 하면서 곧 먹게 될 저녁 식사의 식욕을 돋우었다. 나는 누가 그 모든 율동을 리드해 가는지 자세히 살펴보지는 않았다. 돌아가는 그림자를 맞으며 의자와 벤치 위에 누가누가 앉아 있는지 —꼼짝 않고 앉아서 구경하고 있는 바다 생물들— 조차 관심에 없었다. 나의 시선은 아틀리에 저 속에 있는 두 남자들에게 가 있었기 때문이다. 비스듬히 엇갈린 상태로 한 사람은 어깨를 치켜올리고, 또 한 사람은 고개를 폭 숙이고 서 있었다. 유리창을 통해 들여다보니 아틀리에에 있는 사람은 이들 둘뿐이었다. 부스베크 박사의 선물 테이블 앞에 그들은 서 있었다. 손을 유리창에 대고 얼굴 옆을 가리니 눈부신 광선이 차단되었다. 그들은 그림 앞에 서 있었고 돛이 햇빛에 부서지고 있었다. 그곳에서는 지금 날카로운 그림 심사가 진행 중임을 알 수 있었다. 아버지의 집게손가락이 요구하듯이 그림을 가리켰고, 화가는 머리를 흔들어 거절의 뜻을 밝히고 있었다. 요구하고 거절하고, 간청하고 거부당하고 —모든 것이 소리도 없이, 흥분된 수족관의 정적 속에서 이루어졌다. 싸우기도 하고 증명을 시도하기도 했다. 갑자기 화가가 물감 튜브를 들고 찔끔 색깔을 짜내더니 그림 앞에 엎드려 무언가를 고치고 덧붙였다. 손가락 끝, 손가락 옆, 또는 늘 그렇듯이 마지막으로 엄지손가락 끝으로 그림을 고치는 동안, 아버지는 마치 위험한 물길 속의 항로 표지판처럼 뻣뻣하게 그리고 위협적인 자세로 서 있었다. 화가는 일어나서 손가락을 닦았다. 그의 얼굴 위에는 조심스러운 경멸의 표정이 떠올랐다. 그가 아버지를 쳐다보자, 아버지는 잠시 생각에 잠긴 듯하다가 고개를 끄덕였다. 이제야 이의가 없게 된 모양이었다. 이다지도 오래 걸려서야. 화가는 머리를 써서 아버지를 그림이 잘 보이지 않는 사각(死角)의 위치로 몰아댔다. 심사가 끝난 모양이었다. 나는 몸을 돌려 부스베크 박사를 찾아보았다. 디테와 팔짱을 끼고, 그는 늙은 사과나무의 그늘 밑에 서 있었다. 춤추는 사람들의 그림자가 그를 스쳐 갔다.

내가 열린 창문으로 해서 거실로 들어간 다음 거기에서 다시 아틀리에로 잠입해 들어갈까 생각할 때였다. 갑자기 아디가 연주를 뚝 그치더니 그 전처럼 땅바닥에 쓰러졌다. 그는 다리를 버둥대며 경련을 일으키다가, 몸을 일으키려고 이를 부드득부드득 갈고 있었다. 나는 번개처럼 그의 곁으로 달려갔다. 그러나 힐케가 나보다 한걸음 앞서 달려와서는, 사구에서처럼 무릎을 굽히고 우선 구명조끼처럼 그의 가슴을 감싼 악기의 줄을 벗겨냈다.

"가세요." 하고 힐케가 말했다. "저리들 가세요." 그러나 다른 사람들은 옆으로 다가와 죽 둘러서서는 경악과 당황과 두려움에 말을 잊었다. 그들은 일을 거들어줄 생각도 않고, 입술을 악문 채 핏기가 가신 아디의 얼굴 위로 시선들을 교환할 뿐이었다. 모두들 앞으로 어깨만 내밀었다. 방금까지 춤을 추고 있던 홀름젠 부부도, 트레플린 목사도, 조류 감독관 콜슈미트 그리고 제방 감독관 불트요한도. 나의 할아버지는 입을 다물고 서 있었고, 플뢰니스와 안데르젠 선장도 마찬가지였다. 그리고 어머니가 여전히 오만하게, 그러나 냉정하게 무관심의 태도에는 약간 걸맞지 않게 사람들 밖에 서서는 아디가 아닌 힐케를 관찰하고 있었다.

단 한 사람, 둘러선 사람들을 헤치고 나지막하나 다급한 소리를 내며 나아가는 사람이 있었다. 부스베크 박사였다. 그는 지체하지 않았다. 사과할 겨를도 없이 사람들의 틈을 비집고 들어가 힐케 옆에 앉았다. 그가 손수건을 꺼내어 땀으로 뒤덮인 아디의 얼굴을 닦아주자, 아디도 어느새 눈을 뜨고는 다정스러운 표정으로, 그러나 어리둥절한 듯이 주위를 둘러보았다.

"무얼 좀 먹이는 게 어떨까?" 배우 선장이 외쳤지만 아무도 동의하는 사람은 없었다. "이젠 괜찮아요." 하고 힐케가 말했고, 아디는 애써 몸을 일으켰다. 부스베크 박사의 도움을 받으며 일어난 그는, 자신을 에워싼 사람들을 의아스러운 듯 둘러보았다. 전혀 묘책이 떠오르지 않자 힐케는 아디의 손을 잡고 미소를 지으며 처음엔 그네가 있는 뒤뜰로 다음엔 밖으로 구부러진 길로 접어들어 별채를 향해 걸어갔다. 사람들은 별수 없이 흩어져 버렸지만, 페르 아르네 쉐셀을 위시한 몇몇은 여전히 눈을 내리깔고 아디가 누웠던 자리를 계속 지켜보았다. 나는 아디가 별채 옆에서 내 막대기를 주워들고 힐케에게 보이고 있는 것을 보았다. "이건 지기의 막대기 아냐?" 아디가 힐케에게 말했다. 나는 팔을 내두르며 그쪽을 향해 달려가면서 외쳤다. "여기예요, 여기 있어요." 나를 발견하자 아디는 정원 저편에서 그네 밑으로 막대기를 던졌고, 나는 그것을 주워들었다.

나는 아디를 손짓해 부르려다가 멈칫하고 말았다. 어머니가 아디와 힐케의 길을 가로막고, 그들을 거기서 좀 떨어진 분수

곁 말오줌나무 정자 쪽으로 몰고 있는 것을 보았기 때문이다. 그네 밑에 앉아서 나는 푸른 수건을 꺼낸 다음 그것을 막대기의 꼬챙이에 단단히 붙들어 매었다. 푸른 깃발을 펄럭이면서, 나는 생일 파티의 장소로 들어가 벤치와 테이블 그리고 의자 주위를 몇 바퀴 돌아다녔다. 사람들은 이제 무리를 지어 앉아서 담배를 피우거나, 속삭이거나, 심각한 얼굴로 수군댔다. 나는 깃발을 들어 공중 높이 펄럭이게 했다. 물론 루크빌에는 그것을 보고 깃발이라고 생각할 사람이 아무도 없겠지만.

여기까지, 우선 여기까지만 쓰기로 하자. 내가 푸른 깃발을 공중 높이 치켜든 순간, 누군가 내 골방을 두드리는 소리를 들었기 때문이다. 겁을 먹은 듯 나지막하게 두드리는 소리는 점점 또렷해져서, 나를 회상 밖으로 완전히 끌어내기에 충분했다. 나는 노트를 덮고, 화가 난 듯이 문 쪽으로 몸을 돌렸다. 엿보는 구멍 뒤에서 무언가가 움직이고 있었다. 흰색의 구멍을 갈색이 지워버리더니, 번쩍거리는 단추 하나가 그곳에서 움직이기 시작했다. 그 순간, 눈부신 몇 가닥의 광선이 나를 향해 비쳐 들어왔다. 나는 나도 모르게 자리에서 일어나, 참을 수 없을 정도로 천천히 열리고 있는 문을 바라보았다. 마치 무슨 범죄 영화의 한 장면처럼 문은 조금씩 나지막한 소리를 내면서 망설이는 듯 열리고 있어서, 만일 커튼이 바람에 날리지 않았거나 책장이 저절로 넘겨지지만 않았던들, 방문객의 출현을 전혀 생각할 수도 없을 정도였다. 블레켄바르프의 생일 파티를 더 이상 계속할 생각이 없었기 때문에 나는 공손하게 말했다. "들어와요. 바람이 들이치는군요."

그는 재빨리 들어와 옆으로 비켜서서는, 뒤를 이어 복도에 나타난 칼 요스비히에게 밖에서 문을 닫도록 내맡겼다. 꽤 당황한 듯이 그의 입가에는 가느다란 경련이 일고 있었다. 지금 돌이켜 생각해 보건대, 그는 마치 처음으로 우리 속에 들어간 초년의 동물 조련사처럼 보였다. 불안하게, 그러나 호감이 가는 미소를 지으며, 이 젊은 심리학도는 문 앞에서 어정거렸다. 가볍게 허리를 구부리며 인사를 했으나 너무도 문 가까이 붙어 있어서 성공할 수가 없었다. 그는 나보다 세 살 내지 다섯 살쯤 위로 보였으며, 늘씬한 몸매에 창백한 얼굴을 하고 있었다. 스포티하면서도 다소 엉성한 옷이 마음에 들었다. 나는 왜 그가 그다지도 경련이 일 만큼 왼손을 움켜쥐고 있는지 알 수가 없었다──혹시 나에게 줄 사탕이나 흉기 따위라도 들고 있는 것일까? 내가 부른 사람이 아니었기 때문에, 나는 말없이 그를 훑어보면서 짜증과 의아심이 담긴 시선을 던질 뿐이었다. 내 시선은 용건만 간단히 말하도록 요구했다.

"예프젠 씨이시죠?" 그는 다정하게 물었다. 나는 잠시 망설이다가 잘라서 대답했다. "물론입니다." 그러나 이 대답이 그의 용기를 빼앗지는 못했다. 그는 문에서 엉덩이를 빼어 슬그머니 다가오더니 맥없이 악수를 청하면서 말했다. "마켄로트, 볼프강 마켄로트입니다. 만나뵈어 반갑습니다." 그는 다정스레 미소지으며 외투를 벗어 책상 위에 걸쳐놓았다. 그는 아무것으로도 입증될 수 없는 친밀감을 보이며 내 팔꿈치에 손을 얹었다. 그러곤 기대에 찬 눈으로 나를 바라보면서, 의자에 앉아도 좋겠느냐는 몸짓을 했다. 유감스럽다는 듯 나는 고개를 흔들었다. 그는 앉을 수가 없었다. "여기가 어떤 곳인지 아실 텐데요." 하고 나는 말했다. "저는 지금 벌을 받고 있는 중입니다."

그는 그 사실을 잘 알고 있었다. 그 젊은 심리학도는 나에게 어떤 일이 일어났는지 익히 알았으며, 내 시도에 대한 가치를 충분히 인정해 주었다. 심지어 그는 방해한 점을 사과했으며, 힘펠 원장이 그에게 예외적으로 배려해 준 특별 허가를 내세우며 재삼 나의 양해를 구하려 했다. "원컨대 예프젠 씨." 하고 그는 말했다. "절 좀 도와주셔야겠습니다. 몇 가지가 당신에게 달려 있습니다." 나는 어깨를 높이 올리면서 공손히 중얼거렸다. "집어치우시지, 젊은이. 어떤 놈도 난 도와주지 않아." 그러곤 그를 상대할 시간이 없다는 것을 보여주기 위해, 하나뿐인 의자 위에 앉아 손거울을 갖고 장난을 했다. 전구의 빛을 모아서는 반사광선을 난로, 세면대, 창문 위로 비추었다. 그 빛은 요스비히의 눈이 들여다보는 엿보기 구멍에 잠시 머무른 후에 몇 개의 빛 무늬를 천장에 장식하고는, 소리 없이 골방의 문을 몇 가닥 줄무늬로 잘라냈다. 젊은 친구가 여전히 자리를 뜨지 않아서, 마지막으로 나는 광선으로 구두를 닦았고, 외로움을 느끼는 사람이 할 수 있는 모든 장난을 다 했다. 방문객을 흘끗 쳐다본 후, 나는 공책을 다시 펼치고 쓰다 만 부분을 읽어보면서, 블레켄바르프의 정원으로 되돌아가려고 시도했다. 볼프강 마켄로트는 그대로 머물러 있었다. 그는 유심히, 그리고 다정하게 나를 관찰하고 있었다. 마치 방금 얻게 된 물건처럼, 다시 말해 처음으로 발견한 낯선 소유물을 대하는 것처럼. 내 의도와는 달리, 이 학자님께서 예기치 않았던 방법으로 무슨 일동무나 되는 듯 접근해 오기 시작하는 것을 느꼈기 때문에, 나는 그에게 혹시 나가는 문을 찾지 못하는 것 아니냐고 물었다. "예프젠 씨." 하고 그는 말을 이었다. "당신과 저, 둘은 힘을 합쳐야 합니다." 그러고 나서 그는 자신의 계획을 나에게 설명하기 시작했다. 이 젊은 심리학도는 박사 학위 논문을 쓰는 중이었다. 그가 '자발적인 글짓기의 벌'이라고 이름 붙인 이 작업이, 그에게 학문적인 발전을 가져다주리라는 것이었다. 우리 둘을 위해 담배 두 대를 솜씨 좋게 뽑아 들고는 목을 쓰다듬으며, 내게 자신의 학위 논문 대상이 되어달라고 제의했다. 그의 말을 빌리면, 내가 그의 논문 속에 들어가 신중하게 가공되어야 한다는 것이다. 말하자면, 내 개인적 비밀을 학문적 완성에 바쳐야 하는 것이다. 공감을 바라는 자기 아이러니와 함께 그가 제의한 것은 나의 경우를, 온갖 자초지종과 사건의 전말을 낱낱이 밝히는 것이었다. 논문의 제목을 그는 이미 주머니에 갖고 있었다. '예술과 범죄성, 지기 J.의 경우'가 제목이었다. 이 학위 논문이 성공을 거둘 뿐 아니라 학계에서 응당한, 그의 말대로 응당한 주목을 받기 위해서는 나의 도움이 절대적으로 필요하다는 것이다. 눈을 깜박거리며 그는 그에 대한 묘한 보상을 제시했다. 반복해서 일어난 내 행동의 진정한 동인(動因)이라고 그가 말하고 있는, 소위 이 기이한 불안감을 그는 '예프젠 공포증'이라고 명명하겠다는 것이며, 이 용어는 언젠가 심리학 사전에도 오르게 되리라는 것이다.

힘펠 박사의 특별 허가를 받은 이 젊은 학자는 이렇듯 자신의 모든 계획을 솔직히 털어놓은 뒤에, 내 책상 옆에 서서 한 손을 내 어깨 위에 올려놓았다. 그러곤 얼굴을 내 쪽으로 수그리고, 공범자들 사이에나 주고받음직한 미소를 지었다. 기껏해야 심리학자와 소년범 사이의 일이지만. 그의 미소에 나는 혼란스러웠고 침묵 속에서 그를 물리쳐 버리려던 내 의도는 빗나갔다. 그가 자신이 계획하고 있는 논문의 구상에 관해 속삭이듯 이야기하고 설명해 나갈 때는 더욱 그랬다. 그는 나를 변호하고 나의 무죄와 나의 진실을 증명해 보이겠다고 말했다. 나의 그림 도둑 행각을 이해하고, 낡은 풍찻간 속에 차려놓았던 내 개인의 화랑을 긍정적인 행위로 인정하겠다고도 말했다. 요컨대 그는 부득이한 나의 한계 상황을 증명하고, 나를 위해 지금껏 없었던 유리한 판결을 요구하겠다고 약속했다. 그가 나지막하면서도 열띤 자신감을 보여주었으므로 나는 그를 신뢰하게 되었다. 우리의 섬을 때때로 학문의 마장(馬場)으로 바꾸어놓는 200여 명의 조련사들 가운데에서 볼프강 마켄로트만은, 조심스럽긴 했지만 내가 신뢰할 수 있는 유일한 사람이었음을 인정하지 않을 수 없다.

그저 조금 내 마음에 들지 않는 점이 있다면, 나에 관하여 지나치게 많이 알고 있다는 사실이었다. 그는 나의 재판 기록을 전부 읽어서 사전 지식을 갖고 있었다. 처음에 나는 그의 '글짓기의 벌'을 도와주고, 동시에 그의 도움을 확보해 놓으면 어떨까 하는 생각이 들기도 했다. 무엇보다 그가 허락하기만 한다면, 내가 벌을 받는 동안 담배 차입쯤이야 수월하지 않을까 하는 계산이었다. 그러나 그가 힘펠 원장과 거의 친구 사이나 다름없다는 말을 듣고 났을 때, 나는 그런 생각을 떨쳐버렸다. 나는 그를 찬찬히 살펴보았다. 조그맣고 창백한 얼굴, 가느다란 목 그리고 섬세한 손. 그리고 내 곁에 오래 머물러 있을수록, 잃는 것보다 얻는 것이 더 많아 보이는 그의 목소리를 비판적인 태도로 듣고 있었다. 결국 나는 그 제의는 너무도 뜻밖이어서, 유감스럽지만 지금으로서는 받아들일 수 없다, 그러니 나에게 생각할 겨를을 달라고 말했다.

"하지만 가끔 당신을 방문해도 괜찮겠지요?"하고 그가 말했다. 나는 허락했다. 그리고 그를 쫓아내기 위해, 그가 때때로, 정기적으로는 못 하더라도 자신의 논문 중 특히 핵심이 되는 부분을 발췌해 집어넣어 준다는──그는 집어넣어 준다고 말했다──그의 제의에도 고개를 끄덕거렸다. 그는 감사했다. 마치 내가 동의한 사실을 번복해 버리지 않을까 겁이 나는 듯, 그는 서둘러 외투를 입으며 말했다. "당신을 실망시키지 않겠습니다, 예프젠 씨." 다정스레 악수를 청한 뒤 그는 문쪽으로 다가가 안에서 노크를 했다. 그러자 칼 요스비히가 얼굴은 보이지 않은 채 문을 열고는 이 젊은 심리학자를 통과시켰다. 나는 그의 발소리를 들었다. 그는 서둘러 멀어지고 있었다.

그가 떠난 후, 나는 칼자국 투성이의 책상 앞에 앉아 다시금 생일 파티로 돌아가려 했다. 기억의 끈을 다시 붙잡고, 나를 블레켄바르프의 여기저기, 즉 화가의 정원에서 엄숙한 바다 생물들 틈에 끼여 저녁 식사를 기다리게 하려고 했다. 우선 생일 만찬을 식탁에 벌여놓을 수도 있겠고, 혹은 부스베크 박사의 생일을 장식하기 위해 빨강과 노랑이 장엄하게 교차되는 일몰의 광경을 전개시킬 수도 있을 것이며, 결국 몇 분 동안 우리의 넋을 빼앗아 갔던, 8000미터 상공에서 벌어진 공중전 광경을 묘사할 수도 있을 것이다. 그러나 이 모든 것에도 불구하고 한 가지 확고부동한 것은, 내가 생일 파티를 떠난 제일 첫 번째 사람이란 점이다. 자발적으로 떠난 것은 아니었지만.

어디였더라? 어디쯤에서 그녀가 나를 낚아챘더라? 그네 옆? 정자 안? 혹은 나무다리 위? 어쨌든 푸른 깃발을 손에 들고 나는 무언가를 찾아 돌아다녔다. 바람은 많이 누그러져 있었다. 갑자기 어머니가 내 앞에 서 있었다. 근엄한 표정으로, 몹시 흥분해서 무언가 할 말이 있는데도 표현을 못 하고, 단지 간헐적인 신음만을 내고 있을 뿐이었다. 자제심을 잃었을 때, 또는 마음이 상했거나 낙담했을 때는 늘 그랬듯이, 어머니는 누런 이빨을 드러냈다. 내 손을 잡아서 어머니의 허리 쪽에 갖다 붙인 후 발작적으로 몸을 돌리고는 머리를 뒤쪽으로 젖혔다. 그물과 머리핀으로 단단히 묶어놓은, 마치 번쩍거리는 혹을 연상케 하는 쪽머리가 허용하는 한 한껏. 어머니는 나를 정원의 축연 자리에서 끌어냈다. 무언가에 심히 놀란 사람의 걸음걸이로, 나를 끌고 잔디밭을 지나 아틀리에가 있는 뜰을 가로질러 달렸다. 일언반구 없이 지나치는 우리를 보고, "곧 식사가 시작될 텐데." 하고 외치는 배우 선장 안데르젠의 말도 들은 체 만 체. 흔들거리는 나무문을 밀어젖힌 그녀는 나를 질질 끌다시피 하면서 오리나무 사이로 뻗은 긴 차도로 접어

들었다. 제방을 기어오른 우리는 블레켄바르프를 돌아보지도 않고, 다시금 해변 쪽을 향해 비척대며 내려갔다.

돌아오는 길의 중간쯤 되는 거리에 왔을 때야, 구드룬 예프젠이 어머니의 얼굴을 되찾았던 것 같다. 아들에게 자신의 실망감을 납득시키기 위해 북해 쪽으로 향해 가고 있는 그런. 나는 내가 무엇을 해야 할지 이미 생각하고 있었다. 부서지는 파도에 발을 적시며 어머니와 함께 부표용 노후선 앞쪽에서 얌전히 물속으로 들어가는 것이 얼마나 막중한 의무인가를. 하지만 그녀는 방향을 바꾸었고, 블레켄바르프 사람들의 시야를 벗어난 제방의 아랫길로 접어들었다. 어머니는 내 손을 놓고 앞서가라고 명령했다. 뒤돌아보지 않은 채 나는, 왜 이다지 급작스레 파티 석상을 떠났는지 물어보았다. 어머니는 대답하지 않았다. 아버지도 그곳을 떠났느냐 혹은 곧 떠나올 것이냐고 물었지만, 역시 숨소리만 씩씩거릴 뿐 말이 없었다. 빨간 모자를 쓰고 있는 자동식 등대 옆에 이르자 비로소 어머니는 입을 열었다. "빨리빨리 가. 나는 진정제를 먹고 좀 누워야겠다." 나를 앞질러 가며, 어머니는 내가 따라오는지 더 이상 신경쓰지 않았다.

나는 어머니 뒤에 바싹 붙어서 계단을 올라가 함께 부엌으로 들어갔다. 쌀통, 밀통, 보리쌀통 등이 윤을 내면서 두 줄로 도열해 있는 속을 걸어가며, 어머니는 통 하나를 엎지를 정도로 서둘렀다. 빨대와 상자와 양철통 더미에서 어머니는 조그만 삼각 봉투를 하나 꺼냈다. 그리고 물이 담긴 컵 속에 내용물을 풀어넣고는, 식탁에 앉아 눈을 감은 채 들이마셨다. 나는 얌전히 곁에 서서 흥미 반, 원망 반이 섞인 표정으로 어머니를 관찰했다. 뽀족한 턱, 빨간색 속눈썹, 콧구멍 그리고 여덟팔자 형의 입술. 가까이 갈 생각은 엄두도 내지 못하고 있었다. 어머니는 팔을 의자 깔판의 가장자리에 받치고 몸을 뻗었다. 그러곤 잠시 호흡을 중단했다. 나는 약이 벌써 도움이 되었느냐, 그리고 이어서 내가 블레켄바르프의 생일 파티장으로 다시 돌아가도 좋으냐고 물어보았다. 대답할 기미가 보이지 않았기 때문에 나는 왜 그렇게 빨리 제방 밑을 뛰어와야 했느냐고 물었다. 눈을 가늘게 뜨고 나를 바라보던 어머니는 자리에서 일어나더니 따라오라고 명령했다.

우리는 위층으로 올라가 내 방을 지나 다시 다락으로 올라가서는 아디가 기거하는 다락방 문을 열었다. 거기에는 고리짝 모양의 트렁크가 놓여 있었다. 창틀 위에는 면도기가 번쩍이고 있었고, 풀오버가 걸려 있었다. 등받이 없는 의자 밑에는 새 선원용 구두가 좋은 날씨가 오기를 기다리고 있었으며, 챙이 달린 모자, 목도리, 손수건들이 장롱 위에, 그리고 '우리는 나르빅을 점령했다'라는 제목의 책 한 권이 침대의 베갯머리에 놓여 있었다. "이걸 모두 싸도록 해." 하고 어머니는 말했다. 내가 움직일 생각을 않자, 다시 한번 나를 독촉했다. "아디의 물건을 모두 트렁크에 집어넣으란 말이야." 내가 감시하에 그의 소지품을 꾸리고 있을 때, 어머니가 조용히 말했다. "하나도 빠뜨려서는 안 돼. 그는 모조리 갖고 가야 해, 모조리." 어머니는 쓸모없게 된 싸구려 카메라를 건네주며 말했다. "이걸 양말 사이에 집어넣어라." 넥타이 하나는 어머니가 스스로 뭉

쳐서 상의들 사이에 집어넣었다. 우리는 접고, 개고, 누르고, 구겨 넣어, 트렁크를 제외한 모든 아디의 흔적을 지워버렸다. 구드룬 예프젠이 그 트렁크를 밖으로 들어낼 때, 그녀의 손이 불쾌감으로 뻣뻣해졌음을 놓치지 않았다. 그때, 무슨 생각이 들었던가? 우선 나는, 아디가 더 나은 방으로 옮기게 되나 보다 생각하고, 그를 같은 식구처럼 대하게 되었으면 하고 바랐다. 그런데 계단을 내려가 현관에 이르자, 어머니는 아버지의 사무실 옆에 트렁크를 내려 벽에 기대어놓은 다음 손의 먼지를 떨었다. "아디가 떠나나요?" 내가 물었다. 어머니는 이제 안심이 된다는 듯, "우리 집에서 아무것도 잃은 것이 없으니 떠나야지. 아디와 이야기를 끝냈어." "왜 아디가 떠나야 하죠?" "너는 이해 못 해." 어머니는 창밖으로 시선을 돌려, 저편 블레켄바르프 쪽의 들판을 바라보았다. 그러곤 갑자기 꼼짝도 않은 채 어조를 높여 이야기했다. "우리 집에 병자 따위는 필요 없어." "힐케도 같이 가나요?" "곧 알게 되겠지, 어느 쪽 인연이—그녀는 정말 인연이라고 했다—더 강한가를."

나는 어머니의 근엄하기 짝이 없는 붉은 얼굴을 바라보면서, 생일 파티는 이것으로 끝장이구나, 적어도 다시 한번 블레켄바르프로 가는 허락을 받기는 틀렸구나 하고 생각했다. 그래서 어머니가 순대가 든 샌드위치를 쥐여주며 잠자라고 했을 때, 나는 고개를 끄덕거릴 수밖에 없었다. 창문의 커튼을 내린 다음 옷을 벗어서, 나는 어머니가 가르쳐준 대로 침대 옆 의자 위에 쌓기 시작했다. 바지와 풀오버를 네모 반듯하게 개어놓은 다음, 그 위에 아귀를 맞추어 셔츠를 개어놓고, 다시 아랫내의를 보기 좋게 올려놓았다. 내일은 이 물건들을 반대 순서로 다시 입게 되겠지. 귀를 기울여 보았으나 집 안은 모두 조용했다.

5

풍차, 나만의 은닉처

그날 아침을 묘사해야 한다. 기억 하나하나에서 모두 새로운 의미를 찾을 수 있다 하더라도, 나는 하나의 아침이 서서히 밝아오도록 해야 한다. 저지할 수 없는 노란색이 회색 및 갈색과 대결을 벌이는 아침을. 끝없는 수평선과 운하들, 그리고 댕기물떼새의 비상이 있었던 어느 여름날을 불러내야 한다. 비행기 구름 자락을 하늘 위에 그려넣고, 범선의 요란한 엔진 소리를 제방의 뒤편까지 들리게 해야 한다. 이 특정한 아침을 되살려 내기 위해, 나는 또 나무들, 울타리들 그리고 아직도 연기가 오르지 않는 나지막한 농가들을 이곳저곳에 배치하고 서투른 솜씨로 얼룩점박이 젖소들을 풀밭 위에 흩어놓아야 한다. 이것이 내가 깨어나던 날 아침이었다. 아니, 깨어나야만 했다는 게 옳다. 끊임없이, 점점 참을 수 없게 무엇이 내 창문에 와 부딪히는 소리가 났기 때문이다. 처음에 나는 그대로 누운 채, 유리를 두드리는 그 조그만 소리에 귀를 기울이고 있었다. 굴뚝새들이라고 생각했다. 그러자 후두둑 소리를 내며 모래비가 쏟아져 내렸다. 미세한 모래알들이 유리창을 때리고 있었다. 나는 침대에 일어나 앉아 창문을 관찰했다. 모래들이 창에 부딪치고 있었지만, 창유리를 꿰뚫고 튀어드는 것은 없었다. 보이지는 않지만 몇 번이고 찰싹거리며 부딪히는 소리를 듣고 난 후에 간헐적으로 날아오는 모래 깃발이 후두둑 소리를 내며 유리창에 부딪히고 있음을 알아차렸다. 침대에서 튕겨 일어난 나는, 창가로 달려가 바람 한 점 없는 새벽의 어둠 속을 내다보았다. 뜰의 가운데에도 뒤쪽에도 움직이는 거라곤 아무것도 없었다. 간헐적인 움직임이 즉시 눈에 들어온 곳은 뜰의 앞쪽이었다. 헛간의 바닥, 톱질모탕과 절단대 사이에서 팔 하나가 솟아나와서는 조심하라고 말하고 있었다. 나의 형 클라스를 알아보고 또 확인하는 데 한순간이면 충분했다.

군복을 입고 한쪽 팔에 엉성한 붕대를 감고 그는 아래에 서 있었다. 이렇게 이른 새벽에 아무런 예고도 없이 이곳에 나타나리라곤 어느 누구도 예상치 못했다. 그도 그럴 것이 자해로 인해 체포된 후, 우리는 그가 함부르크에 있는 군(軍)병원에서 치료를 받고 있다는 사실밖에 아는 것이 없었기 때문이다. 우리 중 아무도 그를 방문할 수가 없었다. 집에서는 형에 관한 얘기를 피했고, 형이 병원에서 보낸 두 장의 엽서에도 답장을 보내지 않았다.

클라스는 헛간에서 나와 나에게 손짓을 하고 다시 들어가 버렸다. 나는 침대로 달려갔다가 문 쪽으로 가서 귀를 기울인 다음, 다시 침대로 달려가 셔츠와 바지를 입었다. 복도로 나가기 전에 나는 창밖으로 사인을 보냈다. 복도에는 아무도 없었다. 그들은 자고 있었다. 기다랗고 까슬까슬한 잠옷을 입고, 손수 짠 회색 요를 깔고 묵직한 이불 밑에서 그들은 자고 있었다. 이들의 위쪽 벽에는 서로 마주 보고 걸린 두 개의 사진, 즉 테오도르 슈토름과 레토브 보르베크가 시선을 교환하고 있었다. 이 후줌 출신의 시인과 장군은 끊임없이 탐색하는 의심의 시선을 전혀 돌리려 하지 않았다. 몸을 구부려 벽 쪽에 붙이고, 나는 살금살금 이들의 침실을 지나갔다. 난간에 붙어 층계를 내려간 다음, 현관 옷장의 옷걸이에 걸린 루크뷜 파출소장의 제복을 지나쳤다. 집 안의 정적이 믿기지가 않았다. 현관 열쇠의 차가운 감촉이라니! 천천히 돌리자 용수철이 튕기는 압력을 느낄 수가 있었다. 소리 없이 열쇠를 돌리자, 문이 삐그덕 소리를 내면서 퉁겨나갔다.

위층에서 불쑥 아버지가 나타나지나 않을까 생각했으나 주위는 여전히 조용했다. 몸을 비집고 밖으로 나와 나는 조심스레 문을 닫고, 뜰을 지나 헛간 안으로 뛰어들었다. 거기 쭈그리고 있는 사람은 정말로 형 클라스였다. 반짝이는 눈, 둥그런 얼굴 그리고 착 달라붙은 짧은 금발머리. 다친 팔은 칼판 위에 놓았고 군복의 목 부분은 풀어헤쳐져 있었다. 형은 잔뜩 겁에 질려 그곳에 웅크리고 있었는데, 이 불안이야말로 모든 질문을 무색하게 했으며 모든 사실을 낱낱이 고백하고 있었다.

군병원을 탈주해 나왔다는 것, 경찰과 검문을 피하기 위해 멀리멀리 우회해 왔다는 것, 주로 야음을 틈타 이곳까지 오는 동안 여러 차례 몸을 숨기기도 했다는 것. 이 모든 것을 그의 공포가 이야기해 주었다.

　그는 한마디 인사의 말도 없이 나의 셔츠를 움켜잡고 나를 칼판 옆으로 끌고 갔다. 그곳에서 우리는 침실을 관찰했다. 그가 줄곧 위층을 바라보는 동안, 나는 그의 피로에 지친 얼굴과 흙탕물이 튄 유니폼 그리고 어느 누군가가, 어쩌면 형 자신이 담뱃재를 비벼 끈 엉성한 석고 붕대를 살펴보았다. 아마도 그는 집 안의 누군가가 내 기적을 들었으리라고, 또는 나의 빈 침대를 발견한 후에 창밖으로 나를 지켜보고 있다고 생각하는 모양이었다. 그러나 커튼이 불룩해지지도, 그림자 하나 얼씬거리지도 않자, 잠시 후에 형은 나를 땅바닥에 눌러앉혔다. 그리고 내 곁에 발을 벌리고 앉아선 헛간 벽에 등을 기대며 한숨을 내쉬었다. 그의 입술은 떨고 있었다. 온몸이 피로 때문에 얼어 있었고, 턱에는 덥수룩하게 붉은 수염이 나 있었다. 모자는 어디 있을까? 어디에도 눈에 띄지 않는 것으로 미루어 보아 필경 달리는 화물 열차에서 뛰어내리다가 아니면 도랑을 건너뛰다가 잃어버린 것이 분명했다. 조심스레, 미끄러지듯 무릎걸음으로 다가간 나는, 가까이에서 그의 얼굴을 들여다보았다. 그는 감았던 눈을 뜨면서 말했다. "날 좀 숨겨줘야겠다, 꼬마야."

　나는 형이 일어서는 것을 도와주었다. 나에게 바짝 몸을 기대었지만 거의 무릎을 꺾고 쓰러질 듯이 휘청거렸다. 간신히 몸을 가눈 그는 망설이듯 미소를 띠며 물었다. "숨을 만한 데를 알고 있니?" "응." 그때부터 그는 나에게 복종했고, 헛간을 나가 몸을 숨기자는 내 의견에 동의했다. 그뿐이 아니었다. 나만을 바라보면서 내가 명령하는 대로 행동하고 내가 행동하는 대로 따라했다. 내가 고물 손수레 쪽으로 달려가 몸을 숨기자, 그도 고물 손수레로 와서 몸을 굽혔다. 내가 벽돌길을 지나 비탈을 미끄러져 내려가자, 그도 벽돌길을 지나 비탈을 미끄러져 내려갔다. 내가 수문(水門) 앞까지. 그도 수문 앞까지. 내가 말했다. "우리는 풀밭을 건너 갈대숲으로 들어가야 해." 그가 되풀이했다. "갈대숲으로. 알았어."

그는 우리가 어디로 가고 있는지, 그곳이 얼마나 떨어진 곳인지 묻지도 않았다. 궁금증도 초조감도 보이지 않고 내 뒤를 따라올 뿐이었다. 나는 뻗은 팔을 뾰족하게 모으며 갈대숲을 헤쳐나갔다. 더 이상 바람을 내지 않는, 날개가 없어진 낡은 풍차를 향해 나아가는 중이었다. 축축한 땅바닥은 끈적끈적 신발을 잡아당겼다. 풀잎으로 위장된 구멍에 발이 텀벙 빠지기도 했고, 그때마다 구멍에서 갈색의 이탄물이 솟구쳐 나왔다. 우리는 들오리들을 쫓아버렸다. 그놈들은 여기저기에서 우리를 지켜보았다. 우리가 지나고 나면 바스락 소리를 내면서 갈대잎들이 다시 일어서곤 했다. 들오리들이 포물선을 그리며 날아올랐다가는 우리의 뒤쪽에 다시 내려앉았다. 녹색 미명 속을 헤쳐가자니, 나는 마치 해저의 침묵 속, 그 너울대는 해조의 수풀 속을 지나는 기분이었다. 갈대의 묶음이 성글어지면서 우리 앞에 풍찻간 연못이 나타났다. 그 뒤쪽, 녹슨 회전

륜(回轉輪) 위에 풍차가 서 있었다. "저기냐?" 하고 형이 물었다. 나는 고개를 끄덕거렸다. 사방을 살펴본 다음, 나무 울타리를 기어 넘어 풍찻간으로 올라가는 단단한 길로 달려갔다.

　내 사랑하는 풍찻간을 어떻게 소개하면 좋을까? 인공의 토대(土臺) 위에 그것은 서 있었다. 기대에 넘쳐──비록 날개는 없지만──서쪽을 향해 서 있었다. 양파 모양의 둥근 지붕은 슬레이트로 덮여 있었고, 고기 비늘처럼 널빤지를 겹쳐 박은 팔각형의 탑 위엔 두 개의 피뢰침이 돌출해 있었다. 높은 곳에 위치한 창문은 회색 테두리만 남긴 채 깨져 있었으며 십자형의 날개도 만신창이가 되어 이제는 쓸모없게 된 맷돌, 살 없는 바퀴, 말편자 따위들과 함께 동쪽의 풀밭 위에 방치되어 있었다. 낡은 문은 더 이상 닫히려고 하지 않아, 나는 바닥을 높여 새 돌쩌귀를 만들어놓아야 했다. 비와 바람과 세월이 곡물 적재장을 붕괴시켜 놓았다. 외풍이 불어드는 풍찻간 안에서는 삐거덕 소리, 덜커덩 소리가 그치지 않았고, 바람의 방향이 서쪽에서 동쪽으로 바뀔라치면, 위쪽 양파 지붕에서 온갖 시끄러운 소리가 다 들려왔다. 그러고는 끽끽 소리를 내며 천장에서 도르래가 내려왔는데, 물론 그 속에 화물이라고는 찾아볼 수도 없었다. 깨진 유리 조각들이 널려 있었고, 마분지 조각처럼 보이는 박쥐들이 창고 속을 소리 없이 날아다녔다. 너슬너슬한 양철 덮개는 조금만 건드려도 달가닥달가닥 소리를 낼 형국이었다. 덕지덕지 덧붙인 누더기 꼴로 마른 새똥을 잔뜩 뒤집어쓰고, 나의 풍차는 이렇게 자포자기한 상태로 서 있었다. 아무 쓸모도 없이, 시커먼 몸집을 하고, 루크뷜과 블레켄바르프가 동시에 바라보이는 벌판에 그것은 서 있었다. 아직 조금이라도 소용에 닿는 것을 찾는다면 이른 봄의 온갖 태풍과 가을의 폭풍우를 끄떡없이 견뎌냄으로써 놀라움을 자아내는 정도랄까?

그러나 우리는 너무 오래 바깥에만 서 있어선 안 되었다. 설령 풍차의 외관, 예컨대 연못에 비친 투영도라든가 문 위에 아로새긴 이니셜이나 화살과 하트의 낙서 등 볼 만한 것이 더 있다고 하더라도, 지금 그것을 감상하고 있을 때가 아니었다. 허리를 구부리고 단단한 길을 올라가, 무너져 버린 적재장을 지나 인공의 축대 속으로 깊이 깎여 들어간 입구 안으로 들어가야만 한다. 짐작하건대 클라스 형도 내 풍차에 대해선 요지부동의 검은 돌출물 정도로밖에 알지 못한 것 같았다. 하기야 그는 지금 모든 것을 나에게 내맡긴 처지이니, 더 자세히 살펴볼 필요도 없기는 했다. 숨을 씩씩 내쉬면서, 부상당한 팔을 몸에 꼭 붙이고 형은 내 뒤를 따라왔다. 내 드러난 발까지 볼 수 있도록 얼굴을 깊숙이 숙이고서.

나는 문을 열어젖혔다. 그를 떠밀어 냉랭한 층계 밑 방으로 들여보낸 후 문을 닫았다. 우리는 말없이 나란히 서 있었다. 위쪽을 향해 귀를 기울였으나, 들리는 소리라곤 제방의 뒤쪽에서 나는 쾌속정의 엔진 소리뿐이었다. 풍찻간에 들어갈 때면 으레 스치고 지나가는 박쥐들의 날갯짓 소리들, 가느다랗게 부서지고 있는 한 줄기 광선이 어둠 속에서 떨고 있었다.

샛바람에 대해서, 그리고 아마 어림짐작이겠지만, 나무 계단의 흔들거림에 대해서도 언급해 두어야겠다. 형은 내 손을 더듬어 잡으며 물었다. "여기야?" "위쪽이야. 꼭대기에 내 방이 있어." 계단 위로 끌고 올라가, 곡물을 넣어두는 방으로 들어 갔다. 그리고 오래된 곡물통들 뒤에서 숨겨놓은 사다리를 꺼 냈다. 사다리를 기어올라 우리는 천창(天窓)을 통해 위쪽으로 빠져나갔다. 거기서 사다리를 끌어올려 다시 한번 기어오르 니, 마침내 양파 지붕의 바로 밑 방에 들어간 셈이 되었다. 이 곳을 나의 방이라고 부르겠다.

나를 옆으로 밀치고 앞서 걸어간 클라스는 이내 갈대와 밀 가루 포대로 만든 간이침대를 창가에서 발견했다. 그러나 그 는 그 위에 눕지 않았다. 예까지 올라오느라 마지막 남은 힘까 지 다 소모했을 텐데도 사과 상자 같은 데 걸터앉는 법이 없 었다. 오히려 미소를 지으며 놀란 눈으로 온갖 그림들을 바라 보았다. 손으로 머리카락을 문지르고 눈을 비벼보아도 여전히 줄어들지도 변화하지도 않는 그림들을. 내 풍찻간 방의 벽을 도배질하다시피 한 것은 대부분 기사(騎士)의 그림이었다. 부 스베크 박사의 60회 생일날 이후 바로, 나는 기사들의 그림을 달력이나 잡지 또는 책 들에서 오려내기 시작했다. 처음엔 그 저 갈라진 틈새에나 붙이던 것이, 나중엔 사면 벽을 가득 채 우게 된 것이다. 나폴레옹의 기병(騎兵)들이 벽에서 내달아 왔 고, 황제 카를 5세가 뮐베르크의 싸움터를 달리고 있었다. 타 타르인의 복장을 하고 불타는 듯한 아랍종의 말을 탄 유수포 프왕의 모습이 보였고, 부르봉의 이사벨 여왕이 조그만 안달 루시아 백마를 몰고 있었다. 용기병, 곡마사, 사냥꾼, 기사들이 각양각색의 모습으로 안장 위에 올라 앉아 서로 상대방을 관찰하고 있어서 마음만 먹으면 이들의 요란한 말굽 소리와 말 울음소리를 들을 수 있었다.

"도대체 이게 뭐지?" 하고 형이 물었다. "전람회야." 하고 나는 대답했다. "이곳에서 전람회를 열고 있는 중이야."

클라스는 재미있다는 듯 고개를 끄덕였다. 그러고는 침대 쪽으로 다리를 끌고 가서 피곤한 몸을 벌렁 뉘었다. 나는 그의 머리 쪽에 걸터앉아 내 그림들을 바라보았고, 그런 다음 눈을 감고 있는 형의 얼굴을 들여다보았다. 그는 누군가 우리를 쫓아오지 않았나 한시도 마음을 놓지 못하고 귀를 쫑긋 세운 것 같았다. 긴장을 풀고 사지를 느긋이 뻗는 대신, 숨을 곳을 찾아 뛰어갈 자세를 취하거나 엉성한 석고 붕대를 등 쪽으로 감추면서 경계를 게을리하지 않고 있었다. 그의 가슴에 손을 대자 흠칫 놀랐다. 얼굴의 땀을 닦아주자 소스라쳐 일어나기도 했다. 담배를 한 대 물려주자 그제야 비로소 좀 안심이 되는 듯 그는 다소 짧아 보이는 침상 위에 두 다리를 올려놓았다.

"내 아지트가 맘에 들어?"

내가 묻자, 형은 한참 나를 바라본 후에 "네가 일러바치면, 나는 끝장이야. 아무도 내가 온 걸 알아선 안 돼, 특히 그 사람들은——집에 있는. 여긴 좋은 아지트인데, 꼬마야."

"아무도 이곳을 몰라."

"좋아. 아무도 내가 여기 있는 걸 알아선 안 돼."

"하지만 아빠는 알아도 되잖아. 아버지가 형을 도와줄 거야."

형은 다시 심각하게 생각하더니, 거의 협박조로 말했다. "만일 네가 아버지에게 말을 했다간 널 죽여버릴 거야, 꼬마야. 그땐 마지막인 줄 알아라. 알아듣겠니?"

가느다란 눈을 번득이면서 대답을 기다리는 듯 나를 노려보다가 갑자기 나를 움켜잡아 침대 옆으로 잡아채더니, 공포의 무게로 나를 바닥에 눌러앉혔다. 형이 원하는 바를 알게 된 나는 모든 것을 약속할 수밖에 없었다. 그제야 만족스러운 듯 지친 몸을 침대에 던지면서, 깨진 창문을 가린 마분지 조각 하나를 떼내라고 명령했다. 우리는 얼굴을 거의 맞대고서 아침 햇살이 퍼져가는 들판을 내다보았다. 우리는 함께 모든 곳을 샅샅이 살펴보았다. 멀리 휘어져 나간 제방과 빨간 모자를 쓴 자동식 부표에 이르기까지. 그리고 곧 자동차를 알아보았다. 후줌의 국도에서 벗어나며 그 자동차는 유리창에 햇빛을 반사하고 있었다. 암록색이었다. 천천히 도랑 위에 그림자를 비치며 굴러와 불쑥 루크뷜로 향하는 벽돌길로 방향을 틀었다. 속력을 줄였지만 멈추지는 않고 홀름젠바르프의 덤불 울타리 뒤로 사라지더니, 미처 예기치도 못한 때에 다시 모습을 나타냈다. 다시금 방풍 유리에서 번쩍 하는 빛이 튀어나왔다. 차를 기다리려고 철조망까지 뛰어왔던 암소들은 그 순간 기겁을 하고, 넓적한 머리를 옆으로 돌려버렸다. 자동차는 소리도 없이 계속 굴러가더니, '루크뷜 파출소'란 간판 아래 멈추어 섰다. 차창의 유리가 내려가고 머리 하나가 삐쭉 나오더니 이어 번쩍이는 가죽 코트의 어깨가 따라나왔다. 창문에서 얼굴을 내민 그 남자는 간판 위에 쓰인 글자를 판독하느라 무척 시간이 걸리는 모양이었다. 비바람으로 마멸된 글자를 두 번이나 덧칠해 놓았으니 그럴 만도 했다.

형은 내 팔을 단단히 잡았다. 자동차의 문이 열리고 가죽 코트 차림의 네 남자가 내렸을 때는, 부지중에 내 등 뒤로 몸을 숨겼다. 그들은 더 의논하는 기색도 없이 기계적으로 우리 집을 향해 움직였다. 그러고는 각기 다른 방향에서 능숙한 솜씨로 우리 집을 포위했다. 네 사나이는 똑같은 코트에, 똑같은 모자를 쓰고 있었으며, 한결같이 손을 주머니 속에 넣고 있었다. 보아한즉, 자동차에서 몰려나와 남몰래 잠입해 들어가는 데는 숙달된 것 같았다. 그중 하나가 어렵지 않게 정원 울타리를 타고 넘었다.

어째서 클라스가 나를 쳐다보지도 않고, 또 내 팔에 가하던 압력을 줄이지도 않았는지를 오늘에야 알 것 같다. 갑자기 그는 외쳤다.

"꺼져, 꼬마야, 빨리, 집으로 뛰어가." 나에게 질문할 겨를도 주지 않고, 황급히, 그리고 사정없이 나를 천창의 구멍으로 밀어낸 이유도 알 것 같다. "꺼져!" 이것이 그가 말한 전부였다. 조금 후, 내가 사다리의 발치에 서 있게 되었을 때, 그는 다시 한번 외쳤다. "먹을 걸, 다시 올 때는 먹을 걸 좀 갖고 와."

나는 늘 클라스의 말을 잘 따랐기 때문에 형이 요구하는 대로 사다리를 내려갔고, 곡물통 뒤에 사다리를 감춰놓았다. 그리고 역시 형이 시키는 대로 제방으로 난 차도를 가로질러 갈대숲을 헤쳐나갔다. 수문 앞까지 뛴 다음, 다시 몸을 숙이고 도랑의 경사면까지. 낡은 손수레 옆에 도달해서야 나는 허리를 펴고 더 이상 조심스러워하지 않아도 되었다. 이제부터는 집을 벗어나 있었다는 의심을 받지 않아도 될 테니까. 나는 아직도 간판 밑에 서 있는 자동차 쪽으로 터덜터덜 걸어가서는 주위를 빙빙 돌아보기도 하고, 속도계에 나타난 최고 속력의 표시를 들여다보기도 했다. 클랙슨을 한번 눌러보았더니, 아니나 다를까 건장한 가죽 코트 하나가 집 안에서 달려 나와 내 목덜미를 움켜잡았다. 내가 어디 사는 녀석인지 알려고 했다. 무엇 때문에 이렇게 이른 아침에 바깥에서 얼쩡대고 있는 건지 나는 그에게 말해야 했다. 모든 질문에 한마디로 대답하기 위해 나는 내 이름을 대고 내 방의 창문을 가리켰다.

"저게 제 방이에요." 그러나 그는 나를 믿지 않았다. 그는 내 셔츠 칼라를 놓지 않고, 나를 집 안으로, 즉 아버지 사무실로 끌고 들어갔다.

그들은 모두 거기에 앉아 있었다. 전등을 앞에 두고 세 명의 가죽 코트가 앉아 있었고, 그 앞에 바지와 속셔츠 차림에 멜빵을 어깨 위에 걸치고 면도도 세수도 빗질도 하지 않은 아버지가 앉아 있었다. 한마디로 해서 가죽 코트들의 꼿꼿한 실루엣 앞에, 지금 막 북소리에 놀라 잠이 깬 듯한 얼굴로 적어도 아흔다섯 살은 되어 보임직한 루크빌 파출소장께서 앉아 있었다. 내가 이 집에 사는 당신의 아들이냐고 질문을 받았을 때, 아버지는 마치 알아보기가 무척 힘이 든 것처럼 오랫동안 나를 바라보았다. 재차 질문을 받았을 때야 비로소 그는 고개를 약간, 맙소사, 끄덕였다. 좌우간 끄덕이기는 했다. 그러자 내 셔츠를 당기고 있던 손이 풀렸다. 땅딸보는 나를 놓아주자, 아버지 앞으로 걸어가 뒷짐을 지고는 왔다 갔다 하기 시작했다. 이리저리 굽 높은 구두를 또닥거리며 오락가락하다가는 그 염소 같은 눈을 들어 아버지의 책상 머리에 걸린 액자 속의 격언을 들여다보았다.

'이른 아침 시간은 천금의 값.'

나를 내보내려는 사람이 없었기 때문에, 나는 출입 금지령이 내려진 이 사무실을 재빨리 둘러보았다. 하지만 흥미를 끌만한 것은 아무것도 없었다. 눈에 띄는 것이라면, 네 개의 경찰 곤봉이 들어 있는 곤봉집과 희끄무레 은빛을 발하는 장식용 술이 달린 경찰도(刀) 하나가 고작이었다. 아버지는 졸린 표정으로, 도대체 말할 것이 없다는 듯 앉아 있었다. 절대 복종의 자세로, 양손을 허벅지에 올려놓고 상체를 등받이에 꼿꼿이 기댄 채 턱을 잔뜩 끌어당기고, 입을 약간 벌리고 있었다. 그가 곁눈질로 그 건장한 땅딸보를 관찰하기는 했지만, 무슨 생각엔가 골몰하고 있음을 감출 수가 없었다. 지금 이 땅딸보는 거만스레 방 안을 오락가락하며, 사무실 책상의 윗벽에 가득 붙어 있는 사진들을 바라보았다.

사진들은 무엇을 이야기하고 있었던가? 글뤼제루프에 관하여, 그리고 페터 파울 예프젠이 싱싱한 바다 생선들을 팔던 생선 가게에 관하여 그것들은 이야기하고 있었다. 사진은 또 생선 장수 예프젠에게 다섯 아이가 있다는 것, 그리고 그 중 하나, 사진마다 똑같은 불신의 표정을 짓고 있는 말라깽이 사내아이가 루크뷜의 파출소장을 찍어낸 듯이 닮았음을 보여주었다. 사진은 두 가족의 게 껍질 벗기기 시합을 보여주었고, 또한 영원히 입을 벌리고 노래를 부르고 있는 글뤼제루프의 어린이 합창단을 소개했다. 나아가 사진은 입학 축하용의 커다란 뾰족모자를 쓴 옌스 올레 예프젠의 학생 시절 모습을, 그리고 동명(同名)의 견진성사(堅振聖事)를 받은 소년과 TUS 글뤼제루프 축구팀의 왼쪽 수비 선수의 모습을 보여주었다. 한 타원형의 사진은 젊은 포병 예프젠이 제단의 앞에라도 앉은 듯 경유탄포(輕榴彈砲) 옆에 무릎을 굽히고 있는 어느 날을 설명해 주었다. 바로 그 포병이 다른 사진에서는 갈리시아에서 외투를 입고 다른 포병들과 더불어 크리스마스 송가를 부르고 있었다. 콧수염을 기른 어느 축구팀의 앞줄에 경찰 학교 생도인 옌스 올레 예프젠이 비스듬히 누워 있었고, 그 뒤쪽으로 함부르크의, 벽돌로 지은 병사(兵舍)가 위용을 자랑하며 솟아 있었다. 그다음 구드룬 쉐셸이 등장해 일역을 담당했다. 구드룬 쉐셸은 흰 옷과 흰 양말을 좋아했고, 붉은 금발의 머리채가 유난히도 기다랗게 등 뒤로 늘어져 있었다. 사진은 또한 구드룬이 글을 읽을 줄 안다는 사실을 알려주었다. 그녀가 나오는 사진마다 으레 책이 손에 들려 있었기 때문이다. 옌스 올레 예프젠과 구드룬 쉐셸이 어느 날 결합하게 되었다는 사실 또한 시선을 고정시킨 하객들의 사진이 증명해 주었다. 이들은 엄숙하게, 잘 훈련된 부동의 자세로 축배를 들었다. 사진들은 또 이 부부가 베를린으로 신혼여행을 갔다는 것, 그리고 라인강의 유람선을 타고 빙겐에서 쾰른까지 또 다른 여행을 즐겼다는 사실을 확인해 주었다. 그리고 마침내 이들에게 세 아이가 태어났음을 주장했다. 힐케와 클라스의 얼굴은 뚜렷이 알아볼 수 있었고, 아직 머리카락도 나지 않은 채 높은 바퀴의 유모차에 실려 있는 괴물이 바로 나였다.

가죽 코트의 땅딸보가 이 모든 사진을 충분히 관찰하는 동안, 아버지는 그저 공손한 자세로 꼼짝없이 앉아 있었다. 이번엔 땅딸보가 근무 일지를 넘기며 삐딱한 글씨체로 기입된 최근의 기록을 훑어보는 차례였다. 나머지 세 명은 꼼짝 않는 실루엣의 자세로 앉아 있었고, 그중 하나가 입에 손을 대지 않고 계속 담배를 피웠다. 그들 사이에 필요한 말은 이미 끝난 모양이었다. 나는 구석에 웅크리고 서서 무슨 일이 일어날지 기다리고 있었다. 그러나 갑자기 어머니가 소리 없이 사무실로 들어와서 나를 손짓해 부르더니 부엌으로 끌고 갔다. 거기 조그만 테이블에는 나의 아침 식사, 즉 설탕을 곁들인 통통한 귀리빵 몇 개와 잼을 바른 식빵 하나가 놓여 있었다. "먹어라." 어머니는 억양 없는 목소리로 말했다. 어머니가 바라보는 가운데 식사를 하는 나는 어머니가 사무실 쪽으로 귀를 쫑긋하고 있는 것을 알 수 있었다. "무언가를 찾고 있나 봐요." 하고 내가 말하자 어머니는 말했다. "잠자코 먹기나 해." "후줌에서 온 사람들이에요. 틀림없어요."

"네게 그런 걸 물은 적 없다." 어머니는 부엌 문을 닫은 다음, 차 한 잔을 따라서 선 채로 마셨다. "저 사람들이 아빠를 자동차에 태워 갈 건가요?" 어머니는 어깨를 추어올렸다. "나도 모르겠다." 어머니는 천천히 말을 하고는 찻잔을 내려놓고 복도로 나가버렸다.

나는 클라스가 누워서 나를 기다리고 있을 풍찻간을 내다보았다. 그러고 나서 식당으로 통하는 습기 찬 문을 열어보았다. 절인 오이 단지, 반 토막의 식빵, 소금에 절인 고기, 양파, 당밀을 뺀 잼이 든 사발, 마가린 조각, 지방분이 없는 돼지 순대, 날달걀 네 개, 밀가루 한 봉지, 귀리빵 한 자루, 그 밖에 눈에 띄는 것은 없었다. 나는 내 빵에 묻힌 잼을 핥은 다음, 빵을 쪼개어 주머니 속에 집어넣었다. 사무실에서는 언성이 높아지고 있었다. 땅딸보가 이야기를 시작했고, 다른 동료들이 이따금 한마디씩 거들곤 했다. 아버지만 굳게굳게 입을 다물었다. 갑자기 어머니가 다시 부엌으로 미끄러지듯 들어와서는 황급히 찻잔을 들어 입으로 가져갔다. 남자들이 사무실에서 나오는 모양이었다. 복도로 나온 그들은 각각 루크빌의 파출소장에게 작별의 악수를 청했고, 부엌의 우리에게도 날카로운 시선을 보내며 많이 들라는 식의 인사말을 던졌다. 망설이듯 집을 나온 후, 이들은 곧장 자동차 쪽으로 가지 않고, 각기 흩어져서는 우선 인근의 구석구석을 살펴보았다. 제방에 이르기까지 도랑과 목장과 울타리를 예리한 눈초리로 살펴보았지만, 그들의 혐의를 살 만한 무엇 하나 얼씬거리지 않았다. 그중 한 명은 헛간을, 다른 한 명은 수문을 수색했다. 역시 헛수고였다. 그들은 반 장난삼아 낡은 손수레를 검사했고, 땅딸보는 자동차에서 망원경을 꺼내더니, 멀리 이탄이 나오는 도랑 위를 바라보았다. 자동차로 되돌아갈 때, 그들은 만족스러운 표정이 아니었다. 실망한 채 그들은 떠나버렸다.

　아버지는 층계 위에 서서, 우리 집을 떠난 그들이 천천히 도랑 옆을 지나는 모습을 지켜보았다. 오랫동안 거기에 서서 자동차가 후줌 국도에 접어드는 것을 보고 나서야 집 안으로 들어와, 여느 때처럼 부엌 식탁에 앉아 두 손을 포개었다. 투박한 셔츠에 바지 멜빵을 걸치고 꼿꼿한 자세로 앉아 있었다. 눈에는 눈물이 어렸고, 가볍게 이빨을 갈고 있었다. 어머니가 내민 찻잔도, 나의 존재도 아버지의 안중에는 없었다——현장 부재 때문은 물론 아니었지만. 아버지의 얼굴은 이 이른 새벽의 방문 이유는 물론, 그 결과까지도 다 알고 있다는 듯한 표정을 지었다. 아버지는 계산을 하고 있었다. 따져보고, 숙고하고, 생각을 떨쳐버렸다가, 새로이 따져보는 중이었다. 눈썹이 움찔거렸다. 호흡이 가빠졌다. 갑자기 오른손을 들었다가 맥없이 탁자 위에 내려놓으면서 어머니를 향해 말했다.

"그 녀석이 불쑥 나타날지도 모르겠는데."

"정말 그 애를 찾고 있는 건가요?"

"군병원에 있다가 도망을 쳤다는 거야. 온통 그 녀석을 찾고 있어."

"그게 언제죠?"

"어제. 어제 저녁이었어. 그 때문에 일을 모두 망쳤다는 거야. 그 녀석이 그런 짓만 안 했어도 형무소나 징벌 부대(懲罰部隊)는 면할 수 있었던 건데. 이젠 기대할 게 없어졌어."

"왜 그 짓을 했을까요, 그 애가?"

"그 녀석한테 직접 물어보구려."

"갑자기 노크 소리가 나면서 그 녀석이 당신 앞에 나타날 테니까 그때 물어보면 되잖겠소?"

"그 앤 틀림없이 이리로 오지 않을 거예요. 그 애가 우리에게 해온 짓으로 봐서, 감히 이곳에 나타날 생각을 못 할걸요."

"그 앤 올 거요."

"모든 것이 이곳에서 시작됐으니 그의 모든 것이 이곳에서 끝나게 될 거요. 이곳에 나타났다간 당장 저들의 손에 잡히고 말 테니."

"그 애에게 조심하도록 일러줄 건가요? 또는 숨겨줄 건가요, 그 애가 여기에 나타난다면."

"나도 모르겠소. 어떻게 해야 좋을지 나도 모르겠소."

"어떻게 해야 좋을지 잘 생각해 둬야 할 거예요, 당신."

어머니는 아버지를 위해 아침상을 차렸다. 빵과 마가린과 갈색의 잼 그릇을 가져와 아버지 앞으로 밀어놓고는, 귀찮은 의무를 끝냈다는 만족감에 젖어 있었다. 그녀는 앉지 않았다. 차를 한 잔 따라놓은 다음 찬장에 등을 기대고 말했다. "어쨌든 난 그 애 일에 더 상관하고 싶지 않아요. 우리 사인 끝난 거예요. 클라스하고 나하고 말예요. 그 애가 여기에 나타나더라도 난 그 애를 위해 할 말이 없어요." 아버지는 아침밥을 들여다보고만 있을 뿐, 먹을 생각을 안 했다. "전에는 그렇게 말하지 않았잖소. 더구나 그 앤 부상을 입었단 말이오." 하고 아버지가 말했다. "스스로 상하게 한 거예요. 부상당한 게 아니고 스스로 상처를 낸 거죠. 그건 자업자득이에요." "그래. 그래, 그래, 스스로 상처를 냈지. 하지만 그건 부득이한 일이었소. 틀림없어요. 클라스는 누구보다 뛰어난 놈이었는데. 그 녀석은 나보다 훨씬 앞서는 놈이오."

"우리는 그 앨 많이 생각했지요. 늘 그 앨 생각해 주었죠. 그런데 그 앤 어땠죠? 누구보다 뛰어난 아이라면, 자신이 행한 일이 어떤 결과를 가져오리라는 것쯤은 알았어야죠. 이젠 너무 늦었어요."

아버지는 아무것도 먹지도, 마시지도 않았다. 아버지는 성긴 머리카락을 쓸어넘기며, 오랜 통증이 다시 도지기라도 한듯 왼쪽 어깨를 움켜잡았다. "아직 클라스는 오지 않았소. 게다가 그 애가 올지 안 올지 알 게 뭐요?"

"만일 그 애가 온다면?" 어머니가 물었다. "내게도 다 생각이 있소." 아버지는 조심스럽게 핀잔이 섞인 음성으로 말했다. 아버지는 면도도 하지 않은 얼굴을 어머니에게 돌려서는 한참 동안 어머니를 살피듯 바라보다가 덧붙였다. "원칙대로 처리될 거요. 당신은 조금도 걱정하지 말아요." 아버지는 일어나 팔을 벌리고 어머니에게 다가갔다. 하지만 어머니는 아버지가 다가오는 것을 기다리지 않고 재빨리 찻잔을 내려놓고는 뒷걸음질을 쳤다. 식탁의 뒤쪽을 돌아 문으로 간 어머니는 한마디 말도 없이 위층으로 올라갔다. 십중팔구 어머니의 침실에 틀어박히고 말았을 것이다.

아버지는 어깨를 으쓱했다. 바지 멜빵을 내리고 개수대 쪽으로 가서, 조그만 선반에서 솔과 비누를 꺼냈다. 그러곤 개수대 위에 엎드려 다리를 가볍게 벌린 자세로 비누칠을 하기 시작했다. 나를 발견하자 아버지는 갑자기 입을 열었다.

"너도 잘 들었지, 클라스가 도망쳐 나왔다는 말. 그러니 언제 녀석이 여기에 나타날지 모른다." 나는 잼을 귀리빵에 바르면서 아무 말도 하지 않았다. "그 녀석은 틀림없이 여기에 나타날 거야." 아버지가 말했다. "불쑥 나타나서는 우리에게 이것저것 요구할 테니 두고 봐. 먹을 것을 달라, 숨을 곳이 필요하다 하고. 너 내 허락 없이 아무 짓도 해선 안 된다. 그 녀석을 도와주는 자는 누구나 벌을 받게 돼 있어. 너도 마찬가지야."

"형을 잡으면, 그들은 어떻게 할까요?"

콧물 같은 비눗방울을 손가락에 늘어뜨리면서, 아버지는 이런 말밖에 할 수 없었다. "놈이 거둬들인 대로 대접을 받겠지." 그런 다음, 면도칼을 집어들고 얼굴을 일그러뜨렸다. 귀에서 아래쪽으로 내리민 다음, 휘파람을 불듯이 입술을 내밀었다. 나는 멍청하니 귀리빵을 씹으면서 오랜 시간을, 아버지의 면도가 다 끝날 때까지 회백색의 된 죽을 숟갈질하고 있었다.

아버지는 여전히 식사에는 생각이 없었다. 면도기를 닦고, 멜빵을 어깨 위에 다시 걸쳤다. 이 모든 것을 아주 천천히, 신중히 끝내고는 떨어져 나간 단추 하나를 찾았다. 코를 풀고 잠시 생각하는 표정으로 손수건을 들여다보다가, 이번엔 창가로 다가갔다. 아버지는 줄기차게 후줌 국도를 바라보고 있었는데, 그곳엔 무엇 하나 얼씬대지 않았고, 햇빛만이 아스팔트를 녹이고 있을 뿐이었다.

구두를 닦고, 파이프를 청소하고, 탁상시계의 태엽을 감는 등 얼마간 망설이던 아버지가 마침내 부엌을 떠나 사무실로 건너갔을 때, 나는 아버지의 몫인 차를 마저 마시고, 빵과 마가린과 잼이 든 사발을 들고 식당으로 들어갔다. 모든 것을 제자리에 갖다놓은 다음 귀를 기울여 보았다. 아무런 기척도 들리지 않았다. 나는 엄지손가락 두께만 하게 빵을 몇 조각 잘라서 셔츠 안으로 밀어넣었다. 순대 한 조각에다 달걀 두 개를 더 밀어넣으니 허리띠로 묶은 부분의 셔츠가 주머니처럼 불룩해졌다. 이 비상 식량을 등 뒤로 살그머니 밀어대니까, 선득한 달걀과 푸석푸석한 빵의 감촉이 척추에 느껴졌다. 여유가 있는 주머니에 순대를 더 채워넣고, 절인 고기도 한 칼 베어서 척추 근처로 미끄러뜨렸다. 셔츠는 이제 나의 바지 위에서 저절로 생긴 류색처럼 축 늘어졌다. 하지만 아직도 흡족하지는 않았다. 내 방 장롱 위에 놓인 그라벤슈타인산(産) 능금들이 생각나서, 그놈 몇 개를 셔츠 주머니 속에 넣어야겠다고 작정했다. 부엌을 떠나 층계를 오르노라니, 한 발자국 움직일 때마다 달걀과 빵과 고기가 흔들흔들, 선득선득 느껴졌다. 벽에 몸을 착 붙이고 살금살금 위층으로 올라온 나는 적(敵)의 침실을 지나 내 방문을 열었다. 그리고 소스라치게 놀랐다. 내 침대 위에 어머니가 누워 있었기 때문이다. 예상이 빗나갔던 것이다. 어머니의 침실에 누워 있지도, 또는 거만한 팔자 입술을 하고 커튼 뒤에 서서 제방과 수평선이나 번적거리는 도랑물에서 기분 전환을 하고 있지도 않고, 바로 내 침대 위에 누워 있었던 것이다. 오그린 몸의 가슴께까지 모포가 덮여 있었고, 주근깨와 기미투성이 팔이 모포 위에 느슨히 놓여 있었다. 다른 날 같았으면 별로 대수로운 일이 아니었다. 흔히 있었던 일이니까. 하지만 이날은 어머니를 한번 보는 것만으로 내 몸이 얼어붙기에 충분했다. 나는 그저 그녀를 응시할 뿐이었다. 무슨 일로 어머니가 내 침대에 누워 있는지 묻지도 않았다. 어머니의 머리카락은 부드럽게 베개 위로 흘러내렸고, 평퍼짐하다고 보아야 할 몸집은 모포 밑에서 더욱 모양 없어 보였다. 그

렇게 누워 있으니 꼭 힐케 누나가 연상되었다. 나를 방에서 내
쫓아 버리기라도 하려는 것일까? 눈을 뜬 어머니는 아무런 해
명도 하지 않았고, 또 내 방을 침입한 데 대한 양해도 구하지
않았다. 그때, 축축하고 선득한 등허리의 감촉이 나에게 경계
심을 환기시켜 주었다. 나는 어떻게 해야 그 면전에서 빠져나
갈 수 있을까 궁리했다. 뒷걸음으로, 마치 마법의 줄에서 벗어
나는 고양이처럼 사라져 버릴 참이었다. 문의 손잡이에 도달
해 막 문지방을 넘어서려는 순간, 어머니가 입을 열었다. "이리
오너라, 아주 가까이." 나는 다가갔다. "뒤로 돌아." 하고 어머
니가 말했다. 나는 뒤로 돌아서며 이를 악물었다. 그리고 제발
이지 어머니가 내 등허리에 늘어진 류색을 보지 못했으면 하
고 바랐다. 하지만 바람은 빗나갔다. "다 꺼내봐." 나는 비상 식
량을 등허리에서 배꼽 쪽으로 미끄러뜨린 다음, 셔츠 속으로
손을 넣어 하나씩하나씩 꺼내놓았다. 빵과 달걀과 소금에 절
인 고기 조각을. 나는 모든 질문에 대한 대책을 강구해 놓았
다. 가령 비밀 아지트에 대해 이야기할 참이었다. 풍찻간이 아
니고 반도에 있는 조류 감독관의 오두막이라든가 뭐 그런 이
야기를 한 다음엔 비상시에 대비한 식량 비축의 필요성을 내
나름대로 둘러대는 것이다. 그러나 어머니는 아무것도 알려고
하지 않았다. 단지 이렇게 말할 뿐이었다. "식당에 모두 다 갖
다 둬. 제자리에." 어머니의 말 속에는 노여움도 훈계도 또한
실망감도 들어 있지 않았다. 클라스를 위해 준비한 음식들을
다시 제자리에 갖다놓도록 명할 때, 어머니의 목소리는 고통
스러운 어조를 띠기까지 했다. 나는 오랫동안 어머니를 쳐다보

면서, 당연히 내려질 벌을 기다렸다. 그러나 그것은 기우에 불과했다. 갑자기 어머니는 나에게 미소까지 지어 보이며, 재촉하듯 고개를 끄덕했다. 나는 바지에서 빼낸 셔츠 자락에 모두 싸가지고는 식당으로 내려왔다. '웬일일까? 왜 나를 벌주지 않는 걸까? 왜 나를 방 안에 감금하지 않는 걸까?' 달걀은 달걀에, 고기는 고기에, 순대는 순대에 갖다놓으면서 나는 빵조각들만은 그냥 주머니 속에 간직했다. 손바닥으로 여러 번 눌러서 주머니 속에 아무것도 들어 있지 않은 것처럼 만들어놓았다. 부엌의 창문을 통해 풍차를 관찰하면서, 그곳 창문으로부터 무슨 신호라도 보내오나 열심히 살펴보았다.

뒤편 사무실에서는 아버지가 그 특유의 방법으로 전화 통화를 하는 중이었다. 짤막한 보고문들을 전화기 속으로 짖어 댔고, 때로 마지막 단어를 복창하곤 했다. 아버지는 도대체 조용조용 전화할 줄을 몰랐다. 늘 그랬듯이, 어머니가 이층에서 내려와 사무실 문을 닫아야 할 때가 되었구나 하고 나는 생각했다. 통화 내용은 알아들을 수 없더라도, 시끄러움을 참아낼 순 있게 말이다. 그러나 이층은 여전히 잠잠했다. 클라스가 누워 나를 기다리고 있는 풍찻간의 창문에도 아무런 기척이 없었다. "후줌에서 발송한 공문 수령했습니다." 아버지가 부르짖었다. 나는 클라스가 갈대와 포댓자루로 만든 침상에 대각선으로 누워 잠을 자고 있으리라 생각했다. 언제고 튀어 일어날 준비가 된 강아지처럼 옅은 잠을. "이상 별무(異狀別無)합니다." 아버지가 외쳤다.

"벼얼무우하압니다!"

이번엔 어떤 길로 풍찻간까지 몰래 잠입해 갈까를 나는 궁리했다. 도랑을 따라가다 제방 위를 넘어가야 할 것을 생각하니, 그쯤에 지하도라도 하나 뚫려 있으면 얼마나 좋으랴 싶었다. 내가 우회해 갈 길을 하나 정해놓는 중인데, 우편 행낭을 걸머진 오코 브로더젠이 홀름젠바르프 쪽으로부터 오고 있는 모양이 보였다. 자전거 위에서 이리저리 흔들거리는 품이, 긁힌 자국투성이인 그의 우편 행낭이 몸의 균형을 잡는 데 방해가 되는 모양이었다. "즉시 보고 올리겠습니다." 아버지가 부르짖었다.

오코 브로더젠은 우리 쪽을 향해 오고 있었다. 통나무를 엮어 만든 조그만 다리를 딸가닥거리며 건너서는, 무언가 계속 중얼거리면서 점점 가까이 다가왔다. 간판을 달아놓은 기둥에 부딪칠 듯하다가 용케 피해 지나온 그는 커다란 호선을 그린 후에야 집 앞 층계에 도달했다. 투덜거리면서 그는 자전거에서 내렸다. 접어 맨, 팔 없는 쪽의 제복 소매가 마치 전기 충격이라도 받은 듯 움찔움찔 흔들거렸다. 그는 우편 행낭을 배 앞으로 끌어당기고 층계를 올라왔다. 노크도 없이 불쑥 부엌으로 들어온 그는 해당되는 모든 사람에게 아침 인사를 중얼거렸다. 그런 다음 오코 브로더젠은 식탁에 앉아 회중시계를 꺼내놓았다. 그의 앞에 놓인 시계를 조용히 들여다본 후, 만족한 듯 고개를 끄덕거렸다. 그의 시계에 시선을 던지는 나를 저지하듯이 그는 함부르크에서 온 그림엽서를 내밀었다. "글자를 알거든 읽어봐라. 힐케가 돌아온단다. 너의 누나가 아주 집으로 돌아온대."

"즉시 보고하겠습니다." 아버지가 사무실 안에서 짖어댔다. "일요일에 정거장으로 마중나가면 된다." 하고 우편집배원은 말하면서, 다시금 흥분과 만족이 섞인 표정으로 조심스레 회중시계를 살펴보았다. 이것은 식탁에 앉기가 무섭게 행하는 그의 버릇이었는데, 나는 때때로 그의 시계는 다른 시계들과 다르게 시간이 산출되고 나뉘는 게 아닐까, 그래서 그 자신은 이 시차를 계산하는 데 몰두하는 게 아닐까 하는 생각이 들었다.

이 늙은 외팔이 집배원은 사무실에서 외치는 아버지의 절규 따위에는 관심이 없었다. 기다리는 동안, 그는 줄곧 가쁜 숨을 몰아쉬며 시계만 내려다보았다. 수화기를 놓고 아버지가 부엌으로 들어오자, 그는 일어섰다. 두 남자는 악수를 나누고 질문하는 억양으로 서로의 이름을 불렀다. "옌슨가?" "오콘가?" 우편집배원은 내게서 그림엽서를 빼앗아 신문 한 장과 함께 아버지에게 건네주고는 다시 자리에 앉았다.

그는 부엌을 둘러보며 무언가를 찾는 눈치였다. "차?" 하고 아버지가 물었다. "차 한잔 어떤가?" "바로 그것이 내가 바라는 것일세. 차 한잔." 그들은 함께 마시면서 번갈아 그 진하고 달콤한 차를 칭찬했고 마시는 동안 줄곧 찻잔 너머로 서로를 관찰했다. 정도가 지나칠 만큼은 아니었다. 그러나 그들이 남몰래 줄곧 그들이 원하는 이야기를 은근히 시작하려고 애쓴다는 사실을 고려할 때 다소 지나치다는 감도 없지 않았다. 이렇듯 우리 고장에서는 늘 이야기의 요점을 쌍방이 동시에, 그리고 언성을 높이는 일 없이 시작하는 것이 상례였다.

그래서 나는 오코 브로더젠이 즉시 본론을 이야기하도록 허락할 수가 없는 것이다. 그답도록 하기 위해 나는 기다려야 하고, 그들이 주변의 이야기들을 원기도 좋게 끌어내 식탁의 화제로 올려놓도록 해야 한다——저공비행과 자전거의 타이어에 대해 그들은 이야기하고 있었다——그리고 다시 한번, 상대방 가족의 안부를 묻는 자상함을 참아야 하며, 느리긴 하지만 계산된 그들의 접근을 생각해야 한다. 브로더젠의 접힌 소매가 식탁 위를 닦고 있었고, 아버지는 허리를 굽혀 신문을 집어들었다. 자전거 타이어 조달의 어려움을 이야기하면서 브로더젠은 그의 시계를 보았다. 루크뷜의 파출소장은 집 안에서 무슨 수상쩍은 소리라도 들린다는 듯이 이따금 고개를 쳐들었다.

이렇게 그들은 본론에 접근해 갔다. 하나가 다른 하나에게 격식을 차리기에 충분할 만큼 오래 마음의 준비를 시킨 연후에 결국 늙은 집배원은 자신이 여기 앉아 있는 이유를 분명히 밝힐 때가 왔다고 단정하기에 이르렀다. 그는 말했다. "자네, 그를 조용히 놔두는 게 좋겠네, 옌스." 그러자 아버지는 이 말이 나오길 기다리기라도 했다는 듯이 대꾸했다. "이제야 본론이 시작되는군. 자네도 어쩌면 홀름젠 영감님과 똑같은 소리를 하는 건가? 어제저녁 그 영감이 우리 집을 들여다보면서 한 말도 바로 그 말이었지. '그를 조용히 놔두게.' 하지만 무슨 큰일이라도 벌어졌단 말인가? 창작 금지는 베를린에서 결정된 것이고, 나는 전혀 간여한 바가 없네. 그림 압류도 베를린의 지시였네. 나는 그저 나에게 부여된 지시에 따랐을 뿐, 월권을 한 것은 하나도 없다네."

"들리는 소문엔 자네가 그의 뒤를 밟고 다닌다고 하더군."
하고 우편집배원이 말했다. "뒤를 밟는다고?" 아버지가 말했
다. "그건 또 무슨 말이야? 뒤를 밟는다? 지시에 따라 그를 담
당해야 하게 된 걸세. 알겠나? 바로 그게 내게 주어진 임무라
네." "들리는 소문으로는, 자네가 그를 아침저녁으로 감시하
고 있다는 거야, 심지어는 어둠 속에서까지." "창작 금지의 여
부를 감시해야 하니까." 아버지는 잘라 말했다. 오코 브로더젠
은 이 대답을 각오하고 있었다는 듯 말했다. "들리는 바로는
좀 지나치게 행동하고 있다는 거야. 자네에게 주어진 의무 이
상으로 말일세." "자네들은 몰라, 그들이 나에게 무얼 원하는
지." "모르지. 그걸 알 수는 없지. 그러나 자네가 이 일을 처리
함에 있어, 자네 자신이 무언가를 원한다고들 믿고 있네. 들리
는 말로는 자네가 무언가 계획하고 있다는 걸세." 우편집배원
이 말했다. 루크뷜의 파출소장은 어깨를 으쓱했다. 그러곤 침
착하게, 자신의 사무실에 붙은 몇 장의 사진에 나란히 등장
하는―심지어 타원형의 사진 속, 유탄포 앞에 앉아 있는 포
병들 중의 하나이기도 한―이 남자를 바라보았다. 눈을 감
고 장시간 생각에 잠긴 아버지가 한 말은 대충 이런 것이었다.
"나에겐 내 임무가 있고, 그에겐 그의 임무가 있네. 내가 그에
게 해서는 안 될 일을 설명해 주었지만, 그는 내게 그 일을 계
속할 것이라고 이야기했어. 나는 예외를 허용할 수가 없네. 그
러나 그는 예외를 바라고 있어. 소문거리가 그렇게 많은 친구
들에게 일러주게나, 우리 각자는 각각 자신의 의무를 수행하

는 것뿐이라고 말일세——그와 나, 우리 둘은 할 만한 이야기는 다 한 셈이야. 자세한 내막을 각자 다 알고 있다네."

그것에 대해서는 별 이의가 없는 듯, 우편집배원은 고개를 끄덕거렸다. 이번엔 자신이 어떤 의견을 갖고 있는지 개진할 차례였다.

"몇 사람은 걱정하고 있네. 자네 때문에 말일세. 어느 땐가 시대가 바뀔지도 모른다고 생각하기 때문이지. 자네도 알지 않나, 그가 많는 친구들을 갖고 있다는 사실을?"

"알고말고. 그가 외국에서도 주목을 받고, 심지어 경탄의 대상이 되고 있다는 점도 잘 알고 있네. 이곳에서도 많은 사람이 그를 자랑으로 여기고 있다는 사실도 알고 있고. 홀름젠 영감님도 내게 확인해 주었지. 그는 우리 고장의 풍경을 발견하고, 창조하고, 또는 널리 알린 사람이지. 심지어 서부나 남부에 사는 사람들은 우리 지방을 생각할 때마다 우선 그가 가장 먼저 머리에 떠오른다는 이야기도 들었네. 내가 알 만큼은 알고 있다는 점을 자네들은 믿어도 될걸세. 하지만 걱정을 하고 있다고? 자신의 의무를 다하는 사람은 비록 시대가 바뀌더라도 아무 걱정을 할 필요가 없다고 생각하네."

"내가 듣기로는, 자네가 그의 최근 그림들을 압수했다면서?"

"베를린에서 지시가 내려왔네. 나는 그림들을 잘 꾸려서 후줌으로 운반되도록 했을 뿐이야. 그 그림들이 어떻게 처리될지는 나도 모르는 일이네."

"거기서 베를린으로 옮겨지면 반수 이상이 불태워지고 반수 이상이 매각된다는 사실을 알 만한 사람은 다 아는 일 아닌가?"

"난 모르네. 그런 내용을 들은 일도 없네. 그건 내 소관상의 일도 아니니까 알고 싶지도 않네. 나의 소관은 루크뷜의 일뿐 일세."

"하지만 왜 그에게 창작 금지령이 내려졌는지 왜 그의 최근 작품들을 모조리 압수해 가는지 자네는 알 것이 아닌가?"

"지시 공문에 적힌 말로는 그가 민족성에 위배된다는 것일세. 따라서 그는 국가적으로 위험하고 필요치 않은 존재, 요컨대 퇴폐적인 정신의 소유자라는 것일세. 자네가 내 말을 알아들을지 모르겠네만."

"어쨌거나, 몇 사람은 자네를 걱정하고 있네, 특히 자네를 글뤼제루프의 항구에서 건져내 준 사람이 바로 그였다는 사실을 잊지 않고 있는 두 사람이."

"언젠가는 벗어날 생각이야, 우리는 이제 청산이 된 셈이네. 자네도 그걸 알아두고, 할 얘기가 그리도 많은 친구들에게 전해주게. 우리 둘은 똑같이 글뤼제루프 출신이지. 그와 나, 우리 둘은 이제 현안 문제를 일소해 버렸네. 앞으로 일이 얼마나 더 커지게 될지는 오로지 그에게 달린 거야."

"좌우지간 그를 조용히 놔두어야 할걸세, 옌스."

이해하기 어렵다는 듯 아버지가 그를 바라보는 동안, 오코 브로더젠은 시계를 들어 귀에 대어본 다음 재빨리 태엽을 감고 주머니 속에 집어넣었다. 남은 시간은 차를 마시고, 요란한 소리를 내면서 일어났다. 무척 서두르는 품이, 그렇게 많은 이야기를 한 것이 그에겐 기분이 좋지 않은 것 같았다. 나는 우편 행낭이 제자리에 놓이도록 그를 도와주었다. 그는 얼른 아버지에게 작별 인사를 하고 답례를 기다리지도 않았다. 밖으로 나온 그는 흥분하지도 우울해하지도 않는 한 경찰관을 뒤로했다. 놀라지도, 누굴 위협하지도, 또는 조금치의 불안감을 보이지도 않고, 그저 그 자리에 말없이 서서 특유의 단조롭고 느긋한 방식으로 생각에 잠긴 사나이를.

그 골똘히 생각에 잠긴 모습이라니! 개수대 쪽을 향해 서서 방울방울 흘러내리는 수도꼭지를 보고 있었지만, 정작 아버지의 시선은 내면으로 향했다. 숨소리가 사라지고 맥박도 점점 느려지는 것 같았다. 상체도 약간 가라앉은 듯이 보였고, 긴장한 양손은 단단히 쥐어져 있었으며 양발 끝은 불규칙적으로 흔들리고 있었다. 누가 그의 시계(視界) 앞에서 어른거려도 생각이 흐트러질 것 같지 않았고, 그 앞에서 이야길 하거나 일을 해도 화를 낼 리 만무했다.

나를 기다리는 풍차 쪽을 나는 건너다보았다. 주머니 속의 빵들은 점점 무게를 더해가며 그 존재를 알려주고 있었다. 나는 창틀 위에 놓아둔 푸른 깃발을 들고 아버지의 면전에 잠시 흔들어보았다. 일어나는 바람에, 그리고 계속되는 깃발 신호에 아버지는 머리를 들었다. 그리고 아버지가 나를 자신의 생각 속에 끌어들이고 있다는 사실을 곧 깨달았다. 아버지는 짤막한 파이프 담배에 불을 붙였다. 오른쪽 눈에 난 다래끼를 어루만지며, 작은 파열음과 함께 입술 사이로 담배 연기를 풀썩 내뿜었다. 그러곤 다시 그 의미심장한 정관의 자세. 나는 이렇듯 위압적으로 앉아 있는 그의 모습이 싫다. 저의가 깔린

이 침묵이 두렵고, 그 엄숙한 무언의 상태를 증오한다. 먼 곳을 바라봄으로써 자신을 드러내지 않는 제스처, 내면으로 귀를 기울이며 더 이상 말하지 않는 우리네의 습벽이 나는 진정으로 두렵다.

루크빌의 파출소장은 담배 연기의 막을 통해 환각에라도 걸린 듯, 끊임없이 벽을 응시했다. 만일 거기에 얼룩점이 하나 생겨난다 해도, 또는 벽돌 한 장이 빠져나온다 해도, 나는 역시 놀라지 않았으리라.

아버지의 허락을 받고 집을 나가고 싶었지만 도저히 용기가 나지 않았다. 이 정관의 시선을 나에게 돌리도록 요구할 용기가 없었다. 말없이 방 안을 오락가락하며 이곳저곳에 주의를 쏟아볼 뿐이었다. 선반에 늘어서 있는 쌀통, 밀통, 보리통을 거의 한 번씩 다 훑어보았을 때였다. 갑자기 아버지가 나의 등을 움켜잡아서는 자신 쪽으로 끌어가면서 말했다. "우리가 함께 일하고 있다는 걸 잊지 말아라. 무엇이건 발견하면 나에게 알려야 한다." "깃발로 알려줄게요." "좋도록 하려무나. 알려주기만 하면 되는 거다. 우리 둘이 힘을 합하면 아무도 대항할 자가 없을걸, 지기."

언젠가 한 번 들었던 말이다. 나는 재빨리 물었다. "이제 가도 좋아요?" "가거라." 하고 아버지는 말했다. "블레켄바르프엘 가도 상관없다. 하지만 눈을 똑바로 뜨고 다녀야 한다. 무언가를 더 이야기하려 할 때, 사무실의 전화벨이 울렸다. 아버지는 흠칫 놀랐다. 파이프를 황급히 찻쟁반 위에 올려놓고, 단정히 가르마를 탄 머리를 매만졌다. 사무실로 걸어가면서, 아버지는 상의의 단추를 채우는 것도 잊지 않았다. 아버지의 말소리가 울려 나왔다. "루크빌의 파출소장 예프젠입니다." 나는 이미 문밖 층계 위에 있었다.

층계를 뛰어 내려가 벽돌길에 이르렀고, 눈에 띄지 않게 그리고 불리지 않도록 조심하면서 수문에 도달해, 거기에 웅크리고 앉았다. 안전을 기하기 위해서 한참 동안 수문을 통해 구정물을 내보내다가, 처음엔 제방을 향해 급회전, 다음엔 갈대숲을 향해 급회전하면서 풍차 쪽으로 뛰어갔다가 갈대밭과 연못을 피해 이번에는 뒤쪽, 축대의 그늘 속으로 들어갔다. 무너진 적재장 옆에 꽤 오랫동안 서서, 묘지 앞 목초지에 있는 두 남자가 배수 공사에 열중할 때까지 기다렸다. 그러곤 풍차의 입구까지 기어 올라가 층계로 통하는 문을 열었다.

나는 그를 즉시 볼 수는 없었다. 한기가 도는 어둠 속에 조용히 서서 위쪽을 향해 귀를 기울였다. 오래된 밀가루통들 뒤쪽, 사다리가 놓인 곳에서 삐거덕 하는 소리가 들려왔다. 샛바람이 갑자기 불어왔고, 욕지거리가 섞인 외침이 들려왔다─아니, 그것은 외침이 아니었다. 외침과 흡사한 어떤 소리였다. 늘 그랬듯이 허공 높이, 그 갇힌 어둠 속에서 무언가 퍼득거리며 떨어져 내려오는 것 같았다. 갈매기들은 물론 아니었다. 사다리를 꺼내어 세워놓으려다 나는 클라스를 보았다. 그는 밀가루통들 옆, 천창의 바로 아래에 누워 있었다. 성한 손에는 밧줄의 한쪽 끝이 쥐어져 있었고, 머리 위에선 낡은 도르래에 연결된 쇠사슬이 천천히 그리고 소리 없이 흔들거렸다. 그는 줄을 타고 아래로 내려오려 했으나, 도르래의 줄을 늘이려고 연결한 밧줄이 그의 몸무게를 지탱해 내지 못한 모양이었다. 이 밧줄은 내가 위급한 경우 타고 내려오려고 침대 밑에 놓아두었던 것이다. 나는 사다리를 치우고 그의 옆에 꿇어앉았다. 그의 손에서 끈을 빼내보니, 끊어진 것이 아니고 쇠사슬과 연결이 시원치 않아 맨 끝 사슬에서 풀려 빠졌음이 분명했다. 밧줄의 끝부분이 마찰과의 압력으로 까맣게 변해 있었다. 그러나 이러한 자세한 설명을 해봐야 형을 붙잡아 일으키는 데 무슨 소용이 있으랴? 손에서 밧줄을 빼낸 후에도, 형은 여전히 허리를 구부리고 누워 있었으니 말이다. 위에서 내려다본다면 마치 뜀뛰기 선수의 출발 동작이라고나 할까? 여하튼 그는 꼼짝도 하지 않았다. 내가 조심스레 몸을 흔들거나 밀칠 때면 그저 가냘픈 신음으로 대답을 대신할 뿐이었다.

나는 주머니에서 빵을 꺼내 그에게 내밀었다. 부서진 빵조각들을 그의 코앞에 받쳐들고, 이것을 먹든지 아니면 눈이라도 한번 떠보라고 요구했다. 그러나 그는 연신 신음을 내면서 볼썽사나운 석고 붕대의 팔을 조금 들었다가 내려놓았다. 나는 빵을 떼어 그의 입술에 갖다댔다. 처음엔 약하게, 다음 서서히 힘을 주어 밀어댔지만 치아의 저항을 뚫고 입속에 빵을 밀어넣기는 어려웠다. 그뿐이 아니었다. 형을 움직이는 것도, 나무 기둥까지 잡아끄는 것도, 기둥을 등받이 삼아 기대게 하는 것도 나는 할 수 없었다. 형이 너무나 무거웠기 때문이다. 내 힘으로 할 일이 없는 것 같아서, 나는 클라스 곁에 쪼그리고 앉아 집에서 일어난 일을 이야기해 주었다.

그의 동그란 얼굴을 내려다보며 끈기 있게 이야기를 늘어놓앉으나 그가 내 말을 알아들었는지, 알아들었다면 그의 마음 속에 어떤 변화가 일어난 것인지 도대체 나는 알 수가 없었다. 그러나 그것도 내 앞에 누워 있는 그를 일으켜 세우지는 못 했다.

별수 없이 나는 간간이 풍찻간을 나와 무너진 목조의 적하 장 위에 올라가서, 배수 설비를 하고 있는 인부들, 글뤼제루프 쪽에서 오는 짐마차, '바트블리크'의 테라스에 꼼짝없이 서 있 는 남자 따위를 살펴보거나, 다시금 루크뵐의 파출소와 헛간 을 탐지하는 게 고작이었다. 도대체 얼마나 오랫동안 망을 보 아야 할까? 나의 망대로부터 별다른 소득이 없이 내려왔을 때, 밀가루통들 앞에 누워 있던 클라스가 혼자서 일어나, 도 끼로 매끈하게 다듬은 기둥에 등을 기대고 있었다는 것을 인 정해야겠다. 혼자 힘으로 해낸 것이다. 그는 거칠게 숨을 몰아 쉬면서 겁먹은 시선으로 나를 바라보았고, 천천히 고개를 끄 덕여 모든 사실을 시인했다. 내가 그를 홀로 남겨두고 나간 뒤, 갑자기 궁지에 몰린 듯한 느낌이 엄습해 왔다는 것, 덫에 빠진 것 같은 은신처를 빠져나가고 싶은 마음이 생겼다는 것, 밧줄 을 사용해 낡은 도르래의 사슬을 늘여보려고 했다는 것, 한 손으로 붙잡고 내려오다가 추락하고 말았다는 것을 모두 시인 했다. 그리고 아랫배를 손으로 누르고 머리를 뒤로 젖혀 두 눈 을 감음으로써, 그 부위에 통증이 있다는 것도 시인했다. 그는 여전히 먹으려 하지 않았다. 손바닥에 올려 내민 빵을 그는 거절했다.

"꼬마야, 제발." 하고 그는 힘겹게 입을 열었다. "여기에서 나가게 해줘."

"집에 가, 클라스 형, 집에 가면 그들이 형을 도와줄 거야."

"통증이, 아래쪽에 지독한 통증이⋯⋯."

"형을 집으로 데리고 가겠어."

"집에는 가지 않을 테야, 절대로. 집에 가는 날엔 그들이 날 잡아 넘기고 말 거야."

"집에 가지 않으면 도대체 어디로 가겠다는 거야? 누구에게 데려다 달라는 거지?"

클라스는 곰곰 생각에 잠겼다. 그러곤 결심이 서는 듯 말했다. "화가에게. 날 화가에게 데려다줘."

"화가에게 무슨 일이 생겼는지 형은 모를 거야."

"내가 갈 데라곤 거기밖에 없어. 화가는 나를 숨겨줄 거야. 틀림없어."

"형은, 그가 어떤 형편에 있는지 모른다니까." 나는 거듭 말했다.

"어쨌든 화가는 나를 숨겨줄 거야." 형은 말하면서 땅바닥에서 일어나 나무 기둥을 단단히 부여잡았다. 그러곤 붕대 감은 손을 들어 나에게 다가오라는 신호를 보냈다. 그의 명령은 어느새 협박조로 변해갔다. "화가에게로. 곧장 그에게로 가는 건데. 차라리 아침에 그의 집 문을 두드렸어야 하는 건데."

클라스는 기둥을 놓고 나에게 몸을 기댔고, 내가 그의 중량을 얼마만큼이나 지탱해 낼 수 있는지 시험해 보았다. 그러나 그는 별로 많이 의지하지 않았으며, 한걸음 한걸음 나아감에 따라 나에게 기댄 그의 무게는 점점 줄어갔다. 문밖의 햇빛 속으로 나왔을 때는, 아예 나의 어깨에서 손을 뗄 정도였다. 그는 한 웅덩이 앞에 웅크리고 앉아서 석고 붕대에 진창을 바르기 시작했다. 아주 정성스레 그는 이 일에 몰두했고, 나도 그를 거들어주는 수밖에 없었다. 우리는 붕대 위에 암갈색의 진흙을 문질러댔고, 길쭉하게 떨어져 나온 이탄 덩어리처럼 보일 때까지 몇 번이고 웅덩이 속에 팔을 담갔다. 그런 다음 우리는 출발했다. 풍찻간의 연못을 지나 몸을 납작하게 굽히고 도랑 쪽을 향해 쏜살같이 달려갔다. 블레켄바르프에 가까워질수록 나는 더욱 자주 집으로 가자고 졸라댔다. 하지만 그는 내 말을 듣는 건지 아닌지 대꾸조차 하지 않았다. 우리는 이곳의 고요함을 믿지 않았다. 우중충하고 미지근한 도랑 위에 내리쬐는 찌는 듯한 여름의 땡볕도 믿지 않았다. 집 문을 나서는 사람은 어느 곳에서나 눈에 띄게 마련인 것이 이 고장이니까 우리의 시계(視界) 안이 깨끗하다고 해서 속을 우리가 아니었다. 여기서는 늘 누군가 한 사람쯤 밝은 눈으로 도랑이나 들판을—꼼짝 않고, 울타리나 대문 혹은 창문의 뒤에서—주시하고 있다는 것을 우리는 잘 알았다. 그래서 벌써 누군가 우리를 발견하기라도 한 듯, 심지어 그 누군가 바로 우리 등 뒤에 와 있기라도 한듯, 블레켄바르프를 향해 돌진해 갔다. 수문을 지나 경사면의 갈대들을 짓밟으며 우리는 달렸다. 가축들이 물을 먹는 개천을 건너 가축들을 모아 젖을 짜는 곳, 무수한 발굽들이 아로새겨진 흙탕 위를 미끄럼을 타듯 넘어갔다. 아직도 기억이 난다. 급하게 빠져나가느라 울타리의 철조망을 격하게 잡아 펼쳤을 때, 이 철조망이 얼마나 날카로

운 소리를 냈으며, 얼마나 심하게 흔들렸던가? 땅바닥에 납작
엎드려 사방을 두리번거리던 형과 나의 모습이 떠오른다. 형
이 원하는 대로 나도 함께 뛰었다. 도주를 시작하기가 무섭게
그의 불안, 그의 통증은 걱정할 필요가 없었다. 비록 막스 루
드비히 난젠이 우리를 집으로는 아니더라도 필경 풍찻간으로
되돌려 보낼 것이 틀림없다는 사실을 잘 알고 있었지만, 나는
이 도주에 그를 동반했다.

마지막 구간은 허리를 펴고 달렸고, 이내 블레켄바르프의
울타리에 몸을 숨겼다. 난간 없는 나무다리 위에서 클라스는
쓰러졌다. 잠시 누운 채 있다가, 무릎으로 몸을 받치고 일어나
려 했지만 성공하지 못했다. 그는 다시금 고꾸라졌으며, 바닥
에 얼굴을 댄 채 누워 있었다. 나는 미끄러지듯 개구멍 쪽으
로 다가가 정원과 본채를 살펴보았다. 거기엔 아무도 보이지
않았다. 나는 다시 형에게 돌아와 그를 길옆으로 끌어당겼다.
머리를 조그만 풀 다발 위에 누이며 내가 물었다. "내가 화가
를 데려올까?" 형이 내 말을 알아듣지 못하고 멍청히 나를 바
라보고 있기에, 나는 다시 한번 다급한 목소리로 물었다. "내
가 가서 화가를 불러올까?" "응." 하고 형이 나지막이 말했다.
"그렇게 해줘." 떠나기 전에 나는 쪼그리고 앉아, 형의 제복을
할 수 있는 데까지 닦아냈다. 풀 잎사귀를 모아 말라붙은 오
물을 닦았고, 장화도 깨끗이 닦아주었다. 옷깃을 여미고 상의
의 단추를 채워주었다. "조용히 여기 누워 있어, 형. 여기를 떠
나면 안 돼." 나는 그의 곁을 떠났다.

개구멍을 빠져나오자 나는 손에 든 나뭇가지를 좌우로 흔

들면서 정원과 본채 그리고 아틀리에를 살펴보았다. 유타나 땅딸보 욥스트를 만나 이 일에 끼어들게 하고 싶지는 않았다. 꽃밭에서는 함부르크산(産) 골드슈프렝켈과 벨기에산 레그혼이 뛰어놀면서 때로 루루핀이나 백일초 사이를 파헤쳐 벌레를 쪼아먹기도 했다. 정원은 텅 비었고 아무런 인기척도 들리지 않았다. 400개의 창문들도 침묵 속에 놓여 있었다. 사과나무에 매단 그네를 누가 밀었더라? 커다란 양귀비꽃이 왜 움직였더라?

  '아틀리에로 가야지' 하고 나는 생각했다. 거기에 가면 화가를 만날 수 있을 거야. 정원으로 들어선 나는 울타리를 따라 날렵하게 몸을 움직였다. 꽃밭과 본채를 주시하면서 갈퀴 자국이 난 오솔길 너머 아틀리에의 뒤쪽으로 돌아갔다. 여러 사람의 음성이 들려왔다. 나는 귀를 기울였다. 아니, 그것은 한 사람의 음성이었다. 혼자서 울화통이 치민 질문을 하고 또 냉소 섞인 대답을 하고 있었다. 문은 잠겨 있지 않았다. 나는 문을 소리나지 않게 열고 살그머니 안으로 들어갔다. 저편 구석에서 화가의 음성이 다시 들려왔다. 매우 격하게 다투고 있었다. 분명한 내 기억으로 그때의 다툼은 이러했다. "허튼소리 말게나, 발타자르. 모든 그림에는 단 하나의 행위만이 존재할 뿐이야. 그건 즉 빛이지." 나는 딱딱한 마루 위를 걸어 살금살금 그의 곁으로 다가갔다——발끝을 들고 고양이처럼 걸어가던 그때의 모습이 아직도 눈에 선하다——간이침대에 앉아 커튼용으로 드리운 덮개를 옆으로 펼치자, 거기 낡아빠진 푸른 외투에 모자를 쓰고 있는 화가가 서 있었다. 그는 그림을 그리고 있었다. 발타자르와 입씨름을 벌여가면서, 「낯선 사람들이 있는 풍경」이라는 그림을 그리는 중이었다.

그림은 장의 오른쪽 문과 왼쪽 문의 안쪽에 고정되어 있었으며, 열린 서랍 속에는 그가 염료라고 부르는 물감들이 들어 있었다. 그림과 물감을 감추려면 두 손을 동시에 밀어 장 문을 닫으면 그만이었다. 하지만 이런 장치가 무슨 소용이 있으랴. 이 순간에도 그는 발소리나 목소리, 또는 수상한 인기척 따위는 꿈도 꾸지 않고 있었으니.

사실 발타자르와의 다툼은 너무 격심해 보였다. 그는 이 보라색 여우 목도리를 한 상대방을 납득시키는 데 지나치게 열중해 있었다. 그는 이 낯선 거한들, 폭행과 괴멸에 직면한 군상이 모인 풍경을 죽어가는 빛, 퇴색한 색깔이 아니라 오히려 야한 색, 즉 소름이 끼칠 듯한 오렌지색 같은 것으로, 아니면 초벌을 발라놓은 듯 불투명한 흰색으로 나타내야 한다고 주장했다. "암회색의 와중에서 날카로운 절규가 들리지 않나? 노란색, 갈색, 흰색 말일세. 동시에 침묵은 끝나는 거야. 굴종과 체념이 끝나고 드라마가 시작되는 걸세." 그러면서 화가는 여느 때처럼 황록색을 바탕에 넓게 깔았다. 녹색과 더불어 그에겐 모든 것이 생겨났으니까. 그러나 그의 친구 발타자르는 이것을 이해할 수가 없거나 혹은 이해하려고 하지 않는 모양이었다.

나는 그를, 낯선 사나이들을, 그리고 다시 그를 주시했다. 그는 지금 귀를 기울이면서 주인공들의 표정을 재연해 내고 있었다. 그들은 위협을 느끼는 것 같았고, 방랑 후에 우연히 도달한 것이 아니라 타인에 의해 몰아붙여진 이 풍경 속에서 한껏 낯설고 서먹서먹해 보였다. 그들의 얼굴에 나타난 공포감이 그것을 증명했다. 그때 나의 머리를 혼란스럽게 한 것은——지금도 물론 그렇지만——낯선 사람들이 쓰고 있는 모자였다. 그것은 튀르키예식 모자와 터번의 혼합형으로 튀르키예에서 벌어진 어느 전쟁에서 유래된 것으로 보였다. 어쨌거나 그들의 낯섦, 공포 그리고 넋이 빠진 모습은 단연코 이러한 풍경의 분위기를 통해 미루어 알 수 있었다.

그러나 이제 나는 간이침대의 커튼용 덮개를 조심스레 늘어뜨린 다음, 문 쪽으로 살금살금 되돌아가서 한 번 더, 다시 말해 공공연히, 요란한 소리를 내며 들어오고 싶었다. 늘 그랬으니까. 나는 발끝을 들고 입구로 나가 정식으로 문을 두드렸다. 다음, 문을 안에서 닫으면서 외쳤다. "난젠 아저씨? 여기 계세요, 난젠 아저씨?"

그는 곧바로 대답하지 않았다. 장 문을 닫고 열쇠를 뽑은 후에야 말했다. "웬일이지? 거기 있는 게 누구야?" 그러고는 안을 들여다볼 수 없는 깊숙한 아틀리에로부터 천천히, 일을 방해받았을 때 흔히 볼 수 있는 투덜거림이나 언짢은 표정도 짓지 않고, 태연히 슬리퍼를 끌면서 다가왔다. 나는 그가 문 쪽까지 오도록 기다렸다. "삣——삣." 나를 보자 이렇게 말했다. 안도감도 놀라움도 그의 얼굴엔 나타나 있지 않았다. "웬일이지, 삣——삣?" 그는 발타자르가 이 틈을 이용해 장 문을 열고 풍경을 자기 생각대로 고치지나 않을까, 뒤쪽을 향해 귀를 쫑긋했다. 그러고 나서 내게 물었다. "무슨 일이라도 생겼니?" 나는 말없이 울타리의 뒤쪽을 가리켰다. "클라스가 왔어요." 그는 내 말을 즉시 알아듣지 못했다. 나는 그의 푸른 눈이 내 뒤쪽을 바라보도록 유도하면서 말했다. "클라스가 저기 있어요. 좀 도와주세요."

"네 형이 밖에 있다고?" 화가가 말했다. "그 앤 부상을 입고 군병원에 누워 있을 텐데." "형은 다리 위에 누워 있어요. 아저씨한테 오려 해요. 아저씨한테만요." 하고 내가 말했다. 화가는 외투를 걷어올리고 파이프 담배를 주머니에 집어넣은 다음, 다시 한번 발타자르 쪽에 귀를 기울였다. 그가 아틀리에를 나서자, 나도 문을 닫고 그의 뒤를 따랐다. "너희가 필시 일을 저지른 모양이구나." 화가는 종종걸음으로 정원을 가로지르며 말했다. 약간 구부정하지만 억세 보이는 그의 등을 향해 내가 말했다. "그들이 형을 찾고 있어요. 벌써 집에 왔다 갔어요." "골칫덩어리들 같으니라고." 그는 투덜거렸다. "너희는 우릴 편안히 놔두지 않는구나." 길게 드리워진 외투가 발을 감추어버렸기 때문에 그는 흡사 역정에 편승해 내 앞에서 둥둥 떠가는 것처럼, 아니면 역정이 그를 몰아대는 것처럼 생각되었다. 다시금 힐책에 찬 음성이 들려왔다. "너희가 필시 일을 저지른 거야!" 우리는 지름길을 택했다. 울타리 옆을 따라 개구멍까지 달려갔다. 정원을 빠져나오니 클라스는 여전히, 내가 뉘어준 대로 작은 풀포기에 머리를 베고 있었다. 화가가 형의 위로 몸을 굽혔다. 그의 널따란 외투가 분명 형을 서늘하게 해주었을 게다. 누워 있는 사람과 무릎을 꿇고 위로해 마지않는 사람, 이 군상을 보고 있노라니 나는 자연 총통*)께서 애호하

164

는 그림, 「전투가 끝나고」가 생각났다. 무릎을 꿇고 위로하고 있는 사람이 여인이 아니라는 점이 다를 뿐이었지만. 하지만 화가는 형을 위로하려 하지 않았다. 오히려 클라스에게 일어난 일을, 왜 관자놀이를 피의 월계관으로 장식하지도 않고 이곳 울타리 뒤에 누워서 일어나질 못하는지 알아내려 했다.

"클라스!" 하고 화가가 말했다. "클라스, 애야. 도대체 무슨 일이야?" 아주 가까운 거리에서 두 번이나 관통상을 입은, 못 쓰게 된 형의 팔을 들어올렸다가는 다시 내려놓았다. 그는 형의 어깨와 가슴, 그다음에 하복부를 손으로 쓰다듬었다. 그러자 클라스가 움찔 놀라면서 말했다. "안 돼요. 거긴 만지지 말아요." "걸을 수 있겠니?" 그러자 클라스가 답했다. "그럼요. 다시 일어날 수 있어요." 형은 화가의 도움으로 일어나 앉더니 몸을 떨었다. "전 숨어야만 해요." 그는 결국 일어났다. "하느님 맙소사!" 하고 화가가 말했다. "너희가 분명 일을 저지르고 말았구나! 저들이 화가 날 만도 할 게다." "집에는 갈 수 없어요. 그들이 벌써 왔다 간걸요. 아마 다시 올 거예요." 형이 말했다. "너희는 늘 걱정거리만 만든다니까." 화가는 형을 부축해 주었다. 형은 다시 소리 높여 신음을 냈다. "그들이 날 붙잡으면, 이번엔 날 죽일 거예요." "우리를 좀 편안히 놔두지 않고." 화가는 그렇게 말하면서 형을 단단히 끌어당긴 뒤, 시험 삼아 일보를 내디뎠다. 머리를 흔들고 연신 욕지거리를 반복하면서 화가는 형을 개구멍까지 끌고 갔다. 다음 정원의 한 모퉁이를 가

---

9) 히틀러를 가리킨다.

로질러 뒤채까지. 이곳은 약간 어두웠다. 그는 형을, 나뭇가지를 다듬어 만든 널따란 의자 위에 앉히고 얼굴을 치켜올렸다. 그것은 마치 형과 눈의 대화를 나누려는 것이라기보다는 클라스를 그의 몇몇 그림에 그려넣으려 마음먹어 온 대로, 그 특정한 표정을 다시 찾아내려 하는 것 같아 보였다. 본의는 아니라도 때로 클라스의 얼굴엔 감동적인 무엇, 전형적인 솔직함 등이 잘 나타나기 때문에 막스 루드비히 난젠은 그를, 최후의 만찬을 표현한 그림의 모델로 사용한 적이 있었다. 이 그림에서, 그는 뼈가 앙상한 모습으로 기대에 가득 찬 눈으로 잔 속을 들여다보고 있었다. 「붉은 말과의 전원 생활」에서는 인형처럼 통통한 몸집을 하고 있었고, 「이교도 토마스」에서는 주인공의 발을 걸어 넘어뜨리려는 듯 삐딱하니 서 있었다. 「해변의 춤꾼과 해수욕객들」이라는 그림에서는 푸른 얼굴에 눈동자를 초롱초롱 빛내며 그 광경을 이해하려고 애쓰는 아이가 바로 클라스였다.

한 다스 이상의 그림에서 클라스는 그 훌륭한 감동의 표정을 보여주었으니, 화가가 거기 뒤채에서 형의 얼굴을 치켜들고 햇빛 속에 이리저리 비추고 있었을 때, 이번에도 그 특이한 표정을 찾고 있으리라는 생각이 들지 않을 수 없었다. 그러나 그것은 착각이었다. 그가 갑자기 이렇게 물었기 때문이다. "내가 바라는 것이 무엇인지 네가 알고나 있니? 도대체 그걸 알기나 하냔 말이야?" 클라스는 멍청하니 그를 바라보았고, 화가는 말을 이었다. "일어나거라. 가자."

그는 다시 형을 자기 쪽으로 단단히 끌어당겼다. 우리는 뒤채를 나와 창문들 아래를 따라 뒤꼍으로 들어갔다. 그동안도 화가는 투덜대고 한탄을 했으며, 그의 근심을 늘려주는 우리에게—나까지 포함해서—잔소리를 퍼부어 댔다. 복도에 와서야 그는 잠잠해졌다.

저택의 동쪽 날개에 있는 문을 여니, 창문들과 나란히 기다란 복도가 나 있었다. 이 복도에는, 언젠가 언급했다시피 110개의 문이 있었는데, 이 회록색의 페인트가 칠해진 육중한 문마다 분명 자신이 만든 것처럼 보이는 커다란 열쇠들이 꽂혀 있었다. 그는 형을 데리고 긴 복도를 따라갔다. 이 문들 뒤에 사람은 없을 터였다. 그러나 내 머리에 떠오르는 것은 눈을 내리깔고 흠투성이의 침대 위에 웅크리고 있을 목털 없는 독수리, 큼직한 콘도르 그리고 수리 들이었다—나는 감히 문에 귀를 갖다댈 엄두도 나지 않았다. 돌로 된 바닥에는 1638년, 1912년이라는 연대 그리고 A.J.E., F.W.F.라는 이니셜도 새겨져 있었다. 홀의 가장자리는 닳아빠졌고 몇 장의 슬레이트에는 균열이 보이기도 했다.

화가가 맞는 방문을 열었던가? 그곳이 클라스를 위해 선정한 방이었던가? 어쨌든 그는 갑자기 걸음을 멈추고 문을 하나열었다. 안으로 사라졌다가 이내 되돌아 나오더니 고개를 끄덕이고는 클라스를 조심스레 끌어들였다. 그것은 욕실이었다. 아니 욕실에 가깝다고 하는 게 옳겠다. 어느 누군가가, 어쩌면 늙은 프레데릭센이 이 방을 욕실로 지정해 샤워기를 설치하고, 목욕통—예리한 발톱을 가진 유백색의 괴물—을 들여놓게 했나 보다. 그러나 샤워기도 목욕통도 연결되어 있지 않왔다. 수전(水栓)도 하수구도 도관도 없는 것이, 마음이 바뀌어 욕실로 만들려던 계획이 무산되었거나, 아니면 이 방을 찾기가 힘든 늙은 프레데릭센이 점차 자신의 계획을 잊어버린 것은 아닌가 하는 생각이 들 수밖에 없었다. 어째서 이 널따란 미완성의 욕실 안에 낡은 매트리스 한 벌이 놓여 있었는지 그 이유를 아직도 모르겠다. 여하튼 매트리스가 있었고, 화가가 그것을 적당히 두들기고 팽개치고 할 때마다 비스듬히 비쳐드는 햇빛 속에 먼지 기둥이 솟구쳐 올랐다. 화가는 그 위에 클라스를 눕혔다.

형은 위를 향해 누웠다가 옆으로 몸을 틀면서 다리를 쭉 폈다. 그는 꽁꽁 얼어 있었다. "덮을 것 있어요?" "네게 필요한 것을 모두 갖다주마." 화가는 말하면서, 높이 올려 단 창문의 아래쪽을 치웠다. 사닥다리를 접어서 옮겨놓았고, 연관과 통풍판, 쇠톱 그리고 석고 자료들을 주워 모아 마분지 상자에 집어넣었다. 모르타르와 담배꽁초 더미를 발로 치운 다음, 못 하나에서 물고기 가시 무늬가 있는 더러운 재킷을 내려 이리저리 접어서는 형의 머리 밑에 베개 삼아 집어넣었다.

클라스는 힘겹게 숨을 쉬면서, 슬픈 눈으로 나를 올려다보았다. 형이 누워 있던 모습이 그 먼지 속에서, 그 기억의 안개 속에서 떠오를 때마다 그때, 형은 제발이지 자기와 함께 있어 달라는 은밀한 신호를 나에게 보내고 있지 않았나 하는 생각이 든다. 먼지가 그의 얼굴과 눈꺼풀 위에 쏟아지고 있었다. 나는 그 신호를 이해하지 못했다. 화가는 머리를 흔들며 방 안을 오락가락했고, 여기서 할 일이 무엇일까 생각하다가 곧 포기해 버리는 것 같았다. 형은 몸을 옆으로 비틀면서 팔로 얼굴을 감쌌다. "형은 아직 아무것도 먹지 못했어요." 나는 빵을 형 머리맡에 꺼내놓았다. "모든 것을 순서대로 하도록 하자. 모든 일엔 순서가 있는 법이야. 그가 필요한 것을 차례차례 주어야 해. 이제 가자. 이 앨 혼자 있게 해야겠다. 그리고 나도 무슨 일이 일어난 건지 좀 생각해 봐야겠고."

6

천리안을 지닌 남자

우선 주위를 어둡게 해야겠다. 그리고 그날 밤의 1부에 대한 책임을 환등기에 돌리려 한다. 이 중고 기계는 글뤼제루프 향토회에 등록된 재산으로, 습관상 내가 할아버지라고 부르는, 이 모임의 회장 페르 아르네 쉐셀이 보관하면서 청소도 하고 조작도 하던 것이었다. 환등기는 지금 복도의 중앙부에 위치한 한 탁자 위에 놓여 있다. 복도의 양옆으로 육중한 통나무 같은 벤치들이 놓였는데, 이유는 알 수 없지만, 이 위에 앉는 관람객들은 다리가 쉽사리 저려왔다. 알맞은 높이에서 스크린을 비출 수 있도록 환등기 밑에 두 권의 책이 끼워져 있었다. 이러한 목적으로 이용되는 이 책들은 으레 슈토름의『원로원의 아들들』과 클롭슈토크의『메시아』였다.

스크린, 그것은 슐레스비히-홀스타인주 역사 부도의 뒷면으로 왼편 위쪽에 약간의 얼룩이 있는 회백색 장방형의 종이였다. 투사된 원추형의 빛 아래서 섬과 해안 그리고 포구의 윤곽들이 어렴풋이 비쳐 보였다. 의혹을 품고 살펴보는 사람에게 이 지도는, 이 지방이 바다에 둘러싸이지는 않지만, 양옆구리가 바다에 의해서 압박받고 있음을 입증해 주었다.

여덟, 열둘, 아니 모두 열여섯 사람이 이 스크린을 바라보고 있다. 환등기에서 새어나온 불빛이 장막을 드리운 창문들 사이에 있는 장 유리에 반사되는 통에, 복도의 좌우에 앉아 있는 이들 중 몇몇은 눈이 부셔 어쩔 줄을 모른다. 원추형의 불빛 속에는 날벌레들이 웅웅거리고, 조그만 나방 한 마리가 렌즈와 스크린 사이에서 나풀대다가 어디엔가 부딪힐 때마다 금속성의 소리를 낸다. 의자 위에선 나직나직 이야기하는 소리와 간혹 기침소리가 들려왔지만, 담배를 피우는 사람은 없었다. 따뜻한 날이었다.

옆 외양간에서는 이따금 소가 머리를 치켜들 때 생기는 쇠사슬 소리가 들려온다. 달그락거리는 소리에 거칠게 바닥을 긁어대는 소리도 섞여 있다. 바람이 몰아치는 소리, 개 짖는 소리. 흐릿한 어둠 속에서 붉고 긴, 깐깐해 보이는 할아버지의 얼굴이 스크린 앞에 불쑥 나타난다. 그의 실루엣조차도 깐깐스러워 보인다. 농부 페르 아르네 쉐셸의 얼굴엔 웃음도 미소도 보이지 않았고, 누구에게 눈을 깜빡인다든가 하는 건 생각도 할 수 없는 일이었다. 다만 무언가 골똘한 생각에 잠긴 모습으로, 그는 거기 우뚝 서 있는 것이다. 그 결과 속닥거리던 소리가 멎고, 다만 어쩔 수 없이 튀어나오는 기침소리만이 이따금 들릴 뿐이었다. 상상하고도 남을 정경이 아닐까?

자, 이제 나는 할아버지가 스크린 앞에 나타남으로써 이루어진 정숙(靜肅)을 이용해, 이 퀼켄바르프의 저녁이 모두 비슷했다는 점을 언급해 두고자 한다. 후줌과 글뤼제루프 사이에 있는 고향의 형성과 발달, 이곳의 매력적인 퇴적물, 값비싼 이탄, 동식물과 도랑들 그리고 무엇보다 주민의 생활 양식을 소개하는 이 저녁들이. 골똘히 생각해 보면, 이 향토적 모임에 대한 나의 회상은 분명 오히려 다음과 같은 분위기에 더 치우쳐 있다. 예컨대 따뜻한 기분이 감도는 어스름, 환등기에서 비쳐나오는 원추형의 불빛, 어지럽게 날아다니는 벌레들, 외양간에서 들려오는 소음 그리고 여름보다는 겨울에 더 자주 페르아르네 쉐셀이 이른바 조상 대대로 물려 내려온 그의 저택 퀼켄바르프에 초대한, 유쾌한 기분으로 잡담하면서 무언가를 고대하는 참석자들.

그러나 또한 떠오르는 것은, 할아버지가 본채와 외양간 사이에 향토 연구를 위한 전시회를 열고, 이 지방의 역사, 문화 그리고 지방적 특징을 말해주는 공개 또는 미공개된 증거물을 진열해 놓았던 일이다. 몇 가지만 예를 들면, 렝게바이의 톱니작살, 돌칼, 돌도끼, 돌망치, 또 항아리도 있었다. 중기 청동기 시대의 팔찌와 쇠 장식이 있는 칼집, 지금도 마음만 먹으면 짤막한 꽃들을 꽂아놓을 수 있는 초기 석기시대의 화려한 꽃병, 칼자루들, 나무 장신구들, 잘 알려진 텐바르크의 금화, 수많은 토양, 모래, 광석 표본, 노르슐로트의 습지대에서 나온 배의 잔해, 틀림없이 옛 사냥꾼들과 습지대 농부들의 것일 우스꽝스러운 복장이 있었다. 끝으로 가죽끈으로 교살된 한 소녀의 앙상한 시체도 빠뜨릴 수가 없다. 이 소녀는 그 끈을 무슨 장신구처럼 여전히 목에 두르고 있었다. 페르 아르네 쉐셀 자신이 수집한 개인 소장 장서로는 『슐레스비히-홀스타인의 지질학적 기행』, 『해안의 생성과 작용』, 『쇼뷜에서의 생활』, 『내 섬[島]의 푸른 옷』, 『새벽에 부는 바람』 등이 있었으며, 그밖에 자비로 출판한 자신의 책들과 팸플릿 등도 한 묶음 쌓여 있었는데, 그중 기억나는 것은 『묘지의 언어』, 『습지대 노르슐로트의 발굴품』 그리고 『대해일(海溢)과 그 결과』였다.

책 제목이나 전시품이 누락된 듯싶으면 적당히 보태어 적어 넣을 수도 있겠지만, 나는 이 정도의 목록을 열거하는 것으로 만족하고자 한다. 나의 할아버지가 너무 오래 환등기에서 나온 빛의 원추 속을 응시하도록 내버려 둘 수가 없기 때문이다. 물론 그가, 다른 사람이 무얼 회상하든 간에 끈기 있게 그리고 아무 어려움 없이 어둠을, 광원(光源)을 응시할 수가 있기는 했지만. 게다가 나는, 그 향토애를 위해 모인 저녁이 통상적인 방법으로 시작되어 통상적인 방법으로 진행되긴 했지만, 이미 있었던 많은 저녁들 중 하나로 기술되는 게 고작이라는 인상을 떨쳐버려야 한다고 느낀다.

이미 언급한 대로, 페르 아르네 쉐셀이 스크린 앞에 나타난 순간까지도 나는, 오늘 저녁도 별다른 사건이 없는 모임이 되겠구나 하고 생각했다. 그건 참석자의 대부분도 마찬가지였을 것이다. 그러나 할아버지가 갑자기 두 손을 들고 의심쩍은 듯 문 쪽을 주시하면서 우리에게 조용히 해달라고 당부했을 때,

이미 놀라운 일이 일어날 조짐은 시작되었다. 우리는 쥐 죽은 듯이 조용해졌다. 안데르젠 선장은 기침도 참을 정도였다. 그러나 문 뒤에서는 아무것도 움직이지 않았다. 근엄한 태도로, 입을 약간 벌려 아름답지 못한 치열을 드러낸 채 할아버지는 문을 응시하고 있었다. 다른 사람들도 모두 자리에서 일어나 숨을 죽이고 문을 바라보았다. 하지만 땅딸보 사냥꾼도, 미개한 습지대 농부도, 혹은 영국을 개척한 스벤왕도 나타나지 않았다. 그러나 오랫동안 바라보고 있노라니까, 무언가 문 뒤에서 움직이는 게 있기는 한 것 같았다. 빨간 담배의 불빛이 좁다란 우윳빛 유리창 뒤에서 비쳤고, 이어 헛기침 소리가 들려왔다. 페르 아르네 쉐셀이 깍듯이, 그러나 애교가 넘치는 제스처로 맞아들이는 가운데 드디어 『바다의 빛』의 저자요, 글뤼제루프 향토회의 명예 회장인 아스무스 아스무센이 들어왔다. 해군복을 입고 해군 참모부 장교의 신분으로 들어오긴 했지만 그를 알아본 순간 모두 환호와 갈채의 인사를 보냈으며, 이에 대해 그는 경쾌한 군대식 거수경례로 답했고, 이어 담뱃불을 눌러 껐다. 그의 책 『바다의 빛』의 주인공들인 팀과 티네는 우리에게 꽤 인기가 있었다. 내 기억이 틀리지 않다면, 이 두 주인공은 병에 넣어 떠내려 보낸 편지를 통해 서로 알게 되었는데, 이 통신법의 효과에 감탄한 이들은 약혼을 하고 결혼을 한 후에도 지칠 줄 모르고 편지를 주고받았다. 그들은 늙어서까지 이 통신법을 가장 멋지고 경제적인 방법이라고 믿었으며, 그들의 기이한 인연을 빼곡이 적어넣은 고백적 수기를 코르크 마개가 달린 병 속에 넣어 자신의 작가에게 전달함으로써, 그들이 죽고 난 오랜 뒤에 아득히 먼 해안에서 편지가 발견될 수 있다는 가능성을 보여주었던 것이다.

북해의 전초선에서 복무 중인 아스무스 아스무센은, 단기 휴가를 얻어 브레멘하벤에 상륙했던 것이다. 이 안짱다리의 남자는 말 갈기같이 억센 머리카락을 갖고 있었고, 목 부근의 근육은 놀랄 만큼 단련돼 있었다. 그의 눈빛은 냉정함과 부드러움을 동시에 간직하고 있어서, 만일 그의 이지적인 입, 그 민감해 보이는 조그만 입이 아니었다면, 그가 팀과 티네를 만들어낸 사람이라고 생각하기가 좀처럼 어려웠을 것이다. 바로 그 입이 그를 드러내고 있었다. 그는 기다란 리본이 달린 해군모를 벗어 규정대로 모표와 휘장이 앞쪽으로 오도록 겨드랑이에 끼고 할아버지로부터 환영의 인사를 받았다. 환영의 말 한마디 한마디에 그는 고개를 끄덕였다. 이 고장을 아끼고 이 고장에 정통하며 향토를 지키는 전초병이라는 할아버지의 소개에 동의를 표하는 눈치였고, 심지어 이 고장 운명의 형상이요 글뤼제루프의 양심이라고 불렀을 때에도 별 이의를 제기하지 않았다. 아스무스 아스무센은 계속 고개를 끄덕거렸고, 초빙 인사가 발표할 그날의 주제를 알렸을 때도 동의를 표하는 미소를 빙그레 띨 뿐이었다. 이날의 주제는 「바다와 고향」. 초빙 인사 아스무스 아스무센에 대한 소개를 마치자 할아버지는 자리에 앉았다.

『바다의 빛』의 저자는 모자를 탁자 위에 올려놓고, 리본이 곧고 길게 늘어졌는지에 신경을 썼다. 다음, 가슴 주머니에 손을 넣었다. 깊이, 더욱 깊이 손이 들어가는 것을 보니 꺼내려는 물건을 찾지 못한 모양이었다. 이번엔 어깨를 추어올리고, 엉덩이 부분이 팽팽해지도록 바지의 왼쪽 뒷주머니를 뒤지더니, 이를 하얗게 드러내며 동작을 멈추었다. 천천히 그리고 아주 조심스럽게 그는 슬라이드가 들어 있는 봉투를 꺼내어 원추형의 불빛 속에 비추어보았다. 이제 시작할 참이었다. 나는 얼른 앞줄의 의자로 다가가려 했다. 하지만 아버지가 나를 붙잡아 주저앉히는 바람에, 창 곁에서 아스무스 아스무센의 연설을 듣는 수밖에 없었다. 그는 통로로 해서 환등기 쪽으로 다가가더니 첫 번째 슬라이드를 끼워넣었다. 아직 그림이 나타나지는 않았다.

그런데 아버지에게 무슨 일이 생긴 것일까? 아스무스 아스무센이 감사의 뜻을 표하고, 전방 병사들의 인사를 전하면서 시작할 채비를 차리는 동안, 아버지는 흥분 상태에 빠져 있었다. 처음엔 나도 알아차리지 못했다. 아버지는 자리에서 미끄러지듯 이리저리 움직였다. 눈동자를 손가락 끝으로 가볍게 두드렸다. 손수건을 접어서는 팽팽하게 잡아당기기도 했다. 이따금 상체를 너무 심하게 젖혔기 때문에, 뒤로 자빠져 조류 감독관 콜슈미트의 무릎 위에 떨어지지 않을까 염려가 될 지경이었다. 윗입술엔 땀방울이 맺혔고, 내부로부터 예기치 않은 압박이라도 받는 듯 바르르 몸을 떨었다. 의아스럽다는 표정이 얼굴에 나타난 것으로 보아, 자기 자신도 무슨 일이 일어나고 있는지 이해하지 못하는 듯했다. 자주 그는 거칠고 신경질적인 동작으로 이마 위의 땀을 닦았다.

그러나 사실, 아버지의 이 기이한 흥분 상태는 그가 내 곁에 앉아 있던 그 당시보다는 지금 더욱 생생하게 뇌리에 떠오른다. 그도 그럴 것이 그때 나는 당연히 아스무스 아스무센을 잔뜩 지켜보면서, 무엇보다 스크린에 나타날 첫 번째 그림을 고대하고 있었으니 말이다.

아스무스 아스무센은 좀 더 뜸을 들이다가, 강연의 효과를 높이기 위해 우선 「바다와 고향」이라는 연제에 대해 이야기를 꺼냈다. 그는 제목을 음미해 보았고, 말을 바꿈으로써 새로운 의미를 부여했다. 가령 '와'를 '로서의'로 바꾸면서, 우리가 바다를 고향으로서 바라볼 때, 문득 어떤 가능성이 생겨나는지 숙고해 보라고 참석자들에게 부탁했다. 그는 또 간단히 줄여 「바다 고향」이라고 하는 것이 어떠냐고 제의했다. 이렇게 하는 게 그에겐 더 포괄적이고 친밀감을 준다는 것이었다. 그러나 그가 도달한 변화는 「고향의 바다」였으며 이 말을 가장 마음에 들어 했다. 그는 바다를 이야기할 때 모성적인 개념을 많이 떠올렸지만, 강인함과 참을성과 고집으로 이어지는 그 힘을 소홀히 하지는 않았다. 그는 호선을 하나 그리면서, 우리가 바다를 「고향의 바다」라고 부름으로써 얼마나 생겨나는 것이 많은지 생각해 보라고 요청했다. "한 가지 확실한 것은." 하고 그는 말했다. "우리가 지키는 바다가 그 어떤 바다가 아닌 바로 우리 고향의 바다라는 점입니다."

이제 아스무스 아스무센은 첫 번째 슬라이드를 비추었다. 스크린에는 솜털 같은 파도로 이루어진 하늘 위에 전초선이 한 척 둥둥 떠다니고, 그 아래 칼로 베어놓은 듯한 수평선이 희미하게 나 있었다. 우리는 깔깔거리며 웃었다. 그제서야 핑

장히 크게 확대된 손가락들이 화면의 가장자리를 움켜잡아 바로 돌렸다. 전초선은 안정감을 찾아 바다 위에 떠 있었다. 이 무장된 어선, 한쪽 갑판이 심하게 기울어 파도라도 한번 더 일었다간 당장 뒤집어질 것만 같은 배가 바로, 아스무스 아스무센이 그의 고향 바다를 지키고 있는 전초선이라는 사실을 의심할 사람은 아무도 없었다. 사진은 아마도 돛대 꼭대기의 감시대에서 찍은 모양이었다. 승무원들은 보이지 않나? 하지만 자세히 살펴보면 뱃머리 쪽의 고사포 포대 위에서 두 사람이 흩날리는 물보라 속에 웅크리고 앉아 사진사 쪽을 올려다보았다. 이름도 없이 번호만 갖고 있는 이 전초선이 우리에게 낭패감과 절망적인 인상을 심어주었다. 나는 잠시, 배의 갑판에 서서 망원경을 들여다보거나 베이컨이 든 국수로 배를 채우는 공상에 사로잡혔다. 3.7쌍포가(雙砲架)에 놓인 두 개의 링이 무엇을 의미하는지 알 만했다. 사납게 몰아치는 바람의 힘은 물론 어림잡을 수 없었다.

"이것이 우리의 전초선입니다."라고 아스무스 아스무센은 수로를 흐르는 조수처럼 담담히, 그러나 박력 있게 말했다. 그리고 이렇게 덧붙였다. "대오를 이루고 우리 조국의 바다를 경계하는 용감한 전초선 중 하나일 뿐이라는 데 유의해 주십시오. 밤이나 낮이나, 비가 오나 눈이 오나 철통 같은 경계선을 이루면서 말입니다. 어느 누구도 이 전초선을 뚫을 수는 없습니다. 영국인은 물론 물개 새끼 한 마리도. 우리의 총통께서는 이 같은 보트를 다른 해역에도 무수히 배치해 놓으셨습니다."

아버지의 손이 움찔했다. 팔을 들어 쭉 뻗더니 집게손가락으로 전초선을 가리켰다. 무슨 말인가를 하려 했으나, 목에 걸려 나오질 않는 모양이었다. 아스무스 아스무센이 다음 슬라이드를 환등기에 끼워넣는 바람에 그의 팔은 서서히 내려오고 말았다.

두 번째 그림은 아무것도 보이지 않는 바다의 한 부분을 보여주었다. 우윳빛 태양이 떠 있었다. 보트는 보이지 않았지만, 그 전초선이 이미 가라앉아 버렸다고 믿는 사람은 아무도 없었다. 무언가 하얀 것, 거품 같은 것이 물 위를 지나가고 있었기 때문이다. 그것은 배의 스크루에서 들끓으며 나오는 항적(航跡)이었다. 이 항적은 선명하게 나타났다가 점점 넓어지면서 수평선을 향해 이어졌으며, 결국 스러져 가는 물거품 모양으로 반짝이는 띠를 만들었다. "저게 항적 아닌가?" 안데르젠 선장이 외쳤다. 아스무스 아스무센은 순응하는 듯, 그러나 경이로움을 권유하는 음성으로 말했다. "전초선이라고 늘 근무에만 얽매일 수 있겠습니까? 바다는 바다에 대항하는 자를 사랑합니다. 바다는 바다에 대항하는 자에게 그의 정취와 비밀을 보여줍니다." "저게 항적이냐고?" 선장이 다시 알고 싶어 했으나, 아스무스 아스무센은 이제 막 일기 시작한 서정성을 잃지 않고 말을 이었다. "국외자(局外者)나 타향인에겐 그 다채로운 세계가 열리지 않을 겁니다. 뭍에서만 살기로 작정한 사람들에겐, 그 바다의 속성이 이해되지 않을 겁니다. 잘 보이지는 않지만 이 그림 위에 하나의 불꽃이 나타나고 있음을 유의해 주시기 바랍니다. 보이십니까? 우리는 그것을 바다의 빛이라고 부릅니다. 그것은 가물거리기도 하고, 활활 타오르기도 하고, 때로 바다 위로 노란색, 파란색의 섬광을 발하기도 합니다. 그 순간엔 대포 소리도 침묵을 지키지요. 항적 전부가 빛나는 궤적이 됩니다. 특히 밤에는, 그것은 어쩌면 바다가 고향에 살 권리를 부여해 준 사람들에게 보내는 인사입니다. 등화관제된 배에 보내는 환영의 사자(使者)입니다. 이 불빛이 고물과 이물에서 빛나는 한 아무도 잠을 이룰 수 없는 그 배에 말입니다." 그는 말을 멈추고 꼼짝 않고 그림을 응시했다. 아마도 나와 같이 굼뜬 나방이를 관찰하는 모양이었다. 항적 속에 빠져들려고 여러 번 시도하다가, 매번 스크린에 머리를 들이받는 나방이를. 아스무스 아스무센이 사진에서 눈을 떼기란 어려웠다. 그가 아주 멍청하니 서 있노라니까 92세의 배우 선장 안데르젠이 또 알고 싶어 했다. "그 빛이 거, 야광충 같은 놈에게서 나오는 거 아닌가?" "물론입니다." 하고 아스무스 아스무센이 대답했다. "그 빛은 원인을 갖고 있습니다. 상응한 자극이 주어질 경우, 번득이며 섬광을 발하는 이놈들은 현미경으로나 볼 수 있는 미생물로서, 정확히 말하면 미세한 단세포 동물인 편모충(鞭毛蟲)인 것입니다. 그러나 그것들도 바다의 일부가 아니겠습니까? 다른 것 속에서, 다른 것에 힘입어 빛을 발하는 것이 아니겠습니까?"

그는 안데르젠의 질문에 대답하지 않았고, 어느 누구도 그 대답을 기대하지 않았다. 회상에 잠긴 그가 자리에 앉자, 잠시 정적이 찾아왔다. 그때였다. 벤치에서 엉덩이를 약간 추켜들면서 아버지가 소리를 질렀다. "Vp-22다! Vp-22다!"

청중 가운데 몇 명—예컨대 나의 할아버지, 힐데 이젠뷔텔, 디테——이 놀라서 우리 쪽을 바라보았다. 아스무스 아스무센이 놀랍다는 듯 시인했다. "그건 제가 탄 전초선의 넘버인데요. 정말로." 모두들 아버지의 말에 더 기대를 거는 듯 시선을 모았다. 그러자 아버지는 당황한 미소를 지으며, 미안하게 되었다는 듯, 아니 자신도 영문을 모르겠다는 듯, 알 수 없는 제스처를 보내며 천천히 자리에 앉았다. 그는 내 허벅지에 손을 올려놓았다가, 한참 후에야 자신의 허벅지가 아님을 알고 손을 치웠다. 흐릿한 어둠 속이었지만 나는, 그에게 무슨 일인가 일어났음을 알 수 있었다. 그는 흥분해 있었으며, 분명 공포에 질려 있었다. 어쨌든 루크뷜의 파출소장은 고향의 바다를 찬미하기 위해 사람들이 모인 그날 밤부터 이러한 증세를 보이기 시작했는데——그것은 우리 고장에서 자주 일어난 일이지만——이 병세는 아버지의 관할 구역 내에서 일어나는 사건들에 어느 정도 영향을 미칠 수밖에 없었다.

이제 필요한 것만 이야기하기로 하겠다. 지금 손에 쥔 카드 패만을. 게다가 아스무스 아스무센이 마침 바다의 빛을 걷어버리고 새로운 그림을 스크린 위에 제시했다. 그것은 어떤 그림이었던가? 저녁의 정취가 물씬 풍기는 그림이었다. 갑판 위에서는 사람들이 일을 마치고 휴식을 취하고 있었다. 북해도 역시 휴식 중이었다. 난간에는 몇 명의 선원이 기대어 있었는데, 이들이 주시하는 것은 망망대해의 저편이 아니라 배의 풍금을 연주하는 다른 선원이었다. 이 연주자의 등 뒤론, 상당수의 폭격기가 숨어 있을 성싶은 저녁 구름이 나지막하게 드리워졌다. "이 화면에선 별 볼 만한 것이 없습니다." 하고 아스무스 아스무센이 말했다. "어느 날 저녁, 경계 근무가 끝난 시간입니다. 우현(右舷) 초병들이 — 저도 거기 소속되어 있습니다만 — 줄곧 수평선을 감시하는 동안, 이들은 노래를 즐기고 있습니다. 보시는 바와 같이 무기들은 침묵을 지키고 있습니다. 수뢰와 대포 소리도 멎었습니다. 우리들이 잡아올린 각종 대구어들로 식탁도 풍성합니다. 바다는 모든 사람을 먹여 살리지요. 바다가 말입니다. 왼편 위쪽엔 사분의 일 파운드 고사포의 총신이 잘린 모습으로 보일 겁니다. 보이지 않습니다만 사령교 위에는 함장이 서 있고요. 하지만 이 그림은 이 정도로 해둡시다. 다음 것이 아마 좀 더 흥미로울 겁니다." 그러면서 바다의 애호가이자 정통한 전문가인 아스무스 아스무센은 새 슬라이드를 끼워넣었다.

아침 해가 바다 위에 떠 있었다. 맑고 찬란한 모습에 오싹 소름이 끼칠 정도였다. 틀림없이 물 위엔 길고 가느다란 항적. Vp-22가 항진하고 있었다. 고물의 튀어나온 부분에 갈매기가 몇 마리 앉아 있었다. 가느다란 연기가 굴뚝에서 피어오르며 이른 새벽 불을 지핀 고향의 화덕을 생각나게 했다. 지금쯤 요리사는 짜증을 내며 모닝 커피를 끓이고 있으리라. 필경 Vp-22의 수병들은 괴혈병의 위험이 있는 이빨들을 닦을 것이며, 모든 갑판과 선실에는 라디오에서 나오는 아침의 찬가가 울려퍼지고 있으리라. "주의해 보아주십시오." 하고 아스무스 아스무센이 말했다. "오른편 위쪽에 폭탄이 떨어지고 있는 것이 보이는지요? 네 개의 폭탄이 하나씩하나씩. 태양보다 무거워 보이는 것은 이들 폭탄들뿐입니다. 자세히 들여다보아야만 알 수 있습니다. 모두가 우현 쪽으로 떨어지는 중입니다."

나는 벌떡 일어났다. 내 앞, 내 옆에 앉아 있는 군상도 잔뜩 긴장해 있었다. 아무도 기대하지 않았고, 아무도 마음의 준비가 되지 않은 상황이었다. 도대체 폭탄이 걸맞지 않는 분위기였다. 전초선의 아침, 그 우현에 폭탄이 떨어지고 있다고 믿기란 정말 어려운 일이었다. 그래도 우리는 폭탄을 찾아냈다. 냉정한 신호수 하나가 이 장면을 촬영한 모양이었다. 심지어 두 개의 폭탄엔 아침 태양이 만들어놓은 그늘까지 선명하게 나타났다. 그것들은 각기 다른 고도를 유지하며 낙하하고 있었다. 꼬리의 날개를 연결한다면 대각선을 그렸을 것이고, 이것들은 필경 하나씩하나씩 물 위에 떨어졌을 것이며, 어떤 것은 즉시, 그리고 어떤 것은 일정한 수심에 이르러서야 폭발했을 것이다. 그리하여 해양화를 그리는 화가라면, 눈에 보이지 않는 비행기가 투하한 네 개의 자그마한 폭탄들에게서 원근법상의 매력을 느낄지도 몰랐다. 폭탄의 가속도, 낙하 각도, 배의 진로, 이 모든 수학이 Vp-22를 위한 것이었다.

"어떤 아침이라고 보아도 상관없습니다." 아스무스 아스무센이 말했다. "하지만 여러분의 상상력이 필요합니다. 바다는 누구에게나 침묵을 지키니까 말입니다. 그 솟아오르는 물줄기를 사진에 담지 못했다니 정말 유감입니다. 그 꽃피는 분수들을 말입니다. 저는 일기장 속에, 그 분수의 화원 속으로 우리 배가 지나가던 모습을 적어두었지요." 갑자기 안데르젠 선장이 외쳤다. "물밑에서 어떻게 그리 높게 솟아오른단 말인가?" 아스무스 아스무센은 처음 그 질문을 잘 이해하지 못하는 듯했다. 그러나 답변을 시작하자, 그의 어조에는 약간의 노기가 섞여 있음을 간과할 수 없었다.

"바다는 물론 폭탄의 흔적을 재빨리 지워버리지요." 하고 그가 말했다. "처음엔 붉은 바닷말과 갈색바닷말이 떠오릅니다. 녹색바닷말은 나타나지 않습니다. 해초와 죽은 고기 떼 온통 해면을 뒤덮지요. 넙치, 혀가자미, 대구 그리고 간혹 바다전갈, 가오리, 가시상어 들도 떠오르지요. 게와 같은 갑각류는 보이지 않습니다. 이와 같은 손실을 바다는 냉정하게 감수해 냅니다. 잠시 후면 떠다니던 모든 것이 깊이깊이 가라앉지요. 잠시 후면 어느 누구도, 폭탄이 떨어졌다고 주장할 수 없게 됩니다. 이렇듯 바다는 모든 흔적을 지워버리는 것입니다." "배는 침몰되지 않았는가?" 안데르젠이 소리쳐 묻자 연사가 대답했다. "아무런 손실도 없었습니다."

아스무스 아스무센이 환등기의 옆으로 새어나오는 불빛에 다른 사진들을 살펴보거나 순서에 맞게 배열하는 동안, 아버지는 청백색의 커다란 손수건을 가지고 매듭 놀이를 하고 있었다. 토끼와 고슴도치를 만들었고, 중앙에 매듭을 만든 다음 팽팽히 잡아당기기도 했으며, 집토끼를 삼키는 뱀을 만들었다. 슬라이드의 그림을 다 알고 있다거나, 또는 지루하기 때문에 하는 짓이 아니었다. 주의를 딴 곳으로 돌리기 위해서였다. 긴장의 이완이 필요했고, 중압감을 풀지 않으면 안 되었다. 사실 내가 짐작건대, 내 곁엔 바야흐로 터지기 직전의 조그마한 둑이 하나 앉아 있던 셈이었다. 언제 그것이 터져 넘칠 것인가?

아스무스 아스무센이 입맛을 다시며, 배를 청소 중인 Vp-22 승무원들의 사진을 끼워넣었을 때, 그 둑은 마침내 터지고 말았다. 이번엔 우현 쪽에 폭탄도 보이지 않았고, 바다도 마냥 평온하기만 했다. 중갑판 위에는 비를 든 여섯 수병들이 일정한 간격으로 늘어서서——그들 중엔 팀과 티네의 작자도 끼여 있었다——리드미컬하게 바닥을 닦았다. 모두들 카메라를 바라보며 함박웃음을 터뜨렸다. 배의 갑판을 문질러 닦는 것이 분명 그들에겐 즐거운 모양이었다. 비눗물을 쏟아내며 나뒹구는 양동이에도 신경을 쓰지 않았다. 하늘은 잔뜩 찌푸렸고 시야도 뚜렷하지 않았다. 뒤쪽이나 옆에서 누군가 손풍금을 타는 듯 남자들이 율동적으로 비질을 하는 중이었다.

"청결." 하고 아스무스 아스무센이 말했다. "바다는 청결을 요구합니다. 저 엎어진 양동이를 좀 보십시오. 배를 청소하는데 저런 비눗물이 네 개나 필요합니다! 떠다니는 고향도 윤을 내야 합니다. 물고기의 비늘이나 물 밑의 조약돌처럼 말입니다. 아무리 위험이 인접해 있더라도 더러움을 용인할 수는 없습니다. 저 비누 거품을 좀 주목해 주십시오."

"안 됩니다. 안 됩니다, 아스무스." 아버지는 자리에서 일어나 팔을 뻗어 Vp-22를 가리키면서 째지는 듯한 소리로 다시 외쳤다. "안 됩니다. 아스무스, 아직은, 아직은 안 돼요."

이제 거의 모든 사람의 시선이 우리 쪽으로 쏠렸다. 아버지는 손수건으로 이마의 땀을 닦았다. 몸을 약간 휘청거리며, 리드미컬하게 비질을 하고 있는 수병들의 모습을 차마 볼 수 없다는 듯이 스크린으로부터 시선을 돌리려 했다. 그렇지만 아스무스 아스무센은 그림을 끼워넣었고, 아버지 쪽으로 얼굴을 돌리고는 가느다란 눈으로 바라보았다. "무엇이 안 된다는 말이오?" 모두가 우리 쪽을 바라보면서 파출소장의 답변을 잔뜩 기다렸다. 그러나 아직 대답은 나오지 않았다. 우선 급하게 상의 단추를 두 개 끄른 다음, 두 손을 씻기라도 하듯 비벼댔다. 아버지는 연신 머뭇거리다가 아스무스 아스무센의 곁으로 다가갔다. 환등기의 옆으로 새어나오는 불빛이 그의 뺨에 이글대는 칼자국을 그어놓았다. 그는 손을 아스무스의 팔 위에 올려놓고 눌러대는 모양이었다. 복도의 왼쪽과 오른쪽 첫 줄에 앉아 있던 사람들은 아버지의 말을 듣기 위해 자리에서 일어나기까지 했다. "그래서?" 아스무스 아스무센은 질문을 던지며 아직 공개하지 않은 사진 봉투를 본능적으로 챙겨 들었다.

실내는 물을 끼얹은 듯 조용해졌다. 루크뷜의 파출소장은 예상보다는 침착하게, 그러나 불쑥 입을 열었다. "그만둬요. 아스무스, 제발, 아직은. 당신들을 나는 보았어요." "뭐라고 하는 건가?" 안데르젠 선장이 외치자, 누군가가 일러주었다. "무언가를 보았대요." "나는 연기 속에서 당신들을 보았어요." 하고 아버지가 말했다. "그러자 바람이 불어와 연기를 몰아가 버렸고, 당신들의 모습은 더 이상 보이질 않았어요."

환등기에서 나오는 윙윙 소리, 그리고 외양간에서 들려오는 나지막한 쇠사슬 소리와 발로 땅을 긁는 소리만이 들려올 뿐이었다. 스크린 위에서는 비를 든 여섯 명의 수병들이 이를 드러내고 웃으면서, 예측된 침몰을 위해 그들의 배를 문질러 닦고 있었다.

"나는 당신들을 연기 속에서 보았어요." 아버지가 다시 말했다. "안개가 걷히자, 바다 위에는 구명조끼와 뗏목들만 떠다닐 뿐, 아무것도 보이지 않았소. 거기 연기 속에 서 있는 것은 당신들의 배, Vp-22였어요." 그는 주위를 둘러보았다. 흐릿한 방 안의 어둠 속에서 지지와 확증을 얻으려는 듯. 그러나 모두가 어리둥절해──어리둥절할 뿐 아니라 놀라고 당황해──입을 다물었으며, 아버지가 스크린 위에서 보지 않을 수 없었던 것, 자신의 눈앞에서만 전개되었던 일을 확증하려고도, 또 확증할 수도 없었다. 서 있는 모습만을 보고도 사람들은, 아버지가 자신이 한 말에 대해 용서를 구하고 있음을 알 수 있었다. 양어깨를 늘어뜨리고 아래쪽을 내려다보고 있는 모습이 퍽 의기소침해 보였다. 아스무스 아스무센은? 아버지를 진정시키려고 어깨라도 두드려주었던가? 바다에 친숙한 식견을 이용해 Vp-22에 대한 아버지의 예견을 좀 더 호의적으로 내리도록 일깨워 주었던가? 아니면 전초선의 미래에 대해 전혀 개의치 못하도록 금했던가? 아스무스 아스무센은 아버지에게 손을 내밀었다. 아버지의 손을 오래도록 부여잡고, 위로 손이 올라가려면 몇 번이고 아래쪽으로 누르거나 또는 잡아당기면서 말없이 감사의 뜻을 표했다. 안데르젠 선장이 "그 친구가 천리안을 갖고 있는 모양이지?" 하고 외쳤을 때에야 비로소 아스무스 아스무센은 경이롭다는 듯, 또한 두렵기조차 하다는 듯 아버지를 훑어보았다. "그 점에 대해선 잊지 않겠소. 다른 사람들에게도 말하리다. 우리 서로 유의해 봅시다."

그러고 나서 그는 아버지의 어깨를 툭툭 치고는, 아버지가 내 옆에 앉을 수 있도록 그의 허리를 감고 알맞을 만큼 떠밀었다. 어렵지 않게, 허둥대지 않고, 아버지는 다시 앉던 의자를 찾아 앉았으며, 심적인 압박 상태도 눈에 띄게 완화되어 있었다. 그 대신 기진맥진하고 잔뜩 풀이 죽어 있었다. 그러나 다른 사람들은 그것을 눈치채지 못했고, 흐릿한 어둠 속에서 연신 아버지 쪽을 주시하고 있었다. 심지어 몇몇은 놀라움과 두려움에 몸이 뻣뻣해질 정도였으므로, 아버지는 환등기와 경합을 시작해, 스크린 위에 비치는 것을 자신의 그림으로 영상화하거나 나름대로 의문점을 제기할 수 있었던가 싶다.

시작했구나, 라고 생각했을 때, 아스무스 아스무센이 새로운 슬라이드를 끼우고, 고무 보트를 타고 전초선을 향해 노 저어 가는 두 남자가 미국인 조종사들이라고 설명함으로써 즉시 모든 향토 위원의 주의를 집중시켰다. 그것은 위쪽에서 비스듬히 찍은 사진이었다. 조종사들은 공기를 넣은 구명조끼를 입었는데, 목 주위가 팽팽히 부풀어 올라 마치 구명조끼에 의해 교살이라도 당하는 것처럼 보였다. 그들은 동시 동작으로 노를 저었고, 겉보기엔 만족스러운 표정들을 지었다. 자진해서 포로가 되려는 참이었다. 그들이 다가가는 Vp-22의 현측에는 이미 사다리가 걸려 있었고, 밧줄 하나가 고무 보트 쪽으로 날아왔다. 이후에 전개된 일은 어렵지 않게 예측할 수 있었다.

"우리의 3.7포였지요." 하고 아스무스 아스무센이 대답했다. "우리 쪽으로 날아오기가 무섭게 명중시켜 버렸습니다. 꼬리로 연기를 내뿜으며 불시착하고 말았지요. 추락하자 그들은 조명탄을 쏘아 올렸습니다. 난파된 순간을 알리는 겁니다. 미국인들이란 매사에 빈틈이 없습니다." "모든 것이 그들에겐 돈벌이라니까. 전쟁까지도." 하고 할아버지가 말했다. "그들은 의무라는 걸 알지 못합니다. 정신적인 임무라든가 하는 것이 그들에겐 없습니다. 그들은 어느 곳에서든 자기 집 같은 기분을 느낍니다." 아스무스 아스무센이 말했다. "그들은 통조림 깡통이나 따먹고, 색깔 있는 레몬 주스를 마신다지. 책에서 읽은 거지만." 깐깐한 할아버지의 말이었다. "그들은 어디서나 자기 집 같은 기분을 느끼기 때문에 어느 곳에도 자신의 집이 없는 셈이지요. 따라서 그들의 노래는 여행자의 노래요, 그들의 숙소는 유랑자의 숙소요, 그들의 책은 방랑자의 책인 것입니다. 미국인의 생활이란 다시 말해 지속적인 의무감이 없는 일시적인 삶, 즉 포장마차 속의 삶이라고 말할 수 있습니다." 아스무스 아스무센이 말했다. "소시민들이야. 군복을 입어도 역시 소시민에 불과한 사람들이야." 할아버지가 경멸적인 어조로 말했다. "바로 그렇습니다." 하고 말한 뒤 아스무스 아스무센은 격언 하나를 생각해 내는 데 성공했다. "큰 폭풍우를 견딜 수 있는 자는 향토에 뿌리박은 국민뿐입니다."

결정적인 의미를 지니는 격언이었다. 아스무스는 이미 봉투에서 새 슬라이드를 꺼내 환등기에 끼워넣을 참이었다. 그때 아버지가 다시 끼어들었다. 경찰관의 신분으로 그들의 대화에 관한 견해를 피력하려는 것이 아니었다. 미친 듯 입술을 움직여 단어와 문장 하나를 음미하면서 아버지는 연사에게 다가갔다. 그러곤 닥쳐올 불행을 담은 사진들을 들고 있는 아스무스를 노려보면서, 그날 저녁의 새로운 절정을 마련했다. "아스무스, 나는 당신을 고무 보트 속에서 보았어요. 당신은 꼼짝 않고 있었어요. 당신 손이 보트에 걸쳐진 채 물속에 잠겨 있었어요. 아스무스, 그때 당신의 곁에는 물론, 근처엔 아무도 없었지요."

아버지는 더 이상 할 말이 없었다. 더 이상 무슨 말을 한댔자 사족에 불과했을 것이다. 연사는 손을 뻗어 아버지가 옆으로 다가오는 것을 막았다. "기다려요. 미안하지만 좀 기다려 줘요."

"하지만 당신은 고무 보트 속에서 꼼짝도 하지 않았어요." 아버지는 용서를 구하듯 중얼거렸다. 그러자 아스무스가 말했다. "제 강연을 더 이상 중단하지 말아주었으면 좋겠군요."

루크빌의 파출소장은 당황해 주위를 둘러보았다. 아버지는 무언가를 찾고 있었다. 스크린을 찾았던 것일까? 뇌리의 암실 속에 전개되는 아스무스의 위급을 그 밝은 평면 위에 투사해 증명하려 한 것일까? "그럼 그렇게 하지요." 아버지는 중얼거렸다. "그래야 하고말고." 아버지는 모든 것을 정말이지 느리게 깨달았고, 생각했다. 그것이 아버지에겐 행운이었다. 그것 덕분에 아버지는 많은 것을, 특히 자기 자신을 감당해 낼 수 있었다. 아버지는 한숨을 쉬며 어깨를 들어올렸다. 아버지의 모든 흥분이 매듭 지어진 손수건을 주머니에 집어넣었다. 아버지는 옆으로 다가오는 힌레크 팀젠을 놀라지 않고 바라보았다. 팀젠이 아버지의 소매를 잡으며 물었다. "함께 갈까, 옌스?"

힌레크 팀젠의 안내를 받으며 발걸음도 당당히 통로를 걸어나갈 때 관중들은 자리에서 일어났고, 그 사실에 대해서도 아버지는 조금도 놀라지 않았다. 가벼운 기분으로, 마치 별로 즐겁지도 않은 공적인 상영이 끝나기라도 한 듯이, 걸어나갔다. 막 문을 나서면서 이렇게 말하기까지 했다. "암, 힌레크, 가고말고." 그는 옆에 늘어선 침묵의 도열을 거들떠보지도 않았다. 나는 한참을 망설였다. 몇 사람이 자리에 앉기를 기다렸다가 둘의 뒤를 쫓아 웅덩이투성이인 퀼켄바르프의 뜰로 뛰어나갔다. 두 남자는 팔짱을 끼고 저만치 가고 있었다. 아니 이 표현은 옳지 않다. 팀젠이 아버지의 팔짱을 끼고 환한 여름밤을 뚫고 제방으로 난 길을 오르고 있었다. 힌레크 팀젠에 대해서 몇 마디 해두는 것도 유익할 것이다. 그는, 경솔히 손을 댔다가는 실패하곤 했던 직업의 사슬마냥 기다란 목도리를 걸치고 있었다. 무릎 근처까지 늘어진 목도리는 말하자면 축 늘어진 실패의 깃발이었다. 팀젠은 선원이었고, 가축 상인이었고, 곡물 자루 제조업자였고, 농부였고, 중고품 거래상이었으며 복권을 파는 사람이었다. 누이로부터 '바트블리크' 주점을 상속받기 전에는 마차를 타고 우유를 배달하던 사람이었다. 기질대로 팀젠은 처음에 바트블리크를 아주 큰, 다시 말해 이 지방에서 제일가는 요정으로 만들 계획이었다. 밴드가 음악을 연주하고, 자신은 사회와 코미디언 역을 맡았다. 그러나 모든 것이 그의 뜻대로 되지 않았다. 그의 연기가 채 끝나기도 전에 손님들은 기분이 상해 자리를 뜨기가 일쑤였다. 비우지 않은 맥주병과 접시에 가득히 남은 음식이 그의 공명심을 비웃기라도 하는 듯했다. 전쟁이 일어나지 않았던들, 그는 벌써 다른 돈벌이로 한몫 잡아보려고 나섰을 것이다.

직업 전환의 명수이자 공명심에 불타는 힌레크 팀젠이, 아버지를 이끌고 제방 위로 올라가고 있었다. 나는 그들의 뒤를 따르기도 하고, 때로 앞서기도 했다. 그들은 나 따위는 안중에도 없는 듯 자신의 일에만 서로 골몰했다. 아버지는 자신이 말했던 것, 혹은 체념한 것으로 고통을 받고 있었다. 아버지는 정확히 기억하고 있지는 않은 것 같았으며, 다만 자신이 말하지 않을 수 없었던 일이 사람들의 비위를 상하게 했다는 느낌만 갖고 있는 듯했다.

"그게 나쁜 일이었을까?" 그는 몇 번이고 되풀이해서 물었다. "말 좀 해보라고, 힌레크. 그게 나쁜 일이었을까?" 산전수전 다 겪어본 이 뚱보는 고개를 가로저었다. 그러면서 후회에 빠진 파출소장을 옆에서 줄곧 관찰했다. 꽤 걱정스레, 심지어 경탄해 마지않는 표정으로. 내가 보기에 그는, 그날 저녁 겪었던 것보다 훨씬 더 아버지를 신뢰하는 것 같았다.

어쨌든 초조감으로 그는 서둘렀다. 그는 아버지를 밀고 끌고, 때로 달래기도 하면서, 제방의 등성이로 올라갔다. 점점 내려감에 따라 북해의 폭이 넓어져 갔고, 방파제에 이르러서는 기세가 꺾여 고속 촬영에서처럼 느릿느릿 넘실댈 뿐이었다. 이날 저녁에는 날카로운 폭음도 급한 소용돌이도 없었고, 혀를 날름대는 듯한 파도도 일지 않았으며, 돌멩이와 제방 사이에서 철썩거리는 파도 소리도 들리지 않았다. 우리 머리 위 높은 곳에서 키일행(行) 비행기 편대가 지나갔다. 요드 내음이 나는 바다. 소금기 섞인 바람. 이 모든 것이 손을 더듬거나, 귀를 쫑긋하고 간간이 들려오는 소리에 귀를 기울이기만 하면 얼마나 가까이에 있으며, 얼마나 쉽사리도 되살아나는지!

우리는 바트블리크로 내려가, 제방 위로 돌출해 나온 목제 테라스 위로 올라갔다. 넓은 조망 창들은 불이 꺼져 있었다. 풍향기에 매단 깃발이 장대 끝에 늘어졌고, 바다 위에 드리운 푸른 그림자가 빗살 무늬를 이루며 갈라져 있었다. 아버지가 자전거를 들어내 방향을 돌리자, 힌레크 팀젠이 말했다. "들어와 한잔하세." "오늘은 않겠어." 하고 아버지가 말하자, 팀젠이 다급히, "딱 한 잔만, 어때?" 하고 말했다. 한다 안 한다 하면서 둘은 한참 동안 옥신각신했다. 결국, 아직도 후회 속에 빠져 있는 아버지가 자전거를 다시 자전거대에 세워놓았다. 우리는 옆문을 통해 차례차례 홀 안으로 들어갔다. 거기엔 손님 한 명 없이 요한나만이 뜨개질을 하며 앉아 있었다. 일찍이 팀젠과 결혼해 지금은 그와 함께 음식점 일을 거들고 있는 여자였다. 그녀는 우리를 보고도 뜨개질감을 놓지 않았고, 일을 구실 삼아 우리의 인사에도 그저 가벼운 답례를 보낼 뿐이었다. 그러나 팀젠은 우리를 테이블로 잡아끌며, 파출소장의 환심을 사려고 애를 썼다.

극성스러울 만큼 그는 아버지의 마음을 돌리려고 했다. 부산을 떨면서 식탁을 닦았으며, 쟁반을 날라왔고 의미심장한 미소를 지으며 특별한 경우에나 내놓는 럼주병을 장에서 꺼냈다. 그러고는 자기가 얼마나 큰 규모로 대접하는가 하는 따위를 은근히 시사했다. 여지껏 이처럼 큰 호의를 아버지에게 베푼 적이 없었다. 그는 또한 전례 없이, 셀프 서비스를 위해 술병을 테이블 위에 놓아두기까지 했다. 그의 얼굴 위에는 조금도가 지나친, 다소 위태롭기조차 한 쾌활함이 엿보였다. 위협적인 요소마저 지닌 이 즐거움의 원인은 분명, 성급하게 음식점을 나가는 손님들 때문이었을 것이다. 지금도 기억이 난다. 오랜 시간이 흐른 후에야 나도, 내 앞에 갖다놓은 레몬 주스를 마실 용기가 났다는 사실이. 그는 모든 것에 세심한 신경을 기울였다. 우리와 합석하기 전에 우선 요한나를 내쫓았다. 얼굴을 찡그리고 닭을 쫓아내듯 긴 치음을 뱉어내자, 크고 너절한 옷을 입은 그의 부인은 투덜거리면서 뜨개질감을 모아가지곤 그곳을 떠나버렸다. 그는 우리 사이에 앉았다. 잔을 들어 아버지에게 다음, 눈을 깜빡이며 내게도 건배를 한 후 뒤늦게 건배의 이유를 밝혔다. "자네를 위해서, 옌스, 유익했던 오늘 밤을 위해서."

이렇게 우리는 바트블리크에 앉아 있었다. 퀼켄바르프에선 틀림없이, 고향의 바다야말로 모든 질문에 해답을 줄 수 있다는 것이 입증되고 있을 이 시각에. 예컨대 왜 적들은 우리 나라에서만은 그들의 무지를 여기저기, 이 전장(戰場), 저 전장에서 인정하기를 꺼려하는가. 향토애가 잘못 이끈 이 크나큰 편협성은 자신이 모든 질문에 답할 권한이 있다고 믿는 데에서 기인한다. 편협성의 오만이랄까…….

그러나 우리는, 낮은 암록색의 천장과 조개가 박힌 문설주가 있는 바트블리크에 앉아 있다. 아직도 기억에 떠오르는 것들——항해등들, 글뤼제루프 저축 협회의 조그마한 깃발, 네온 장식이 된 소형 타륜(舵輪), 창문 옆의 빈 꽃상자들, 광고용

레테르가 붙은 거무스름한 철제 재떨이, 지금은 흠이 많이 나 있어 기름종이를 둘러씌운 탁자들, 카운터 옆의 동그란 단골 손님용 식탁, 조난자 구조 협회용의 경(輕)보트, 오래된 신문들이 놓인 화대(花臺), 천 년, 아니면 적어도 300년 전의 해수욕 장면을 재현해 놓은 퇴색한 사진들.

우리는 단골용 식탁에 앉았다. 내가 맨 먼저 잔을 비웠다. 아버지는, 물병이 놓였던 자리에 생긴 물자국을 가지고 인도(印度) 모양의 삼각형을 만들고 그 서쪽에 몇 개의 조그만 섬들을 덧붙였다. 아버지는 스스로 밝힐 수 없는, 아니면 밝히려들지 않는 죄의식 속으로 완전히 빠져들었다. 아버지는 무심히 술을 마셨다. 힌레크 팀젠은 술을 한 모금 마셨을 뿐, 여전히 긴장과 호기심 속에서 아버지를 관찰했다. 윙윙 돌아가는 룰렛 판을 바라보듯이, 그의 시선은 무언가를 갈망하고 있었다. 그렇다. 김을 내며 식어가는 그로그주(酒) 잔 뒤에서 그의 눈은 무언가를 계산했고, 아버지로부터 결정적인 무엇을 기대했다.

이만하면 충분히 바트블리크의 장면을 재현할 준비가 된 셈이리라. 잊을 수 없는 그날의 장면은 우선 파출소장으로부터 시작되었다.

파출소장 (시선을 아래쪽으로 떨군 채) 이젠 그만 가봐야겠네.

팀젠 (자리를 차고 일어나며) 아직은 안 돼, 옌스. 자네와 상의할 일이 좀 있네. 걱정 말고 술이나 들게.

파출소장 (기진맥진해) 오늘은 안 돼, 이 술잔을 비우고 헤어지세.

팀젠 (아버지의 의자 뒤에 서서) 자네에게 지나친 폐는 되지 않을걸세, 옌스. 하나의 제안에 불과할 뿐, 그 이상은 아니야. 그것이 자네에겐 아무런 위험 부담도 주지 않을걸세.(아버지의 잔에 술을 따르면서) 그리고 힘도 들지 않을 거라고 생각하네.

파출소장 (주저앉으면서) 오늘 자네가 무슨 이야기를 하든 나는 이해하지 못할 거야. 내 머리가 어떻게 된 건지 나도 모르겠어. 차라리 창문에 대고 얘기하는 편이 나을걸세.

팀젠 (옆으로 비켜서 아버지의 옆얼굴을 살펴보면서) 그건 전혀 상관없네, 생각은 내가 해낼 테니까. (먼 곳의 폭음. 창문이 덜커덩거린다.) 수뢰(水雷)가 터지는 소릴 거야, 아니면 건너편 어디엔가 폭탄이 떨어졌거나 어쩌면 자연발화일지도 몰라. 자, 내 말 좀 들어보게.

파출소장 (손을 내저으며) 오늘은 안 된다고 자네에게 말했잖나, 게다가 어린아이까지 있잖아. 이놈은 이제 잘 시간이야. 나도 눈이 피로하고. (한 손으로 눈을 가린다.)

팀젠 (조급하게) 불을 끌까? (그는 빠른 걸음으로 달려가 스위치를 내린다.) 됐어. 어둠 속에서도 할 수 있을 거야. 자네 눈이 피로하다면 말일세.

파출소장 (당황하여) 불을 켜게나, 그렇지 않으면 나는 잠이 들고 말 거야.

팀젠 (신들린 사람처럼 어둠 속에서) 당장 대답하라는 건 아닐세, 마음을 편히 먹고 여유를 갖게.

파출소장 불을 다시 켜주게.

팀젠 (손을 스위치에 대고, 여전히 신이 들린 듯) 자네가 나라면 어떻게 하겠나? 난 달걀 공급원과 주정(酒精) 공급원을 확보해 놓았어. 머릿속으로 계산이 다 된 셈이지, 조그만 공장을 하나 계획 중일세, 달걀술 만드는 공장을 말이야! 영양가도 높고 몸을 따뜻하게 해주는 술이야. 군대에 공급할 생각일세.

파출소장 (피로해서) 이건 정말 못 견디겠구먼. 달걀술이라니, 누가 만들어낸 건가?

팀젠 (물러서지 않고) 이 공장이, 장래성이 있을까, 없을까? 이것이 나의 관심사일세. 인가받는 건 시간문제야. 전쟁이 끝나면 사업을 확장할 수도 있겠지.

파출소장 (웃으면서) 내가 보기에 자네는 파산일세, 힌레크.

팀젠 (불을 다시 켠다. 여전히 호기심을 갖고) 전망이 눈에 보이는지 묻고 싶네. 예를 들어 깨끗한 증류실이나 높이 솟은 굴뚝 따위가 말일세. 작업장의 정경이 보이질 않나? 하얀 가운을 입고 시험관을 든 남녀 종업원들이 창문 뒤에 나타나지 난 말일세. 넓은 공장 문 앞에는 화물차들의 클랙슨 소리가 요란하고, 술병마다 '팀젠의 달걀술'이란 레테르가 붙어 있고 말이야.

파출소장 (미소를 지으며 술을 마신다.) 자네에게 이렇게 충고할 수밖에 없네. 달걀은 먹고, 마음이 내키면 술은 마시라고. 달걀 따로, 술 따로 말이야.

팀젠 (믿을 수 없다는 듯) 그 밖에 알아낸 것이 없단 말인가?

파출소장 (솔직하게) 뭘 알아낸다는 거지? 그 술병을 좀 상상해 보라고. 술을 따르면 노랗고 끈끈한 것이 쏟아져 나올 그 술병을. 그걸 보고 어느 누가 마실 기분이 나겠나?

팀젠 (탁자로 돌아오며) 나중에는 수출도 가능할 거야. 실제로 달걀술을 즐겨 마시는 지방도 있단 말일세. 우리는 더욱 묽게 만들 수 있을 거야.

파출소장 (피곤하지만 유쾌한 기분으로) 여보게, 힌레크. 그때 내가 자네를 찾거든, 나에겐 제발이지 원료만 대접해 주게나.

팀젠 (낭패한 듯 술을 마신다.) 자네가 애를 써준다면 어떨까? 애를 써준다면 더 나은 장면이 나타날 수도 있지 않을까?

파출소장 (이해할 수 없다는 듯) 애를 쓴다는 게 무슨 뜻이지? 난 그 진귀한 술을 마신 적이 있었지, 견진성사 때였네. 오늘까지 그 한 번으로 족하네. (그는 잔을 비우고 일어났다가, 어두운 밖으로부터 들어오는 화가를 알아보고, 얼른 자리에 다시 앉는다. 막스 루드비히 난젠은 망설이며 문가에 서 있다. 그는 스케치북을 들고 있다.)

화가 안녕한가, 자네들. 차 한잔할 수 있을까? 그걸 좀 넣어서 말일세. (창 옆의 테이블에 앉는다.)

팀젠 그로그주 한잔 어떤가? 아직 따뜻하다네.

화가 (파이프를 청소하며) 더욱 좋지, 힌레크. 내가 운이 좋군 파출소장. (의자에 몸을 기대면서 화가를 훑어본다.)

팀젠 (그로그주를 준비하며) 자네 어디 갔었나? 퀼켄바르프에 갔더라면 놀라운 장면을 구경했을 텐데. 연사가 누구였는지 아나? 자네는 믿지 않을지도 몰라──아스무스 아스무센이었다네.

화가 북해를 돌아다니고 있을 줄 알았는데. 전초선을 타고 말이야.

팀젠 그가 사진들을 보여주었네. 선상의 생활 등등. 거기에 연설까지 곁들였지.

화가 (여송연을 잘게 자르며) 긴 연설이었겠지. 그래 저녁 모임은 끝난 건가?

팀젠 (화가를 향해 잔을 내밀면서) 자네가 우리와 합석한다면, 난 멀리까지 잔을 나를 필요가 없을 텐데.

화가 축하의 자리를 방해해선 안 되지. (일어나 그의 잔을 받아 들고 다시 자기 자리로 돌아간다. 유쾌하게 허리를 굽히며) 그곳의 자네들을 위해서.

팀젠 우린 퀼켄바르프에서 일찍 돌아왔네. 옌스의 심기가 별로 좋지 않아서.

파출소장 (기분이 상해서) 심기가 좋지 않았다는 게 무슨 뜻이지?

팀젠 강연 도중이었어. 강연 중에 발생한 일이라고 말하는 게 옳겠군.

화가 (파이프에 담배를 채운 후 불을 붙이며) 무슨 소리를 하는지 도무지 모르겠네.

팀젠 그렇담, 헤타 반텔만을 생각해 보게. 디트리히 그리프나. 그들이 눈으로 본 것은 언제나 적중했지?

화가 (놀라면서) 옌스가 천리안을 가졌단 말인가? 저 사람이? 지금껏 우리는 전혀 모르고 있었군.

팀젠 아스무스 아스무센에게 물어보라고. 지금쯤 그는 단단히 각오를 하고 그림을 비추고 있을걸. 옌스가 오늘 저녁 모든 걸 미리 알아맞혔다네. 퀼켄바르프에 있었으면 좋은 구경을 했을 텐데.

파출소장 그만해 두게. 지나간 일이니 잊기로 하세.

팀젠 그게 첫 번째라면 몇 번이고 또 일어날걸세. 말라리아처럼 말이야. 내 동생은 말라리아를 결코 벗어나지 못했거든. 일단 초능력을 가진 사람은 계속 그것이 나타나는 법이라고. 헤타 반텔만은 그다음 누구의 집이 불에 타게 될지 알지 않았나?

화가 (그늘과 담배 연기에 가려 알아볼 수 없는 상태에서) 옌스의 직업을 고려해 볼 때, 그건 도움이 될 것 같은데, 일이 쉬워질 수도 있으니까.

팀젠 그는 고무 보트를 타고 표류 중인 아스무스 아스무센을 보았다는 거야. 한 손은 물속에 늘어져 있더라네.

화가 아 저런, 그는 차라리 육지에 있을 걸 그랬군.

파출소장 (흥분하여 빈 담배통으로 테이블을 탕탕 두드린다.) 내가 자네라면 잠자코 있겠네. 그런 말을 해서 대체 무슨 이득이 있겠나?

화가 (모습을 드러내지 않고) 정탐하는 일을 상당량 줄일 수 있지 않겠나? 자네가 천리안을 갖고 있다니 말일세. 내 말은 그 이상 아무것도 아니야.

팀젠 (말머리를 돌려) 나는 디트리히 그리프의 소식을 알고 있네. 바라는 대로 되지는 않는 모양이야. 능력이 나타날 때까지 기다려야 하는가 봐. 일단 때가 되면, 장래 일을 햇빛 비치는 골짜기처럼 조망할 수 있다는 거야. 그때마다 고통이 뒤따랐고, 기진맥진해진다는군. 관자놀이가 찌르는 듯 아프고.

파출소장 (잔을 비우며) 아무튼 나는 관자놀이에 아무런 이상도 없단 말이야. 알겠나? 이젠 더 이상 그 일을 거론하지 말게. 지나간 일이니까.

팀젠 하지만 자네 눈은? 눈이 아프다고 하지 않았나?

화가 무언가를 너무 깊이 들여다보면 그럴 수도 있겠지.

파출소장 (일어나 그의 요대에 손을 넣어 움켜잡고 화가의 테이블로 다가간다.) 그 가방 속에 무엇이 들었는지 물어봐도 되겠나?

화가 (태연스레) 반도에 갔었네. 내 오두막에. 거기서 일몰 그림을 구상했지. 붉은색과 녹색의 조화. 그건 하나의 드라마였어. 자네들도 보았더라면 좋았을 텐데.

파출소장 (가방을 가리키며) 이 속에 무엇이 들었나 물었네.

화가 (진지하게) 일몰 광경을 그렸네, 좀 더 손을 봐야 하네.

파출소장 (명령조로) 가방을 열게. (화가는 꼼짝 않고 앉아 있다. 뒤쪽에서 힌레크 팀젠이 흥미롭다는 듯 가까이 다가온다.)

파출소장 (단호하게) 나는 자네에게 가방을 열게 할 권리가 있네. 그걸 요구하는 걸세.

화가 (침착하게) 색의 변조 말일세. 이것이 아직 되질 않았어, 오렌지색 대신 보라색을 써볼까 하는데 말이야. (그는 천천히, 엄숙하기까지 한 표정으로 가방을 연 다음, 아무것도 그려 있지 않은 종이 몇 장을 꺼내어 테이블 위에 올려놓는다.) 모든 것이 아직은 너무 장식적이야. 장식적인 묘사에 불과해.

팀젠 (어리둥절하여) 도대체 아무것도 보이지 않는걸. 자네들이 나를 때려죽인다 해도 내 눈엔 아무것도 보이는 게 없네.

화가 (나를 향해) 넌 어떠니, 뺏──뺏. 네 눈엔 일몰 광경이 보일 법한데.

나 (어깨를 으쓱하며) 모르겠어요. 아직은요.

파출소장 (종이를 손에 들고 살펴본다. 한 장 한 장 불빛에 비추어본 다음 전부 탁자 위에 내던진다.) 자네, 나를 바보로 아는 모양인데, 그러면 안 돼.

화가 자네가 바라는 게 뭔가? 내가 말했지. 난 결코 그림을 중단할 수 없다고. 우린 둘 다 중단할 수가 없겠지. 너희들은 눈에 보이는 것을 찾아, 그리고 난 눈에 보이지 않는 것을 찾아. 잘 살펴보게나, 나의 보이지 않는 일몰과 파도를.

파출소장 (빈 종이를 거칠게 불빛에 비춘다.) 자네 무슨 다른 꿍꿍이를 꾸미고 있군, 막스.

화가 (경멸조로) 전문가의 눈으로 잘 살펴보시지, 미래를 꿰뚫는 천리안으로 말이야.

파출소장 (그 특유의 흥분 상태로) 말을 좀 삼가라고 요구할 수밖에 없겠군. 자네가 아무리 난젠이기로서니, 자부심이 좀 지나친 것 같은데.

팀젠 진정들 하게나, 자네들이 서로 모르기나 하는 사이란 말인가.

파출소장 (계속 백지를 불빛에 비추어보며) 이 종이…… 여기 있는 모든 종이를 압수하겠네.

화가 (격분하여) 아니, 뭐라고?

파출소장 자네가 원한다면 수령증을 줄 수 있네.

화가 수령증을 써주게.

파출소장 지금 당장 교부할 수는 없네. 수령증 철을 사무실에 두고 왔거든.

　화가 그러면 그때까지 참아주지.

　팀젠 (당황하여 어쩔 줄을 모르며) 놀라 자빠질 노릇이군, 옌스. 내가 보기에 그건 종이일세. 자네가 압수하는 건 그야말로 깨끗한 종이쪽이란 말일세.

　파출소장 그건 내가 걱정할 일일세. (종이들을 조심조심 추슬러 가방에 넣어 잠근 다음 자신이 지닌다.)

　팀젠 (화가에게) 자네 입으로 말해줘야겠네. 이 종이 위에 아무것도 새겨넣지 않았다고 말이야. 이 종이들은 눈처럼 깨끗하잖나?

　화가 그 가운데는 눈에 보이지 않는 그림이 있다고 내가 말했잖나? 공적으로 그것도 허용되지 않는 거라네.

　파출소장 (경고조로) 이 속에 무엇을 그려놓았는지 자넨 알겠지, 막스? 자네는 나의 의무를 알 거야. 나는 이 종이들을 조사해 보아야겠네.

　화가 (격분하여) 그래, 그래. 조사를 하겠으면 하게나. 분쇄기 속에 집어넣을 테면 넣고. 그래야 너희들이 바라는 대로 말끔한 형태가 되겠지. 사람이건 그림이건.

　파출소장 (침착하게) 자네의 말투가 잘못되고 있다는 것을 지적하지 않을 수 없네. 언젠가는 그 대가를 지불하게 될걸세.

　팀젠 자네들 무슨 잡담이라도 하는 것 같군.

　화가 하여튼, 머릿속을 가택수색할 수는 없겠지. 그곳이야말로 안전한 곳이지, 머릿속으로부터는 너희들도 무엇 하나 압류해 내지 못할 테니까.

파출소장 (나에게) 가자. (우리는 문 쪽으로 간다.)

화가 무언가를 찾아내거든, 나에게 연락해 주게. 자네 눈에 그 종이의 실체가 드러나거든 말일세. (파출소장은 몸을 돌리지만 아무 말도 하지 않는다. 우리는 나간다.)

바트블리크에 남아서 레몬 주스를 한 잔 더 마시고, 하얀, 그러나 분명 순수하지는 않은 종이에 관한 논쟁을 더 듣고 싶었지만, 나는 순순히 아버지를 따라 밖으로 나왔다. 아버지가 자전거를 꺼내는 동안, 백지가 든 가방을 건네받았고, 잠시 후엔 그놈을 가슴에 꼭 껴안고 짐받이 위에 앉아 있었다. 말없이, 부드러운 바람이 불어오는 어스름 속을 달려 우리는 제방의 아래로 내려갔다. 아버지는 단 한 번도 뒤를 돌아보지 않았기 때문에, 종이 전부는 몰라도 몇 장쯤은 가방에서 꺼내 제방의 비탈에 던져버릴 수도 있을 것 같았다. 말리려고 널어놓은 손수건들처럼 하얀 도화지들로 뒤덮인 둑을 나는 상상해 보았다. 홀름젠 영감이 흩어진 도화지들을 보는 순간, 우선 어느 쪽을 바라볼 것인가? 나는 가방을 열지 않았다.

지붕이 나지막한 농가들이 불도 켜지 않고 어둠 속에 놓여 있었다. 바람에 흔들리는 울타리 너머로 집 지키는 개들이 멀리멀리 짖어댔다. 커다란 배가 닻을 내리는지 요란한 소리가 바다 쪽에서 들려왔다. "저것이 무슨 밴지 아세요?" 내가 물었다. 그리고 아스무스가 탄 배의 번호를 불쑥 알아맞혔듯이, 아버지가 저 배의 이름과 번호를 말할 수 있으리라 굳게 믿었다. 그러나 실망스럽게도 얻어낸 대답은 이것뿐이었다. "지금은 묻지 말아라. 알겠니? 지금은 아무것도 묻지 마." 그래도 나의 믿음에는 변함이 없었다. 아버지가, 자기 특유의 방식으로 배를 인지해 내고 있다는 믿음에는. 그리고 지금도 생각이 나지만, 그날의 귀갓길에 나에겐, 아버지가 더 많은 것을 보고 알지 않을까 하는 불안이 문득 찾아왔다. 나에게 경계심을 불러일으키고, 나를 조심스럽게 만들어준 불안이. 그리고 그것은 생각보다 더 오래 지속되었다.

그러나 나는 이 알 수 없는 불안이 내게 보내준 충고를 되씹어 보고 싶다. 아니, 되씹어 보아야 한다. 그도 그럴 것이, 내가 날개 없는 풍차를 흘끗 바라본 것도, 바로 그 불안 때문이 아니었던가? 왜 나는 탑 속의 아지트를 애써 생각지 않으려 했던가? 블레켄바르프를 내려다보면서, 왜 나는 그곳을 무시해 버리려 했던가? 바라보려고도, 생각하려고도 하지 않았던가? 집요하게 떠오르는, 짓다 만 욕실의 형상을 세차게 떨쳐버리려고, 그리고 너무나 또렷한 이름 하나를 잊어버리려고 왜 나는 그토록 애를 썼던가? 이러한 하잘것없는 질문으로 점철된 이날 저녁을 마무리 지으면서, 나는 싫든 좋든 간에 다음과 같은 사실을 명백히 인정하지 않을 수 없다. 즉 독일 최북단의 파출소장직을 맡아, 전쟁 중 막스 루드비히 난젠에게 내려진 창작 금지를 통고하고, 그 준수 여부의 감독을 책임진 나의 아버지는, 글뤼제루프의 향토회가 주최한 슬라이드 영사회에서 천리안을 가진 사람으로 인정받았다. 우리 고장에 가끔 있기는 하나, 그렇다고 결코 흔한 일도 아닌 이 능력에 대해, 그가 어떤 천부적 재능을 가졌다는 징표도 보여준 적이 없었고, 혈통상의 유전이라든가 하는 것은 더더욱 문제가 되

지 않았다. 그런데도 이 능력이 백일하에 드러났으며, 그 첫 순
간부터 성과가 없지 않았다.

7

중단

요스비히의 발소리가 들린다. 그가 썰렁한 간수실을 나올 때마다, 나는 그의 발걸음 소리만 들어도 많은 영상을 떠올렸다. 활 모양으로 휜 철제 계단, 허리띠에서 짤랑대는 열쇠 뭉치, 음산한 복도에 깔린 가지런한 그물 모양의 타일, 말라빠진 사과쪽처럼 한 가닥 끈에 매달린 전구들, 갑작스러운 정적(靜寂) 그리고 구멍 뒤에서 들여다보는 그의 눈, 다시금 한없이 먼 곳으로부터 다가오는 듯한 맥빠진 발걸음, 검정색의 마루를 깐 중앙 복도, 정적 그리고 서서 책을 읽는 소리, 어깨와 허리를 하도 비벼대어 까만색이 되어버린 벽 모서리, 아침 식사와 휴식 시간, 결코 열리지 않는 창문, 빗자루 만드는 작업실까지 다다르는 발소리, 기진맥진해서 점점 더 자주 휴식을 취하며, 그가 세면장까지 도달하는 데는 늘 반나절쯤은 걸리는 기분이었다. 그곳을 통과한 후엔 최후의 분발, 거의 절망적인 걸음걸이, 한 팔을 내밀자 앙증맞은 열쇠들의 짤랑거림, 자물쇠 여는 소리, 처음엔 시험 삼아, 다음 순간엔 단호하게. 늘 이 모양이었다.

그가 간수실에서 나와 내 골방까지 오는 데 걸린 시간을 스톱워치로 재본 적은 없지만, 내가 세 켤레의 양말을 대충 빨거나 스무 개비의 담배를 말거나, 혹은 점호만 없다면 기분 좋게 아침 식사를 하기에 충분한 시간이었을 것이다. 수평선 위로 떠오르는 배와 같이 서서히, 기대감을 부추기면서 그는 멀리 캘린더 하나만 걸린 그의 방에서 다가왔고, 타일 위의 시간을 밟아 죽이고 있었다. 여하튼 그가 사건과 영상을 일깨우며 다가올 때마다, 나는 칼 요스비히가 그의 방까지 걸어오는 동안, 길게 찢어진 침대 시트를 본래의 모습으로 꿰매어 놓았다는 쿠르트헨 니켈의 주장을 의심해 본 적이 없었다.

그는 계속 걸어왔다. 손거울 앞에서 머리를 빗으며 나는 격자 창 때문에 정방형으로 잘린 엘베강 위에서 힘겹게 항진해 가는 예인선을 눈으로 좇았다. 갈매기들이 커다랗게 떼를 지어 강 아래쪽으로 날고 있었고, 어떤 배의 고동 소리가 예인선의 도움을 청하고 있었다. 요스비히는 단념하지 않았다. 날 위해 새 공책이라도 가져오는 것일까? 작문의 벌을 계속하도록 힘펠 원장이 잉크와 펜을 선뜻 내주었을까? 힘차게 쏟아지는 수돗물에 손을 씻고, 담배꽁초들을 으깨어 개숫물에 흘려보냈다. 그의 호의를 시험하지 않기 위해서이다. 그를 위해 침대 커버를 팽팽하게 쓰다듬기도 했다. 놀랍게도 강 위에는 두 명의 수상 경기자가 강물을 거슬러 오르느라 이를 악물고 노를 젓고 있었다. 엘베강의 얼음이 녹은 것이다. 정유 공장 위의 불꽃은? 여전히 타고 있었다. 아직도 강 건너편에는 함부르크가, 낯익은 회백색과 벽돌색을 띠고 있을까? 요스비히는 끊임없이 다가왔다. 내 작문을 평가한 결과는 어떠했을까? 종이를 더 달라는 요구가 힘펠의 수긍을 얻었을까? 재빨리 나는 깨끗한 점호용 상의로 갈아입었다. 운동화를 장화로 갈아신고, 철제 사물함에선 깨끗한 손수건도 한 장 꺼냈다. 벽의 거울에 비춰본 내 몰골이 그렇게 형편없지는 않았다. 머리, 형 클라스를 닮아 움푹 패 들어간 맑은 눈동자, 잘생기지는 않았지만 섬세한 콧마루, 펠레 카스트너의 말마따나 호두깎이처럼 각진 입, 견고한 아래턱, 상해서 갉아진 듯한 치아——분명 외가(外家) 쪽의 유전이다——다소 길기는 하지만 앙상하지는 않은 목 그리고 건강해 보이는 뺨, 이것이 바로 나였다.

낮이건 밤이건 벌을 받고 있다는 인상을 나에게선 찾을 수 없었다. 그러나 내 손거울까지 전적으로 같은 의견은 아니었다. 그것은——벽거울과는 달리——눈 밑에 그림자를 덧붙여 주었으며, 내 얼굴을 찡그린 모습으로 재생함으로써, 거울의 상에 다소 수정을 가하고 있었다. 말하자면 지칠 대로 지친, 그리고 화가 난 얼굴을 나에게 소개하고 있었다. 요스비히가 나를 보면 어느 쪽 거울을 더 시인할 것인가? 자, 오시오, 요스비히 씨. 이를 꽉 물고, 물방울 소리나 들려오는 세면장을랑 쳐다보지 마세요. 마지막 피치를 올리세요. 그리고 문을 따세요. 그래야 저도, 습관이라고 부르는 것의 정확성을 확증할 수가 있지요.

늘 그랬듯이, 이번에도 나는 가능한 한 가까이에서 그를 마중했다. 문에 바싹 붙어 서서 빗장과 열쇠 구멍을 응시했다. 이 구멍으로 뭉툭한 열쇠 자루가 꽂히거나, 아니면 끼익끼익 소리를 내며 밀고 들어와서는 함께 회전했다. 그러면 안쪽의 걸림쇠가 빗장을 움직였다. 이 재래식 자물쇠에 비하면 내가 수집한 열쇠며 자물쇠는 얼마나 대단한 것이었던가? 사생아 자물쇠, 글자 자물쇠, 브라마 자물쇠, 옷장식 자물쇠, 플러그식 자물쇠, 마술 자물쇠, 고딕식 열쇠, 프랑스식 열쇠, 바로크식 열쇠 덮개——이런 것들을 다시 찾아낼 수 있을까? 언제나처럼 펄쩍 문이 열렸다.

우리의 친애하는 간수 칼 요스비히는 안으로 들어오지 않았다. 모습도 나타내지 않은 채 목소리만 들려왔다. "나와, 지기. 나오라고." 나는 그의 지시를 따랐고, 그가 내 방문을 잠그는 것을 놀라움 속에서 바라보았다. 35년간이나 근무하면서 몸에 밴 습관 때문이었을까? 아니면 내가 없는 동안 아무도 이 징벌의 장소에 들어가지 못하게 하려는 것이었을까?

"원장이 널 기다린다." 그는 나에게 앞장서기를 요구했다. 이건 그가 처음 첫 주에만 적용했던 신중한 조치였다. 대번에 기분이 상한 것은 아니지만, 당혹감에 나는 그를 쳐다보았다. 그의 얼굴을 살펴보고, 숨겨진 불신감을, 어쩔 수 없이 갖게 된 경계 태세를 읽어냈다. 내가 그 침묵의 이유를 묻기도 전에, 그는 뭉툭한 갈색 엄지손가락으로 반원을 그리더니, 아래쪽 복도를 똑바로 가리켰다. 앞장을 서지 않고 어쩌랴.

검은색 마루가 깔린 중앙 복도까지, 나는 그의 앞장을 서서 갔다. 그의 발걸음은 내 발걸음의 왜곡된 메아리처럼 울렸고, 늙어가는 그의 신음은 거칠어진 내 신음처럼 들렸다. 여기, 검은 마루가 깔린 복도 위에서, 나는 어깨 너머로 물었다. "모두 허락되었나요?" 그러자 그는 불쾌한 음성으로 대꾸했다. "기다려. 좀 기다릴 수 없겠니?" 나는 앞서갔다. 목덜미에 그의 시선을 느꼈다. 걸음이 점점 뻣뻣해지는 것 같고, 척추에는 찌르는 듯 찌릿한 아픔. 어떻게 해야 할까? 무엇을 할 수 있을까? 원생들은 모두 알고 있다. 기술적으로 자수할 줄만 알면 요스비히의 동정을 살 수 있다는 것, 그리고 우리가 자기혐오에 빠지면 빠질수록 집요하게 우리를 보호해 주고, 심지어는 마음속으로까지 좋아하게 된다는 사실을. 그러나 이 순간 그와 대화를 나누기 위해 나의 어떤 점을 질책해야 할까? 나에게 어떤 죄를 뒤집어씌워야 할까? 그의 앞을 터벅터벅 걸어가며 나는 그가 공책도, 잉크도, 한 개비의 담배도 없이 나타난 것, 그리고 평소의 동정심 대신에 원장의 호출령만을 전하는 것이 무엇을 의미하는지 곰곰이 생각해 보았다. 내 일이 잘못된 것일까? 지금까지 쓴 내 작문을 그들이 인정해 주지 않은 것일까? 아니면 혹시 그들이 부과한 글쓰기 징벌을 앞당겨 중단시키려 한 것일까? 그의 썰렁한 간수실에서 전화벨이 울렸다. 나는 걷는 속도를 줄였다. 벨소리는 계속 울렸다. 여섯 번, 여덟 번, 열 번. 천천히 걸으면서 나는 오른쪽을 곁눈질했다. 전화를 받기 위해 그가 즉시 내 곁을 지나가리라 추측하면서. 그러나 뻣뻣한 그의 제모가 내 옆에 나타나지도, 짤랑거리는 열쇠 뭉치가 내 곁을 지나가지도 않았다.

칼 요스비히는 변함없이 내 뒤를 따르고 있었다. 간수실 앞에 이르러서야 그의 명령이 떨어졌다. "거기 서." 그가 원하는 대로 나는 걸음을 멈추었다.

앞쪽을 똑바로 바라보며 나는 여덟 개의 철제 계단에 관심을 쏟았다. "여기서 기다려." 하고 말했을 때, 나는 고개를 끄덕였다. "곧 돌아올 테니까." 하고 말했을 때, 다시 한번 끄덕였다. 그러고 나서 나는 그가 수화기를 드는 모습, 그의 모자를 목덜미에 닿도록 뒤로 젖히는 모습, 전화에 귀를 기울이는 동안 허리띠에 맨 열쇠들을 헤아리거나 검사하는 모습을 곁눈질로 살펴보았다. 통화를 하면서도 그는 변하지 않았다. 아버지와 비슷하게도 그의 대답과 문의는 간단했다. 기분이 유쾌한 것도 아니고, 그렇다고 화가 난 것도 아니었다. 수화기를 내려놓은 후, 그는 안으로 들어오라는 손짓을 했다. 나는 즉시 호흡을 멈추어야 했다. 질식할 정도로 혼탁한 공기. 게다가 방치한 채 썩어가는 청어구이의 악취까지 한몫했다. "신참 두 명이 또 왔다는 거야." 칼 요스비히가 말했다. "그 애들을 데리러 가야겠어. 너 혼자 원장실로 가야겠다." 고개를 끄덕였으나 나는 그 자리에 계속 서 있었다. 그에게서 내가 짐이 된다는 손짓을 받았으면서도 말이다. "길을 잊었니?" 그가 물었다. 나는 기다렸다. 그를 흘끗 쳐다보고는 아래를 내려다보면서 물었다. "저에게 왜 그렇게 쌀쌀맞게 굴지요?" 그는 나에게 문 쪽을 가리키며 대꾸했다. "너, 네 친구들, 너희 모두 말이야. 너희를 위해주었지. 헌신적으로 너희를 감싸주기도 했어. 그런데 너희

하는 짓이 뭐지? 꺼져버려! 원장이 널 기다리고 있어!" 그는
나를 간수실 밖으로 떠민 다음 문을 닫았다.

그의 지시는 이걸로 충분했고, 또 요스비히 자신도, 심경이
변한 이유를 밝히는 데 별 중요성을 두는 것 같지 않았기 때
문에, 나는 혼자 본부동 쪽을 향했다. 뻣정다리로 나는 타박
타박 철제 계단을 내려갔다. 통풍이 잘되는 현관에서, 나는
시(市) 참사위원 H. W. J. W. L. 리벤잠의 흉상을 쓰다듬어주
었다. 그가 물론 우리 섬을 만들어내지는 않았지만, 바로 지금
의 목적으로 쓰도록 이 섬을 헌납한 사람이었다. 나는 이 대
리석으로 된 대머리 씨의 턱을 잽싸게 만져주었다. 얼마나 오
랫동안 인사를 드리지 못했던가? 언젠가 98세 된 그의 미망
인이 이 대리석 반신상을 애무하던 모습을 본 이후로, 나는
이 곁을 지날 때마다 당연한 의무인 양 흉상을 쓰다듬었다.
마주친 사람이 아무도 없었기 때문에 현관문을 열고, 나는
밖으로 나왔다──글짓기 벌이 시작된 이래, 처음 있는 일이
었다.

뱃고동 소리가 나를 불렀다──나를? 어쨌든 놀란 나는 몸
을 돌려 저 아래 정박용 평저선을 내려다보았다. 함부르크에
서 온 배가 청동빛의 선체를 번쩍였다. 거기엔 한결같이 갈색
과 황색의 먼지막이 코트를 입은 초조한 심리학도들이 빼곡
이 들어차 있었다. 가교용 철선 위에선 힘펠을 대리한 알프레
드 티데 박사가, 틀림없이 힘펠에게 훈련받은 듯한, 즉 껴안을
듯한 몸짓에 장광설을 늘어놓으면서 이들을 영접했다. 나는
반사적으로 달아날 길을 찾아 주위를 둘러보았다. 우리가 가

꾼 야채밭 너머를 바라보았다──하지만 도망칠 필요가 없는 것 같았다. 티데가 심리학도들을 자기 주위에 불러모으고, 한바탕 신명나게 인사말을 할 참이었기 때문이다. 강변에는 빙류(氷流)에 밀려 비뚤어졌던 경고판들이 다시 정비되어 있었고, 그쪽에서 서늘한 바람이 불어와 버드나무 숲을 흔들어댔다. 안개 끼지 않은 강 위의 공기는 유난히 맑았다. 그로 인해 멀리 떨어진 건너편 강안(江岸)이 손에 잡힐 듯했고, 보통 때는 그저 흐리지는 않구나 생각되는 강물이, 연록색과 암청색을 띠어 그 깊이를 드러냈다. 깃발을 단 배 한 척이 떠나고 있었다. 아마 선착장을 검사하려는 모양이었다. 원생들이 창틀을 쌓은 수레를 밀고 나왔다. 거기 에디 질루스도 있었다.

아무도 마주치지 않았기 때문에, 그리고 내 일이 어떻게 되었는지 우선 알고 싶었기 때문에, 사람들의 시선과 바람을 막아주는 작업장의 뒤편으로 해서 꼬부라지는 길까지 뛰어갔다. 그 길가에 푸른색의 본부 건물이 서 있었다. 단 두 걸음으로 계단을 뛰어오른 다음, 나는 니스칠을 한 참나무 문을 열었다. 심호흡을 한 후, 위층 원장의 방으로 올라갔다. 나는 가능한 답변을 준비해 두었다. 적어도, 불시의 질문에 대한 답변은 외우고 있었다. 글짓기를 그만두라고 하면 받아들이지 않을 생각이었다. 초지일관으로 나는, 내 징벌이 계속되기 위해 싸울 각오가 되어 있었다. 원장실 문 앞에 이르렀다. 손을 들어 노크할 자세를 취하며 귀를 기울였다. 그러나 손가락이 문에 채 닿기도 전에, 방 안에서 음악이 폭풍처럼 터져나왔다. 힘찬 두드림으로──마치 조물주의 노성(怒聲)처럼──힘펠은 분명 얼음 덩어리들을 깨뜨려 빙하를 만들어냈고, 힘찬 초두 장식음(初頭裝飾音)과 함께 즉시 몇 개의 유빙(流氷)을 빙산에서 떼어냈다. 그는 겨울을 세차게 밀어내 유배를 보내는 중이었고, 졸졸거리는 소리, 나풀거리는 소리, 다시 말해 봄의 속삭임을 이끌어내려는 참이었다. 우선 폭풍우 치는 하늘이 설계되었고, 그 아래에서 몇 개의 힘들이 거칠게 맞붙어 싸웠다. 그는 결코 봄을 쉽게 허용하지 않았다. 그 푸른 깃발을 날릴 때까지는, 온갖 교란과 광란과 어두운 고집 속을 지나오게 했다. 갈매기의 울부짖음과 배의 경적, 찰랑대는 물결 소리, 기뻐 내지르는 닭 울음소리 그리고 신들린 듯한 대지의 수런거림과 함께 집요한 봄의 승리를 장식하게 했다. 머지않아 우리 섬의 원생 합창단이 이 봄노래를 부르게 되겠지. 초대를 받는다면, 북독일 방송의 항구 음악회에 특별 출연을 하게 될지도 모를 일이다.

빙산 깨지는 소리를 압도하기엔 나의 노크 소리가 미약했다. 따라서 나는 봄의 승리가 확실해질 때까지 기다렸다. 다시 한번 문을 두드리자, 그가 내 방문을 알아차렸고 입실이 허용되었다. 방풍용 재킷과 헐렁한 반바지 차림의 힘펠 원장이 피아노 의자에서 일어났다. 연필 자국이 어지러운 악보들 위로 허리를 굽히고, 붐—다—다를 외치더니, 만족한 듯 고개를 끄덕거렸다. 그는 손을 내밀며 나에게 다가왔다. 그의 손은 따뜻하고 촉촉했다. "아직 좀 더 다듬어야 해." 하고 말하면서, 뒤쪽을 가리켰다. 그의 책상을 흘끗 바라보고 나는, 그가 틀림없이 공책 가득히 써놓은 작문을 읽어보았다는 확증을 얻었다. 내 공책들이 거기 쌓여 있긴 했지만, 잠시 내 사건을 잊어버린 그가 나와 오래 이야기할 흥미가 없다는 사실도 알아차렸다. 그는 끝나지 않은 봄의 폭풍에 몰두한 것이다. 캘린더를 들여다본 후에야, 거기 빨간 동그라미를 그리고 몇 가지를 메모하게 만든 당사자가 나라는 사실을 알아차렸다. 그러곤 두 손바닥을 눈높이까지 올렸다가 밀어내는 동작으로 두번째 인사를 보내주었다. 앉으라고 한 다음, 자신은 선 채로 공책을 펄렁펄렁 넘기면서 문제가 될 만한 대목들을 다시 읽었다. 기억이 되살아났음을 미소로 증명했고, 믿을 수 없다는 듯 머리를 흔들기도 하고, 동감이라는 듯 끄덕거리기도 했다. 입술 사이로 '흐음' 소리를 여러 번 내뱉어 심사숙고를 표명했다. 자신의 넓적다리를 치기도 했다. 헐렁한 반바지의 늘어진 부분을 스치는 정도였지만. 이렇듯 공책을 군데군데 읽어서 필요한 기억을 상기해 낸 원장은 비서실 쪽으로 난 문을 열고 외쳤다. "14호실에 연락해 줘요." 문을 닫은 다음 책상으로 되돌아가면서, 그는 짐짓 나의 시선을 피하는 눈치였다. 둘만의 대화가 틀렸다는 사실을 나는 미리 알아차렸다.

책상의 위쪽에 걸린 유화 그림 속에서 리벤잠 의원의 여윈 얼굴이 밝은 창밖을 내다보았다. 힘펠 원장의 방에서 일어나는 일보다는, 키메룬에서 도착한 것 같은 강 위의 배들에 더 관심이 있는 이 시 참사위원의 도움을 구한다는 건 기대할 수도 없는 일이었다. 나는 비서의 발소리에 귀를 기울였다. 금속 편자를 박은 굽 높은 구두가 또닥또닥 그녀의 방을 떠나 복도를 가로질렀다. 14호실 문을 열고 무어라 나지막하게 속닥거리더니, 곧 여러 명의 발소리를 대동하고 돌아와서는 몇 명의 심리학자를 위해 문을 열어주었다. 모두 다섯 명임을 쉽게 확인할 수 있었다. 옷깃에 이름이 적힌 명찰을 달고 있는 것으로 보아 함부르크에서 열린 국제회의에 참석했던 심리학자들이 분명했다. 다정한 윙크를 보내는 한 사람만 명찰을 달지 않았다. 볼프강 마켄로트였다. 그가 함께 있다고 안심이 되는 것은 아니었지만, 왠지 모르게 그가 동석한 점이 기뻤다. 나는 감정을 숨기지 않고, 그에게 답례를 보냈다. 그동안 원장은 심리학자들에게 악수를 청했고, 취리히, 오하이오주의 클리블랜드, 스톡홀름 등에서 온 이들의 인사에 친근한 미소로 답했다. 곧 지나칠 정도로 크고 감동적인 음성으로 답례가 덧붙여졌고, 눈치 빠르게 방문객들의 의중을 간파한 그는 심리학자들이 반원을 그리며 내 주위에 둘러앉도록 배려했다. 무엇을 하려는 것일까? 그의 눈이 말해주는 것이 무엇일까? 이 교육적인 곡예사가 어떤 곡예를 선보이려 하는 것일까? 동물 길들이기? 기계체조? 심리학적 공중 곡예? 명예욕이라는 그네 위에 올려진 내가 두 바퀴 반의 공중제비를 돈 다음 자신의 손을 붙잡게 함으로써, 믿을 만한 곡예사로 인정받으려 하는 것일까?

힘펠 원장은 이들 중 어느 것도 하지 않았다. 한 손을 다정스레 내 어깨 위에 올려놓고, 나에 관한 이야기를 방문객들에게 간단히 설명해도 좋으냐고 물었다. 양해를 얻은 것으로 간주한 그는 이야기를 시작했다. "독일어 시간에 시작된 일이었지요. 작문의 테마는 '의무의 기쁨'이었습니다. 시간이 끝난 후," 하고 그는 말을 이었다. "예프젠 군은 빈 공책을 제출

했습니다. 할 이야기가 적어서가 아니라——본인의 진술에 의하면——할 이야기가 너무 많았기 때문이지요. 억압의 초기 상태, 코르사코프 공포증이지요. 결국 작문을 완성하도록 하는 벌을 주기로 합의를 보았습니다. 즉 예프젠 군은 격리된 방에서 글을 쓸 기회를 얻게 된 것입니다." 다음 그는 약정된 조건——이를테면 면회 금지, 사역 면제 등——에 대해 언급하고, 별 흥미를 느끼지 않는 듯한 방문객들에게 작문에 임했던 나의 태도, 즉 목표 지향적 순응성(順應性) 및 도취감에 대해 설명했다. 내가 수행한 작문이라는 징벌이 벌써 105일이나 되었다는 힘펠의 보고에 이 방문객들은 귀를 기울일 수밖에 없었다. "석 달 반 전부터 여기 보고 계시는 우리의 예프젠 군은 그의 작문과 씨름을 해왔습니다. 이것이——그는 나의 공책을 높이 들었다——그 인내심의 결정적인 증표입니다. 읽어보시면 아시겠지만," 그는 잠시 말을 끊었다가 "이 작문은 강박 증세의 한 표출인 것입니다. 이름에 대한 강박감, 장소에 대한 강박감, 정신병적 기억증의." 그는 마지막으로, 자신의 표현 중에 무언가 왜곡된 것이 있으면 정정해 달라고 내게 청했다——나는 그저 어깨를 으쓱했다.

클리브랜드에서 온 방문객인 보리스 즈웨트코프 씨가 힘펠의 손에서 내 공책을 넘겨받아서는, 엄지손가락으로 슬슬 페이지를 넘겼다. 취리히에서 온 칼 푸처드 주니어라는 사람과, 스톡홀름에서 온 라르스 페터 라르센이라는 사람도 이곳저곳 들춰보았지만, 특히 손으로 무게를 달아보고 이 정도면 충분하다는 평가를 내림으로써, 대상을 꿰뚫어 보고 터득해 내는 놀라운 능력을 과시했다. 볼프강 마켄로트만은 이것도 저것도 하지 않았다. 그는 마지막으로 공책을 받아 들고 조심스레 포개어서는 책상 위에 다시 올려놓았다. 내보이는 일이 끝났다는 생각에 나는 안도의 한숨을 내쉬었다. 몸의 체중을 막다른 다리에 싣고 있는데, 힘펠이 뒤쪽으로 다가왔다. 이제부터 일어날 일에 특히 주의를 요한다는 듯한 시선을 심리학자들에게 던진 후, 그는 나를 향해 말했다. 즉 내가 수행한 작문의 벌은 충분할 뿐 아니라, 그의 기대를 훨씬 능가했다는 사실을. 그는 나의 작문을 끝내도록 권유했다. 동료들에게 되돌아갈 것을, 그리고 도서관의 내 직책을 되맡아 줄 것을 제안했다. "자네는 독일어 작문의 필요성을 터득했네. 그리고 우리의 관심사도 바로 이러한 깨달음이지, 개전의 정 따위가 아닐세." 그러고는 마치 내게 개인적인 선물이라도 선사하려는 듯 이렇게 덧붙였다. "그동안 봄도 찾아오지 않았나."

마지막 말은 하지 말았어야 했을 것을. 그도 잘 알 것이다, 여기 있는 모든 원생이 봄을 빼앗긴 지 오래라는 사실을. 어쨌든 나는 놀라서 그를 쳐다보았다. 미처 계산에 넣지 않았던 제안이었다. "어때?" 하고 그는 물었다. "내일 벌이 끝난다는 사실이 즐겁지 않단 말인가? 친구들과 재회를 한다는 것이, 응?" "저는," 하고 내가 대답했다. "작문을 아직 끝내지 못했는데요." "그건 상관없네. 지금까지의 결과만으로도 우린 만족하네. 남은 부분의 면제는 우리가 주는 선물일세." "남은 부분을 끝내지 않는다면, 제 작문은 아무런 가치도 없습니다." 이런 나의 대답에 힘펠은 당황했다. 그는 나에게 자기와 방문객들에게 설명해 달라고 했다. 친구들과 봄날의 햇빛과 도서관 일을 외면하고, 별로 부과된 작문에 끝장을 보는 일이 왜 그토록 중요한 것인지를. 구석의 넓은 창문을 통해 나는 엘베강을 내다보았다. 처음엔 시선을 끌 만한 것이라곤 하나도 찾을 수 없었다. 우리 쪽 강변을 탐색하다가, 두 명의 수상 경기자들이 탄 은회색의 카약 한 척이 막 버드나무 숲으로 나오는 모습을 발견했다. 카약은 조종되지도, 노의 힘에 의해 앞으로 전진하지도 않았으며 물결을 따라 비스듬한 방향으로 계속 떠내려갈 뿐이었다. 그도 그럴 것이, 뒤에 앉은 사람이 앞사람을 등 뒤에서 끌어안고는 얼굴을 뒤로 당기고, 불편하기 짝이 없는 자세였지만, 열심히 입술을 빨아댔기 때문이다. 그동안 노는 제멋대로 돌면서 물속에 잠기기도 했지만 아주 없어지지는 않았다.

"왜지?" 힘펠 원장이 물었다. "이유가 뭐냐고?" 내가 말했다. "의무의 기쁨 때문입니다. 전 그것을 줄이지 않은 상태로 이해하고 싶습니다. 하나도 줄이지 않은 상태에서 말입니다." "그것이 결코 끝나지 않는다면?" 그는 물으면서 심리학자들의 호기심을 확인했다. "그 기쁨이 끝나지 않는다면 말일세?" "더욱 곤란해지겠지요." 내가 말했다. "그렇다면 더욱더 곤란해지겠지요."

나는 그들이 내게 무언가 계획한 바가 있으며, 무언가 끄집어내려고 한다는 점을 감지했다. 그러나 그것이 무엇인지는 몰랐다. 카약을 탄 사람들은 여전히 불편한 자세로 서로 입술을 꼭 맞대고 강 아래로 내려가고 있었다. 유감스럽게도 그들을 갈라놓을 수 있는 배는 나타나지 않았다. 그들은 노를 여전히 놓치지 않고 있었다.

갑자기 칼 푸처드 주니어가 물었다. "자네는 그 모든 이야기를 누구에게 하고 있는 건가?" "제 자신에게지요." 하고 내가 말하자 그는 이어서, "그것이 자네 마음을 편안하게 해주는가?"라고 물었다. "네, 제 마음을 편안하게 해줍니다." 스웨텐인은 입을 다물었다. 그러고는 이따금, 마치 나를 때려누이고 싶기라도 한 듯, 적개심에 찬 시선으로 나를 바라보았다. 미국인 보리스 즈웨트코프는, 내가 작문을 쓰는 동안 때로 물속에 서 있는 듯, 물속을 걸어가는 듯, 또는 맑은 물속을 유영하는 듯한 기분이 아니었냐고 물었다. 결코 그런 일이 없었다는 대답에 그는 매우 만족했다. 명찰을 거꾸로 달고 있어 이름을 해독할 수 없었지만, 억양으로 보아 네덜란드인이다 싶은 사람은 엉뚱하게도 내 나이를, 다음엔 내 신발 사이즈를 알고 싶어 했다. 두 가지를 다 일러주자 그는, 내가 글짓기를 하는 동안 땀을 흘리거나 두려움 때문에 경련을 일으킨 적이 있느냐고 물었다. 그가 아무런 수확 없이 빈손으로 물러나게 하고 싶지는 않았기 때문에, 나는 그에게 공포에 의한 경련이 있었다고 말해주었다. 마켄로트는 내게 아무런 질문도 던지지 않았고, 때로 나를 격려하려는 듯 미소를 지어 보였는데, 이 때문에 더욱 그에게 호감이 갔다. 내 추측으로 그들은 나를 다 까뒤집어 보았지만, 어쨌든 논쟁이나 학술적 토론을 유발시킬 만한 소재를 찾지 못한 것 같았다. 이 국제적 학자들 무리는 더 이상의 심문을 포기하고 내게 평화를 선사해 주었다.

이것은 분명 힘펠 원장이 기대한 바가 아니었으리라. 그는 더 오랫동안 질문이 계속되기를, 보다 더 심오한 탐구와 열띤 토론이 있기를 바랐을 것이다. 하지만 그렇지 않았기 때문에 다시 그가 나를 상대하는 수밖에 없었다. 재빨리 나는 카약이 있던 곳으로 눈길을 돌렸다. 배가 전복되고 그들은 익사해 버렸는가? 텅 빈 강에 무심한 강물만 흐르고 있었다.

"자, 지기군." 하고 힘펠이 말했다. "우리 함께 해결점을 찾기로 하자고. 이런 식으로 계속될 수는 없지 않은가? 그 글짓기 벌이란 게 뭐 그리 유별난 것은 아니네. 어느 곳에서나 흔히 있는 일이지. 이 섬에선 그것을 교육적인 의도로 채택하고 있고, 사실 많은 효과를 보고 있다네. 그러나 벌이란 건 한도가 있는 법, 105일이면 충분한 시간이었네. 오늘로서 자네의 벌은 끝난 거야." 그는 인사에 익숙한 손을 내밀어, 즉시 내 독일어 시간에 종지부를 찍어주려고 했다. 그러나 나는 그의 손을 거절했다. 나는 항변했다. 징벌을 연장해 달라고 요구했다. 내게 다시 벌을 내리더라도 결코 고깝게 생각지 않겠노라고 약속했다. 그의 관대함에까지 호소한 기억이 난다. 그러나 이 모든 항변, 간청, 약속도 아무 성과가 없어 보였다. 마지막 강구책은 무엇이었나? 나는 그에게 우리 사이의 협정을, 벌의 종료를 내가 스스로 결정하기로 한 약속을 상기시켰다. "필요하다면 벌을 얼마든지 계속할 수 있다고 말씀하시지 않았던가요?" 그의 말을 상기시킴으로써 나는 성공을 거두었다. 그는 마음을 바꾸었다. 물론 잠정적으로 계속 징벌하도록 용인하는 것이었지만. "좋아, 좋아." 하고 그는 약간 체념한 듯한 어조로 말했다.

"당분간 더 계속해도 좋아."

그는 책상 곁으로 다가가 공책들을 나에게 건네주었다. 학자들의 얼굴을 살펴보고, 그들에게서 별 이의를 발견하지 못하자, 이런 말로 나를 해방시켜 주었다. "자네 독방으로 돌아가도 좋아. 새 공책과 잉크도 내주겠네."

완전히 안심이 되지는 않았지만 한결 가벼운 마음으로 방문객들이 만든 반원을 뚫고 나갔다. 마켄로트의 곁을 지날 때, 그는 내게 윙크를 보냈다. 찬사를 담은 눈빛 같았다. 하지만, 악의 없는 눈동자와는 달리 아래쪽 내 상의 주머니 높이에서 그는 점잖지 못한 행동을 하고 있었다. 은밀히 그리고 날렵하게, 하지만 감지할 수 있을 정도로 그의 가느다란 손가락이 내 주머니를 열고는 무언가를 밀어넣었다. 다음 그는 주머니를 본래대로 마물러놓고 순식간에 손을 뗐다. 나도 거의 눈치채지 못할 정도로. 그러나 무슨 일이 일어난 것임에는 틀림없었다. 그것을 재연할 수 있는 사람은 우리 중에 단 한 명, 핸드백 전문가 올레 플뢰츠뿐이라고 한다면 지나친 말일까?

문가에 이르자 나는 다시 한번 몸을 돌렸다. 학자들에게 재빨리 인사를 보내는 동안, 마켄로트의 얼굴을 살펴볼 시간은 충분했다. 그는 아무런 일도 일어나지 않았다는 듯, 무관심의 가면을 쓰고 있었다. 서 있는 그대로, 그는 모든 혐의 사실에 대해 성공적으로 대처하는 것 같았다. 무슨 말인들 할 필요가 있었으랴?

바깥 복도에 나왔을 때에야 비로소 나는 주머니에 손을 넣고, 젊은 심리학도가 은밀히 넣어준 물건을 만져보았다. 많지는 않았다. 몇 장의 전지를 접어 클립으로 물려놓은 것이 만져졌고, 그 밖에 열두 개비짜리 납작한 담뱃갑과도 인사를 나눌 수 있었다. 나는 즉시 화장실로 달려갔다. 담뱃갑을 오른쪽 양말 속에 집어넣고, 전지들은 경골(脛骨) 보호대처럼 한데 접어서 왼쪽 종아리에 둘러대고는 양말을 높이 올려 덮어씌웠다. 조심스레 나는 바짓가랑이를 밑으로 내렸다. 손을 씻고 물을 마시고 이마를 물에 축였다. 창문은 모두 열려 있었다. 힘펠이 끌어들인 봄의 향기가 쏘는 듯한 암모니아 내음을 누그러뜨려 주는 것 같았다. 아래쪽 뜰에서 누군가가 질질 끄는 듯한 가락으로 「록 어라운드 더 클럭」을 휘파람으로 불고 있었다. 이 엉터리 휘파람 소리를 듣지 않으려고, 나는 세척 장치를 세 칸 다 가동시켜 그 요란한 물소리 속으로 록 음악을 사라지게 했다. 다음, 복도로 나와 잠시 힘펠의 방에 귀를 기울였다. 하지만, 기분 좋은 신음——누군가 안마라도 받고 있는 듯——이외엔 아무 소리도 들리지 않았다. 나는 층계를 걸어 물품 조달계로 내려갔다.

사무용품을 조달해 주는 곳은 본부동(棟)의 1층 도서관 바로 옆에 있었다. 두 방은 서로 연결되어, 양부서의 업무, 즉 책을 대출하는 일과 사무용품을 교부하는 일이 한 사람에 의해 행해지고 있었다. 나는 알고 있었다. 노크를 하면 누구의 얼굴이 나타날 것인지. 누가 짓궂은 미소를 띠고 나에게 인사를 건넬 것인지. 무언가를 질겅질겅 씹어대며 "만사 오케이인가, 응?" 하고 질문을 던질 사람이 누구인지. 그는 우리 중 제일 연장자였다. 원생들은 누구나 그와 우호 관계를 맺으려 애썼을 뿐 아니라, 한결같은 예우를 통해 그것을 유지하지 않으면 안 되었다. 5년 반이나 이 섬에서 복역하고 있는 그로선, 이러한 특별한 권한을 요구할 만도 했다. 가령 그가, "네 푸딩이 맛있어 보이는데, 지기. 어디 맛 좀 볼까?" 하고 한 말씀 했을 때, 자신의 디저트를 그에게 밀어놓지 않는 사람은 아무도 없었다. 투박한 머리카락에 뭉툭한 입술을 하고 누군가에게 다가갈 때, 즉 독일어 시간 같은 때 경련으로 몸을 떨다가 마침내 쓰러지는 모습을 보고 있노라면, 몇 가지 점에선 그를 알아주지 않을 수가 없었다. 그러나 여자의 팔에 걸린 핸드백을 보기가 무섭게 영감이 떠오른 듯 신통력이 발동, 백 속의 내용물까지도 간파해 낼 수 있다는 데에 이르러서는 망설일 수밖에 없다. 어떤 종류의 핸드백이건 마사지를 하듯 쓰다듬기만 해도 열어젖힐 수 있다는 말을 나는 허풍으로 생각하고 있지만, 우리 가운데 증인이 두 명이나 있다는데 어찌하랴?

어쨌든 올레 플뢰츠는 도서관 근무의 내 후임자였다. 예전의 나와 마찬가지로 물품 교부의 임무까지 겸하고 있었다. 내 노크에 그가 나왔다. 그는 문의 상반부를 열고 빠끔이 밖을 내다보았다. 판자를 뽑아 창의 아래쪽에 일종의 작업대를 만든 다음, 그 위에 팔꿈치를 괴고 무례한 표정으로 바라보았다. "만사 오케이인가, 응?" 나는 시인했다. 머뭇거리다가 바짓가랑이 밑으로 손을 넣었다. 담뱃갑을 꺼내 그중에 세 개비를, 언제나 벌려져 있는 올레의 손바닥 위에 올려놓았다. 담뱃갑을 다시 집어넣으려고 했지만, 그것은 공정성에 관한 올레의 견해를 고려하지 못한 행동이었다. 우아한 동작으로 그는 담뱃갑을 낚아채 갔다. 재빨리 개수를 헤아려보고, 세 개비는 너무 적다는 결론을 내렸다. 말없이 몇 개비를 더 덜어놓은 뒤 나머지를 돌려주고 이마 위에 손가락을 가져가는 것으로 감사의 뜻을 표했다. "무얼 도와드릴깝쇼?" 그가 물었다. 그는 단추를 씹고 있었다. 내 눈이 틀림없다면, 분명 겨울 외투의 뿔 단추였다. 나는 줄이 없는 공책 한 권과 잉크 한 병을 청구했다가 공책을 두 권으로 정정했다. 그러자 올레가 말했다. "필요한 걸 잘 생각해 봐. 오늘은 인심을 좀 쓸 테니까. 공책은 다섯 권을 주겠다. 달라면 몽땅이라도 주겠다. 까짓것. 이젠 널 이상하게 생각하는 놈이 하나도 없어."

"그들이 내게 글짓기의 벌을 내렸으니까." 나는 핑계 삼아 말했다. "그건 너희들도 알고 있잖아."

"그래, 알고 있어. 하지만, 너처럼 글짓기 벌을 즐기는 녀석은 일찍이 없었지."

"하지만 너희에게 피해를 끼치지는 않았을 텐데."

"감방 속에서 찔러 바칠 수는 없었겠지. 하지만 오늘 밤에 그럴 기회를 주마. 누구에게도 줄 용의가 있어."

"무슨 특별한 일이라도 있니?"

"별로 대수로운 일은 아니야." 그는 이빨을 드러내고 웃었다. "간단한 이사가 있을 예정이야. 장소의 이동이랄까, 환경의 변화랄까, 뭐 그런 거지. 책에서 읽은 거지만, 인간이란 성인(成人)이 되려는 동물이라지. 성인이 한 장소를 자기 발로 떠나려할 때면, 벌써 따질 만큼은 따져본 것 아니겠어?"

"너희들, 튀려고 하는구나?"

"너도 함께 가자." 그는 나지막이 말하고, 복도 쪽에 귀를 기울였다. 다음 내 가슴을 움켜잡더니 창구 쪽으로 끌어당겼다. "오늘 밤 11시야. 모두 약속이 되어 있어. 여섯 명이야." 하고 그가 속삭였다.

보트를 어디에서 구했느냐고 묻자 그는 경멸적으로 내뱉었다. 수영할 줄 모르는 놈들이나 보트 신세를 지는 것이라고. 엘베강의 흐름을 알고 있느냐고 묻자, 만조 때의 유리한 점을 내게 일러주었다. 우리의 친애하는 간수는 에디 질루스 혼자서도 감당해 낼 수 있기 때문에, 칼 요스비히는 장애물이 될 수도 없다는 것이었다──에디는 일찍 북독일 유도 협회의 유단자 자격을 따놓은 친구였으니 말이다.

유리하다고 믿었던 강의 흐름이 우리를 다른 엉뚱한 곳, 가령 블랑켄제 근교에 실어다 줄 경우 어떤 대비책이 강구되어 있는지 알고 싶었다. 그러자 올레는 움켜잡았던 손을 놓고, 심술궂게 나를 째려보았다. 바보, 멍청이 같은 녀석이라고 중얼거리며 천천히 담배 한 대를 피워 물었다. 몇 모금 피우다 끄고는, 선반 쪽으로 가서 공책 세 권을 꺼내 나에게 집어던졌다. 다음, 마분지 상자에서 조그맣고 네모난 잉크병을 꺼내 집어던졌고, 영수증 책을 집어던지며 집게손가락으로 내가 서명할 곳을 가리켰다. 올레 플뢰츠와는 볼 장 다 보았구나 하는 생각이 들었다.

하지만 나는 적의에 찬 무언의 작별을 할 수는 없었다. 아무도 다시 돌아오지 않을지도 모른다는 생각이 들었기 때문이다. 그래서 "밖에서의 계획은 세워놓았니?" 하고 물어보았다. 그는 두툼한 입술을 축이고 요란스레 판자를 들어올린 다음 문의 하반부를 열었다. "내 누나 집이야." 그가 말했다. "우리 모두 누나 집에 묵을 거야. 매부가 항해를 떠났거든." "그곳에서 수배가 끝나길 기다린다는 거군." 내가 말하자 그는 눈을 반짝이며 말했다. "함께 가겠니? 친구를 저버리지는 않겠지?" 그는 복도 쪽을 살펴보았다. "어때? 11시에. 넌 문 한번 열 필요도 없어. 우리가 모시러 갈 테니까."

내가 고통스럽게 망설이며 서 있을 때, 그는 내게서 어떤 인상을 받았을까? 한쪽은 가고 싶었고, 다른 쪽은 가지 않으면 안 된다는 것이었고, 이쪽은 의무를 짊어지고 있었고, 저쪽은 강요를 해오는 것이었다. 우리의 집단 탈출을 나는 상상해 보았다.

요스비히를 포박해 놓고, 허리를 굽힌 채 복도를 뛰어내린다. 작업실의 그림자 속에 몸을 숨기고 잔뜩 긴장해 귀를 기울인다. 강가의 버드나무 숲까지 쏜살같은 질주, 개 짖는 소리가 들리기 무섭게 필립 네프가 개를 교살해 버린다. 천천히 물속을 걸어나가, 마침내 고랑에 도착한다. 물속에 조용히 가라앉으면, 달빛이 동시에 여섯 개의 얼굴을 비춘다. 은빛을 띤 여섯 개의 얼굴, 즉 엘베강 위에 떠 있는 이상한 구형(球形)의 부표들은 비스듬히 강의 흐름을 타고 솜씨 좋게 흐름을 이용하며 블랑켄제 방면으로 떠밀려 간다. 전신을 따갑게 파고드는 냉기. 누군가 소릴 지르며 팔을 쳐든다. 아니, 소리가 아니다. 불빛이다. 지척의 거리에서 블랑켄제의 불빛들이 우리에게 환영의 인사를 보낸다. 하지만 우리는 아직 가물거리는 강안에

도달하지 못한 것이다. 거위 소년 필립 네프의 뒤를 따라 여섯 명의 모습이 서서히 강가로 다가갈 때, 혹 엘베강의 바닥을 딛고 걸어가는 게 아닌가 하는 생각이 들 것이다.

한편으론 이런 상상을 하며, 이번 거사가 가능성이 충분하다는 생각을 했다. 한편으론 가득히 써넣은 공책들을 내려다보았다. 올레의 따가운 시선을 받으면서, 나는 심리학자들처럼 손안에 든 공책의 무게를 저울질해 보았고, 코르프윤이 제시한, 아니 할당했다고 보아야 할 테마를 생각했다. 시작된 기쁨, 시작된 의무, 시작된 모든 회상과 고백들이 머리에 떠올랐다. 이 모든 것을 미완성인 채로 놓아두어도 될 것인가? 독일 최북단의 파출소장, 화가, 클라스 형, 아스무스 아스무센, 유타, 이들 모두로부터 자신들을 해명하고 변호할 기회를 빼앗을 수가 있단 말인가? 커튼을 내려, 내 회상의 들판을 무자비한 어둠이 가려버리도록 할 수 있을까? 모든 것을 과거의 일로 환원시켜야 한단 말인가? 임의로 생기지 않은 일로부터 임의로 물러날 권한이 내게 있는 것일까? 여러 가지 측면에서 회상을 불러낸 후에 그 메아리를 기다려보는 것이 나의 의무가 아닐까? "안 되겠어, 올레. 미안하지만 난 안 되겠어. 너희들과 함께 갈 수가 없어. 글짓기 벌을 내버려 둘 수가 없어. 아직은." 그는 문의 하반부를 다시금 요란스레 닫아버렸다. 그리고 말했다. "의무의 기쁨이 네놈을 완전히 사로잡아 버렸구나. 글이나 쓰다가 뒈져버려라."

"날 좀 이해해 다오." 내가 말했다. "공책이나 갖고 꺼져버려." 그가 말했다. "넌 이해해 줘야 해, 올레." 내 말에 그는 역겹다는 듯 얼굴을 찡그렸다. "이해를 하라고? 제가 좋아서 뒷간에 앉아 있겠다는 놈에게 이해는 무슨 이해? 공책이나 갖고 어서 꺼져, 꼬마야." "좀 기다려줘. 훗날엔, 훗날엔 나도 같이 가겠어." "기회는 오늘 밤뿐이야." "나에겐 너무 일러." 나는 말했다. 그리고 이어서, "요스비히를 조심해라. 무언가 냄새를 맡은 것 같더라. 꽤 의심쩍어하는 눈치였어." 하고 일러주었다. "그건 우리가 걱정할 일이야." 그는 눈짓으로, 문의 상반부를 닫을 수 있도록 물러나 달라고 요구했다. 나는 옆으로 비켜서면서, 도서관 일에 대해 물어보았다. 하지만 올레 플뢰츠는 내 말을 들을 생각이 없다는 듯 안에서 문을 닫아버렸다. 결국 나는 마지막 말을 '물품 조달계'라는 간판을 향해 지껄인 셈이 되었다. 싸움은 결판이 났다. 그러나 이긴 자가 누구일까? "행운을 빌게." 나는 간판에 대고 말했다. "오늘 밤 성공하길 바라겠어." 나는 발길을 돌렸다. 겨드랑이에 공책들을 끼고, 작문의 계속을 보증해 주는, 먼지를 잔뜩 뒤집어쓴 잉크병을 들고 발길을 돌릴 수밖에 없었다. 설득으로 내게 이런 과제를 지워줄 사람은 없었으리라. 탈주의 권유조차도 내 일을 끝마치게 하지는 못했다. 나는 돌아가야 했던 것이다. 흔들이문을 어깨로 밀고, 나는 힘펠이 방에서 만들어내는 요란한 봄의 수런거림 속을 뚫고 나아갔다. 짐작건대, 이제 막 강풍을 타고 봄의 새들이 돌아온 모양이었다. 찌르레기며 제비며 황새들이. 온갖 새의 무리가 지저귀며, 파닥이며 본부동 안팎을 날고 있었다. 그는 자기 나름의 서술로써 봄의 노래에 접근해 가고 있었다. 밖으로 나오니 맑은 공기. 햇살 부드러운 백사장 위에는 함부르크의 봄이 완연했다. 양배추 밭에 물을 주어야 할 때다. 물결에 늘 시달리는 버드나무엔 상당수의 찌르레기들이 앉아 있었다. 담청색의 하늘. 어지간히 싹이 돋아난 상추밭. 떼를 지어 몰려다니는 심리학도들의 먼지막이 외투가 활짝 열려 있었다. 문을 열어놓은 작업장과 채마밭에서는 나의 친구들이 노동의 미덕을 배우도록 강요당하고 있었고, 그 옆에는 감시에 지친 간수들이 담배를 피우며 서 있었다.

아니다. 그것은 힘펠의 봄이 아니었다. 내 방으로 걸어가는 동안, 이곳에는 충만하겠지만 조금도 나를 감동시키지는 않는 것. 어쨌든, 그의 연주가 숨가삐 몰아대다가는 멈추곤 했지만, 나는 조금도 봄을 관찰하고픈 기분이 일지 않았다. 갑자기 나는 뛰기 시작했다. 공책을 겨드랑이에 끼고 잉크병을 움켜쥔 채 달렸다. 물론, 몇몇 간수들이 수상쩍은 눈으로 나를 바라보았다. 그러나 내가 강변 쪽으로 접어들지 않고 독방들이 있는 건물로 사라졌기 때문에 그들은 아무런 조치도 취하지 않았다. 나를 따라와 보았자 헛걸음일 것은 뻔한 일일 테니까. 그들이 알게 될 것은 고작, 중범의 죄수복을 입은 녀석 하나가 껑충껑충 돌층계를 뛰어 올라가 텅 빈 간수실 앞에 서서는, 모든 복도를 살펴보다가 급기야는 참지 못하고, 자신을 가두어줄 간수를 소리쳐 부르는 모습이었으리라. 또는 그들이 교화시키기로 작정한 이 녀석이, 썰렁한 간수실로 들어가 천진스레 열쇠를 찾는 장면, 그리고 끝내 열쇠를 찾지 못하고, 낡아빠진 회전의자에 앉아 기다리기 시작하는 장면을 목격한 증인이나 될 수 있을까?

나는 칼 요스비히를 기다렸다. 무료함을 달래기 위해 책상을 뒤져보았지만, 찾아낸 것이라곤 인플레이션 시대에 통용되던 50조(兆)짜리 지폐들뿐이었다. 물론 우리의 친애하는 간수 님께서 고화(古貨) 수집을 위해 모아놓은 것이었다. 치즈빵 한 덩어리도 있었는데, 오래 내버려 두어 말라비틀어진 돌멩이가 되어 있었다. 심심풀이로 이번엔 비상 전화망이 적힌 목록표를 들여다보았다. 서관, 동관, 원장실, 감방, 사무실, 비상 경보. 오늘 밤에 이 비상벨이 울리게 될까? 작업장 I-IV, 정원사, 물품 관리실, 병실 그리고 주방.

칼 요스비히는 나타나지 않았다. 나는 전화 목록을 제자리에 걸어두고 캘린더를 끌어내렸다. 거기 적혀 있는 격언이나 읽으며 시간을 보낼 심산이었다. 뒤에서부터 넘기며, 가을과 여름을 지나 봄으로 접근해 갔다. 첫 번째 그림을 발견했을 때부터, 나는 망연자실하지 않을 수 없었다. 한 거인이 복사뼈까지 발을 물속에 잠그고 서서 엄청나게 큰 지렛대로 섬을 튕겨 내려 하고 있었다. 한 장을 넘겼다. 다음날 일력에도 미적 감각을 모독할 정도의 천박한 그림이 인쇄되어 있었다. 뒤쪽에서 힘차게 밀려나와 하늘 높이 솟아오르는 것들은 허약해 보이는, 다시 말해 척추가 굽은 등 같은 모양의 음부(音符)들이었다. 그림 밑에는 획이 굵은 라틴체 활자로 '힘펠의 특별협주곡 제1번'이라고 적혀 있었다. 당황해 한 장을 넘겼다. 다음 날 일력은 토요일이었다. 이끼 낀 헛간 문 앞에 굴뚝 하나가 빙그레 웃으면서 허리를 굽히고 있었다. 나는 계속 일력을 넘겼다. 매장마다 그림 하나와, 근엄한 기도 문구 하나 그리고 고약한 인사말이 한마디씩 적혀 있었다. 한 달이 온통 그 모양이었다. 도덕성을 모독하는 파렴치한 낙서들이 캘린더를 더럽혀 놓고 있었다. 보아한즉 올레 플뢰츠의 필체였다. 그가 장본인임을 알아내는 데 조금도 힘이 들지 않았다. 그가 자신의 걸작품을 간수들에게 기념으로 증정했다는 사실은 상상하고도 남았다. 요스비히에게도 예외는 아니었던 것이다. 나는 캘린더를 다시 걸어놓았다. 올레는 과연 엘베강을 건너는 데 성공할 수 있을까? 다른 친구들도? 내가 들은 이야기, 무의식중에 들은 이야기로는 모두 시작과 끝이 좋지 않았는데, 들은 이야기마다.

칼 요스비히는 오지 않았다. 나는 담배를 꺼냈다가 이 방에 배기구가 없는 것을 깨닫고 곧 다시 집어넣었다. 이번엔 다른 쪽 바짓가랑이에서 마켄로트가 건네준 종이 쪽지를 낚시질하듯 끄집어냈다. 혹시 내게 보내는 편지라도 없나 살펴보았다. 존경하는 예프젠, 친애하는 지기라든가, 혹은 친근함을 내세우면서도 거리감을 배제하지 않는 투의 친애하는 지기 예프젠 등으로 서두를 꺼낸 서신 말이다. 편지는 없었다. 그가 내 주머니에 넣어준 것은, 전에 이야기했던 자신의 논문의 일부에 지나지 않았다. 윤곽을 잡아놓은 초안이었다. 제목은 확정된 것 같았다. 「예술과 범죄성, 지기 J.의 경우」. 읽을까 말까? 나도 모르게 시선이 끌렸다. 'A. 여러 가지 영향 I. 화가 루드비히 난젠. 개요(槪要).' 계속 읽어볼 가치가 있을까? 볼프강 마켄로트는 이렇게 쓰고 있었다.

화가 막스 루드비히 난젠이, 본 연구의 대상이 되는 인물에게 능동적·수동적으로 끼친 영향은, 학교나 가정에서 끼친 영향을 능가하고 있음이 분명하다. 따라서 본 논문에서는, 화가의 자전적 내지 예술가적 기록들을 제시해, 그 연관성의 이해를 돕고자 한다. 이 자료들은 주로 그의 자서전 『눈[眼]의 욕망』(취리히, 1952)과 『친구들의 책』(함부르크, 1955)에서 뽑았으며, 나아가 테오 부스베크가 지은 『색채의 언어』(함부르크, 1951)에서도 인용했다. 비록 직접적인 방법은 아니더라도, 두 인물의 상호 관계를 이해하는 데 다소간의 도움을 줄 수 있을 것이다.

나는 머리를 들었다. 귀를 기울여본 다음 얼른 담배에 불을 붙였다. 어렴풋한 불안감이 밀려왔다. 관자놀이가 압박을 받는 듯 화끈거리고, 오른쪽 다리가 떨렸다. 연구 대상이 되는 인물이라? 좋다. 어차피 이렇게 된 바에는 그는 파도가 되고 나는 보트가 되는 건가? 『색채의 언어』가 1952년에야 출간되었다는 것을 일러줘야겠는걸.
볼프강 마켄로트는 이렇게 썼다.

막스 루드비히 난젠은, 훗날 그의 예술적 표현의 무대가 되었던 프리슬란트의 글뤼제루프에서 한 농부의 아들로 태어났다. 그곳 시골 학교에서 이미 그림을 그리고 소상(塑像)을 만들기 시작했다. 이체호에에 있는 실업학교에서 미술을 공부하는 한편, 한 가구 공장의 목판 디자이너로서 수공업상의 기술 교육을 받았다. 학업을 마친 후, 그는 남독일과 서독일의 여러 가구 공장에서 일했는데, 야간 학교에 진학하는 것을 잊지 않았고,

박물관을 찾아다니며 그림 공부를 계속했다. 홀로 산에 올라 풍경화를 그리기도 했고, 겨울엔 정물화와 인물화를 연습했다. 첫 번째 그림들이 전람회 주최자들에 의해 제외되었고 미술 아카데미의 입학마저 거절당했지만, 그는 오만과 자부심을 가지고 견뎌냈다. 부스베크에 의하면, 그의 그림이 계속 거절당하자 직업 훈련사의 지위를 사임하고 화가가 되기로 결심했다는 것이다. 피렌체, 빈, 파리, 코펜하겐 등지를 전전하다가, 그는 실망을 느끼고 고향으로 돌아왔다. 그의 독자성, 그리고 자연과의 진정한 친교로 그는 '밝은 예술의 중심지에서도 미아(迷兒)가 된 기분'이 들었다. 그 자신의 고백에 의하면, 그는 자연의 속박을 필요로 하며, 자연이야말로 그에겐 무한한 형상화의 가치를 지닌다는 것이다. 분노 속에서, 그러나 고집스레 커다란 자부심을 잃지 않고, 그는 계속적으로 그림이 퇴짜 맞는 것을 감수해 냈다. 부스베크가 "색깔에 의한 서사적 풍경 묘사"라고 부른 이 그림들은, 진작부터 그가 자연 속에서 찾아낸 전설적, 환상적 요소들을 묘사했다. 어느 날 모래톱을 산책하다가 가수 디테 고제브루흐를 만났는데, 훗날 생의 반려자가 된 이 여인은 그를 도와 궁핍과 오해로 점철된 여러 해를 함께 극복해 나갔다.

이 부부는 잠시 드레스덴, 베를린 그리고 쾰른에 머물렀다. 그러나 예술가적 절조와 고집의 결과이기도 한 가난 때문에 막스 루드비히 난젠은 몇 번이고 글뤼제루프로 돌아가지 않을 수 없었다.

1914년 《우리》라는 잡지에 몇 편의 판화──고향인 북부 독일의 그로테스크와 전설적 모티브──가 소개되었고, 「나의 바다」시리즈가 부스베크의 화랑에 진열되었다. 전쟁이 발발하자 난젠은 입대를 자원했지만, 건강상의 이유로 군복무를 면제한다는 통고를 받았다. 실망한 그는 1년간 고향의 아틀리에에 틀어박혔고, 이 시기에 생겨난 것이 「이교도 토마스, 후줌을 방문하다」라는 시리즈였다.

하노버에서 열린 전시회에 최초로 출품된 후, 루드비히 폰 데어 골츠가 난젠의 동판화에 관한 논문을 썼으며, 곧 이어서 『파도를 벗삼아』라는 그의 컬러판 동판화집이 출간되었다. 베를린에서는 그의 그림이 여전히 배척당하고 있었다. '아침'이라고 불리는 예나의 한 미술가 협회가 난젠의 가입을 제의했다. 그러나 예나에 잠시 머무르는 동안, 그는 생각을 바꾸고 말았다. 이 협회의 회장이 전쟁 중 지도적인 평화주의자였으며, 프랑스 인상주의의 신봉자였기 때문이다. 「북촌(北村)의 추수 풍경」이 뮌헨의 겨울 전시회에 출품되었고, 칼스루에서도 그의 연작 「소택지의 가을」을 받아주었다.

몇 해 여름을 막스 루드비히 난젠은 홀로 북해의 섬들에서 지냈는데, 이 시기에 창작한 일련의 수채화들은 유령과 우화의 세계, 신비스러운 혼령이나 환상적인 마력을 소재로 삼았다. 부인과 함께한 민족운동 단체에 가입했으나, 소위 이 단체의 지도자들이 동성애 관계를 지지한다는 사실을 알고, 항의를 표명함과 동시에 탈퇴해 버렸다. 바젤의 한 전시회에서 그는 아무런 이유도 밝히지 않은 채 자신의 그림 「이탄선(泥炭船)」을 찢어버렸다. 1928년 괴팅겐 대학에서 명예 박사 학위를 받았으며, 같은 해 뉴욕의 근대 미술관이 그의 그림 「해바라기들의 봉기」를 매입했다.

막스 루드비히 난젠은 베를린에서 몇몇 신문 광고들로 해서 시중의 화제가 되었다. 광고의 내용은, 그의 집에 침입해 들키자 가슴을 칼로 찌르고 도주한 강도를 다시 만나고 싶다는 것, 그리고 그를 양자로 삼고 싶다는 것이었다. 블레켄바르프를 매입한 후로 이들 부부는 거의 시골의 고향을 떠난 적이 없었다. 폰 데어 골츠에 따르면, 난젠은 '도시를 경멸하는 사람'이었고 그가 도시에서 확인한 사실은 '황색의 타락과 쓸데없는 지성'이 난무한다는 것이었다. 블레켄바르프에서 「바닷가의 낡은 풍찻간 이야기」 시리즈가 생겨났다. 영향력이 큰 화상(畵商) 말테지우스가 이 시리즈에 대해, 난젠이 지금껏 받아본 적이 없는 최고의 가격을 제시했는데도 합의에 이르지는 못했다. 전에 말테지우스가 젊은 화가를 네 시간이나 기다리게 하고는 허탕치게 했듯이, 이번엔 난젠이 말테지우스를 대답 한마디하지 않은 채 네 시간을 기다리게 했다. 1933년에 일어난 사건들에 대해 처음엔 환영했던 그가 1년 반 후 국립 미술 학교 교장직의 임명을 사양했다. 취임을 고사하는 전보 내용은 지금도 화단(畵壇)에서 자주 인용되는 바이다.

'명예로운 임명에 감사+목하 색깔 알레르기에 걸려 있음+갈색이 원인으로 사료됨+유감으로 생각하며 경구 난젠.'

그는 당장 '프로이센 미술 아카데미'의 회원 자격을 박탈당했다. '제국 조형 미술가 협회'에서도 제명되었다. 국립 미술관에 소장된 800점 이상에 달하는 그의 그림이 압수되자, 아돌프 히틀러보다 2년 늦게 가입했던 NSDAPC[10]를 탈당했다. 테오 부스베크와 공동 출간한 저서가 『색채와 반역』(취리히, 1938)이었다. 대담을 위해 베를린에 와달라는 요청을 받고, 압류된 그림의 일부를 다시 그려야 한다는 구실을 붙여 거절했다. 루크뷜의 파출소장은, 가능한 한 블레켄바르프를 방문하는 모든 외국인들을 확인하라는 임무를 부여받았다. 폰 데어 골츠에 의하면, 전쟁 발발 직전에 나온 몇 편의 그림을 통해, "화가는 경멸적으로 보이는 것을 불멸의 것으로 만듦으로써, 위대한 예술이 속된 세상에 대한 복수심도 품고 있음을 입증"하고 있다는 것이다.

볼프강 마켄로트의 논문 개요를 여기까지 읽었을 때―특별히 이의를 제기할 데가 없다는 것이 솔직한 심정이다―하나의 시선이 나를 뚫어지게 바라보고 있음을 느꼈다. 복도에 서였다. 나는 즉시 그쪽을 바라보지 않고, 우선 마켄로트의 초안을 접어 한 공책 속에 끼워넣었다. 내가 쓴 작문을 읽고 있는 것처럼, 다른 공책을 펼쳐놓고 고개를 들었다. 요스비히였다. 몸을 굽히면서 그에게 미소를 보냈다. 그는 나에게 다가오지 않았다. 어깨를 축 늘어뜨리고 팔을 흔들거리며 거기에 서 있었다. 유니폼을 입은 가련한 침팬지. 눈빛과 머릿짓이 그의 탄식을 말해주었다. 공책을 챙겨 들고 그의 앞으로 나서면서

---

10) 민족 사회주의 독일 노동당.

내가 먼저 선수를 쳤다. "허가를 받았어요! 내가 작문을 계속 하도록 이해해 주었어요. 제 방엘 들어갈 수 없어 기다리는 중이에요."

"지독한 놈 같으니라고!" 그는 나지막한 소리로 중얼거렸다. 나는 새 공책들과 잉크병을 내밀면서 말했다. "앞으로 몇 주일은 충분하겠어요." 그는 말없이 나를 응시했다. 그러더니 갑자기 나의 바짓가랑이를 가리키며 명령했다. "담배를 내놔." 담배를 받자 그는 외쳤다. "앞으로 가! 아무도 네놈을 방해하지는 않을 게다!"

8

빨간 외투를 입은 남자

빨간 외투를 입은 남자. 이제 나는 그대의 이야기를 하지 않으면 안 되겠다. 황량한 바닷가에서, 결국은 그대가 물구나 무서기를 할 차례다. 우연이든 아니든, 그대의 곁에 서 있는 클라스 형 앞에서 머리를 땅으로 하고 춤을 출 차례이다. 그리하여 다시 한번 우리에게 질문할 기회를 줄 수 있을 것이다. 그림을 지배하고 있는 것이, 왜 즐거움이 아니고 이글대는 회백색의 공포인지를. 늙고 교활한 얼굴의 그대가 이제 등장할 차례가 된 것이다. 짐작건대, 그대로 인하여, 아틀리에는 규정된 등화관제를 위반하지 않았던가! 막스 루드비히 난젠이, 그대가 마음에 들지 않아 격한 붓놀림으로 여러 차례 그대의 모습을 바꾸려 했기 때문에, 낮이건 밤이건 그대의 모습을 닮게 하려는 데 노심초사했기 때문에, 집 주위를 살펴 돌며 등화관제용 커튼이 제대로 드리워져 있는지를 확인하지 못했던 것이 아닌가! 여하튼 화가는 그대에게 몰두하여, 그대를 고치고 매만지느라 커튼 하나가 돛대처럼 말려 올라가 불빛이, 소위 작업 불빛이 밖으로 새나갔던 것이다.

돌연 떨리는 불빛 하나가 루크뷜과 글뤼제루프 사이의 어두운 들판에 나타났다. 블레켄바르프에서 떠오른 이 불빛은 움직이지 않고 일정한 간격으로 명멸하거나 흔들거리지도 않고, 멀리 바람 부는 가을밤 속을 뚫고 나가, 부드럽게 솟아오른 구름을 평지에서 정박 중인 배처럼 보이게 했다. 하늘엔 덩어리져 떠 있는 구름. 주위를 에워싼 제방. 내가 알기로 그것은 수년이 지나는 동안 처음 들판 위에 나타나, 좁다랗게 도랑과 운하들을 더듬어가는 불빛이었다. 그것을 본 사람이면 누구든 놀라서, 저것이 누구를 유혹하려는 걸까 하고 물을 수밖에. 170도 각도에서 처음 불빛을 발견하고 계산을 해보고, 나름대로 결론을 내린 자가 누구일까? 등화관제를 하고 떠 있는 북해의 배들일까? 기관원들일까? 혹은 블렌하임 폭격기들일까?

모든 배들, 기관원들, 블렌하임 폭격기들에 앞서 루크뷜의 파출소장은 이미 이 허용되지 않은 불빛을 확인했다. 직업 의식 때문에, 어둠이 깃들면 우리 집의 등화관제까지도 세심히 점검하던 아버지가. 아버지는 벌써 출동했다. 늘 낯익은 모습. 망토 자락을 나부끼며, 바람의 저항을 줄이려 자전거 위에 잔뜩 몸을 구부리고 제방을 따라 달렸다. 알맞은 속도를 유지하며 오리나무길로 내달린 다음, 불빛의 근원지를 지척에서 살펴보려고, 아버지는 자전거를 내려 정원 안으로 들어갔다. 불빛은 아틀리에에서 나오고 있었다. 모든 창문들은 규정대로 등화관제가 되어 있었으나, 유독 아틀리에에서만 한 줄기 불빛이 정원으로 새어나왔다. 루크빌의 파출소장은 불빛이 나오는 사각 창 쪽으로 다가갔다. 길을 무시한 채, 과꽃이 핀 꽃밭을 가로질렀다. 별채의 곁을 미끄러지듯 지나, 축축한 관목 숲을 뚫고 나아가니, 불빛이 손에 잡힐 듯 가까운 곳에 있었다. 감아올리는 커튼 하나가 물려 있었고, 사기 고리가 달린 끈이 늘어져 있었다. 그는 귀를 기울였다. 하늘에 비행기의 모터 소리는 들리지 않았다. 하지만 불과 몇 걸음 앞에서 다투는 소리가 간간이 들려왔다. 지금 소리를 지를 수도, 문을 두드릴 수도 있었다. 하지만 내가 아는 한, 아버지는 그럴 사람이 아니었다. 빛이 흘러나오는 곳이 너무 높았기 때문에, 그는 정원용 탁자를 하나 끌어다 놓고, 그 위에 올라선 다음, 유리창에 얼굴을 갖다 댔다. 블레켄바르프에서 일어나는 일을 알기 위해서 이렇게까지 정탐한 적은 결코 없었다.

바람에 어깨걸이 망토가 나부꼈다. 망토가 유리창에 부딪혀 가벼운 소리를 냈기 때문에 조심스레 양끝을 잡아, 요대 아래로 끼워넣었다. 결국 아버지를 부추겨 모자를 벗게 한 다음, 한 손을 이마에 대어 그늘을 만들도록 했다. 그리고 누군가 정원 속에서라도 아버지를 엿보고 있는지, 다시 한번 확인해야 했다.

다른 경찰관보다 더 오랫동안 탁자 위에 서서, 오로지 의무를 수행하겠다는 일념으로 참을성 있게 행동한 나의 아버지를 더 이상 묘사할 필요는 없을 것이다. 한마디로 요약한다면, 아버지가 시선을 들었다는 것이다.

　빨간 외투를 입은 남자가 있었고, 클라스——아니 클라스를 연상하게 하는 어떤 사람——도 있었다. 그리고 그들 앞에, 그들을 반쯤 가린, 모자를 쓴 화가가 있었다. 그는 그림을 그리는 중이었다. 연신 붓을 놀리며, 지껄이며, 다투며, 빨간 외투의 남자를 그리고 있었다. 외투 밑으로 나온 요마(妖魔)와 같은 발을 줄였고, 외투의 붉은색이 돋보이도록 푸른색 바탕을 더 진하게 칠했다. 황량한 바닷가에서 겨울의 검은빛 북해를 배경으로 외투는 빛났다——동시에, 어떤 중력도 아랑곳없다는 듯 물구나무를 선 채로 걸어가거나 심지어 춤을 추고 있는데도, 종(鍾)처럼 펼쳐진 외투가 흘러내려 노회함이 역력한 얼굴을 덮어씌우지는 않았다. 그 말라빠진 손발이라니! 균형을 잡고 있는 구부러진 그의 육체는 얼마나 가냘팠던가! 분명 그는 킬킬 웃어대며, 클라스를 웃기려 애썼다. 그렇다, 형의 환심을 사려고, 그를 즐겁게 해주려고 안달이 나 있었다. 물구나무를 서서 춤을 춰보이면 까짓것 쉬운 일이지, 하고.

　그렇게 쉽사리 물구나무서기를 해냈건만, 클라스의 마음을 사로잡지는 못했다. 아니, 자기 쪽을 바라보도록 하는 것조차 어려웠다. 그것은 뜻밖에도 그가 형의 마음에 공포심을, 이글거리는 회백색의 공포심을 불러일으켰기 때문이다. 겁에 질린 표정으로 클라스는 얼굴을 돌리고 있었다. 손가락을 쫙 펼치고, 머리를 뒤로 젖히고 있었다. 벌린 입 아래에 드리워진 그림자가, 나오다 막힌 외마디 소리를 연상케 했다. 머뭇거리면서 내디딘 두서너 걸음. 클라스는 도망을 칠 모양이었다. 그는 공포에 몰린 것이다. 해변을 지나, 무심한 수평선을 마주보며, 빨간 외투의 물구나무선 사내로부터 멀리멀리. 이 그림을 화가는 「바닷가에서 갑자기」라고 명명했다. 그러나 일기장에서 '공포'라는 제목을 붙인 사람도 역시 화가 자신이었다. 형의 얼굴은 분명 공포를 담았다. 지금도 나는 그렇게 서술할 수밖에 없다.

루크빌의 파출소장이 이것을 하나하나 알아냈을까? 아니면, 그가 관찰한 것이 그저 옥신각신 다투며 그림을 그리고 있는 화가뿐이었을까? 그렇다면 왜 즉시 들어가지 않고—두가지 금지 사항의 위반으로도 충분했으니까—필요 이상으로 오랫동안, 바람 부는 가을밤 속에 서 있었단 말인가? 얼굴에 그늘을 드리우고, 그가 얻은 소득보다 더 많은 일이 일어나지 않을까, 잔뜩 호기심을 갖고 말이다. 그가 목격한 것으로 아직 충분치 못했단 말인가?

아틀리에에서 새어나온 불빛이 들판을 넘어 배, 기관원, 블렌하임 폭격기에게 원치 않는 위치를 알려주고 있건만, 아버지는 줄곧 탁자를 디디고 서서 작업 중인 화가를 바라보았다.

화가와 그의 보이지 않는 친구 발타자르 사이에 벌어진 언쟁을 하나도 빠뜨리지 않고 들었다. 항변을 하기 위해 오른팔을 움직이는 모습을, 그 반복을 관찰했다. 클라스와 빨간 외투의 남자 사이에 일어나는 모든 일, 즉 즐겁게 해주려 애쓰는 일 그리고 예기치 않은 공포 등을 화가는 그의 몸짓으로 반복하고 확인했다.

불신감이, 즉 금지나 지시에 조금도 아랑곳하지 않는 이 동향인에 대한 참을 수 없는 낭패감이 그를 거기 붙들어 두었다. 그는 충분히 경고를 받았다. 그런데도 무시하는 마음이 조심하는 마음보다 더 컸던 것일가? 이러한 부주의가 어느 날 초래하게 될 결과를 충분히 상상하고도 남을 텐데도 말이다. 아니면 뻔히 알고 있기에 아예 일어날 결과를 생각조차 않는 것이 아닐까? 다른 경찰관, 예컨대 후줌에서 온 사람이라면 더 훌륭히 임무를 수행했을까?

화가는 만족을 느끼지 못하는 모양이었다. 금지를 무시하고 있다는 데 대한 은밀한 만족감도 찾아볼 수 없었다. 그림을 그리는 동안 그가 몰두한 것은 발타자르와의 언쟁뿐이었다. 어느 누구도 그림을 중단시킬 수 없다던 그의 말을 실천하고 있는 것일까? 아니면 루크뷜 파출소장에 대한 개인적 항쟁일까?

탐탁지 않은 만족감. 아버지가 탁자 위에 서서 느낀 감정이 이것이었으리라. 그리고 어두운 평원을 넘어 멀리멀리, 어쩌면 가트비크까지도 비쳐 나갔을 불빛을 보고도, 필요 이상 오래 서 있게 만든 이유도 바로 이것이었으리라. 눈앞에서 벌어지는, 현행 법규의 위반 행위를 그는 고통스럽게 만끽했다. 만약 그가 디테의 음성을 들은 듯한 기분이 들지 않았다면, 얼마나 더 오래 서 있을지 누가 알까. 마침내 그는 탁자에서 기어 내려왔다. 탁자를 제자리에 옮겨놓고, 어깨걸이 망토를 요대에서 잡아 뺐다. 한 번 더 불 밝힌 창문을 바라본 후, 아틀리에 문을 노크했다.

그는 다시 한번 노크를 했다. 분명 그는, 디테가—회색 단발머리에 고통의 표정을 한 디테가—그에게 문을 열어줄 경우, 무슨 말을 해야 할까 궁리했을 것이다. 하지만 문이 벌컥 열리면서 그의 앞에 서 있는 건 바로 화가 자신이었다. 놀라는 기색도 없이 화가는 물었다. "자네 웬일인가?" 파출소장은 말없이 화가를 이끌고 정원으로 나갔다. 그러곤 새어나오는 불빛을 슬쩍 가리킴으로써 자신이 출두한 이유를 밝혔다. 다시금 말없이 입구로 돌아온 다음, 아버지는 입을 열었다. "자네를 고발해야겠네, 막스."

"용납할 수 없는 일이라면 하게나." 화가가 말했다. 그리고 덧붙였다. "곧 고쳐놓겠네. 곧 자네들이 원하는 어둠을 만들어놓겠네." "하지만 나는 통고를 해야겠네." 아버지는 화가를 따라 안으로 들어갔다. 그러곤 화가가 한 의자 위에 올라가, 처음에는 자를 가지고, 그다음에는 빗자루를 가지고 말려 올라간 커튼을 밀치고 때리고 한 끝에 결국 창문을 모두 가리는 것을 지켜보았다. 만족한 표정으로 화가는 내려왔다. 빗자루를 구석에 던지고, 외투 주머니에서 파이프 담배를 꺼내 들었다. 불을 붙이기 전에, 그는 하얀 기름 같은 걸 탄 술을 한잔 마셨다.

"그래, 벌금이 얼마나 될까?" 화가가 물었다. 그러나 답변을 얻지 못했다. 그는 몸을 돌렸다. 그리고 자기 그림 앞에 서 있는 아버지를 보았다. 그 그림은 「낯선 사람들이 있는 풍경」처럼 장의 안쪽에 붙어 있는 것이 아니고, 여봐란 듯이 이젤 위에 놓여 있었다. 아버지는 그의 관점으로 어떤 점이 그에게 문제가 될까를 생각하며, 그림을 살폈다. 버티고 서 있는 다리를 움직이지도, 머리 한 번 까딱하지도 않았다. 손으로 뒷짐을 지고 서 있는 모습엔 가히 위엄이 넘쳤다. 빨간 외투의 사내는 물구나무를 선 채 춤을 추고, 형 클라스는 그것을 보고 겁이 나서 도망치려고 한다. 하지만 이러한 사실이 아버지의 눈에 인지되었을 리 없었다.

"자네도 보다시피." 하고 화가가 말했다. "옛날이야기를 하나 그려보았네. 거의 잊힌 이야기라서 별 흥미를 느끼지 못할 거야." 아버지는 말이 없었다. 그의 얼굴을 바라보며 화가는 말을 이었다. "이런 옛날이야기 따위야 자네들의 비위를 상하게 않겠지, 어떤가? 이런 그림이야 상관없지 않을까?"

"자넨 그림을 그렸어, 막스." 파출소장이 조용히 말했다. "서로를 기만할 필요는 없지. 난 자네를 오랫동안 지켜봐 왔으니까. 자네는 직업을 수행한 걸세, 막스, 금지 명령을 어기고. 왜지?"

"저건 옛날얘기라니까." 그러자 파출소장은 "아니야, 막스, 아니야. 저건 옛날 것이 아니야. 저기 서서 겁에 질린 클라스──저건 누가 봐도 옛날의 그 애가 아니야." 하고 말했다. "빨간 외투를 입은 사내는 자네도 알지 않나? 내가 그걸 그린 게 언제였지? 1930년 9월이었다고." 화가가 말했다. "그만해 두게. 이번만은 자네를 고발해야겠어." "이봐, 자제가 무슨 짓을 하고 있는지 아나?" 화가가 물었다. "내 의무를 행하고 있네." 아버지는 한마디로 딱 잘랐다. 이제 그에겐 더 이상의 말이 필요 없었다. 화가는 파이프를 입에서 뗴었다. 지금까지 마음 놓고 아주 태연스레 이 야밤의 방문객과 이야기를 나누었던, 그리고 어쩌면 그에게 제네바산(産) 포도주를 한잔 권했을지도 모를 막스 루드비히 난젠은 눈을 감았다. 엄청나게 높은 장에 기대서 있는 그의 얼굴엔 서서히 분노와 경멸의 표정이 떠올랐다. "좋아. 자네가 의무를 수행해야 한다고 생각한다면, 나는 그 반대되는 걸 이야기해야겠네. 즉 의무에 어긋나는 무언가를 하지 않을 수 없다고. 의무, 그건 내가 보기에 맹목적인 허세에 불과해. 그러니 부득이 의무가 요청하지 않는 무언가를 할 수밖에 없네." 화가는 조용히 말했다. "그게 무슨 뜻인가?" 아버지는 믿을 수 없다는 듯 물었다.

화가는 눈을 뜨고, 장에 기대었던 몸을 일으켜 세웠다. 창문 턱에 파이프를 올려놓고는, 창밖으로 귀를 기울여 바람에 호두나무 가지가 홈통에 부딪히는 소리를 들었다. 흥분한 기색도 없이 이젤 앞으로 다가가 그는 그림을 끌어내렸다. 잠시 멀찌감치 들고 보다가 번개처럼 앞으로 잡아당겼다. 억세고 솜씨 좋은 손으로 그림의 양쪽을 붙잡고, 할까 말까 망설였다. 다음 순간, 갑자기 손이 위로 솟구치더니, 둘로 갈라지면서 그림을 찢기 시작했다. 클라스는 빨간 외투의 사내로부터 분리되면서 영원한 도주에 성공했다. 막스 루드비히 난젠은 찢어진 두 조각을 겹쳐놓았다. 아니, 그 말은 옳지 않다. 우선 빨간 외투의 남자를 갈기갈기 찢어서는 그 조각들을 방바닥에 집어던졌다. 다음은 나의 형 차례. 그는 이 공포의 초상을 닥치는 대로, 담뱃갑 크기 정도로 찢어발겼다. 그러곤 그 조각들을 모아 아버지에게 내밀었다. "자, 이걸 갖고 가게나. 내가 자네의 일 하나를 덜어준 것일세."

아버지는 만류하지 않았다. 화가의 행동을 가로막지도, 내가 듣기로는, 경고의 말 한마디도 하지 않았다는 것이다. 조심스레, 그저 조심스레 그림을 찢는 화가를 관찰했다. 화가가 찢어진 조각들을 건네주자, 요대에 달린 가죽 주머니를 열고, 그림의 파편들을 엄숙한 얼굴로 쑤셔넣었다. 다음, 방바닥에 떨어진 조각들마저 주워 모아서는, 가죽 주머니가 찼기 때문에, 이번엔 넓은 가슴 주머니 속에 집어넣었다.

"이젠 되었나?" 화가가 물었다. 그러곤 방금 한 일이 후회가 된다는 듯이, "아니야. 그것마저 너희들에게 맡기는 건데 그랬어. 찢어발기는 수고를 덜어주다니. 하지 말았어야 하는 건데, 정말." 하고 말했다. "어떤 일에건 자네의 수고가 필요없을걸세." 아버지가 말했다. "바로 그렇다니까. 그냥 견디질 못하는 성미라서 말이야. 나는 늘 충분히 음미를 해보아야 하네. 거기에서 고통이 시작되지만, 우리 글뤼제루프 출신이 대개 그렇지 않던가?" "자네만 그렇겠지. 다른 사람들은, 다른 대부분의 사람들은 일반적인 질서를 잘 지키고 있네——자네에게는 자네 개인만의 질서가 필요해."

"그건 지속될 거야. 너희가 모두 사라져 버릴 때까지." 화가의 말에 아버지가 말했다. "멋대로 이야기하는군. 하지만 기다려보라고. 이미 많은 변화가 생겼으니까. 자네에게도, 자네에도 언젠가 변화가 찾아올걸세."

그들은 서로를 쳐다보았다. 문 열리는 소리와 함께 징 박힌 군화의 또각거리는 소리가 들려왔기 때문이다. 모습은 보이지 않은 채, 유타의 목소리가 들려왔다. "난젠 아저씨, 여기 계세요?" 화가는 대답하지 않았다. 무거운 군화를 질질 끌면서 그녀가 들어오도록 내버려 두었다. 미소를 지으며 그녀는 화가 앞에 섰다. 얇은 옷을 입어 꽁꽁 얼어붙은 그녀를 살펴보면서, 화가는 나무라듯이 머리를 흔들었다. 앙상한 다리. 붉은 솜털이 송송 돋은 가느다란 팔목. 익살맞게 생긴 조그만 얼굴. 억세 보이는 송곳니들. 유타는 치마를 그러모아 허벅지 사이에 끼워넣는 것으로 군화가 그녀에게 얼마나 큰가를 보여주었다. 그러고 나서 말했다. "아저씨를 데리러 왔어요. 모두들 기다려요." 화가는 양손을 외투 주머니에 집어넣었다. 마치, 한 손도 내뻗고 싶지 않은 듯이. 그는 또한 유타를 애써 보지 않으려 했다. 그를 이끌어가기 위해 그의 팔을 자기의 조그만 가슴에 꼭 붙잡고 있는 유타를. 화가는 그녀를 밀치면서 말했다. "나중에 갈게, 나중에. 내게 손님이 오셨다고 전해다오."

"우리 일은 끝났네. 나로선 더 볼일이 없네." 아버지가 말했다. "하지만 내겐 아직 할 말이 있어." 화가는 유타에게 물러가라는 손짓을 했다. 그녀를 내쫓기라도 하려는 듯 위협적인 손짓을 하고, 성급히 몇 발자국 내딛기조차 했다. 이윽고 그녀는 다리를 쩍 벌리고 앙상한 팔을 노 젓듯이 휘두르며 자리를 떠났다. 그녀를 문까지 바래다준 다음 화가는 문을 닫았다. 천천히 어깨를 축 늘어뜨리고 그는 돌아왔다. 얼굴을 숙인 채로 잠시 한 나무궤짝 위에 앉아 있었다. 아버지는 빈 이젤 앞, 전등불 아래 서서 짙은 그림자를 드리웠다. 아버지는 갈 준비가 되어 있었다.

"옌스, 내 말을 들어보게. 이게 마지막일세. 우린 아직 서로 이야기가 통할 수 있을 거야. 정말 오랫동안 사귀어온 우리가 아닌가? 자네가 중립을 지킬 수 없다는 사실을 알고 있네. 나 역시 중립을 지킬 수가 없네. 각자 자신의 임무가 있으니까 말 일세. 하지만 예측이라는 게 있지 않나?──우리는 일이 어떻 게 되어가는지 늘 예측할 수가 있었지? 비록 우리 둘이 변했 다 하더라도 충분히 알 수가 있을 거야. 모든 게 어떤 결말에 이르게 될지. 우리, 지금까지의 일은 잊기로 하세. 2년, 혹은 3년 뒤에 올 일을 생각해 보기로 하세. 어쩌면 더 빨리 찾아 올지도 몰라. 우리에게 주어진 어떤 의무가 있다면, 그건 바로 앞날을 예견하는 일일 거야. 누가 속박을 받았고, 누가 특히 더 손상을 입었단 말인가? 우리는 둘 다 속박을 받고 있네. 그 러나 그건 잠시뿐일 거야. 누가 우리에게 결정적인 판단을 강 요할 수 있단 말인가? 거기 앉게나. 자네에게 한 가지 제안을 하고 싶네."

막스 루드비히 난젠은 얼굴을 들고 나무궤짝에서 일어났 다. 그러나 그는 곧 다시 앉고 말았다. 비록 순간적이긴 했지 만, 그것이 무슨 제안이든 간에 파출소장에겐 받아들일 용의 가 없다는 것을 간파했기 때문이다. 거절 그리고 집으로 돌아 가고픈 소망, 이것만이 아버지가 행동으로 표현한 유일한 것 이었다. 그렇다. 아버지는 돌아갈 준비가 되어 있었다. 모든 것 을 꿰뚫어 보는 듯한 공허한 시선으로 화가를 바라보면서, 어 깨를 으쓱했다. 모든 것을 다, 아니 더 잘 알고 있는 것처럼 보 이는 천리안의 시선으로. 화가는 체념한 듯 손바닥을 때리며,

머리를 이리저리 흔들었다. 회색빛 눈동자는 작고 차가워 보였다. 그는 헛기침을 한 다음 입을 열었다. "이젠 서로 알 만큼 알았구먼. 더 이상 무슨 얘기가 필요하겠나? 진작 알았어야 하는 건데, 너희들이 바라는 게 무엇인지를."

"그랬으면 더욱 좋았겠지." 하고 아버지가 말을 이었다. "요 컨대 잊어선 안 되는 일이 있다는 거지.""그 말은 맞는 것 같네. 다른 사람에게 입은 은혜를 우리는 잊을 수 없겠지. 감당키 어려운 것은 잊을지 몰라도.""자네를 기다린다지." 아버지의 말에 화가는 응수했다. "그리고 자네는 가기를 원하고."

그들은 말없이 문 쪽으로 걸어갔다. 장과 니치[11] 그리고 바닥에 놓인 화병과 대야 속에 가득 꽂힌 가을의 꽃더미 곁을 지나서. 어떤 색깔도 중립적인 것은 없다고 화가는 언젠가 말했다. 그들은 긴 요업용 탁자와 점토로 만든 한 쌍의 호리호리한 나상(裸像)이 위쪽을 바라보며 서 있는 도자기 제작대를 지나갔다. 작별의 악수도 그들은 나누지 않았다. 화가가 문을 열었고, 아버지는 인사도 없이 나가다가 문이 닫히기 전에 흘 끗 뒤를 바라보았다. "일간 연락이 올걸세." 그러자 화가가 말했다. "이미 들은 거나 마찬가지야."

아버지는 밖에 홀로 서 있었다. 노획물을 몸에 지니고, 싸늘한 가을밤, 자신이 몸소 통제한, 규정에 맞는 어둠 속에서 성큼성큼 망토를 나부끼며 그는 블레켄바르프의 뜨락을 가로

---

11) 장식을 목적으로 두꺼운 벽면을 파서 만든 움푹한 대로. 벽감이라고도 한다.

질렀고, 연못과 못 쓰게 된 마구간과 헛간을 지나갔다. 나는 그때 아버지의 머릿속 어두운 암실 안에는 또 하나의 다른 블레켄바르프의 영상이 전개되고 있었다고 주장하고 싶다.

집 밖에서 아버지는 무언가 숨겨져 있다는 사실을 깨달았을까? 나는 아버지가 자신이 만들어낸 영상 속에서 오리나무, 사과나무, 가시나무 울타리 그리고 휴식을 취하며 길게 늘어서 있는 집 이상의 것들을 발견했으리라 믿는다. 닫혀 있는 블레켄바르프를 바라보면서 아버지의 내부에는 또 하나의 다른 모습, 즉 지붕과 벽과 담장이 제거되어 마음 놓고 안을 들여다볼 수 있는 모형과 같은 블레켄바르프가 생겨난 것이었다. 생각건대, 아버지는 뜰을 가로지르는 자신의 모습까지를 보았을지도 모른다. 아버지는 방 안을 조감(鳥瞰)하며, 디테와 테오 부스베크가 그의 기척을 들은 양 고개를 드는 모습, 질질 끌리는 군화를 신고 유타가 식탁을 준비하는 모습, 심지어 욥스트가 다락방의 서까래 위에 웅크리고 있는 올빼미를 잡으려 하는 모습까지도 보았을지 모른다. 무수한 창문이 달린 건물의 전면을 지나가면서 그는 줄곧 스스로에게 확인했다. 여기서 어느 것이 원본이고, 어느 것이 사본일까? 글쎄, 다음과 같은 아버지의 행동을 어떻게 설명해야 좋을까? 아버지는 갑자기 걸음을 멈추고 회중전등을 꺼냈다. 성능을 시험하기 위해, 한 번 켰다가 껐다. 그러곤 흔들이문 쪽이 아닌 본채의 동편 날개 쪽으로 걸어갔다. 어떠한 영상이 아버지를 이끌어간 것일까? 자신의 내면에서 발견한 것을 실제의 블레켄바르프에서 다시 찾아낸 것이란 말인가?

바람이 나뭇잎들을 뱅글뱅글 돌렸고, 연못 거울에 주름살을 만들었으며, 빽빽이 쌓아놓은 장작더미의 틈을 비집고 나가려 울부짖고 있었다. 아버지는 펌프가 있는 곳까지 걸어가 방향을 튼 다음 구석 창문 곁으로 다가갔다. 그리고 회중전등을 치켜들었다. 전등의 둥그런 눈이 까만 테이프로 둘러쳐져 단지 가느다란 불빛만 나오고 있었다. 처음엔 드리워진 등화관제용 커튼. 다음엔 창문. 가느다란 불빛은 창문 맞은편 문을 떠나 벽을 따라 움직여 갔다. 오래된 삼발이 세면대, 거의 흐려진 거울, 마분지 상자더미, 쿠션이 찢어진 안락의자, 괴물과 같은 갈색 의장 그리고 달력 하나. 그것은 1904년 8월 1일을 보여주었다.

다음 방은 비어 있었다. 그다음 방도. 갈라진 모르타르. 몇몇 곳에는 격리용 갈대 돗자리. 다음, 전지불은 먼지가 쌓인 침실을 비추어 나무로 만든 간이침대를 어루만지고, 철사 옷걸이에 끼워 벽에 걸어놓은 빛바랜 옷들과 누렇게 변한 눅눅한 잠옷들 위로 미끄러졌다. 침대 머리맡의 등받이 없는 의자 위에서 부인용 나이트캡은 또 얼마나 오랫동안 놓여 있었을까? 닳아서 납작해진 실내화와, 투석기의 명중탄을 연상시키는 푸르스름한 얼룩이 있는 실내용 변기. 계속 창문의 정면을 따라 불빛은 움직여 갔다. 무엇이 있는가 하고.

방의 중앙에 테이블이 놓여 있고, 그 위에 볏이 큼직한 물새 한 마리가 앉아 먼지떨이 솔과 이야기를 나누는 모양을 하고 있었다. 누가 박제한 것일까? 누가 먼지를 떨다 말고 밖으로 나가선 돌아오지 않은 것일까? 때로 물새를 연상시키기도 하는 남자, 좁다란 얼굴에 길고 곧은 코를 가진 말라깽이 남자가 벼슬아비[12]에게 손전등을 비추어, 인조(人造)의 눈을 번득이게 하고 있는 양이, 그리고 눈에 들어온 것에 섬뜩한 기분이 들었지만, 정신을 흩뜨리지 않고 방과 방을 살펴나가고 있는 양이 아직도 눈에 선하다. 벽과 가구와 니치들을 비춰나가던 그는 결국 예의 미완성된 목욕탕까지 도달했다. 바닥 위에는 더러운 매트리스가 깔려 있었다. 층계 사다리. 모르타르와 못과 담배꽁초 그리고 아연관 조각들의 더미, 물고기뼈 무늬가 있는 해진 재킷, 갓이 없는 전구 하나. 그는 더 많은 것을 찾기 원했을까? 아니면 우리가 생각한 것보다 더 많은 것을 알고 있었을까?

아버지는 가느다란 불빛의 도움으로 방치된 욕실을 조사했다. 이제 디테나 화가의 눈에 발각되더라도, 큰 폐는 되지 않을 성싶었다. 양해를 구해야 할 시간은 결단코 지나갔다. 고집스러운 인내심과, 바라던 목적에 가까워졌다는 사실을 보여주는 조심성을 갖고 아버지는 욕실에 들러붙었다. 아버지는 전구가 이리저리 가볍게 흔들리는 것을 보았다. 나중에 듣기로는, 아버지는 음식 찌꺼기가 남은 접시를 보았고, 침대 머리맡에서 군복 상의와 땀받이 붕대를 보았다. 손전등의 불빛은 땀받이 붕대 위에 머물렀다가, 접시 위를 지나 전구를 따라 함께 흔들거렸다. 파출소장은 전등을 끈 다음 귀를 기울였다. 벽에 바싹 몸을 붙이고는 원하던 것 이상을 듣게 되었다.

---

12) 물새의 종류.

우리 고장의 가을, 바람이 부는 저녁 같은 때에 귀를 기울이는 사람은, 그가 기대했던 것 그리고 그가 필요로 하는 것 이상을 엿듣는다. 울타리들 속에서는 늘 시끌벅적한 모임이 벌어지고 공중에는 환상에 찬 건축 공사장이 생겨난다. 그러니 목소리나 혹은 떨어져 닫히는 문소리를 들으려는 사람은 충분히 만족할 수밖에.

창문 옆에서 귀를 쫑긋하고 있던 나의 아버지는 너무도 많은 발소리, 너무도 많은 목소리를 들었다. 재삼재사, 급습을 하듯 욕실 안으로 전등불을 비추었으나, 그때마다 허탕을 치곤 했다. 마침내 아버지는 손전등을 가슴에 딱 붙이고, 자전거 쪽으로 걸어갔다.

아버지가 가벼운 마음으로 자전거를 타러 갔으리라 생각해도 좋을 것이다. 만족스럽지는 못하지만, 가벼운 마음으로. 그곳을 떠나면서, 아버지는 육중한 어둠 속에 닻을 내린 뗏목과 같은 블레켄바르프를 더 이상 바라보지 않았을 것이다. 게다가 흰색 위에 적색, 흰색 위에 녹색이 칠해진 종잇조각은 주머니 속에 충분히 갖고 있질 않았던가? 등화관제 여부를 돌보았으며, 자신이 알고 있거나 예감한 것을 확인했다. 그리하여 그는 소금기 있는 안개비를 맞으며 바람 부는 제방을 내려올 수가 있는 것이다. 직업상의 양심이 마련해 준 노획물을 가지고, 귀가 중에 벌써 보고문 서식을 생각했을지도 모른다. 그러나 아마도 아버지가 생각한 것은 다만 힐케가 부엌에서 준비한 음식, 그다지도 좋아하는 음식인 감자 샐러드를 곁들인 청어구이뿐이었을 것이다. 어쨌든 집 안으로 들어와 어깨망토와 모자를 옷장 안에 걸어놓고 아버지가 손을 비비면서 우리 쪽으로 다가왔을 때, 우리 모두는 냄새가 진동하는 부엌 안에 앉아 있었다. "오, 식사를 해도 되는 건가?"

나는 단숨에 식탁에 가 앉았다. 그동안 어머니가 식탁보를 씌웠고, 힐케는 눈물을 질금대며 화덕 옆에 서서, 탁탁거리는 기름덩이를 녹이고 있었다. 기름은 지글지글 탁탁 튀기면서 무수한 거품을 만들어냈다. 이 끓는 기름 속에 힐케는, 대가리를 잘라내고 밀가루를 바른 청어들을 집어넣었다. 아버지는 들어오면서 인사를 했다. 아무도 마주 인사하지는 않았지만 아랑곳하지 않았다. "모두 안녕." 하고 인사를 보냈고, 내 어깨를 두드렸으며, 화덕 쪽으로 다가가 고개를 끄덕이면서 힐케가 요리하는 모습을 지켜보았다. 누나는 알맞게 구어진 청어를 남비에서 건져내 접시 위에 차곡차곡 포개놓았다. 눈을 비빈 다음 곧 다시 밀가루가 하얀 청어를 남비에 집어넣자, 지지직 소리와 함께 기름이 튀어올랐다. 아버지는 나에게 윙크를 보내고는, 즐거운 나머지 배를 쓰다듬었다. 피스톨과 업무용 주머니가 달린 요대를 풀어 찬장 위에 올려놓은 후, 내 옆에 자리를 잡고 앉았다. 금방이라도 부스러질 것 같은 꼬리지느러미를 하고 있는 청어구이가 노란색 혹은 갈색의 기름을 번들거리며 접시 위에 놓여 있었다. 지금도 그 생각을 하면, 이렇게 환기가 잘되는 방에서까지 그 진한 내음이 나는 듯하고, 목을 죄어오는 압박에 갑작스러운 기침을 피할 수가 없을 지경이다. 단추 대신 메달이 달린 재킷 위에 힐케는 취사용 앞치마를 두르고 있었으며, 길고 억센 머리카락은 목덜미 부분에서 리본으로 매여 있었다. 다리는 무릎까지 올라오는 면 스타킹이 감싸고, 팔에는 아디가 하늘 맑은 로테르담에서 보내준 은도금 팔찌가 흔들거렸다. 아디는 악단의 단원이 되어 그곳에 가 있었다. 청어 몇 마리를 지글거리는 기름 속에서 꺼낼 때마다, 힐케는 입술을 비죽이 내밀어 얼굴에 흘러내린 머리카락을 불어댔고, 우리 쪽으로 몸을 돌려서는 맵고 자욱한 김 속에서 얼굴을 일그러뜨려 미소를 보냈다.

마침내 어머니가 청어와 사과 조각이 섞인 감자 샐러드 접시를 식탁으로 날랐다. 손을 모아 억양 없이 "많—이—드—세—요." 인사를 보낸 다음—힐케가 집에 있을 때에만 행하는 것이지만—우리는 먹기 시작했다. 차례차례 감자 샐러드 덩어리를 갈색 대접에서 퍼갔으며, 청어들을 접시로부터 낚아갔다. 포크를 한 번 누르면 등심이 떨어져 나갔고, 포크 끝으로 한 번 찌르면 몸통의 가시가 뽑혔다. 힐케보다 먼저 청어 두 마리 정도를 더 먹기란 나에게는 어려운 일이 아니었다. 그러나 아버지를 앞지를 수는 없었다. 루크뷜의 파출소장은 몸통 가시를 뽑아내는 데 독특한 방법을 사용했다. 가시가 뽑히면 즉시 반 토막을 포크에 찔러 입속으로 밀어넣었다. 쉬쉬, 후후 불어대지도 않고. 나는 그저 아버지의 접시 가장자리에 쌓여가는 가시들을 감탄스레 바라보는 수밖에 없었다. 청어구이로 말하자면, 아버지는 탐식가인 페르 아르네 쉐셀을 닮았다고 할 수 있다. 아버지를 좀 두둔하자면, 깐깐한 향토 연구가보다는 음식에 대한 따뜻함, 유쾌함 그리고 감탄할 정도의 향락을 만끽하게 해준다는 점이 다르다면 다르달까. 그렇게 많은 가시를 접시 가장자리에 쌓아놓는다는 것이 내게는 불가능한 일이었다. 힐케나 어머니를 앞지르기는 식은 죽 먹기였지만.

씹는 소리, 바스러뜨리는 소리, 삼키는 소리가 부엌에 가득했다. 청어구이의 탑은 점점 낮아졌고, 감자 샐러드는 깔때기와 동굴과 암벽처럼 되어갔다. 나는 어느새 포근한 식곤증, 기분 좋은 포만감에 젖어들었다. 그때, 힐케가 아버지의 주머니에 비죽이 나와 있는 붉은색 종잇조각을 발견했다. 그것을 손바닥에 뽑아 들고 의아하다는 표정을 지었다. 우리 중 아무도 입을 열지 않자, 누나는 그것을 접시 옆에 내려놓으며 아버지에게 물었다. "주머니에 들어 있는 것들이 다 뭐예요?"

아버지는 말없이 손을 뻗어 붉은 종잇조각을 다시 주머니 속에 집어넣었다. "비밀인가 보죠?" 힐케가 말하자, 아버지는 접시를 내려다보면서 말했다. "이런 땐 청어나 충분히 먹을 수 있으면 좋겠구나." "막스는 잘 있나요?" 갑자기 어머니가 물었다. "잘 있겠지." 포크 끝으로 청어를 자르면서, "올 때까지 온 것 같아. 이젠 더 이상 그를 용인할 수가 없단 말이야. 자기 자신이 그렇게 되길 원하고 있으니." 아버지가 말했다. "그 부스베크 박사란 사람 말이에요. 그 사람 영향만 받지 않았어도, 아마 막스는 지금 같지 않았을 거예요. 도대체가 알 수 없는 사람이에요. 어디 사는 사람인지. 고향도 없는 걸 보니 분명 집시일 거예요. 일 같은 건 할 생각도 않으니 웬일이죠?" 하고 어머니가 말했다. "아니야. 부스베크에겐 문제될 것이 없어. 막스가 하는 짓은, 자신의 생각에서 나온 거야. 막스, 그자는 누구에게도 의무를 지지 않고 있다고 생각해. 법률이나 규정이 다른 사람을 위해서라면 몰라도 자신을 위해선 존재하지 않는다고 생각한단 말이야. 이젠 정도가 지나쳐서 나도 더 이상 눈감아 줄 수가 없게 되었어. 내 생각으론 우정이란 것이 모든 행위에 적용되는 특허장은 아니라는 거지."

어머니가 식사를 멈추었다. 탁자 위에 팔꿈치를 괴고, 아버지의 날카로운 정수리를 쳐다보며 말했다. "종종 생각해 보는데, 막스는 금지령을 고맙게 생각해야 할 거예요. 그가 어떤 사람들을 그려내는지 좀 보라지요. 푸른 얼굴들, 몽고인의 눈, 이상하게 생긴 몸뚱이, 모두가 다 괴상망측한 것들뿐이에요. 거기에 질병까지 그려넣어요. 도대체 독일적인 얼굴이 그에겐 떠오르지 않는 모양이에요. 전에는 그랬죠. 그러나 요즘은 어떤가요? 열병이에요. 당신은 그걸 아셔야 해요. 모든 게 열병을 앓으면서 그려낸 것이라니까요." "하지만 외국에서는 가치 있게 여기고 있지. 거기선 좀 인기가 있는 모양이야." 하고 아버지가 말했다. "그들도 역시 병이 들었기 때문이겠죠. 그러니까 그 병적인 그림들을 좋아하는 게 아니겠어요. 그가 그린 사람들의 입을 좀 보라고요. 비틀려 있거나 검정색이죠. 소리를 지르거나 아니면 웅얼거리고 있지요. 그 입에서 어디 분별 있는 말이 나올 수 있겠어요? 독일 말이 어디 한마디나 나오겠어요? 이 사람들이 어떤 말을 하려고 하는 건지 가끔 의아심이 든다니까요."

"어쨌든 독일어는 아니지. 그건 당신 말이 맞아." 하고 아버지가 말했다. "부스베크일 거예요. 막스를 그 지경으로 만든 사람 말이에요. 외국 사람들의 마음에 드는 그림을 그리라고 막스를 설득했을 거예요. 그 낯설고 병든 얼굴, 푸른 얼굴과 딱 벌어진 입, 그 괴상한 인간들을 말이에요. 그러니 막스는 당연히 금지령을 기뻐해야지요. 그에게 제정신이 들도록 해주는 건데. 우리 식으로 되도록 말이에요." 아버지는 접시를 밀어놓고, 입을 닦았다. 힐케가 일어나서, 접시를 모두 화덕으로 나른 다음, 사과설탕찜이 담긴 접시를 우리 앞에 갖다놓았다. "이번엔 경고장을 받아야 할 거요." 하고 아버지가 말하자 어머니는 이렇게 말했다. "디테가 돈에 얼마나 집착하는가를 생각해 보면 벌금형이 제일 적당할 거예요." "그걸 후줌으로 보내야겠어. 후줌에 있는 사람들이 막스에 대해 좀 생각해 볼수 있도록 말이야." 아버지는 설탕찜 맛을 칭찬하면서 내 몫을 남겨놓았다. "등화관제 위반과 창작 금지 불이행이라—두가지를 합치면 결코 죄가 가볍지는 않을걸."

아버지는 접시를 나에게 밀어놓고, 의자 뒤에 몸을 기댔다. 치열을 따라 혀를 돌리고, 만족스레 입맛을 쩝쩝 다신 다음, 헛기침을 했다. 어머니도 역시 갈색 사과찜이 든 접시를 내 쪽으로 밀어주었다. "이번엔 날 속이지 못했지."라고 말하면서, 아버지는 빨간색, 초록색 쪼가리들을 몇 장 주머니에서 꺼냈다. 카드놀이라도 하듯 쪼가리들을 식탁 위에 늘어놓고, 이리붙이고 저리 붙여보았지만 결국 아무것도 생겨나지 않았다. 그들을 알아낼 수 없었고, 조각들의 이빨을 맞출 수도 없었다. "당신이?" 어머니가 놀라서 물었다. "당신이 그렇게 한 거예요?" 그러자 파출소장은 유유히 고개를 가로저었다. "그가 스스로 한 짓이야. 내가 그를 궁지에 몰아넣었지. 빠져나올 수가 없었던 거야. 자기 손으로 그림을 찢어버렸어. 하지만 그래도 소용없을걸."

아버지의 음성에는 자신의 책임을 인정하는 기색도 역력했다.

"자기의 그림을 말예요?" 어머니가 물었다. "무엇이 그려진 그림이었기에요?" 힐케가 물었다. "이 쪼가리들을 제가 가져도 될까요?" 내가 물었다.

아버지는 세 사람의 질문을 모두 회피하는 듯한 몸짓을 하며 일어났다. 손을 뻗어 찬장 위에 놓인 근무용 주머니를 집어들었다. 가방을 열고 툭툭 털어내자, 빨갛고 하얀 눈송이들이 쏟아져 내렸다. 볼품은 없지만, 반짝반짝 빛나는 눈송이들이 식탁 위를 덮어버렸다. 내 사과찜 위에도 마룻바닥 위에도, 심지어 출입문이 있는 곳까지 종이 눈송이들이 나풀거렸다. 이번엔 웃옷 주머니 차례였다. 하지만 더 이상 종이 눈을 뿌리지 않고, 망치질을 하듯 한 움큼 한 움큼씩 식탁 위에 올려놓았다. "이걸 보고문과 동봉해 보내겠어. 증거물로 말이야." "제가 이걸 정리해 드릴게요. 잘 정리해서 짜맞추어 볼게요." 내가 말했다. "그럴 필요 없다. 이 일은 네가 걱정하지 않아도 돼. 종잇조각들로 충분하니까." "하지만 맞추어보고 싶어요."

문을 두드리는 소리. 우리는 귀를 기울였다. 문밖에서 누군가 노크를 하고 있었다. 아버지는 재빨리 나에게, 어디로든 그림 쪼가리들을 치우라는 신호를 보냈다. 어쨌든 탁자 위에 아무것도 없도록 말이다. 아버지가 어떤 의혹을 품고 있는 것은 분명했다. 지금 밖에서 문을 두드리는 사람에 대해 거의 확신을 가진 듯했다. 너무도 확신이 분명한 나머지 문간에서 힌레크 팀젠을 맞아들였을 때, 그의 얼굴엔 실망의 빛이 역력해 보였다. 그들이 마루에 서서 이야기를 나누는 동안, 우리는 꼼짝없이 앉아서 귀를 기울였다. 문지방이 빛을 굴절시켜서, 불빛이 아버지만 비추고 있었다. 그늘 속에서 팀젠의 이야기가 들려왔다. "하늘에서 이상한 엔진 소리가 나지 않겠나? 그래, 바트블리크의 베란다에서 내다봤더니…… 갑자기 구름 속에서 쌍발기 한 대가 나타나서는 점점 아래로…… 한쪽 엔진에 불길이 일어나더니 비행기 자체가…… 저편 바다 위로 떨어지겠지…… 그러더니 결국 바다 위에서 불길이 솟으면서…… 그래…… 폭발하는 소리에 아마 잠자던 사람들은 모두 깨어나고 말았을 거야…… 낙하산 하나가 분명히 모래톱 위로 내려오고 있었어…… 그런데 지금은 아무것도 보이지 않는단 말이야…… 아니야, 그러나 그건 낙하산이었어."

어둠 속에서 우리에게는 모습을 드러내지 않은 채 힌레크 팀젠은 이 돌발사를 보고한 다음, 한마디 더 덧붙였다. "미국인일 거야. 내 짐작으론 미국인이 틀림없어." 아버지의 마른 얼굴 위에서 이 사건이 되새겨지고 있었다. 그뿐이 아니었다. 사건을 규명하고 철저히 확인해야겠다는 결의가 아버지의 얼굴에 뚜렷이 반영되었다. 아버지는 신중히 고개를 끄덕이고, 옷장에서 모자와 어깨걸이 망토를 꺼낸 다음 우리 쪽을 향해 외쳤다. "내 요대 좀 다오." 힐케에게서 권총이 달린 요대를 건네받자 그것을 허리에 두르고, 권총의 위치를 바로잡았다. 문을 향해 두 걸음 걸어가다가 다시 두 걸음 되돌아와서는 그저 "다녀올게, 여보." 하고 술집 주인을 따라나섰다. 아버지는 이미 뜰 위에 서서 어떤 방향인가를 손가락질하고 있었다.

나는 그들을 따라가지 않았다. 여느 때 같으면 얼씨구나 하고 따라나섰을 테지만. 그림 조각들이 내 수중에 들어와 있었기 때문이다. 나는 조심스레 이 조각들을 재킷 밑으로 밀어넣었다. 재킷과 내의 사이에 조각들을 끼워넣은 뒤 나는 슬며시 탁자 밑으로 미끄러져 들어갔다. 아무도 나를 부르지 않았기 때문에, 바닥에 떨어진 쪼가리들을 주워 모았다. 힐케의 두 정강이 사이에서, 창가의 벤치 앞에서, 어머니가 앉아 있는 의자 밑에서 그리고 찬장 앞에서까지 그것들을 그러모았다. 그림 내지 그림의 파편들은 내 재킷 밑으로 들어가, 이젠 숫제 자루처럼 부풀어 늘어져 있었다. 두 손으로 배를 거머쥐고 나는 찬장 앞에 서 있었다. 힐케와 어머니는 말없이 얼굴만 마주보고 있는 품이, 아마도 바깥쪽에 귀를 기울이는 것 같았다. 바깥의 하늘 먼 곳에서 노래하는 듯한 모터 소리가 들려왔다. 그러나 갑자기 빵 상자 옆에서 울어대는 괘종시계가 이 소리를 압도해 버렸다. 시계는 금속제의 짧은 다리로 춤을 추면서 180도로 회전했고, 화덕 위에 놓인 연하고 앙상한 청어 가시들에게 시간을 알려주었다. 배앓이가 어떻게 된 일일까? 나는 어머니가 배앓이 하기를 기다렸다. 그래야 어머니는 개수대로 가서 수도꼭지를 틀 것이고, 물이 쏟아지는 동안 물컵과 약봉지를 가져올 것이요, 물이 가득 찬 유리컵에 약을 털어넣은 후 결국 식탁에 앉아 마시게 될 것이다. 일찍이 어머니의 위통을 이다지도 초조하게 기다린 적이 없었다. 어머니가 위통을 진정시키기 위해 애쓰는 순간 날아버릴 심산이었기 때문이다. 질문도, 잔소리도, 힐책도 받지 않고 말이다. 배앓이는 꽤 늦는 것처럼 보였다. 혹시 구운 청어 덕분에 말끔히 사라졌는지도 모를 일이었다. 그래서 나는 새롭고 단호한 방법을 시도하기로 했다. 불쑥 그들 앞으로 다가가 말했다. "나 할 일이 좀 있는데요." 그러자 힐케가 웃음을 터뜨렸고, 어머니도 유쾌한 표정으로 나를 돌아보았다. 그들이 무슨 말을 채 꺼내기도 전에 나는 문밖에 나와 있었고, 단숨에 층계를 올라 내 방으로 들어갔다.

그들이 나를 불렀을까? 그들은 나를 부르지 않았다. 나는 푸른색 해도(海圖)가 덮인 내 책상으로 다가갔다. 그 위엔 회색의 모형 함대가 떠 있었고, 다시 한번 스카게라크의 해전이 벌어지고 있었다. 히퍼의 군대가 전술상 책략이 뛰어난 옐리코 군대에게 궤멸당하고 있었다──하지만 나는 지금 그것을 고려할 처지가 못 되었다. 나는 소매로 전투를 밀어붙여 화평의 바다를 만들어놓은 다음, 그 위에 내 재킷을 열어젖혔다. 그림 조각들이 눈처럼 쏟아져 바다 위를 떠다녔다. 빨간색이 푸른색을 돋보이게 했고, 흰색이 녹색을 혼란시켰으며, 갈색은 회색에 지지 않고 대조를 이루었다. 구부러진 갈색 발가락. 놀라서 대록거리는 삼각형의 눈[眼]. 펼쳐진 손가락. 얼룩진 파도 물마루. 스카게라크 해전이 더 계속된 것일까? 종잇조각들은 잘도 섞여 있었다. 나는 아래층 부엌 쪽에 귀를 기울여 보았다. 물소리와 그릇이 달그락거리는 소리. 힐케가 기운 좋게 저녁 식사의 설거지를 하는 모양이었다. 그들은 나를 혼자 내버려 두었고, 그리하여 나는 시작했다.

빨간 외투를 입은 남자, 그대를 위해 나는 파괴된 그림을 재현하기 시작했다. 멋대로 찢어진 종잇조각들에서 파괴된 그림을 찾기 시작했다. 지금도 생각난다. 나의 시도에 동반되었던 그 긴장과 기쁨이.

가장자리에서도 중간 부분에서도, 나는 시작하지 않았다. 우선 색깔을 분류하기 시작했다. 빨강은 빨강끼리. 초록은 초록끼리. 조각들을 맞추는 것이 아니라 이미 말한 바와 같이, 색깔의 속성에 따라 나누었다. 이를테면, 그림을 절(節)과 장(章)으로 나눈 다음 다시 전체 속에 배열할 생각이었다.

지금 생각해도, 그것은 쉬운 해결책이 아니었다. 예컨대 모든 갈색이 다 갈색의 절에 속하는 것이 아니었기 때문이다. 수많은 녹색을 세 번이나 검사한 후에야 진짜 녹색으로 단정할 정도였으니, 색깔을 분류하는 데 그야말로 많은 시간이 소요되었다.

종이는 얼마나 희한한 모양으로 찢어질 수 있는 것인지! 그 다양한 형태로 나는 얼마나 많은 비교물을 생각해 내야 했던지! 이 가느다란 실밥을 달고 있는 쪼가리들은 크레타섬, 창의 끝, 서까래, 램프 갓, 양배추 알속, 탁상시계, 이탈리아 모양의 장화, 고등어, 꽃병, 이 모든 것, 아니 그 이상의 것을 생각나게 했다. 이제 나는 이 조각들의 이빨을 맞추기 시작했다. 이리저리 밀고 당기면서.

집게손가락으로 종잇조각을 눌러서는 접속부를 어림잡아

배열했다. 검은색 요트의 항로를 인도 모양의 삼각형으로 막아놓은 항구 안으로 돌렸고, 빨간색 나뭇조각을 적절히 이어 붙여 뒷다리로 일어서는 말의 몸집을, 다음엔 날고 있는 용의 형태를 만들어냈다. 새로운 쪼가리들을 점점 맞추어가다 보니 결국은 하나의 빨간 종, 아니 빨간 종 모양의 외투도 찾아냈다. 얼마나 많은 가능성이 그림 속에 숨어 있었던가! 얼마나 많은 접합의 가능성이 처음부터 존재했던가!

빨간 외투를 입은 남자는 무엇을 하고 있었을까? 왜 그는 요괴 같은 두 발을 허공에 세운 채 두 손으로 해변을 돌면서 균형을 잡고 있었을까? 회색 짐을 걸머지고도 낄낄대면서 웃을 수 있었단 말인가? 나는 발 부분과 펼쳐진 손가락 그리고 육중한 회백색 몸통을 만들어냈다. 음영 때문에 확대된 입을 위해 얼굴을 찾아냈고, 여러 차례 밀고 붙이는 동안 클라스의 얼굴을 알아보았다. 세모꼴과 마름모꼴들을 덧붙이다 보니 더욱 형의 얼굴을 닮아갔고, 마침내 두려운 나머지 도망갈 태세를 취하고 있는 그의 전모가 드러났다. 클라스. 공포의 표정.

이렇게 해서 나는 이들을 완성해 냈다. 찢어진 종잇조각들을 짜맞춰서, 형과 빨간 외투의 사나이를 해방시켜 준 것이다. 그들은 다시 돌아왔다. 그러나 서로 어울릴 것 같지는 않았다. 나의 형이 도주하려는 평평한 황회색 해변은 빨간 외투의 남자에 의해 높다랗게 막혀 있었다. 두 개의 해변이 있었던 것일까? 혹시 다리[橋]가 없어진 것일까? 아니면 내가 그림을 잘못 맞추어놓은 것일까? 책상 주위를 돌면서, 장난삼아 종잇조각을 여기저기 잇대어 보면서, 나는 두 남자의 관계를 탐색해

보았다. 전경은 아무것도 포기하려 하지 않았기 때문에, 나는 배경이 되는 검은 겨울의 북해에 달라붙었다. 검은색 바다에서 청록색을 띤 파도가 해변을 향해 구르고 있었다. 이 파도는 두 남자의 사이와 뒤쪽에서 볼 수 있었는데, 물마루와 물마루 사이가 넓은, 차라리 느즈러진 파도였다. 나는 이제 이 파도에 두 남자를 결합시키는 주요 역할을 부여했다. 두 인물이 서로 마주 보며 어떠한 태도를 취하고 있는가는 고려하지 않고, 널따란 파도를 완성해 그들 사이로 지나가게 했다. 이때, 빨간 외투의 남자를 회전시켜 물구나무서게 하지 않을 수 없었다. 이제야 형이 도망치려는 해변과 노인이 가로막은 해변이 함께 어울리게 되었다. 낮게 드리워진 수평선이 이제야 그들 둘의 수평선이 되어 계속 균형이 잡히게 되었으며, 장면 밖으로 내빼려는 내 형의 공포에 대한 직접적인 동기가 무엇인지 판명되었다. 그것은 바로 깡마르고 구부정한, 중력을 희롱하는 빨간 외투의 남자였다. 이제, 종잇조각은 하나도 남지 않았다.

힐케나 어머니를 불러 아버지가 약탈해 온 쪼가리들 속에 숨겨진 것을 보여주지는 않았다. 나는 문 쪽으로 다가가 자물쇠를 채웠다. 적당한 밑받침을 찾았으나 발견하지 못하고, 다만 침대 밑에서 낡고 찢어진 등화관제용 커튼 하나를 찾아냈다. 그놈을 끄집어낸 다음, 되튀지 못하도록 양끝을 걸상으로 눌러놓고, 그 걸상 위엔 또 내 오래된 동화책 따위들을 올려놓았다. 내 도구 상자 '꼬마 목수'에서 만능 접착제 튜브를 꺼내 들고 커튼 앞에 무릎을 꿇고 앉았다. 튜브에서 벌꿀색 같은 벌레를 짜내서는, 찐득찐득한 그 접착액으로 커튼 위를 문질러댔다. 나선형으로, 화환 모양으로 칠해진 접착제는 빨리도 마르는 것 같았다. 원래는 검은색이었으나 세월과 함께 희끄무레 변색한 커튼이 완전한 끈끈이가 된 후에, 나는 정돈된 쪼가리들을 책상에서 체계 있게 옮겨서는 조심스럽게 다시 잇대어 붙였다. 실모양으로 찢어진 자리가 뚜렷이 짙어지는 것, 새로 만들어진 그림 위에 줄무늬의 도안이 생기는 것, 즉 파괴의 형태를 영원히 입증하고 지속해 줄 흔적이 남는 현상은 피할 수가 없었다. 오른쪽 위편에서 시작해 나는 하늘과 북해와 클라스를 재현하고, 마지막으로 그대, 빨간 외투의 남자를 완성했다. 늙은이의 교활함과 영원한 미소를 가진 그대를. 걸상을 들어올리자 등화관제용 커튼은 그림을 똘똘 말아버렸고, 나는 그것을 조심스레 침대 밑에 밀어넣었다.

이제 나는 물감 상자를, 그리고 찢어 쓰는 스케치북을 생각했다. 험구쟁이들의 눈을 속이는 데에는 벤치 정도의 크기면 충분하리라. 빨리 해치워야 한다. 원래 일을 거꾸로 해갔어야 하는 건데. 물감 상자와 스케치북을 들고 벤치 앞에 있던 모습이 지금도 눈에 보이는 것만 같다. 제일 큰 붓을 손에 들고 무릎을 꿇은 채, 빨간 물감의 타격을 힘차게 휘둘러 활활 타오르는 혓바닥을 그리던 모습이 눈에 선하다. 스케치북을 뜯어내는 소리가 들리고 우중충한 갈색을 냅다 문질러대는 모습, 그 당시처럼 다시 한번 녹색과 흰색을 융합시키는 모습이 보인다. 그림에 있던 색을 모두 옮기는 데는 스케치북이 서너 장 소요되었다. 나는 종이들을 이리저리 흔들었다. 후후 입김을 불었다. 막대형 램프를 그림 위에서 휘휘 휘둘러 대면서 색깔이 마르는 것을 관찰했다. 스케치북과 상자를 옆으로 치우고, 물감칠에 불과한 종이들을 책상 위로 옮긴 다음, 좍좍 찢기 시작했다.

　나는 조심스레 종이들을 찢어댔다. 처음엔 거의 규칙적으로 장방형을 만들고, 다음엔 이빨 모양, 원형의 아치, 아름다운 톱니 등 다양한 쪼가리를 만들어 모아 책상의 해도 위로 떨어뜨렸다. 조각들이 만족할 만큼 뒤섞였을 때, 발소리가 들려왔다. 장방형들은 하나씩하나씩 화려한 눈송이가 되어 쌓였다. 일을 덜 끝낸 듯이 보이려고 나는 눈송이 몇 개를 주머니 속에 쑤셔넣었다. 다시 한번 손가락 갈퀴로 눈더미를 섞어댄 다음, 적당한 높이로 집어던져 계산된 조그만 눈보라를 흩날렸다. 발소리가 들리고 나를 부르는 소리가 들렸다. "지기!" 나는 날렵하게 문 쪽으로 달려가 자물쇠를 열었다. 책상으로 다시 돌아와, 아무런 관계도 없는 종잇조각들을 이리 밀고 저리 당기며 앉아 있었다. 힐케가 들어와 물었다. "무언가 찾아냈니?" 나는 천연덕스럽게 한숨을 내쉬었다. 내 의자 뒤에 붙어서 쪼가리들을 응시하던 그녀에게, 순간 하나의 영감이 떠오른 모양이었다. 앞뒤를 가리지 않은 질서 감각이 또 발동한 모양이었다. 그녀는 내 어깨를 때리면서 말했다. "네 솜씨 가지곤 안 될 거다. 나에게 맡겨둬." "내 눈에 보이는 거라곤 빨강과 파란색뿐이야. 불과 바다겠지?" "글쎄 이 몸에게 맡겨보라니까."

　나를 막내로만 다루는 버릇은 결코 고칠 수 없는 모양이었다. 자신만만하게 쪼가리들을 긁어모아, 한 권의 책 위에 쌓아 놓으면서 말했다. "부엌 식탁 위가 더 좋겠어." 책을 배에 붙이고 그녀는 다시 아래층으로 내려갔고, 우선 라디오를 틀어 한 남자의 노래를 울리게 했다. 나는 조용히 앉아서, 그녀가 종잇조각들을 가지고 빨강은 빨강끼리 갈색은 갈색끼리 분류하기 시작하는 모습을 머릿속에 그려보았다. '여자와의 키스를 난 좋아했다네.' 흰색은 어디로 가야 하지? 회색은 어디에 써먹었던 것일까? 나는 머릿속에 그려보았다. 찢어진 조각들을 교묘히 맞추어 결과를 감정해 본 다음 흩뜨려 버리는 모습을. 그리고 어떻게 해보겠다는 계획도 없이, 다시 한번 처음부터 시작하는 모습을. '키스를 해도 좋은지 물어본 적 없었지.' 힐케와 마찬가지로 그림의 내용을 규명하기 위해 다른 사람들도 저렇게 쭈그리고 앉아 있겠지. 후줌에서도 그리고 베를린에서까지. 그들은 아버지가 보낸 증거물을 올려놓고, 연신 새롭고 매력적인 짜맞추기 놀이를 하게 되겠지. 결국은 누군가가, 몇 개의 조각이 빠졌을 것이라고 말하겠지. 자신들의 실패를 없어진 조각들에 돌리며, 나의 작품을 더 이상 문제 삼지 않게 되겠지.

힐케도 처음엔 짜맞추기에 열심이었다. 가볍게 휘파람을 불며, 이따금 노래의 멜로디를 따라서 불렀다. 나는 똘똘 만 등화관제용 커튼을 들고 방문을 나섰다. '키스를 해도 좋은지 물어본 적 없었네.' 몸을 밀착시키고는, 살금살금 계단을 내려갔다. 그 여성 편력의 가수는 잠시 노래를 중단하고, 화려한 나팔 취주에 양보했다.

팡파르 덕분에 나는 손쉽게 현관문을 여닫을 수 있었다. 느
슨하게 말린 커튼을 마치 대전차포처럼 끌면서 낡은 수레가
있는 곳까지 달렸고, 여기서 주위를 살핀 다음, 벽돌길을 넘어
비탈길 아래로 미끄러져 내렸다. 납작 엎드려 수문까지 달린
후 다시 한번 주위를 둘러보자니, 어느새 바람이 커튼 속으로
들어가 커튼을 내 허리에 바싹 눌러댔다. 갈대밭의 뒤편, 수평
선보다 더 어두운 곳에 날개 없는 나의 풍차가 서 있었다. 나
는 커튼을 어깨에 들쳐메었다. 그러나 운반하기가 더 힘들어
다시 두 팔로 감싸 안았다. 갈대밭을 달리며 그것을 수직으로
안고 있었으니, 누군가 나를 보았다면 마치 잠망경 하나가 갈
대밭 위에 미끄러지는 것 같았거나, 아니면 U-보트 한 척이
풍차를 격침하기 위해 발사 태세를 취하는 듯한 인상을 받았
을 것이다.

풍차의 지붕이 왠지 불안정해 보였다. 무언가 덜커덕거리는
소리가 나기도 했다. 그러나 지금 그런 것을 걱정할 수는 없었
다. 나는 단지 그림이 부착된 커튼을 안전하게 숨기고 싶을 뿐
이었다. 풍찻간 연못을 지나 단단한 길로 올라갔다. 낡은 밀가
루 상자 속에 하룻밤 그림을 숨겨놓은 다음 나의 아지트로 갖
고 갈 작정이었다. 기사들의 그림 옆에 붙여놓고 감히 말한다
면, 「해변에서 갑자기」와 함께 우리 고향에 기여할 만한 전시
회를 열고 싶었다.

멀리 제방과 바트블리크의 모습이 나타났지만, 모래톱에서
낙하산을 찾고 있는 아버지들의 모습은 보이지 않았다. 풍차
의 문을 열고, 나는 어두운 아래층을 들여다보았다. 휙 스치

는 소리에 무언가 부러지는 것 같은 소리가 났다. 긴장감이 감돌았고 사방에서 누군가 나를 관찰하는 듯한 기분이 들었다. 위쪽 높은 곳의 둥근 탑에서 무언가 쉿쉿 소리를 내면서 내 머리 위로 흔들거리며 내려왔다가는, 다시금 허공으로 치솟아 올라갔다. 여느 때처럼 유리 조각이 부서져 내렸고, 분간키 어려운 도르래 줄이 이리저리 움직이는 소리가 들렸다. 나는 전등을 사용하지 않았다. 제분실로 통하는 계단을 더듬어 잡아 왼쪽에 몸을 바싹 붙였다. 도끼 자국이 있는 매끄러운 기둥을 찾아내자, 나는 게 걸음걸이로 계속 왼쪽을 향해 나아갔다. 딱 부러지는 소리가 났고, 생쥐처럼 빠르게 무언가 도망치는 소리가 들렸다. 한 손에는 커튼을 들고, 다른 손은 밀가루 상자를 향해 뻗었다. 달그락 소리와 끼익끼익 하는 소리. 마침내 내 손에 밀가루 상자의 차가운 뚜껑이 만져졌다.

내가 밀가루 상자에 접촉하는 순간이었다. 뒤쪽에서 누군가의 팔이 내 목을 졸랐다. 강하거나 단호하지는 않았지만, 커튼을 떨어뜨린 채 나는, 나를 감싼 팔을 두 손으로 움켜잡았다. 소리를 지르거나 그 팔을 물어뜯으려 했는지도 모른다. 기억에 남는 것은, 얼굴에 느껴진 거친 감촉이었다. 나는 할 수 있는 데까지 뒤쪽으로 몸을 틀면서 발버둥을 쳐보았지만 빠져나올 수가 없었다. 이런 상태가 꽤 오래 지속되었다. 그러나 목을 죄는 압박은 더 강해지지 않았다. 갑자기 손을 놓고, 그 팔은 나를 풀어주었다. 클라스의 질문이 들려왔다. "왜 여길 왔지?" "형이야?" 나는 어둠 속을 향해 물었다. 그러곤 다시 한 번, "클라스 형이야?" 하고 물었다. "꺼져! 집으로 가. 그리고 다시는 이곳에 얼씬하지도 마." 형이 말했다. 들리는 것은 그의 숨소리뿐이었다.

"내가 여기 있다고 누가 그러던? 누구지?"

"아무도 그런 얘긴 하지 않았어. 정말이야, 형. 난 그저 그림을 이리로 가져오려고 했을 뿐이야."

"아버지가 널 보냈지?"

"아니야. 정말 아니야. 아버지는 집에 없어. 바트블리크로 불려갔어."

"아버지가 나를 찾고 있어. 줄곧 내 뒤를 쫓고 있어. 내가 이곳에 온 것을 알고 있단 말이야."

"형에게 약속했잖아. 그들에게 결코 알려주지 않겠다고 말이야."

"오늘, 하마터면 잡힐 뻔했어. 아버지가 낌새를 챈 것만 같아. 결국 블레켄바르프를 떠날 수밖에 없었어. 아버지가 바로 내 방 앞에 서 있었단 말이야."

"아버지가 형을 보았어?"

"모르겠어. 아버지가 내 방에 손전등을 비추었을 때, 나는 창 옆 의자 밑에 누워 있었어. 뭘, 얼마나 보았는지 짐작도 못하겠어. 하지만 누군가 힌트를 준 것만은 틀림없어. 그러니까 내가 온 것을 알고 있지."

형은 어둠 속에서 움직였다. 화가가 선사한 범포(帆布) 구두를 신고 소리 없이 내게 다가왔다. 커튼을 밟자 형은 동작을 멈추었다. 형이 천천히 발을 들어올리자, 커튼도 바스락 소리를 내면서 부풀어 올랐다. 형은 허리를 굽혔다. 종이를 만져보더니 얼른 그것을 펼쳐보았다. "따라와." 형이 명령했다. 나는 복종했다. 형이 요구하는 대로 커튼의 한끝을 단단히 잡았다. 형은 커튼을 펼치고 그 위에 나뭇가지를 올려놓았다. 그러고는 성냥불을 그었다. 가물대는 성냥불이 형의 얼굴을 밑에서 비추자, 그림자가 얼굴 위에서 어른거렸다. 형은 성냥불을 그림 위로 접근시켜서는 천천히 원을 그렸다. 첫 번째 성냥이 꺼지자 또 한 번 불을 붙였다. "이게 뭐지?" 형이 물었다. "그 사람을 모르겠어?" 내가 물었다. "누구를?" "오른쪽에 있는 남자 말이야. 형은 모르겠어?"

9

클라스의 귀가

그 녀석, 욥스트는 나를 좋아하지 않았다. 나, 지기도 그를 좋아하지 않았다. 그러나 그가 나보다 더 심했다. 플뢰니스 선생이 나에게 내가 그린 「고기잡이배」의 그림을 돌려주기가 무섭게, 멍청이들에게 보여주어 고기잡이배를 떠올리도록 했던 그 그림을 가방 속에 단정히 집어넣기가 무섭게, 플뢰니스 선생이──이 과묵한 남자는 두 번이나 전쟁 포로가 된 적이 있었다──수업 종료를 알리기가 무섭게, 재빠른 발길질이 내 오금으로 날아왔고 종이 포탄이 내 머리를 때렸으며 누구의 것인지 알 수 없는 주먹이 날쎄게 내 등을 후려갈겼다.

나는 뒤를 돌아볼 필요도 없이 내 옆에 있는 것이 누군인지 알 수 있었다. 욥스트였다. 날렵한 뚱뚱보. 조종도 가능할 듯한 커다란 돛대 귀. 비곗살로 주름이 잡힌 목과 손. 툭 불거져 나온 입술. 공허하지만 만족스레 반짝이는 두 눈, 그는 무릎까지 내려오는 맨체스터 바지를 입고, 작동하지 않아 늘 4시 30분을 가리키는 손목시계를 차고 있었다. 욥스트는 휴식 시간이 시작되거나 수업이 끝날 때마다 내 등 뒤로 달려왔다. 나는 때로, 그가 날 못살게 구는 재미로 학교에 다니지 않나, 하고 생각할 지경이었다. 자리에 앉을라치면, 그의 몸은 온통 주름투성이였다. 목에서 시작하여 통통한 오금께에 이르기까지 바지의 솔기가 터질 듯이 뒤룩뒤룩한 엉덩이를 들고 일어날 때면, 한껏 바람을 불어넣어 한 번만 바늘을 찔러도 터져버릴 것 같은 풍선이 연상되었다. 그가 자막대기나 클립이 달린 고무링을 갖고 내 뒤에 나타날 때마다 들리는 소리는 장난에 몰두하는 가쁜 숨소리와 숨이 넘어갈 듯한, 그러나 끈질기기까지 한 그의 웃음뿐이었다.

플뢰니스 선생이 우리를 해방시키자마자, 욥스트는 벌써 내 뒤에 와 있었고, 무릎으로 나의 오금을 번개처럼 내질러서는 나를 문밖 복도로, 그리고 다시 두 개의 돌층계 아래로 내몰았다. 나무 대신 자갈이 가득한 교정에서 내게 자[尺]의 따끔한 맛을 보여주었고, 방향을 바꾼 내 뒤를 따라 후줌 국도를 가로질렀다. 벽돌길로 접어들자, 그는 하이니 분예까지 놀이에 끌어들였다. 녀석은 곧 욥스트와 한통속이 되었고, 나를 길에서 밀어내 기름이 번들거리는 진창의 도랑 속으로 집어넣으려 했다.

손을 사용하지 않고 몸으로만 밀어대서는 나를 비탈진 도랑의 가장자리까지 몰고 갔다. 내가 비탈에 비스듬히 기대어 계속 나아가자 녀석들은 내게로 내려와 아예 도랑 속으로 밀어넣으려고 했다. 나는 녀석들이 밀 거라고 생각하고는 몸을 피하기도 했고, 몸을 웅크려 그들이 헛손질을 하게도 만들었다. 묘안이 백출하는 욥스트가 이번엔 돌멩이를 주워 모았다. 아니 돌이 아니라 작고 평평한 벽돌 조각들이었다. 그것들이 내 바로 옆 도랑에 떨어질 때마다, 갈색의 이탄물이 튀어올라서는 내 정강이와 가방과 바지와 셔츠에 더러운 얼룩을 만들어주었다. 하이니 분예도 재미가 있는 듯, 주워 모은 벽돌 조각으로 연방 진탕의 분수(噴水)를 만들어냈다. 벽돌이 날아가는 소리가 들렸고, 그것들이 어두운 거울 면에 부딪히는 모습이 보였고, 첨벙 하는 소리와 함께 내 살갗에 와닿는 짜릿한 물방울의 감촉을 느꼈다. 벽돌 조각을 줍는 동안을 틈타 10 내지 15미터쯤 내달릴 수 있었지만, 그것이 무조건 좋은 일만은 아니라는 걸 이내 알 수 있었다. 거리가 멀어지는 바람에 투척의 정확도를 상실한 것이다. 던져진 조각들이 쉿 소리를 내면서 내 머리와 허리 곁을 지나갔다. 벽돌 조각 하나가 내 가방을 맞혔을 때에는 더 이상 표적이 될 생각이 없었다. 나는 다시 벽돌길로 올라갔다. 가방으로 머리 위를 가리고 뻣뻣하기는 하지만 곧바른 자세로 루크빌 쪽을 향해 나아갔다. 그러나 그들은 어느새 내 뒤에 와서 그림자로 몸짓을 보여주었다. 벽돌길에 떨어진 그들의 그림자들이 말없이 의사를 교환했다. 나는 앞으로 일어날 일에 대해 마음의 준비를 단단히 했다.

그러나 이번엔 소용이 없었다. 욥스트의 명령에 따라 그들은 나를 집게에 넣듯 붙잡아 버렸다. 길을 좀 비켜주실 수 없느냐고 요구하면서 나를 다른 편 길가로 몰고 갔으며, 이번엔 아예 비탈길의 아래쪽까지 계속해서 밀어댔다. 내가 더 이상 버티지 못하고 도랑 속에 풍덩 빠질 때까지. 사실 빠질 것을 계산하고 있었기 때문에 나는 물속에서 곤추설 수 있었다. 어쨌든 질펀하게 나자빠진 것은 아니란 말이다. 도랑 한가운데 서서 나는 서서히 차가운 진창 속으로 빠져 들어갔다. 물속에서는 뽀글뽀글 거품들이 올라와 내 둘레에 떠다녔다. 허리까지 올라온 갈색 풀에서 썩은 냄새가 풍겨왔다. 개구리 한 마리가 능숙한 동작으로 황급히 풀이 무성한 도랑가로 헤엄쳐 갔다. 욥스트들의 즐거움은 오래가지 못했다. 가방을 머리에 이고 진탕의 도랑 속에 서서히 가라앉는 내 모습으로는 만족할 수 없었다. 하이니 분예가 벽돌 조각을 찾는 동안, 욥스트는 고무링을 엄지와 집게손가락 사이에 걸고 클립 총알을 내 팔목에 대고 쏘았다. 조그만 총알이 날아올 때마다, 허공에선 귀뚜라미가 울었고 모기와 말벌이 윙윙거렸으며 어리뒤엉벌과 야생벌 들이 재봉틀을 돌려댔다. 욥스트가 클립을 쏘아대기 시작하자 나는 가방으로 머리를 방어하면서 건너편 도랑가로 달아나려고 무진 애를 썼다. 허리를 틀어 다리를 빼서는 한걸음 앞으로 옮겼고, 또 다른 쪽 다리를 빼내곤 했다. 클립은 여전히 윙윙, 찌르륵찌르륵거렸고, 갈색의 진흙이 뚝뚝 떨어지는 초콜릿 정강이를 보고 깔깔거리는 녀석들의 웃음소리가 들려왔다. 경사면에 도달했을 때, 첫 번째 클립이 내 목덜미에 와 때렸다. 잽싸게 물어뜯는 것 같은 일격, 불에 덴 듯 쑤시는 아픔. 나는 소리를 지르며, 차폐물이고 뭐고 다 집어치운 채, 건너편 경사면으로 기어올랐다. 두 번째 클럽에 얻어맞자, 나는 양털 따위가 걸린 가시 철조망을 뚫고 나와, 이탄 못 쪽을 향해 지그재그로 내달렸다.

이제 단념한 것일까? 아니, 그들은 단념하지 않았다. 그들은 내 계획을 즉시 간파하고 나보다 앞서 루크빌 방면으로 달렸다. 던지기 알맞은 벽돌 조각을 주우려고 이따금 허리를 굽히면서 그들은 첫 번째 수문까지 뛰어가 거기 목재의 수문 위에 걸터앉아서는, 내 길을 차단했다는 만족감을 만끽했다. 뛰고 또 뛰었던 기억이 아직도 난다. 목과 오른쪽 장딴지를 엄습한 아픔을 아직도 나는 기억하고 있다. 두려움 때문에 나는 잠시도 쉬지 않고, 양의 방목장을 넘어 뛰고 또 뛰었다. 줄기차게, 그리고 더 빨리 달려야만 녀석들이 추적을 단념할 수 있을 것이라고 믿었기 때문이다. 하지만 그들은 여전히 자신만만했다.

그들은 다리를 흔들거리며 수문 위에 앉아서 어떤 돌멩이가 던지기 좋은가 감정하면서 고르고 있었다. 녀석들이 이 놀이의 즐거움에 완전히 도취되어 있음을 알아차렸다. 그것을 알았으므로 이번엔 북쪽을 향해 달렸다. 나무 울타리들이 내 앞을 막을라치면, 우선 가방을 던져 넘긴 후에 그 위를 뛰어넘었다. 이래도 제 놈들이 날 기다리려고! 원래 태양이 빛나고 있었던가? 바람은 잔잔했으며, 태양은 대지를 따뜻하게 쬐어주고 있었다. 가을이 아니고 봄이었더라면 필경 만물을 다시 소생케 함직한 햇빛이었다. 이탄의 늪엔 들오리들이 헤엄치고 있었던가? 이탄 늪가의 푹신한 풀 덤불 위를 걸을 때도, 그리고 내 다리에서 이제는 말라붙은 푸르뎅뎅한 진흙을 떼내느라 덤불 위에 무릎을 굽혔을 때도, 미친 듯 달려오는 들오리들의 발걸음 소리나, 물을 차고 날아오르는 날갯짓 소리가 들리지 않았다. 이탄선(船)이 아직 거기에 있었던가? 도랑이 연못으로 흘러드는 곳에 그 낡은 거룻배가 고물을 물에 담근 채 떠 있었다. 선체가 검은색 타르로 칠해진 이 배는 갈매기 똥이 뿌려진 누르스름한 밧줄로 매여 있었다. 나는 안으로 기어들어갔다. 막대기를 갖고 유유히 헤엄치는 물거미를 내리치기도 하고, 갈대 곁을 지나가는 잉어들의 등 지느러미와 이들이 물 위에 그려놓는 동그라미들을 관찰했다.

나는 홀로 이탄 수송선 안에 앉아 있었다. 앉지도 서지도 않은 어정쩡한 자세로 수문 차단벽을 볼 수 있었다. 집에선 벌써 식사를 마쳤으리라. 힐케가 틀림없이 내 몫의 음식을 부뚜막 위에서 덮혀놓고 있을 것이다. 여기선 아무도 나를 밀지도 몰아내지도 괴롭히지도 않았다. 목과 허벅지의 통증도 누그러졌다. 나는 이탄선을 밀어 물 위에 띄운 다음, 밧줄 밑에 뒹구는 녹슨 깡통을 가지고 배 안의 물을 퍼내기 시작했다. 내가 무얼 하고 있는데 그 음성이 들려왔더라? 갑자기 사람들의 음성이 들려왔다. 남자의 외침소리와 여자의 웃음소리, 그 음성은 탄갱(炭坑)이 있는 곳에서 들려왔는데, 거기엔 말리려고 쌓아놓은 이탄 덩어리들이 탑을 이루었고, 그 탑들은 그럴듯한 도열을 만들었다. 사람의 그림자는 보이지 않고, 다시 한번 남자의 외침과 여자의 웃음소리가 들려왔다. 나는 막대기로 이탄선을 비스듬히 움직여 양쪽 물가를 연결시켰다. 도랑의 건너편으로 넘어가 다시 귀를 기울여 보았다. 하지만 이제는 아무런 소리도 들리지 않았다. 도랑의 물은 흐르지 않았고, 이 탄선도 도랑처럼 꼼짝 않고 서 있었다. 나를 기다렸다가 여차하면 나를 받아들일 듯이.

나는 부드럽게 솟아오른 둔덕으로 해서 이탄갱 쪽으로 올라갔다. 그리하여 그 근처에 다다르기도 전에, 번쩍거리는 착공기가 반원을 그리며 움직이는 것을 보았다. 이 착공기는 둔덕 위로 불쑥 올라왔다가는 반원을 그리면서 사라졌는데, 내게는 그것이, 15분 전부터 15분까지만 가리키는 시계침 같다고 생각되었다. 나는 이탄갱의 가장자리로 다가가 아래를 내려다보았다. 바퀴 하나 달린 수레, 발판, 눈에는 보이지 않는 사람들의 그림자 그리고 검은 이탄 더미가 눈에 들어왔다. 힐데 이젠뷔텔이 벨기에 남자와 함께 착공기 옆에 서 있었다. 레옹이라고 불리는 그 벨기에인은 상의도 입지 않은 채 맨 아래쪽 이탄 더미 위에 서서, 착공기를 삽질하듯이 축축한 땅속에 밀어넣었다가는 호륜궤조(護輪軌條)가 만들어내는 기왓장 크기의 덩어리를 능숙하게 힐데 이젠뷔텔에게 던졌다. 그는 호선을 그리는 스윙을 해서 착공기를 끌어올렸다가는——이때 착공기가 이탄갱의 가장자리 위로 나타난다——다시금 물기가 많은 땅속으로 눌러 박았다. 힐데 이젠뷔텔은 가볍게 무릎을 꿇으면서 이탄 조각을 맞받았으며 그것들을 시커먼 부스러기들이 질척질척한 수레 위에 쌓아올렸다. 두 사람 다 바지를 입고 있었다. 벨기에 남자는 검은색의 승마용 바지, 그리고 여자는 단을 널따랗게 걷어올린 삼베 바지를 입었는데, 분명 두 사람의 바지는 수년 전부터 레닌그라드[13] 전선의 포위 작전에 출정 중인 알브레흐트 이젠뷔텔의 장롱에서 나온 것이리라. 둘은 나막신을 신었는데, 전쟁 포로 레옹이 신은 것 역시 알브레흐트 이젠뷔텔의 나막신이 틀림없었다. 이미 말한 대로 벨기에인은 상의를 벗었고, 여자는 이상한 모양의 블라우스를 바지 속에 헐겁게 집어넣었으며, 지구, 원, 계산자들이 새겨진 수건을 머리에 둘렀다. 혹시 빠뜨린 것은 없을까? 신문지를 덮어놓은 광주리와 그 옆에 놓인 색이 바랜 벨기에인의 군복 상의도 있었다.

어디에서 만나든, 어느 각도에서 바라보든, 비록 웃고 있지 않더라도 힐데 이젠뷔텔의 얼굴은 늘 웃을 준비가 되어 있었다. 이러한 인상은, 틈새가 벌어진 그녀의 짧은 치아라든가, 심을 넣지 않았는데도 높이 치켜 올라간 어깨라든가, 한쪽이 주장하면 다른 한쪽이 논박할 듯이 대치하고 있는 두 눈동자에서만 연유하는 것은 아니었다. 이러한 인상을 유발시키는 것은 그녀의 외관 전부였다. 위로 구부러진 억센 다리, 벨트가 살 속에 묻혀버리지나 않을까 염려가 될 정도로 가늘고 연약한 허리, 육중하지만 아늑한 맛을 풍기는 가슴 그리고 귓바퀴 뒤까지 흩어진 주근깨, 이 모든 외관들이 합쳐져 힐데 이젠뷔텔의 얼굴을 금방이라도 웃을 것처럼 만들어주었다. 젖은 이탄 덩어리를 정확히도 받아내는 솜씨라니! 또한 얼마나 능숙

---

13) 러시아 상트페테르부르크의 전 이름.

하게 그녀는 이탄들을 육중한 수레 위에 쌓아올렸던가! 단 한 덩이의 이탄도 깨지는 일이 없었으니 말이다. 수레가 차면 벨기에인이 착공기를 땅바닥에 내려놓고 이탄 더미에서 뛰어내렸다. 힐데 이젠뷔텔의 다리를 붙잡아 수레 위에 올려 앉히고는 흔들거리는 널따란 판자 위로 밀고 나아갔다. 시커먼 물이 괸 구멍들 곁을 지나 완만한 둔덕을 넘어 또 하나의 판자에 도달했고, 거기서부터 말리기 위해 쌓아놓은 이탄 탑 앞으로 굴러가게 했다. 허리 높이쯤 되는 이 뾰족한 퇴적들은 모두 여섯 줄로 늘어서 있었는데, 멀리서 혹은 어스름이나 안개 속에서 바라본다면 그럴싸한 비유가 하나 떠올랐다. 바로 군대의 행렬이다.

힐데 이젠뷔텔이 수레에서 일어났다. 둘은 우선 고리 모양의 토대를 쌓았다. 다음, 위쪽으로 차곡차곡 쌓아올려 탑을 만들어냈는데, 그것이 다른 탑들과 이루는 모양새 때문에, 그리고 무엇보다 그럴듯한 분위기로 인해 군인을 연상시켰다. 둘은 허리를 구부리고 묵묵히 일했다. 덩어리들을 수레에서 들어내서는, 두 손으로 단단히 두드려주었다. 레옹은 그가 드러낸 마지막 덩어리에다 깃을 하나—그가 자신의 나막신 옆에서 발견한 오리의 깃털이라고 생각된다—꽂아놓았다. 그는 새로 만들어놓은 탑을 향해 거수경례를 붙였다. 그러나 갑자기 경례를 풀고 얼굴을 찡그리면서 등을 문질렀다. 경례를 하고 있을 때 벌레의 습격을 받은 모양이었다. 이번에는 그가 빈 수레 위에 올라 앉았다. 가슴에 팔짱을 끼고 힐데 이젠뷔텔이 수레를 들어 밀 때까지 기다리고 있었다. 손수레가 탄갱까지 굴러가는 동안, 그는 기분 좋은 드라이브를 즐겼다. 자기 옆에 앉은 보이지 않는 사람에게 팬터마임식으로 풍경에 대한 설명을 해주었고, 누군가의 인사에 답례를 보내는 듯 양옆을 향해 연방 고개를 끄덕거렸다.

탄갱의 가장자리에서 나를 발견하고, 그는 손짓을 했다. 레옹의 손짓을 보고도 힐데 이젠뷔텔은 걸음을 멈추지도 나를 쳐다보지도 않았다. 레옹이 상상의 행인이나 구경꾼에게 손을 흔드는 것으로 믿었기 때문일 것이다. 탄갱의 바닥, 즉 광주리 옆에 와서야 그녀는 수레를 멈추었고, 레옹의 손짓에 따라 나를 올려다보았다. 그녀는 나를 알아보았다. 그리고 외쳤다. "이리 오너라, 지기. 우리를 좀 도와주지 않겠니?" 더미와 더미 사이를 껑충껑충 뛰면서 내려가자니, 무른 이탄의 벽이 흔들흔들했다. 둘은 실 모양의 진흙이 말라붙은 내 바지를 보았지만, 아무 말도 하지 않았다. 왜 책가방을 갖고 있지 않은지도 묻지 않았다. 그들은 나를 반가이 맞아주었다. 벨기에인이 광주리를 들어올리자, 힐데 이젠뷔텔이 그 속을 뒤져 햄샌드위치와 카스테라 한 개씩을 꺼내 하나를 고르라고 했다. 이런 경우 택일이 어려워서 나는 두 개를 다 집어들었고, 그들은 빈정거리는 얼굴로 그러면 그렇지 하고 고개를 끄덕거렸다.

다 먹고 나자, 그들은 나에게 일거리를 할당해 주었다. 벨기에인이 착공기로 파게 될 이탄층을 깨끗하게 해주는 일, 즉 이탄을 캐기 위한 예비 작업이었다. 우선 삽으로 잡초들을 제거한 다음, 말라죽기는 했지만 아직 해체되지 않은 식물들을 뽑아버려야 했다. 캐내는 이탄에 불순물이 섞여서는 안 되었기 때문이다. 틀림없이 여러 세대에 걸친 식물들이 그곳에서 자체의 압력과 중량으로 인해 붕괴되어서 가스 물질을 만들고 가스를 형성하는 과정에서 탄산 작용으로 용해되고 분해된 것이다. 덕분에 이탄은 쓸모 있게 굳어지고, 아궁이 속에서 그다지 빨리 연소되지 않는 것이다. 나는 오리나무와 버드나무 가지를 땅속에서 끄집어냈다. 아기 도깨비들이 갖고 놀았음직한 나뭇가지들을 찾아냈다. 왁스 빛을 내는 나무 뿌리. 갈대의 잔해. 알아보기 어려운 섬유 물질. 배에서 떨어져 나온 듯 보이는 두꺼운 널빤지. 이 모든 것을 잡아당기고 파냈다. 하지만 내가 은근히 바라고 있는 것, 찾아내기만 하면 내 풍찻간으로 갖고 가려 했던 것은 나타나지 않았다. 오래된 책에 인쇄돼 있는, 다루기 쉽고 운반이 용이한 동물의 화석이다. 새의 두개골조차 보이지 않았으니, 하물며 고대의 무기 따위야 택도 없는 일이었다. 유황과 암모니아 냄새와 함께 가스 냄새가 코를 찌를 뿐이었다.

벨기에인은 이탄을 파냈고, 여자는 뗏장을 쌓아올렸다. 때때로 위쪽 탑의 도열 앞에 있게 되면 그들은 서로 이야기를 나누었다. 그러나 나는 레옹의 말을 알아들을 수가 없었다. 저지 독일어[14]에 프랑스식 악센트를 붙였기 때문이다. 그의 말을 알아듣는 사람은 오직 힐데 이젠뷔텔뿐이다. 레옹은 포병이었다. 그의 견장에 달고 다니던 날개 모양의 유탄(榴彈)을,

---

14) 엘베강 서쪽의 독일과 네덜란드 북동부 지역에서 사용되는 언어로, 저지 작센어라고도 불린다.

나는 이미 오래전 풍찻간의 아지트에 걸어놓은 터였다.

과거의 창문 이쪽으로 돌아온 나의 눈앞에, 이탄 속에 서 있던 레옹의 모습이, 그림이 인쇄된 수건을 쓰고 금방이라도 웃을 것만 같던 여인의 모습이 어른거린다. 축축한 뗏장을 받을 때마다, 여인은 쌔액쌔액 숨을 몰아쉬었다. 때때로 나는 이탄 늪 너머 루크뷜 쪽을 살펴보았다. 그러나 근처에 사람 하나 얼씬거리지 않았고, 젖소와 양 떼만 풀밭 위를 거닐고 있었다. 젖소와 양들. 이 글자를 아무렇게나 휘갈겨 써놓았지만, 회상의 배경에 이들을 배치해 놓지 않을 수 없다. 검은 얼룩에 회색——이것들이 뒤엉키는 바람에 어디에 양이 있고 어디에 젖소가 있는지 분간키 어려운 이 가축들을 말이다. 나는 내 기억의 들판이 다른 벌판과 뒤바뀌는 걸 원치 않는다. 내가 이야기하는 것은 다름 아닌 바로 나의 장소이며, 내가 찾아내려는 것은 다른 사람의 것이 아닌 바로 나의 불행이기 때문이다. 요컨대 나의 이야기는 아무런 의무도 지지 않는 그런 임의의 것이 아니다.

그래서 나는 쏟아져 내릴 듯한 하늘 아래 안개에 싸인 공기 때문에 약해진 햇빛을 받으며 서 있는 것이고, 찰랑대는 바다 물결 소리와 갈대의 수선거림을 들으며 삽질을 하고 있는 것이다. 머리 위로 새들의 무리가 날고, 늪에서는 거품 많은 수프가 끓고 있다. 늪, 진탕, 원시의 수렁. 나의 할아버지 페르 아르네 쉐셸의 주장에 의하면, 원시의 수렁에서 생겨난 것이야말로, 모두는 아니더라도, 가장 훌륭하고 강인하고 저항력이 강한 생명체라고 하지 않았던가? 모든 생물이, 채찍 같은 꼬리를 하고 수렁에서 태어난 농어 새끼에서 시작되었다고 나에게 새겨주지 않았던가? 그 깐깐하기 짝이 없는 향토 연구가가.

나는 앉아서 휴식을 취했다. 그때 북해 쪽에서 윙윙거리는 엔진 소리가 점점 가까이에서 들려왔다. 탄갱의 바닥에 있던 두 사람은 아마도 이 소리를 듣지 못한 모양이었다. 설령 들었더라도, 키일이나 뤼벡, 또는 슈비네뮌데 방향으로 뻔질나게 지나가는 비행기 소리쯤으로 대수롭지 않게 여겼을 것이다. 소리가 너무 빨리 들려왔기 때문에, 나는 제방 쪽을 건너다보았다. 눈을 가늘게 뜨고, 전화선 네 가닥에 힘입어 제방 너머 수평선을, 말하자면 원반형으로 잘라냈다. 녹청색의 융기 위로 솟아오를 비행기들을 즉시 포착해, 내가 만든 가늠자 속에 집어넣기 위해 나의 대포를, 즉 몰래 감추어놓은 나의 대포—이중 포가(砲架)—를 제방 방면으로 겨누었다. 자, 나타나기만 해봐라. 비행기들은 틀림없이 아주 낮게, 바로 수면 위로 날고 있을 것이었다. 제방을 엄호물 삼아 사냥몰이를 하고 있을 것 같았다. 마침내 프로펠러를 번쩍거리며 이들은 녹청색 융기 위로 솟아올랐고, 전화선을 넘자 곧 우리 쪽으로 방향을 틀었다. 두 대의 비행기. 미친 듯이 돌진해 오는 두 대의 무스탕.

비행기들은 점점 더 낮게 날아왔다. 나는 첫 번째 비행기의 기수(機首)에 그려진 물소머리를 알아보았다. 이 덥수룩한 머리는 자신의 힘만을 믿고 천둥을 치듯 돌진해 왔다. 유리 커버 밑에 앉은 비행사의 모습도 볼 수 있었다. 그는 물소머리를 조정해 더욱 아래쪽으로 내리닫았다. 첫 번째 비행기 뒤로 비스듬히 두 번째 비행기가 선회해 왔다. 두 대의 비행기는 서로 매놓은 듯 모든 동작과 조종이 똑같았다. 동일한 명령에 따라 움직이는 모양이었다.

나는 팔을 높이 들어 그들의 주의를 끌었다. 그러자 동시에 비행기들은 사격을 가해왔다. 공중에서 불꽃의 혓바닥이 날름거렸다. 이 불붙는 실들은 번개처럼 빠르게 땅으로 이어졌다. 늪이 출렁거렸고 총알이 톱질하듯 땅 위에 내리박혔다. 그런데 탑들은! 레옹과 힐데 이젠뷔텔이 쌓아올린 이탄의 탑들이 가루를 튕기며 날아갔고, 폭발했고, 와르르 무너져 산산조각이 나버렸다. 이탄의 펫장들은 부서지면서 먼지처럼 흩날렸다. 뱀의 혓바닥 같은 불길이 마른 소택지의 풀밭을 뚫고 달리자 여기저기서 이탄 부스러기들이 비처럼 쏟아져 내렸다. 나는 어느새 축축한 탄갱 바닥에 엎드려 있었고, 느끼는 것이라곤 나를 누르는 레옹의 몸뚱이와 내 귓전에 와닿는 그의 숨결, 그리고 단단히, 그러나 아프지는 않게 나를 움켜쥔 그의 팔뿐이었다. 레옹이 나를 감싸주는 동안에도 내 눈앞에선 여전히 불꽃의 바퀴가 돌았고, 번들거리는 도랑 위엔 포탄의 비가 내렸다. 총알 몇 개가 건너편 이탄 벽에 박혔지만 별 문제가 없었다. 총알들은 단지 검은 벽 위에 보이지 않는 구멍들을 내는 데 불과했다. 레옹이 내 위에 엎드린 시간이 너무나 길게 느껴졌다. 우리 머리 바로 위로 지나간 비행기들은 어느새 방향을 틀어 다시 우리 쪽으로 되돌아오곤 했다. 그것들은 높이 올라가 수평비행을 하다가도 기수를 아래로 향하고 쏜살같이 강하해 오기도 했다──목표가 우리가 아니라, 듬성듬성 서서 여전히 훈련의 끈기를 보여주는 탑의 도열이긴 했지만 말이다. 이탄의 탑들이 그들을 자극한 것이다. 이들의 훈련을 방관할 수 없었던 것이다. 도망을 가지도 않고, 엄호물도 없이 총알을 맞는 것쯤 아무렇지도 않다는 듯 서 있는 이 훈련의 행렬을, 부동의 자세로 서 있는 이탄의 탑들, 대대병력은 됨직해 보이는 이 늪지대의 보병 부대를 비행기들이 노렸던 것이다.

비행기들이 후줌 방향으로 날아가 버린 뒤, 우리는 갱 밖으로 기어 나왔다. 거기 이탄 탑의 대대가 있었다. 즉 훈련 중이던 불운한 전 병력이 전사해 있었다. 벨기에인이 무엇을 했더라? 레옹은 낮게 날아가는 비행기들을 향해 주먹을 휘둘렀다. 그러곤 껄껄 웃으면서 외쳤다. "야, 이 똥을 쌀 놈들아!" 그는 쑥밭이 된 이탄의 도열을 가리켰다. 머릿수건의 끝을 잡고 힐데 이젠뷔텔을 끌어당겨 입을 맞추고는 완전히 심하게 부서져 버린 이탄의 탑들을 향해서 경멸적인 제스처를 하며 말했다. "몽땅 다시 고쳐놓는 거야. 아직 시간은 있으니까." 레옹은 나의 어깨를 두드리며 말했다. "어때, 같이하지 않겠니, 꼬마야!" 우리는 즉시 재난을 당한 도열의 복구에 착수했다. 깨지지 않은 덩어리를 모아 다시 새로운 탑으로 쌓아올렸다. 힐데 이젠뷔텔과 나는 그를 도와 손상되지 않은 뗏장을 찾아 날랐고, 레옹은 그것들을 차곡차곡 쌓아올렸다. 이 전쟁 포로인 벨기에인에겐 아무것도 부족한 것이 없는 듯했다. 구두 만드는 데 쓰는 삼발이 의자도, 또 결혼을 허락한 여자도.

그는 일을 하면서 휘파람을 불었다. 우리를 격려하면서 휘파람을 불었다. 그러니 갑자기 이탄의 탑들 사이에서 들려온 신음을 듣지 못한 게 당연했다. 나도 마찬가지였다. 처음엔 귀를 기울였다가 다시 일을 계속했지만, 결국 우리에게 조용히 하라는 사인을 보낸 건 오히려 힐데 이젠뷔텔이었다. 그녀의 얼굴을 바라보고 있자니 우리에게도 신음이 들려왔다. 일정한 간격을 두고 나는 그 가느다란 신음은 무너져 버린 이탄 탑 사이에서 들려왔다. 레옹이 소리쳐 불렀지만 아무런 대답도 들리지 않았다. 다시 한번 외쳐 부른 다음, 우리는 모두 소리 나는 쪽으로 내려갔다. 아직도 모르겠다. 그때, 우리가 무엇을 기대했으며 어떤 마음의 준비를 했던지를. 이젠 아무런 소리도 들려오지 않았다. 총알을 맞아 부서진 이탄들 사이로 우리는 어슬렁어슬렁 걸어갔다. 그리고 거기, 이탄의 도열이 끝나는 곳에서 클라스를 발견했다. 그는 등을 땅에 대고 누워 있었다. 꼼짝도 못 하는 상태였다. 우리를 쳐다보지도 못했다. 얼굴은 잔뜩 긴장해 있었다. 손은 벌려져 있었고, 목덜미 아래 말라붙은 이탄이 놓여 있었다. 클라스는 복부에 총상을 입었다. 그는 요대를 차고 있었다. 아니, 이 말은 옳지 않다. 여느 때 같으면 요대의 걸쇠가 걸려 있을 자리에 총알이 관통했고, 백일초보다 더 커다란 핏자국이 그곳에 자리 잡고 있었다.

　이것을, 이것을 우선 확인해야겠다. 지금도 생각나는 것, 그를 발견했을 때 우리가 보인 그 침착함, 외마디소리를 지르는 사람도, 극적으로 "안 돼."라고 외치는 사람도 없었다. 무릎을 꿇으며 와락 엎어지지도 않았고, 손으로 만져 상처를 확인하지도 않았다. 마치 모든 것이 너무 늦기라도 한 듯 우리 모두는 그냥 거기에 서 있을 뿐이었다.

제일 먼저 클라스 위에 몸을 구부리고 몸에 덮인 이탄 조각들을 털어내 준 사람은 레옹이었다. 그러나 몸을 깨끗이 닦아주는 것이 고작이었다. 나도 레옹을 따라 몸을 닦아주다가 클라스의 이름을 부르기 시작했다. 그러나 형은 대답하지 않았다. 힐데 이젠뷔텔이 나를 일으켜 자기 쪽으로 끌어당겼다. 그러더니 벨기에 남자와 소곤거리며 무언가를 의논하는 모양이었다. 그것이 끝나자 벨기에인은 갱 안으로 들어가 옷을 입었다. 손수레를 끌고 클라스 옆으로 다가갔다. 수레를 깨끗이 치운 다음 재킷을 바닥에 깔았다. 조심스레 형을 들어올려서 비스듬한 뒷면이 머리를 받칠 수 있게끔 수레 위에 눕혔다. 내가 말했다. "화가에게 가요. 형을 난젠 아저씨에게 데리고 가야 해요. 형도 그러길 원할 거예요." 힐데 이젠뷔텔이 머리를 흔들며 말했다. "어떻게 그럴 수 있니? 집으로 데려가야지, 애. 지금은 그럴 수밖에 없어. 넌 잠자코 있거라. 클라스는 집으로 가야 해."

"하지만 형은 화가에게 가고 싶어 할 거예요." "병원으로 가야 해." 힐데가 말했다. "우선 집에 갔다가 말이야. 맙소사, 화가에게 데려가야 한다니!"

그녀는 루크뷜 방면을 가리켰다. 벨기에인은 고개를 끄덕이고 수레의 손잡이를 움켜잡았다. 광주리는 내가 들었다. 손수레를 삐걱거리며 우리는 소택지를 빠져나왔다. 쇠테가 끼워진 커다란 나무 바퀴가 풀 덤불 위에서 덜커덩거렸고, 부드러운 흙을 갈면서 나아갔다. 형의 몸뚱이는 조그만 진동에도 흔들거리고 뛰어오르고 오그라들곤 했다. 머리는 옆으로 미끄러져 내리거나 널빤지의 비스듬한 뒷벽 위에서 흔들거렸고, 양손도 옆으로 매달린 채 땅바닥에 질질 끌렸다. 입가에서는 핏방울이 떨어졌으며, 관자놀이에는 십자형의 피딱지가 엉겨붙어 있었다.

수레를 올리고 받치고 누르는 벨기에인의 몸집도 함께 흔들리고 있었다. 목에는 힘줄이 불끈, 등허리는 잔뜩 긴장되어 있었다. 그는 줄곧 클라스를 내려다보면서 모든 충격을 자기 자신이 받아들이려는 듯 조심했다. 우리는 제방으로 통하는 길로 접어들었고, 곧 제방의 옆길을 따라 나아갔다. 이따금 레옹이 수레를 멈출 때마다 힐데 이젠뷔텔은 클라스의 자세를 바로잡아 주거나 등에 깔린 재킷을 고르게 깔아주곤 했다. 걸음을 멈추자 둘은 무언가를 소곤거렸다. 내가 앞서 달려가야 하는 것이 아닐까? 싫다. 아버지께 느리게 굴러오는 수레를 마중하러 나오도록 알려야 하지 않을까? 싫다. 나는 차라리 끈을 끌고 싶었다. 사용되지 않고 수레 위에 놓인 가죽끈을. 그들은 알겠다는 듯 수레를 끄는 끈을 내 어깨 위에 걸머메게 해주었다. 몸을 숙여 수레를 끌면서 나는 수문의 차단벽을 생각했고, 나를 추적하던 욥스트와 하이니 분예를 생각했다. 아직도 나를 기다리고 있는지는 알 수 없는 노릇이지만.

클라스는 조용히 누워 있었다. 엿가락처럼 늘어진 상태랄까? 붕대로 싸맨 한쪽 손은 수시로 미끄러져 내려와, 땅 위에 질질 끌렸다. 힐데 이젠뷔텔이 그 손을 잡아 형의 가슴 위에 올려주던 모습이 지금도 눈에 선하다. 그리고 벨기에인의 검은 눈동자. 힘을 줄 때마다 일그러지던 그의 얼굴.

실제 있었던 사실을 더도 덜도 아니게 그대로 전달하려면, 우리의 귀가 장면을 내가 어떻게 기억해 내야 할까? 수레바퀴의 삐거덕거리던 소리가 들린다. 어깨를 졸라매던 가죽끈의 압박이 아직도 느껴진다. 루크빌이, 빨간 벽돌집이, 헛간이, 손잡이가 위로 곧추선 낡은 손수레가 가까워 온다. 나의 루크빌. 우리는 점점 더 가까이 다가간다. 우리가 지체하게 된 여러 요인들, 예컨대 벨기에인에게 피로감이 닥쳐온, 갖가지 이유로 내게 두려움이 발생한 것 등을 언급해야겠지만, 그러나 그것도 소용 없는 일, 우리는 벌써 나무다리 위를 지나고 있다. 저 앞에 보이는 것은 수문의 차단벽. 그러나 나에게 고무새총을 겨누고 있는 사람은 아무도 없다. 녀석들은 가버린 모양이었다. 우리는 수문과 간판과 손수레 옆을 지나갔다. 이제 클라스 형이 일어날 거야. 그러곤 자신이 지금 어디에 있는지, 어디로 가고 있는지 알게 될 거야. 그렇게 되면, 형을 수레에서 끌어내 이탄의 늪지대로 달아나게 해야지. 거기 어디에 블레켄바르프 다음가는 은신처가 틀림없이 있을 거야. 그러나 나의 형은 수레 바닥 위에 꼼짝 않고 누워 있었다. 일어나기는커녕, 우리가 층계 앞에 수레를 멈추었을 때도 눈 한 번 깜빡하지 않았다.

힐데 이젠뷔텔이 집 안으로 들어갔다. 벨기에인은 돌층계 위에 앉아, 담배꽁초를 찾느라 집게손가락으로 주머니를 뒤지고 있었다. 종내 찾지 못하다가 갑자기 클라스가 깔고 있는 재킷을 가리켰다. 그곳에 담배꽁초를 보관해 두었던 것이다.

참았다가 나중에 피우겠다는 듯 그는 손을 저었다. 염려스러운 표정으로 클라스를 가리키면서, 어떻게 될까를 물어보듯이 두 손을 벌렸다. 한마디의 말도 않고 우리는 무언의 대화를 나누었다. '도울 수만 있다면 돕고 싶다'고 그는 말했다. '하지만 지금 내 입장으로는 클라스를 운반하는 정도밖에 할 수가 없어. 그 이상 어떻게 할 수가 없단 말이야. 내 처지를 이해한다면, 나에게 더 이상의 것을 기대해선 안 될 거야.' 끊임없이 그는 집 쪽에 귀를 기울였다. 이곳을 빨리 떠나고 싶은 것이 분명했다. 축 늘어진 클라스의 팔을 들어올려 주고도 싶었겠지만, 그는 우리 집의 창문 아래서 형에게 손을 댈 엄두가 나지 않는 모양이었다. 나는 클라스를 관찰했다. 그리고 적당한 기회에 그가 도망을 치리라는 희망과 기대를 포기하지 않았다. 그가 움직였던가? 도망을 치기 위해 다리를 끌어당기기라도 했던가? 클라스는 얼어붙은 듯이 누워 있었다. 한기가 그의 몸을 뒤덮고 있었다.

그때, 아버지가 돌층계의 위쪽에 나타났다. 유니폼 상의를 열어젖힌 채 집에서 걸어나왔다. 벨기에인의 인사를 거들떠보지도 않고 망연자실 서 있을 뿐이었다. 길쭉한 얼굴에는 말로 형언할 수 없는 표정이 어려 있었다. 비난과 절망의 혼합이라고나 할까? 곧장 수레 쪽으로 달려 내려오지 않고, 층계의 맨 위쪽에 원근법상 확대된 모습으로 서서 클라스를 내려다보았다. 마치 머릿속에서 클라스의 귀가를 예견하기라도 했다는 듯이, 그리고 이미 오래전부터 거기에 그렇게 서 있었던 것처럼. 아버지는 머뭇거렸다. 무언가를 따지고 비교해 보는 것 같았다. 다음, 천천히 층계를 내려왔다. 지나치리만큼 천천히. 우선 수레를 한 바퀴 빙 돌았다. 걸음을 멈추고, 말을 걸거나 이름을 부르지는 않고 클라스의 어깨를 흔들어보았다. 하지만 소용이 없었다. 아버지는 늘어진 형의 팔을 구부려 가슴 위에 얹어주었다. 뒤따라 나온 힐데 이젠뷔텔은 수건을 벗고 머리카락을 흔들어 털었다. 그러고는 일이 어떻게 되어갈 것인가를 끊임없이 자문했다. 벨기에인은 언제든 도울 용의가 있다는 자세로 기다리고 있었다. 그러자 아버지가 클라스의 다리를 붙잡아 달라고 요청했고, 자신은 두 손으로 클라스의 어깨를 들어올렸다. 이렇게 그들은 형을 집 안으로 날랐다. 옆걸음질을 쳐서 거실 안까지 들어가 그곳 잿빛 장의자 위에 그를 뉘어놓았다. 아버지는, 힐데 이젠뷔텔과 레옹이 서로 시선을 주고받은 후 인사도 없이 나가버리는 것도 눈치채지 못했다. 아버지는 꼿꼿이 클라스 앞에 서 있었다. 귀를 쫑긋하고, 질문의 자세로 서 있는 자신에 대한 답변으로 무슨 숨소리라도 들리지 않을까 기대하고 있었다. 단둘이 있다고 느끼자, 아버지는 무언가 이야기하려고 했다. 무언가 중요한 것을 전하려는 듯이 보이기도 했다. 클라스는 눈을 뜨지 않았다. 아버지는 낚시질하듯 의자 하나를 집어들고는 장의자의 발치에 가 앉았다. 형의 위로 몸을 굽힌 다음, 잠시 불구가 된 그의 손을 붙잡고 이리저리 돌리면서 조심스레 살펴보았다. 아버지는 손을 놓지 않았다. 입술이 움직였다. 침묵이 견딜 수 없다는 듯 갑자기 입을 열었다. "네 형이 아프기는 하지만, 아프다는 걸로 다 끝나지는 않겠구나." 조용히, 그리고 빨리 클라스를 내려다보면서 말했다. 자신의 말을 알아듣고 있는지 여부에는 관심이 없었다. 클라스가 되돌아온 날부터 자신이 걸머졌던 그 오래된 의무에서 벗어나기라도 한 듯이. 문이 열렸을 때에도 아버지의 말은 끝나지 않았다. 말은 중단했지만, 얼굴을 돌리거나 클라스의 손을 내려놓지 않았다.

아버지는 문을 열고 들어오는 어머니의 발걸음 소리에 귀를 기울였다. 상체를 구부리고 숨을 죽였다. 어머니는 입술을 꼭 다물고 별로 사용하지 않는 거실을 통해 걸어왔다. 어머니의 얼굴엔 아무것도, 아직은 아무것도 나타나 있지 않았다. 고통스러운 자제를 제외하고는. 아버지가 일어나 의자를 내주려 했지만 말없이 거절했다. 어머니는 장의자가 무릎에 닿을 정도로 바싹 다가가 앉았다. 그러고는 클라스의 얼굴을 감쌀 듯이 손을 올렸다가 주춤거리더니 그의 어깨를 향해 내려갔다. 나는 평소보다 두 배로 정신을 차리고 집중하면서 귀를 기울였다. 어머니는 소리를 지르지도, 그의 위로 몸을 던지지도 않았다. 그를 쓰다듬거나 이름을 부르거나 키스를 하거나 하지도 않았다. 어깨를 잡고 오른쪽 팔을 더듬어 내려가다가 너무 지나친 감이 들기라도 했는지 깜짝 놀라며 동작을 멈추었다. 죄책감을, 거의 죄책감을 느끼듯 다시 어깨로 되돌아왔다. 상처를 살펴보지도 않았다. 잠시 동안 꼼짝 않고 거기에 앉아 있더니, 경련을 일으키며 훌쩍이기 시작했다. 소리 없이, 그리고 눈물을 흘리지 않고 어머니는 울었다. 아버지의 손이 어깨 위에 올라와 있는 것도 눈치채지 못하는 것 같았다. 아버지가 손에 힘을 주자, 어머니는 일어나서 몸을 돌렸다. 여전히 눈물도 흘리지 않고 계속 훌쩍거리면서, 꽃밭이 있는 창문 쪽을 향해 물었다.

"어떻게 할 거죠?"

"우선 그리프 박사를 부르겠소. 아직 판결에 필요한 취조가 끝나지 않은 상태니까 말이오."

어머니가 창 옆 벤치에 몸을 던지면서 물었다. "어떻게 이런 일이 생길 수가 있단 말예요?"

"나도 보질 못했소. 저 늪지대에서 당했다는 거야, 비행기 공습으로. 힐데 이젠뷔텔과 거, 당신도 알잖소, 레옹이라는 전쟁 포로가 일하는 이탄갱 옆에서 말이오. 힐데 이젠뷔텔과 전쟁 포로가 클라스를 예까지 데려다준 거야. 수레에 태워서."

어머니는 아무런 대꾸도 하지 않았다. 그것은 어머니 자신도 다 목격한 사실이었으니까. "후줌으로 전화를 할 건가요?"

"응."

"함부르크 군병원에도?"

"아니. 그건 후줌에서 알아서 하겠지."

"그리프 박사가 오자마자 전화를 할 건가요?"

"그렇소. 그쪽과 모든 걸 의논해야겠소, 무엇이 가장 필요한 일인가."

어머니는 몸을 돌려 날카롭게 클라스 쪽을 내려다보았다. 그는 내려진 그대로 누워 있었다. 어머니의 시선은 무언가를 탐색해 알아낸 듯했다. 창틀에서 장의자 쪽으로 움직여 갔을 때, 다시 말해, 보이지 않는 저항을 무릅쓰고 애써 다가갔을 때 나는 자문했다. 어머니에게 무슨 계획이 있을까 하고. 그리고 그토록 어렵게 다가간 어머니가 고작 개어놓은 덮개를 집어 펼친 다음, 날렵한 손놀림으로 클라스를 덮어주는 걸 보고 나는 놀랐다. 그런 다음 어머니는 나가버렸다.

　그다음 빼놓을 수 없는 게 무엇일까? 어떠한 세세한 일들이 내 기억 속에 남아 있는 것일까? 우선 전화를 거는 소리. 아버지는 틀림없이 문을 열어놓은 채 전화를 걸었다. 의사를 부르던 소리. 의사에게 무슨 일이 일어났는지, 왜 그가 필요한지, 아버지는 두 번이나 고함을 질렀다. 통화를 마치고 돌아오던 모습이 아직도 눈에 선하다. 구부정한 자세로 흥분해 헛소리를 웅얼거렸고, 손에는 사무용 책상 위에서 들고 온 탁상용 캘린더를 들고 있었다. 아버지는 한 번도 사용한 적이 없는 식탁 주위를 빙빙 돌면서 애꿎은 갈색 찬장만 흔들리게 했다. 램프 바로 아래를, 3단으로 된 철제 화대(花臺)의 바로 옆을 아버지는 뱅글뱅글 돌았다. 아무것도 듣지 않고, 아무것도 생각하지 않기 위해 오른발 뒤에 질질 끌리는 구두끈조차 다시 매지 않았다. 감히 말을 붙일 수도 없었다. 전화 걸 때 잠갔던 유니폼 상의의 단추를 다시 끌러놓았기 때문에 언제나 둘러메고 있는 바지 멜빵이 드러났다. 갑자기 아버지는 찬장 앞에서 멈추어 섰다. 손에 들고 있는 캘린더 상자를 흘끗 바라보더니, 마룻바닥에 동댕이쳐 버렸다. 낱장들이 날아올랐다. 하얀 나날들이 쏟아져 나와, 그중 몇 개는 푸크시아꽃 위에 떨어졌다. 다시 선회를 계속했지만, 두 바퀴를 돌고 만족해했다. 두 바퀴를 돈 후 게걸음으로 문 쪽으로 가서 복도로 나갔고, 거기서 다시 사무실 안으로 들어갔다. 수화기를 들자 찰칵 하는 소리가 들려왔다. 곧이어 다시 한번. 전화를 걸지 않고 수화기를 내려놓는 소리였다.

클라스가 덮개 밑에서 꿈틀거렸다. 나는 그에게 달려가 속 삭이듯 이름을 불렀다. 눈을 뜨고 내 말을 들어보라고, 지금 이야말로 바라던 순간임을 고려하라고 청했다. 그는 덮개를 가슴 위로 그러모았다. "창문이 열려 있어." 내가 말했다. "대 문, 지하실 문 모두." 그는 바르르 떨면서 입을 열었다. 덮개를 움켜잡아 기다란 협곡들을 만들어냈다.

"여기엔 아무도 없어. 할 수 있다면 지금이 찬스야." 그러나 내 의사는 전달되지 못했다. 창문 쪽으로 달려가 그것을 열고 밖을 가리켰을 때에도, 그는 주의를 기울여주지 않았다. 내 쪽 으로 얼굴조차 돌리지 않았다. 나는 다시 한번 그에게 다가가 양손을 덮개 밑으로 밀어넣었다. 클라스의 부상당한 손을 찾 아, 나를 인지시키고 그를 도와줄 용의가 있음을 알리려 한 것이다. 그는 나에게 손을 맡겼다. 그러나 그 이상의 일은 일어 나지 않았다.

나는 단념했다. 창문을 닫고, 흐트러진 캘린더를 상자에 담 아 테이블 위에 올려놓았다. 1944년 9월 22일자 일력을 골라 내 첫째 장에 끼워넣었다. 클라스의 신음이 들렸다. 무언가를 요구하는 모양인데 나는 알 수가 없었다. 방금 방으로 잠입해 들어온 아버지도 그의 말을 알아들을 수 없었다. 아버지도 허 리를 굽혀 클라스에게 귀를 기울였지만 아무런 조치도 취하 지 못한 채 어쩔 줄을 몰랐다. 어깨를 으쓱한 다음 몸을 일으 켰다. 식탁으로 다가와 내 곁에 자리를 잡고 탁상용 캘린더를 응시했다. 흥분하거나 울분을 터뜨리지도 않고 침착하게, 그러나 멍청하니 앉아 있었다. 손을 포개고 어깨를 늘어뜨렸다. 고개를 숙이고 기다리는 자세를 취했다. 서랍을 열더니, 놀랍게도 액자에 넣은 클라스의 사진을 꺼내 찬장 위에 세워놓았다——군복을 입고 한 초소 앞에 서 있는 모습이었는데, 그가 자해 행위를 저지른 후 서랍 속에 유폐되어 있던 것이다——아버지는 사진을, 진주 장식이 번쩍거리는 베드로의 귀와 그림이 그려진 도자기 저금통 사이에 세워놓았다. 그러나 더 이상 바라보지는 않았다.

우리는 기다렸다. 각자 자기 속에 움츠러들고 숨어서 기다렸다. 즉 할 일이 없었다. 우리 둘은 서로 묵계라도 되어 있는 양 기다렸다. 하지만 이건 확실한 표현이 못 된다. 어쨌거나 우리는 무슨 일인가 일어나길 바랐다. 우리의 능력을 능가하는 그 무슨 일인가. 결정적인 일은 벌써 지나간 것 같았다. 그 나머지의 일을 우리는 기다릴 뿐이었다. 마무리짓는 일을. 내 곁에 앉아 있던 아버지의 모습을 회상해 보건대, 놀랄 만한 침착과 체념 속에는 이미 모든 것이 결정되었다는 고백이 담겨 있었다. 나의 아버지, 즉 루크뷜의 파출소장이 바라는 바는 자명한 것 같았다. 아버지가 그리프 박사에게서 무엇을 더 기대했을까? 무엇을 희망했을까? 그리프 박사가 도착하자 아버지는 내게 눈짓을 보냈다. 나는 문 쪽으로 걸어가 의사를 위해 문을 열어주었다. 이 빨강머리의 육중한 노인은 보행이 자유롭지 못했고 숨을 헐떡거리면서도 잊지 않고 거대한 몸을 움츠렸다. 낮게 드리워진 들보에 부딪힌 일이 너무 많았기 때문이다. 그는 한 가지 병만을 확인해 주는 것으로 만족하는 사람이 아니었다. 앙심을 품은 듯이 샅샅이 뒤져내서는 환자에게 적어도 두세 가지의 병을 일러주곤 했다. 가방을 받아든 나는 앞장을 섰다. 아주 천천히, 한걸음 한걸음 그의 보조를 맞추어 가자니 마치 내가 그를 거실로 유혹해 가는 듯한 기분이 들었다. 대문에서 거실에 이르는 짧은 거리를 가며 그리프 박사는 두 번이나 휴식을 취했다. 벽에 몸을 기대고 그렇지 않아도 구부정한 육중한 어깨를 더욱 깊숙이 숙이고, 손가락을 튕기면서 리드미컬한 호흡을 시작했다. 거실로 넘어갈 때 문지방을 주의하라고 하고 문지방에 가까워졌을 때 다시 한번 문지방을 가리켰는데도 아버지가 그의 팔을 붙잡지 않았다면 거의 나자빠질 뻔했다. 아버지는 이 거인을 장의자 옆의 걸상으로 안내했다. 그러곤 그를 눌러앉힌 다음, 인사를 드렸다. 나를 쫓아내다가 다시 불러 세운 아버지는, 가방을 그리프 박사의 발치에 갖다놓으라고 명령했다. 그렇게 하자 장황한 제스처를 취하며, 거실에서 멀리 떨어진 힐케의 방으로 나를 쫓아버렸다. "거기서 기다리고 있거라." 아버지는 명령하면서 자신의 손으로 문을 닫았다.

우선 나는 벽에 붙어 있는 한 영화배우와 인사를 나누었다. 그는 내게 은근한 미소를 띠고 백포도주 잔을 들어 축배를 보내주고 있었다. 그는 하얀 체조복을 입고 곤봉과 링을 휘두르는 소녀들 한가운데에서 제법 흐뭇한 기분에 젖어 있는 것 같았다. 모두 잡지에서 오려낸 그림들이었다. 어떤 그림 위에서는 장딴지를 좁게 모으고 서 있는 힐케를 분명히 알아볼 수 있었다. 그녀는 발꿈치를 들고 가슴을 팽팽히 내민 채 곤봉 두 개를 돌리고 있었다. 그 곤봉들은 옷장 옆 구석진 곳에 세워져 있었다. 나는 그것들을 집어들고 잠시 흔들어보다가, 별 재미가 없어 다시 제자리에 놓아두었다. 하나밖에 없는 의자의 등받이를 힐케의 재킷이 따뜻하게 해주었고, 앉는 자리에는 검정색 스커트와 검정색 허리띠가 놓여 있었다. 거울엔 군사 우편 카드가 꽂혀 있고, 그 밑 유리판 위에서 나는 손톱깎이, 머리핀, 빗 네 개, 옴 방지용 피부 향유, 탈지면, 고무밴드, 작은 약병 하나를 발견했다. 침대 위에는 노란 헝겊으로 만든 커다란 병아리가 한 마리 앉아 있었고, 침대 밑에는 힐케의 구두가 놓여 있었다. 수(數)따기 놀이라도 했었나? 침실용 탁자에 놓인 수따기 놀이판 위에는 모두 세 마리의 쥐가 쥐덫에 걸려 있었다.

나는 거실 문으로 살금살금 다가가 열쇠 구멍을 들여다보았다. 그리프 씨는 장의자 위에 앉고, 아버지는 그의 옆에 서 있었다. 덮개는 방바닥에 깔려 있었다. 나는 아버지를 바라보았다. 얼굴은 궁금증과 괴로움으로 일그러졌고 입술은 툭 불거져 나와 있었다. 클라스는 그리프 박사의 등에 가려져 있었다. 아버지가 무언가를 묻자, 그리프 박사는 머리를 흔들었다. 아버지의 목소리는 내가 있는 곳에서도 들렸다. "왜 안 된다는 겁니까?" 그러자 덩치 큰 의사가 형을 내려다보면서 말했다. "그건 군병원에서만 할 수 있습니다. 이 앨 즉시 군병원으로 보내야 해요." 그는 자신의 주장에 대해 눈에 보이는 증거라도 대듯이 손을 펼쳐 클라스를 가리켰다. 아버지가 다시 질문했고, 이에 대해 그리프 박사는 아래로 내려가는 손을 들어 어깨쯤의 높이에서 펼쳐 보여 대답을 대신했다. 그의 손가방은 바닥에 방치되어 있었다. 아직 열어보지도 않은 채였다. 아버지가 그의 곁으로 다가가자, 나는 둘의 등밖에 볼 수 없었다. 의사는 무언가를 설명하는 듯했다. 아마도 이 수고가 통찰해야 할 무언가를 이해시키고 있으리라. 아직도 그리프 박사는 가방을 열지 않고 있었다. 구식 자물쇠가 달린 가죽 가방. 의사는 아버지의 얼굴을 보지 않은 채 속삭이듯 말했다. 내가 보기에 아버지에게 남은 희망을 하나씩하나씩 앗아가는 것 같았다. 아니, 그것은 의심의 여지가 없었다. 몸을 돌려 창밖을 바라보던 아버지는 이제 질문을 단념했다.

대문이 쾅 소리를 내며 닫혔다. 누가 왔는지 보려고, 나는 창가로 달려갔다. 하지만 한발 늦고 말았다. 나는 다시 열쇠구멍으로 되돌아갔다. 아버지는 움직이지도, 입구 쪽을 바라보지도 않았다. 의사는 클라스의 상의 단추를 채워주고 있었다. 그러자 거실의 입구에 그가 나타났다. 처음엔 작게, 다음엔 갑자기 확대된 모습으로, 한 손엔 파이프를, 다른 한 손엔 모자를 들고, 남루한 푸른 외투를 입은 그가 숨이 턱에 차서 나타났다. 그는 문지방 위에 서 있었다. 불편한 순간에 나타난 것이 미안해 머뭇거리는 것이 아니고, 격렬히 어깨를 오르내리며 필요한 공기를 얻어내기 위해서였다. 나의 아버지는? 아버지는 몸을 돌리지도 않았다. 누가 들어왔는지 알고 싶어 하지도 않았다. 아버지에겐 아무런 의문도 남아 있지 않았다. 지금 중요한 것은 필수 불가결한 것만을 생각하는 일이었다.

화가가 들어왔다. 장의자 곁으로 달려가서는 의사에게뿐 아니라 두 사람을 모두 바라보면서 말했다. "이 애가 죽었나요? 그들이 죽었다고 하던데." 단 두 걸음에 그는 벌써 장의자 옆에 가 있었다. 그의 시선은 클라스와 의사 사이를 번갈아 오갔다. 의사의 말이 들려왔다. "군병원으로, 우리는 이 앨 군병원으로 보내야 해요. 내가 전화를 걸까? 옌스?" "저편 사무실에 전화가……." 아버지가 말했다. 일어서는 의사를 도와주며 화가가 말했다. "가망이 있을까요? 치명상은 면한 겁니까?" "그러길 바랍시다. 더 악화될 것 같기도 하지만." 하고 그리프 박사는 대답했다. 발을 질질 끌면서, 두 팔을 앞으로 내뻗고 그는 거실의 문지방을 무사히 넘어섰다. 화가는 클라스의 위로 몸을 굽혔다. 그러고는 날카롭게 탐색하듯 클라스를 찬찬히 관찰했다. 마치 무엇인가를 찾고 있는 것처럼, 그게 아니라면 무언가를 인상 깊게 새겨두려는 것처럼 입술이 실룩거렸다. 울음을 삼키느라 턱이 위아래로 딱딱 맞부딪쳤다. 분노였다. 믿기지 않는다는 듯 낭패한 표정으로 천천히 머리를 흔들고 있는 그의 얼굴은 분노, 바로 그것이었다. 그는 아버지 쪽으로 몸을 돌려 무언가를 물어보려 했다. 그러나 더듬거리면서 자신이 나타난 것에 대해 양해를 구하는 것이 고작이었다. "이 애가 죽었다고 그들이 말하더군. 그래서 왔네." 파출소장은 머리를 끄덕였다. 그러나 그것은 아, 그러냐 하는 뜻이 아니고, 아무러면 나와 무슨 상관이냐 하는 뜻이었다. "어떻게 이런 일이 생길 수가 있나?" 아버지는 어깨를 으쓱했다.

"일어난 건 일어난 거지, 달리 어떡하겠나?"

"저편 늪지대에서 생긴 일이라며?"

"그렇네, 늪지대에서."

"하지만 클라스를 위해 다른 방법이 여러 가지 있었을 텐데."

"있었지, 물론. 그래서 지금 그가 잘되기를 바라고 있는 게 아닌가?"

"만족스럽지 못하더라도 말이지. 내가 보기엔 충분한 조치를 취한 것 같지가 않아. 이건 착오야, 옌스. 정신 나간 착오라고."

"무슨 소릴 하는 건가?"

"그자들이 이 앨 데려갈 거야. 회복을 시켜준 다음 판결을 내리겠지. 목을 매달기 위해 건강을 되찾게 해주는 꼴이지. 그쯤은 자네도 알고 있겠지?"

"내가? 난 아무것도 모르겠는데."

"그들이 이 앨 데리러 벌써 오고 있는 중인가?"

"아직 아무도 오고 있지는 않네."

"틀림없겠지? 그렇다면 이제 모든 게 자네 손에 달려 있네."

"그렇지, 모든 건 내 손에 달려 있지. 그래서 사람들이 다 이 일을 내게 떠맡기는 게 아닌가?"

"내가 여기 온 건 단지 이 애 때문일세."

"그래, 고맙군."

"내가 클라스를 좋아한다는 것, 그리고 우리 사이가 퍽 가깝다는 걸 자네도 알고 있겠지?"

"모두 알고 있네."

"내가 구드룬과 이야기 좀 할 수 있을까?"

"어려울 것 같은데. 위층에 있어." "내가 뭐 도와줄 게 없 겠나?"

"그럴 필요 없겠는데. 우리가 해야 할 일이니까."

"제발 잘되어야 할 텐데."

화가는 장의자 옆으로 다가갔다. 날렵하게 클라스의 손을 만졌다. 다음엔 어깨. 그러곤 순식간에 밖으로 나갔다. 대문 닫히는 소리가 들리겠지, 하고 기다리는 동안 벌써 그는 층계 를 내려갔고, 자전거를 세워놓은 간판 기둥 옆에 가 있었다. 창문을 통해 내다보니, 그는 모자를 짐받이 속에 던져넣고 받 침대를 발로 걷어찬 다음, 자전거를 끌고 떠났다.

그의 모습이 홀름젠바르프의 나무 울타리 뒤로 사라질 때 까지, 나는 오랫동안 그의 뒤를 바라보았다. 창문에서 물러나, 이번엔 열쇠 구멍에 달라붙지 않고 그냥 거실 안으로 들어갔 다. 약간 놀란 표정으로 손잡이를 잡고 서 있었지만, 주의를 받거나 밖으로 나가라는 말이 없었으므로, 나는 등으로 문을 닫았다. 그리프 박사와 아버지가 마주 서서 무언가를 상의하 고 있었다. 클라스는 여전히 덮개 밑에서 꼼짝 않고 누워 있 었다. 의사는 무언가를 떠맡으려 하고 있었다. 의무나 위임 같 은 것을 여러 차례 말했다. "그건 내가 하겠네. 내게 맡겨줘. 자네는 걱정할 필요 없네." 그는 위로하듯 아버지의 팔을 툭툭 치고는 아버지의 몸을 돌려 내가 서 있는 방까지 밀어냈다. 더 덧붙여야 할 것은 의사 자신이 육중한 몸을 이끌고 위층으로 통하는 계단을 올라갔다는 것, 그리고 우리, 즉 아버지와 나 는 머리를 들어 이 힘겨운 노고의 소리를 귀 기울여 듣는 수밖에 없었다는 것이다. "이런 고마울 데가." 아버지는 중얼거리며 휴 한숨을 내쉬었다. 그리고 나를 발견했다. 아버지는 나를 움켜잡더니 자기 쪽으로 끌어당겼다. 몸으로 나를 장의자 쪽으로 밀어붙이고는 계속해서 말했다. "할 수 있는 데까지는 다 해보았단 말이다. 할 수 있는 데까지. 그렇지만 더 이상 어떻게 해볼 도리가 없어. 더 이상은." 아버지는 우리에게 지은 죄를 알고 있었다. 아버지는 입을 다물었다. 내가 물었다. "형은 언제 낫게 될까요?" 그러자 아버지가 대답했다. "이 앤 내가 무엇을 할 수밖에 없는지 알고 있었어. 내 의무를 말이야. 난 그것을 행한 거야. 이제 우린 다시 되돌릴 수가 없어. 우린 모든 방안을, 온갖 방안을 다 짜내보았어. 그리고 최선의 해결책을 찾아낸 거야. 오늘 처음 시작된 일이 아니었지. 이 녀석이 여기 나타났을 때부터 온갖 해결책을 다 찾아보았던 거라고. 자, 가자."

나를 놓아주었을 때, 아버지의 얼굴은 잿빛이었다. 우리는 나란히 마루를 건너 아버지의 사무실 안으로 들어갔다. 아버지는 수화기를 집어들었다. 연결되는 소리가 날 때까지 기다렸다가 후줌을 연결시켜 달라고 요청했다. 여느 때처럼 우렁찬 목소리는 아니었지만 그렇다고 알아듣지 못하게 기어들어가는 목소리도 아니었다.

10

제한된 시간

내가 알고 있는 것을 또 보태넣고 싶다. 이러한 내 기억이 다음번 비에 씻겨버리는 한이 있더라도. 적갈색 석회가 칠해진, 오래전부터 사용되지 않는 블레켄바르프의 외양간과 옅은 안개가 낮게 땅 위를 기어다니던 어느 냉습한 아침의 이야기를 끄집어내야겠다. 외양간의 문을 열어 그 부상당한 짐승을 볼 수 있게 하고, 밀도살을 하거나 아니면 그것을 구경하기 위해 거기에 있던 모든 사람들을 다시 한번 밝은 햇빛 아래 집결시켜야겠다. 그때의 장면을 재현해 보면 이렇다. 외풍이 심한 블레켄바르프의 외양간, 이미 언급했듯이 더 이상 사용되지 않는 돼지우리와 외양간. 닭똥이 덕지덕지 묻은 채 둥우리를 향해 비스듬히 세워진 사닥다리. 흔들거리는 널빤지 더미 위에 앉아 있는 사람들, 즉 홀름젠 영감과 그의 부인, 유타, 화가 그리고 나. 그리고 목과 척추 부위에 난 상처에서 천천히 피를 쏟고 있는 짐승. 석회칠을 한 외양간 벽에 기댄 채 앞발로 버티며 헐떡이는 그놈은 주둥이에 잔뜩 거품을 물고 있었다.

비행기가 루크뷜의 상공에서 폭탄을 두 개 투하했다고 내가 말한다면, 사람들은 물론 이렇게 물을 것이다. 네가 그걸 어떻게 아느냐고. 하지만 적어도 그러한 질문은 별 대수로운 것이 아니라고 생각한다. 루크뷜에, 그것도 구름 위에서 폭탄을 투하할 가치가 있다고 여긴 그 비행사를 내가 머리에 떠올릴 수가 없다는 점을 제쳐놓는다면 말이다. 어쨌든 그 비행기는 두 개의 폭탄을 투하했다. 하나는 바다에 떨어졌고, 다른 하나는 블레켄바르프 근처의 목장 지대에 떨어져 깔때기 모양의 구덩이를 깊숙이 파놓았다. 그 파편에 목과 척추를 맞은 것이 바로 홀름젠 영감의 암소였다.

우리는 외양간 널빤지 위에 앉아 이 짐승을 관찰했다. 더 이상 일어설 수는 없었지만, 그렇다고 죽을 정도로 상처가 깊은 것은 아니었다. 펼쳐놓은 감자 자루 위에는 도끼, 칼, 톱이 놓여 있었고, 그 옆에 주발들과 대야, 찌그러진 착유통(搾乳桶) 그리고 칼자국이 요란한 가죽 앞치마도 준비되어 있었다. 모든 것이 밀도살을 위한 준비물이었다. 우리는 계속 암소를 관찰했다. 그놈은 마치 뒷다리로 앉아 있는 듯한 형국이었다. 어지러운 땅바닥 위로 발자국이, 더러워진 젖꼭지에서 쏟아진 젖이 흥건했다. 젖꼭지 부근에선 아직 맥박이 뛰었고 그때마다 경련을 일으키듯 실룩거렸다. 흐트러진 다발 같은 꼬리가 가볍게 땅 위를 쓸어댔고, 이따금 철썩 벽 위를 때리기도 했다. 물을 마실 때처럼 머리를 쑤욱 내밀고, 주둥이를 지나 콧구멍까지 혓바닥을 휘둘렀고, 헉헉 가쁜 숨을 몰아쉬면서, 기포가 많은 거품을 내뿜었다. 이따금 앞발을 긁어대며 벽에서 떨어져 나오려 했지만 허사였다. 비척거리다가는 요란한 소리를 내면서 다시 넘어질 뿐이었다. 계속 상처에서 피가 흘러나와서는, 얼룩점이 박힌 피부를 지나 희끄무레 흔적을 남기며 땅 위로 떨어졌다. 파편 하나는 오른쪽 뒷다리에 맞아, 찢어진 살갗 사이로 허연 뼈가 노출되어 있었다.

벌써 두 번이나 홀름젠 영감은 밀도살을 시작하려 했다. 그의 부인——흰 머리카락에 구부정한 다리의 괴팍스러운 여자, 분명히 홀름젠 영감이 혹시 내가 오소리와 결혼한 게 아닌가 하는 기분을 느낄——의 독려를 받으며 그는 도끼를 들고 그 짐승 앞으로 다가갔다. 그때마다 늙은 할멈의 재촉이 성화같았고, 그는 고수머리가 난 이마의 한 점에 시선을 모으고, 막 도끼를 내리치려고 다리를 버티곤 했다. 하지만 재촉이 더욱더 극성스러워졌는데도 도끼를 치켜들 수조차 없었다. 매번 어깨를 으쓱하면서 우리가 있는 널빤지 쪽으로 돌아와 앉곤 했다.

뾰로통한 할멈은 바가지를 긁어댔다. 글뤼제루프로 가서 돌아다니는 스벤 프륌을 불러오겠노라 위협까지 했다. 냉큼 암소를 도살하지 않으면, 영감이 그에게 수고비를 지불해야 할 거라고 을러댔다. 화가가 그 짐승을 응시하고 있자 여자가 말했다. "어서 해요, 영감. 어서 빨리 저 녀석을 우리 앞에서 치워버려요. 재수가 없어서 그런 것뿐이에요." 그리고 그를 이 불가피한 일에 끌어들이기 위해, 찌그러진 착유통을 낚아채듯 들고 암소 쪽으로 다가갔다. 자기가 직접 피를 받을 것이며 소를 죽이는 일도 함께 거들어주겠다는 의사 표시였다.

그래도 소용없었다. 홀름젠 영감에겐 힘도 자신감도 생기지 않았다. 그는 화가에게서 담배를 한 대 얻어 옆쪽을 향해 뻑뻑 피워댔다. 할멈은 그가 오리를 잡았던 기억을 상기시켰다. 비둘기와 닭들을 잡던 것. 도끼자루를 그의 손에 들려주며, 스벤 프룀에게 줄 비용을 절약할 수 있다고 상기시켰다. 그 점은 영감도 통찰하는 바였다. 그는 한숨을 쉬며 고개를 끄덕이고는 널빤지에서 일어났다. 그러나 상처 입은 짐승을 오래 쳐다보는 동안 그는 자신이 가진 능력의 한계성을 깨달았다. 그는 도끼를 땅바닥에 떨어뜨렸다. "다른 암소라면 몰라도." 하고 그는 말했다. "테아는 안 되겠어. 테아는 안 되겠다고. 이놈은 두 번째로 좋은 젖소였고, 내 말을 알아듣기도 했잖아."

"하지만 이젠 말을 알아듣지도 못해요. 거지반 죽은걸요 뭐. 저놈의 고통을 덜어주려면 죽이는 도리밖에 없어요." 하고 할멈이 말했다. 그때 유타는 정말로, 이 짐승의 상처를 싸매어 치료할 수는 없는지 물어보았다. 홀름젠 부인은 발끈해 경멸적인 표정을 감추지 않았다. "싸매주어야 할 건 바로 네 입이구나."

짐승이 땅바닥을 긁기 시작했을 때, 앞쪽으로 무릎을 꿇고 땅 위로 목을 쭉 내뻗었을 때, 할멈이 다시 도끼를 들었다. 그러나 남편에게 주지 않고, 자기가 무얼 하려는 건지 생각 좀 해보라는 듯 짐승 쪽으로 다가갔다. 암소는 여자를 알아차리지 못한 듯 머리를 흔들거리면서 여러 차례 등의 상처를 핥아 보려 시도했다. 결국 짐승은 성공하지 못하고, 땅바닥을 향해 가쁜 숨을 내쉬었고, 여물과 마른 나뭇잎들이 위로 날아올랐다. 짐승은 벽에서 몸을 빼냈다. 온 힘을 기울인 순간이 지나자 다시 땅 위로 고꾸라졌다. 혀로 땅을 훑으면서 더 이상 입 가의 거품을 핥아내려 하지도 않았다. 눈에 띄게 몸통에 팽배하게 느껴지던 긴장도 풀어져 버렸다. 더 이상 꼬리로 비질을 하지도 않았다. 도끼를 놓고 할멈은 짐승을 가리켰다. 이 비난에 찬 몸짓은 우리 모두를 향했다. 널빤지 귀퉁이에 웅크려 앉아 애꿎은 담배만 빨아대는 홀름젠 영감만을 향한 몸짓이 아니었다. 무슨 생각을 정리하고 있기라도 하듯, 그는 어깨를 떨구고 앉아 상처 입은 짐승을 바라보는 것도 애써 피하려 했다.

갑자기 화가가 널빤지에서 일어섰다. 모자를 어깨에 닿도록 눌러쓰고 파이프 담배를 문설주에 탁탁 털어냈다. 한마디의 말도 없이, 그리고 한 번도 머뭇거리지 않고, 그는 부인 옆으로 다가갔다. 그리고 재빨리 우리, 즉 유타와 나에게 이곳을 나가라고 눈짓했다. 하지만 그는 우리가 그 지시에 따를 때까지 기다리지는 않았다. 할멈의 손에서 도끼를 빼앗아 움켜쥔 다음, 그녀를 우리가 있는 널빤지까지 밀어붙였다. 다시 짐승에게 다가갔을 때, 그놈은 그를 거들떠보지도 않고 목을 앞으로 빼고는 힘겹게 머리를 들어올리느라 바르르바르르 경련을 일으키고 있었다. 화가는 손에 든 도끼의 무게를 가늠해 보았다. 서서히, 한 발짝 한 발짝 구두창을 끌면서 걸어갔다. 발바닥을 돌리면서 견고한 자리를 점검했다. 그는 꼼짝도 않고 짐 승을 노려보았다. 무관심한 검은 눈으로 그를 향해 육중한 머 리통을 들어올리려 하는 그 짐승을. 달라붙은 머리털이 흑백 의 소용돌이를 이루며 이마 위에 늘어져 있었다. 주둥이엔 흰 점액이 실처럼 매달려 있었으며, 털투성이의 두 귀는 화가의 거동을 엿듣기라도 하듯 쫑긋 일어서 있었다. 우리는 화가가 도끼를 내리칠 양미간의 지점을 재고 있음을 알아챘다. 뒤를 한 번 돌아본 다음, 그는 도끼를 높이 치켜들었다. 우리는 숨 을 죽였다. 외양간에 서 있던 그의 모습, 머리를 약간 기우뚱 하고 도끼를 치켜든 채 무심한 눈으로 자신을 바라보는 짐승 을 내려다보던 그의 모습이 지금도 눈에 보이는 듯하다. 일격 을 가하려 손을 쳐들었기 때문에 기다란 그의 외투자락이 오 금까지 올라가 걸려 있었다.

도끼가 부딪히는 동시에 화가의 신음이 들렸다. 최대로 호 선을 그리며 도끼를 자기 쪽으로 끌어당긴 다음 어깨 위로 치 켜들었다. 한 발자국 뒤로 물러서는 순간, 날 없는 부분의 두 번째 가격이 결행되었고, 이때 도끼를 내리치는 데 기울인 몸 집이 가속에 힘입어 자신도 모르게 앞으로 이끌려 갔으며, 모 자가 뒤쪽으로 날아가 버렸다. 두 번째 가격이 끝난 후 그는 급히 입을 닦아내고는 아무도 알 수 없는 말을 중얼거리며 나 와 유타 쪽을 바라보았다. 내 느낌으로는 그가 우리를 발견하 지 못한 것 같았다. 혹은 적어도, 아직 우리가 그곳에 남아 있 는 것에 대해 놀라는 것 같지는 않았다. 자루를 자신의 앞쪽 에 곧바로 세운 다음, 그는 천천히 발 사이로 미끄러뜨렸다. 잠시 후 세 번째 가격의 필요성을 느끼자 그는, 느리지는 않았지만 한결 기운 없이, 그리고 머뭇거리며 도끼를 내리쳤다. 몸을 돌리자 화가는 도끼를 홀름젠 영감에게 되돌려 주고, 다시 널빤지 위에 앉아 손가락을 주물러댔다.

그러나 이것이 외양간에서 있었던 그날 아침에 대한 기억의 전부는 아니다. 도끼의 날 없는 부분이 소의 두개골을 내리치던 소리가 아직도 들리고, 내리칠 때 중압 때문에 땅 위에 내동댕이쳐지던 소의 두개골이 보이고, 아프게 내 팔을 움켜잡던 유타의 손가락이 느껴진다. 도끼는 암소의 양미간에 맞았다. 마치 속 빈 나무줄기를 내리치는 듯한 소리가 들렸다. 도끼는 짐승의 이마를 박살냈고, 암소의 몸 전체가 순간 풀썩 주저앉는 듯했다. 그러나 다음 순간 앞발을 긁기 시작했고, 자신에게 고통을 주는 근원을, 그 저항물을 찾아 목을 내뻗었다. 등이 뻣뻣해지고 뒷다리를 잔뜩 벌린 품이, 마치 도끼를 그 육중한 몸으로 방어하거나 혹은 도망치려는 모습을 연상시켰다. 두 번째로 도끼를 내리친 것이 다시 한번 상처 입은 짐승의 오관을 흔들어놓았다. 그가 찾고 있는 힘, 그가 필요로 하는 힘은 이제 소진되었다. 기껏해야 머리를 움찔거리거나 땅을 긁으면서 자신이 하려는 바가 무엇인지 암시해 주는 데 불과했다. 머리가 느린 리듬으로 땅에서 일어났다가는 주저앉았고, 그때마다 둔탁한 소리가 들려왔다. 양옆구리가 바르르 떨고 있었다. 두 번째 가격을 받은 후, 옆구리는 극성스러운 파리 떼를 쫓기라도 하듯 똑같은 방식으로 짧고 격렬하게 실룩거렸다.

이제 이 짐승을 결정적으로 쓰러뜨릴 때가 온 것 같다. 눈에 띄지 않는 반사운동을 도외시한다면, 사지를 벌린 채 꼼짝 않고 늘어진 상태의 그놈을 석회가 칠해진 벽 앞에 떠올려 본다. 그놈이 죽은 장소가 또렷이 떠오른다. 풍선에 바람이 차듯 그놈은 내 눈앞에서 거대한 모습으로 부풀어 오르는 듯했다. 지금도 기억이 나거니와, 난 그때 할멈이 미웠다. 짐승이 완전히 잠잠해질 때까지 기다리지를 못하고 그녀는 가죽 앞치마를 냉큼 집어서는 영감에게 내밀었다. 다음, 칼을 건네주면서 벽 앞의 암소를 험상궂게 가리켰다. 그녀의 팔에는 어느새 착유통이 흔들흔들 매달려 있었다. 나는 그녀가──홀름젠 영감도, 화가도 아니고, 그녀가──미웠다. 그 증오심 때문에 더욱 열심히 그녀의 거동을 살펴보았는지도 모른다. 할멈은 이제 죽은 짐승의 목 앞에 웅크리고 앉아서 착유통의 아가리를 비스듬히 갖다댔다. 이젠 더 이상 영감을 들볶지도 않고, 마치 벌써 피가 흘러나오기 시작하는 것처럼 의연히 통 속을 들여다보고 있었다. 영감은 칼을 손가락으로 만져보았다. 엄지손가락으로 칼날을 만져본 다음, 양다리에 머리를 박듯이 서서히 몸을 굽혔다. 칼을 목덜미에 대고 조금씩 찔러넣은 다음 부인을 올려다보았다. 그가 칼을 빼자 피가 분출되어 정확히 통 속으로 쏟아져 들어갔다.

그때 누군가가 내 뒷덜미를 움켜잡았다. 몸을 돌리려고 했으나, 목을 죄는 손가위는 더욱 힘이 강해졌다. 그리하여 내가 느낀 거라곤, 나와 유타가 함께 묶여 배처럼 문 쪽으로 끌려가고 있다는 사실이었다. 놀라서 다시금 몸을 돌리려 했으나 별 소용이 없었다. 나는 여전히 문 쪽으로 끌려가고 있었다. 우리를 하나씩 뜰로 떼민 다음, 화가는 우리 뒤에서 문을 닫았다. 하지만 그는 다시 한번 문을 열었다. 그것은 본채에서 우리 쪽을 향해 건너오는 디테를 알아보았기 때문일 것이다. 그녀는 연못 건너편에서 이미 신호를 보내왔다. 우리가 아니라 화가에게 보내는 신호를.

"가거라." 화가가 말했다. "안 가면 혼낼 테야. 너희가 볼 장면이 아니야." 그는 외양간으로부터 우리를 끌어내 시커먼 통나무들이 쌓인 곳까지 밀어냈다. "뭐지, 여보?" 그는 자신이 바쁘다는 걸 알아달라는 듯 조급하게 물었다. "우린 지금 한참 일을 벌이고 있는 중이오." 디테가 그에게 무언가를 소곤거렸다. 그러자 그는 자신의 손을, 다음엔 루크뵐 방면을, 그리고 다시 손을, 핏자국이 선명한 외투를 내려다보았다. "그자들이 모든 걸 알고 있는 모양이군." 화가가 말했다. "여기선 무엇 하나 그자들 눈을 피할 수가 없어. 하지만 올 테면 와보라지. 홀름젠 영감이 암소를 죽일 수밖에 없었는걸. 도살 허가를 받기 전에 뒈지고 말았을 거라고."

디테가 다시 소곤거렸다. 그러자 화가가 말했다. "도대체 그럴 필요가 어디 있소? 외양간에 머물러 조용히 일을 계속해도 돼요. 그 짐승이 온몸에 파편을 맞은 걸 안다면 그들도 어쩌진 못할 거요. 그걸 증명할 수도 있고. 자동차가 도착하거든——외양간에 있겠소. 디테, 당신은 차나 끓여요. 모두 차가 필요하니까." 그러고 나서 몸을 돌렸다. 한 손을 외양간 문에 막 대려는 순간, 그는 몸을 튼 채로 루크뵐 방면을 바라보았고, 덩달아 그쪽을 바라본 우리는 거의 동시에 자동차 한 대를 발견했다. 자동차는 안개 낀 들판을 지나 천천히 다가오고 있었다. 이따금 잿빛 모래톱에 가렸다가는, 예측되는 지점에 다시금 나타나곤 했다. 오리나무로 울타리를 친 주차장까지 똑같은 속력으로 달려와서는 거기서 정차했다. 잠시 멈추어 있는 동안 아무도 내리는 사람은 없었다. 사람의 그림자는 얼씬도 않은 채 엔진 소리만 계속 들려왔다.

화가는 뻗었던 손을 내리고, 멈춰 있는 차 쪽으로 종종걸음 쳐 갔다. 아니, 이것은 적절한 표현이 아니다. 자동차가 멈추고도 내리는 사람이 없기 때문에 그는 나무로 된 흔들이문으로 다가가 천천히 그것을 열고는, 친절하지는 않았지만 그런대로 영접하는 사람의 자세를 취했다. 그러자 자동차는 우리 쪽을 향해 다가왔다. 자동차가 통과한 후, 화가는 잡고 있던 흔들이문을 놓았다. 뜰로 들어온 자동차는 연못가에서 방향을 틀더니, 우리 앞으로 오질 않고 본채 쪽으로 굴러가 출입문 바로 옆에서 멈추었다.

우선 두 명의 가죽 외투가 내렸다. 그들은 자동차 주위를 한 바퀴 돌았는데 서두르거나 들뜬 태도라기보다는, 마치 고속촬영에서와 같이 느긋하고 집요한 행동이었다. 요컨대 그들은 암록색 자동차를 휘 돌아서는 냉각기 앞에서 서로 만났다. 그러곤 서로 의논을 나누지 않았는데도 동시에 걸음을 멈추고 우리 쪽을 쳐다보았다. 길게 늘어진 가죽 외투들은 꽤나 무거워 보였다. 그들의 느긋하고 지나치게 큰 동작에는 그 무거운 등산화와 얼굴에 그늘을 만들어주는 차양 넓은 소프트 모자가 제격이었다. 그들이 다리를 벌리고 냉각기 앞에 서 있

는 동안, 뒤를 이어 루크빌의 파출소장이 뚱한 얼굴로 내려왔
다. 투덜거리며, 손잡이나 고리의 어딘가에 걸린 어깨망토와
실랑이를 벌이다가 결국 잡아 빼는 데 성공했다. 그는 냉각기
앞의 가죽 외투들에게 걸어갔다. 그들은 수고롭게 우리에게
다가오지는 않았다. 그들은 기다렸다. 화가가 그들에게 손짓을
해 외양간 문을 가리켰을 때에도, 그들 셋은 자리를 뜨려 하
지 않았다.

이번엔 화가가 그들 쪽으로 반쯤 다가갔다. 엄지손가락으로
어깨 너머를 가리키면서 말했다. "저 안에들 있으니 그쪽으로
가보시오." 그러나 가죽 외투들에겐 이러한 권고가 개의할 바
아닌 것 같았다. 그들은 제자리에 선 채로 화가가 다가오기를
기다렸다. 다시 한번 화가의 목소리가 들렸다. "저기, 저편이라
니까요." 그러자 아버지가 고개를 흔들어 말을 막았다. 외양간
에서 일어나고 있는 일에 자신도 관심이 없는 모양이었다. 손
을 내젓고 있는 양이, 이렇게 말하고 있는 것처럼 보였다. "나
중에, 나중에. 지금 중요한 건 그게 아닐세."

루크빌의 파출소장은 가죽 외투들 뒤로 반 발자국쯤 물러
나더니, 그곳에서 화가를 훑어보았다. 집요하게, 그야말로 집
요하게 그를 주시했다. 유타는 이 기회를 틈타서 살그머니 외
양간으로 들어가, 안에서 문을 잠갔다. 나는 막스 루드비히 난
젠의 옆에 서 있었다. 그는 머뭇거렸다. 자문하듯 어깨를 들
어올렸다. "도대체 무슨 일들이지?"라고 말한 다음, 꼼짝 않고
서 있는 세 사람을 향해 걸어가면서 또렷한 음성으로 물었다.
"무슨 일로 찾아왔나, 옌스?"

"떠날 채비를 하시오." 갑자기 가죽 외투 중 한 사람이 말했다. 화가가 물었다. "무엇 때문이오? 무슨 일이오?"

"30분의 여유를 주겠소." 다른 가죽 외투가 말했다. 화가는 어깨를 으쓱하면서 그들을 바라보았다. "당신들은 날 데리러 왔군그래?" 이 물음에 대답할 필요를 느낀 자는 아무도 없었다. "자네에겐 30분의 시간이 있네." 나의 아버지, 즉 루크뷜의 파출소장이 말했다. 회중시계를 꺼내 그것을 내려다보며 다시한번 '30분'을 반복했을 때에도 나는 결코 놀라지 않았다. 손가락을 펴 해명조의 짧은 동작을 하며 그는 고개를 끄덕였다. 그런 다음 다시 시계를 집어넣었다.

그 당시 그들은 얼마나 적게, 얼마나 적게 말을 했던가. 서로 의사를 소통하는 데 말이다. 그리고 얼마나 빨리 화가는 그들의 희망을 알아냈던가. 지금도 기억하건대, 막스 루드비히 난젠은 짐을 꾸리고 작별인사를 나누기 위한 30분의 여유를 부여받은 후 더 이상의 것을 알고 싶어 하지도 않았다. 이것저것 질문해서 시간을 벌거나 그들이 어째서 오게 되었는지 확인하지도 않았다. 그가 물은 말은 다만, "이 일이 얼마나 걸리겠소?" 하는 것이었다. 그러자 가죽 외투는 어깨를 으쓱했고, 아버지는 얼굴을 숙여버렸다. 화가는 천천히 그들의 곁을 지나갔다. 그들 바로 옆에 이르렀을 때, 화가가 말했다. "준비하겠소. 30분 이상 걸리지 않을 거요."

그들 중 아무도 외양간으로 들어가지 않았다. 한 명이, 한 발은 범퍼 위에, 다른 발은 발판 위에 올려놓고 담배를 피웠다. 상체를 쑤욱 내밀고서. 어쨌든 긴장이 풀린 느긋한 자세로 그들은 기다렸다. 그들의 임무와 그들이 연행해 갈 남자에 대해 확신을 갖고 말없이 기다렸다. 아무런 생각도 없이, 외양간에서 일어난 일 따위에는 아무런 관심도 없이, 동요되지 않고 그들은 기다렸다. 막스 루드비히 난젠 같은 인물은 주어진 시간을 이용하기는 하되, 다른 생각을 할 사람이 아니라는 것쯤은 충분히 통찰하고 있었기 때문이다. 외양간 쪽으로 단 한 번도 시선을 던지지 않았다. 화가는 집 안으로 들어갔다. 그리고 분명 제한된 시간의 일부를, 현관에서 문에 등을 기대고 귀를 기울이는 데 소비했을 것이다.

기억을 되살려 필수 불가결한 것을 보태고 불요불급한 것을 제외해 버린다면, 나는 다음과 같이 이야기를 계속할 수 있다. 즉 아버지와 두 명의 가죽 외투가 밖에서 기다리는 동안, 화가는 집 안으로 들어갔다. 그는 닫은 문 뒤에 서서 등을 기대고는 잠시 흐릿한 현관 안에 서 있었다. 디테가 거실로 통하는 문을 열고 그를 알아보았을 때, 그는 튕기듯이 그녀에게로 다가갔다. 현관에서는 말하고 싶지 않았기 때문에 끌어안듯이 그녀의 팔을 잡고 거실 안으로 데리고 들어갔다. 그의 손이 와닿는 순간 디테는 무슨 일이 일어났거나 아니면 일어날 순간임을 직감했다. 그가 이끄는 대로 그녀는, 한결같이 15분만을 가리키는 62개의 큰 시계의 도열 속을 지나갔다. 소파에 앉아 있던 부스베크 박사가 그들을 향해 다가왔다.

"나는……." 하고 화가는 잠시 말을 끊은 후, "함께 가야겠어. 저들이 날 데리러 왔소." "밀도살 때문이 아니고?" 부스베크가 물었다. 화가가 조용히 말했다. "내게 30분간의 여유를 주었네." "옌스로군요." 하고 디테가 말했다. "우리가 감사를 드려야 할 사람이. 그가 사사건건 후줌에 고해 바쳤을 테니까요." "그들이 자네를 심문할걸세. 분명해." 부스베크가 말했다.

"그건 가봐야 알지 않겠나?" "하지만 얼마나 오랫동안 당신을 붙잡고 있을까요?" 디테가 물었다. "보통 하루 밤낮 꼬박 걸리지요." 부스베크가 말했다. "가보면 알게 되겠지." 화가는 말하면서 조심스레 파이프 담배 채우는 것부터 시작했다. 그리고 디테를 바라보지 않고 말했다. "조그만 가죽 가방과 파이프 두 개, 면도 기구 그리고 편지지를 갖고 가겠소. 당신도 잘 알겠지?" "곧 알게 되겠지만, 그들은 자네를 심문하고 엄포를 놓을 거야. 루크뷜로부터 고발을 받았기 때문에 그러지 않을 수 없겠지. 하지만 자네를 감히 어쩌지는 못할 거야." 부스베크 박사가 말했다. "그건 우리 생각이야." 하고 화가가 말했다. "하지만 주위를 둘러보게. 상상도 못 할 일이 얼마나 많이 일어나고 있는지. 그것을 그들은 자행하고 있어. 그것이 바로 그들의 특징일세. 앞뒤를 가리지 않고 날뛴다는 것이."

그는 테오 부스베크에게 양해를 구하듯 시계 쪽을 향해 고개를 끄덕이며 말했다. "30분이라네. 자네도 알다시피 서둘러야겠네." 그는 침실로 들어가 거기 좁다란 나무 침대 위에서 구두를 벗었다. 외투와 재킷 그리고 내의도 벗었다. 옷장 서랍을 열고 팔을 깊숙이 넣어 양말, 구두끈, 손수건 따위를 꺼내 침대 위에 모두 집어던졌다. 마지막으로 면내의도 하나 꺼내 집어던졌다. 대야에 물을 부은 다음 상체를 구부리고 조금도 서두르지 않고 목과 얼굴을 닦았고 젖은 수건으로 가슴팍을 닦아냈다. 양손을 속돌비누로 닦았다. 숱이 적은 머리카락을 그는 두 번 빗질했다.

더러워진 물을 통 속에 부은 후, 그는 지나치리만큼 부산한 동작으로 대야를 헹구고 그 속에 다시, 꺼냈던 항아리를 집어넣었다. 젖은 수건을 빙빙 돌려 세면대를 닦고 나서, 그것을 말리려 대야의 가장자리에 걸쳐놓았다. 이젠 얼룩이 지고 느슨해진 바지 멜빵을 교환할 차례이다. 뾰족한 삼각봉투 속에 들어 있는 멜빵을 장롱에서 꺼내서 단추를 채우고, 어깨 위로 넘겨 그 신축성을 시험해 본 다음 만족해했다.

다음엔? 여기서 기억의 필름이 끊어져서는 안 된다. 우선 그가 새 구두끈을 한코 한코 구두에 끼워넣던 모습을 언급해야겠다. 구두를 자기 무릎에 올려놓고 말이다. 몇 발자국의 시험 보행, 발등의 신축력. 그는 만족해했다. 다음, 내의를 집어 머리 위에 덮어씌우곤, 마치 내의 속에 빠진 사람처럼, 두 팔을 높이 들었다. 재킷 위에 푸른 외투를 입고 모자를 쓴 뒤 이리저리 거닐며 그가 늘어놓은 것들을 치우거나 집어던졌다. 침대 모포까지 반듯이 손질했다. 창문 곁으로 가지도, 밖을 내다보지도 않았다. 침실을 나가기 전에 푸른빛의 원통형 도자기 속에서 회중시계를 꺼내 태엽을 감은 다음, 재킷 주머니에 쑤셔넣었다.

거실로 돌아왔을 때, 디테와 부스베크 박사가 그를 기다리고 있었다. 디테가 조그만 갈색 트렁크를 들고 다가왔다. 화가는 말했다. "잠깐, 내가 서명할 것이 있소." 그는 구석에 놓인 책상 앞에 서서 밀봉된 봉투에서 꺼낸 두 장의 종이에 서명한 다음, 그것을 다른 봉투에 넣은 후 서랍 속에 집어넣었다. 아직도 기억이 난다. 그가 평온한 마음으로 제한된 시간을 충분히 이용하고 있는 것을 보고, 진정제 역할을 할 만한 자신의 경험을 이야기할까 말까 망설이던 부스베크의 모습이. 화가는 자기의 회중시계를, 어른의 키만큼이나 높은 시계 중의 하나에 맞추었다. 그러곤 방어하는 손짓을 하면서 말했다. "곧, 곧 그리로 가겠소." 그는 그 쥐색의 시계 앞으로 다가가 시계의 아랫부분을 열고 여송연 한 갑을 꺼냈다. 한 탁자의 곁으로 걸어가, 여송연을 한 움큼 꺼내서는 낡은 면도칼을 가지고 파이프에 넣기 적당한 조각들로 만들었다. 이 조각들을 모아서, 그는 레테르가 떨어진 양철통 속에 담았다. 여송연 갑은 시계 속에 다시 넣어두고, 양철통은 외투 주머니 속에 집어넣었다.

소형 술병은? 그가 헝겊으로 싼 납작한 소형 술병에 화주를 채운 다음, 뒷주머니에 집어넣던 모습을 디테는 기억했다. 그러고 나서 화가는 디테와 부스베크 박사가 서서 기다리는 창문 쪽 탁자 앞으로 다가갔다. 한 손을 트렁크 위에 올려놓았지만 트렁크를 열지는 않았다. "모든 게 다 들어 있겠지?" 화가가 물었다. 그러자 디테가 말했다. "이건 순전히 옌스의 고자질 때문일 거예요. 그들이 당신을 심하게 다루지는 못할 거예요."

"그렇겠지." 그는 입을 다물고 쓸쓸한 미소를 떠올렸다. 그때, 대형 시계들이 각자 멋대로 30분임을 알려주었다. 징이 울리는 소리, 둔중한 소리, 야멸찬 소리, 계수장치가 딱 하는 소리를 냈고, 놋쇠로 된 링크들이 덜거덕덜거덕 움직였으며, 시계추들이 삐거덕 소리를 내면서 흔들흔들 내려앉았다. 블레켄바르프의 시간 통보가 이루어지는 동안 사람들은 그저 묵묵히 기다릴 수밖에. 시계가 다시 조용해지자 화가가 말했다. "여기 잠시만 있어줘. 곧 돌아올게." 트렁크를 창틀 위에 올려놓은 후 그는 아틀리에 쪽으로 걸어갔다.

나는 정원에서 그가 아틀리에로 들어가는 것을 보았다. 다시 말해, 그가 아틀리에의 커튼을 잡아내렸을 때, 그곳에 생겼던 그의 그림자와 빛의 변화를 알아보았다. 가죽 외투들은 담배를 피우며 자동차 옆에 서 있었다. 아버지는 이리저리 돌아다니며 방금 잃어버린 듯한 무언가를 찾고 있었다. 단추나 모자의 모표 따위였던 모양인데, 나도 그놈을 찾아 여기저기를 수색했었다. 어쨌든 아틀리에를 향해 쏜살같이 달려간 나를 아무도 눈치채지는 못했으리라. 혹시 내가 안으로 문을 잠그는 순간 누군가 볼 수 있었는지는 모르겠다. 나는 아틀리에로 잠입해 들어가서, 여름엔 꽃병으로 사용하다가 지금은 구석에 모아놓은 항아리와 깡통 들 옆에 몸을 숨겼다. 이 그릇들에서 풍겨나오는 썩은 물 냄새. 나는 고개를 들었다. 그리고 소스라치게 놀랐다. 거기에 그림들이 있었다. 예언자들, 환전상들과 요마, 교활한 상인, 허리를 굽혀 일하고 있는 농부들이 푸른 불빛 속에 나타났다. 그리고 타고 있었다. 불에 그을고 있었다. 푸른 화염이 하나 피어올라 그림들 위에서 빛을 발했다. 아직도 나는, 그 순간 비명을 질러 위급을 알리려 했던 사실을 기억한다. 하지만 내가 그림들 앞으로 가까이 다가가자 화염은 멎었으며, 푸른 불빛은 사라져 버리고 말았다.

화가는 실내를 서성거렸다. 상자 하나를 끌어내려 열었다가는 다시 닫아버렸다. 수도꼭지를 비틀어 열었고, 빈 통조림 깡통을 요업용 탁자 위에 내던졌다. 간이침대 밑에 몸을 숨기고, 각도와 위치들을 충분히 이용하면서 나는 그를 내 시야에 넣으려고 애썼다. 그로부터 한 걸음 거리까지 진출한 나는, 느슨하게 드리운 침대 시트를 옆으로 밀쳐보았다. 바로 내 눈앞에 그가 서 있었다. 그는 조심스레 널따란 캐비닛 문을 열고 있었다. 잠시 귀를 기울인 다음, 두 짝 문을 다 열어젖히고 다시 한번 귀를 쫑긋했다. 그리고 몸을 굽혔다. 그곳, 텅 빈 캐비닛 안에서 걷잡을 수 없는 갈색이 전개되고 있었던 것을 나는 아직도 잊을 수가 없다. 그 색깔은 지평선을 압도해 버리고, 검은 줄무늬와 회색의 테를 두르고 곤두박질쳐 와서는, 점점 피어올라, 어두워져 가는 땅을 뒤덮었다. 그 그림이 바로 「구름을 만드는 사람」이었다. 머리를 갸우뚱하고, 화가는 그림을 바라보았다. 한 걸음 물러서자, 나의 손이 닿을 만큼 지척지간에 와 있었다. 다시 보는 그림이 마음에 들지 않는 모양이었다. 그는 실망했다. 천천히 고개를 흔들더니, 그림 쪽으로 다가가 갈색이 생겨나는 부분을 엄지손가락 끝으로 꼭 눌렀다. "여기야." 하고 그는 말했다. "여기에서 사건이 시작되는 거야." 그는 손을 다시 늘어뜨리고 양어깨를 추어올렸다. 이젠 오한이 일어나고 있는 것처럼 보였다. "닥치게나, 발타자르. 이곳에 예감이, 폭풍 전야와 같은 예감이 결여돼 있다는 것쯤 나도 알고 있네. 그러니 색깔은 도주(逃走) 이상의 것을 말해주어야 하는 거지. 이곳엔 조심스러운 준비성이 어울릴 거야. 누군가의 공포를 나타내기 위해서는 말이지."

아틀리에의 문이 열렸다. 화가는 그 소리를 듣지 못했다. 샛바람이 불어 들리는 것을 나는 느꼈다. 문이 닫히는 소리를 기다렸지만 종내 들려오지 않았다. 나는 느슨하게 드리워진 모포를 들추고 침대 밑에서 기어나왔다. 집게손가락으로 입술을 누르고 발꿈치를 들고 살금살금 다가가, 살짝 그의 몸을 건드렸다. 그의 몸이 움찔했다. 경악한 나머지 입을 딱 벌렸다. 무언가 말을 하려던 그는, 문 쪽을 가리키는 내 팔의 의미를 곧 알아차렸다. 그는 만반의 준비가 된 것 같았다. 내 경고를 알아차리자마자 얼른 그림을 떼어내 둘둘 말았다. 캐비닛 아래쪽에 밀어넣던 그는 곧 그림을 다시 꺼냈다. 주위를 휘둘러보았다. 은닉처가 수없이 있었지만, 「구름을 만드는 사람」을 숨기기에 알맞는 곳은 한 군데도 없었다. 구석이나 물건들 틈새기 그리고 입을 벌리고 있는 항아리들이 받아들일 준비를 하고 있었다. 그러나 순간 그는 이 모든 것이 쓸모가 없다고 생각했다. 나를 발견했기 때문이다. 그는 나를 캐비닛 옆으로 밀어붙였다. 허리를 굽히고, 전에 없이 간절한 표정으로 나를 바라보았다. 비누 냄새와 담배 냄새가 풍겨왔다. 그의 회색 눈동자 속에서 한기를 느낄 수가 있었다. "삣—삣." 갑자기 그가 속삭였다. 문 쪽에 귀를 기울인 다음, 다시금 속살거렸다. "널 믿어도 되겠니? 우리는 서로 친구 사이지? 날 좀 도와주겠니?" "네." 하고 말하면서 나는 고개를 끄덕거렸다. "네, 네네."

그가 원하는 바가 무엇인지 벌써 나는 알아차렸다. 나는 초록색 스웨터를 겨드랑이 부근까지 걷어올리고 허리를 뚝 꺾

듯이 굽혔다. 화가는 그림을 내 몸에 밀착시키고 스웨터를 끌어내린 다음, 바지 속에 쑤셔넣었다. 스웨터가 몹시 부풀어 보였다. 나는 스웨터의 여기저기를 잡아당겨 헐렁하게 만들고는 시험 삼아 몸을 움직여 보았다. "그걸 가져가, 안전한 곳으로." 그는 속삭였다. "나중에 그림을 디테 아줌마에게 갖다다오. 내가 필요한 그림이니까." 하고 나에게 손을 내밀었다. 그렇듯 진지하게 한쪽 눈을 깜박거리는 것조차 잊은 채, 나와 악수를 나누는 그를 보고 나는 놀랐다. 예전처럼 머리를 쓰다듬지도 않았다. 목덜미를 주먹으로 때리거나 눌러대지도 않았다. "아저씨가 원하는 대로 할게요." 내가 말하자 그는 고개를 끄덕거렸다. 문 쪽에 귀를 기울이고는 그는 또 속삭였다. "좋아, 뻿—뻿. 잊지 않으마."

그는 캐비닛의 문을 닫은 다음, 나에게 숨으라는 눈짓을 보냈다. 즉 늘어진 모포를 들어올리고, 내가 그 속을 미끄러져 나갈 때까지 기다렸다. 그러고 나서 외쳤다. "테온가? 거기 있는 게 테오냐고?" 대답이 없었다. 다만 느릿느릿 내딛는 발소리만이 가까이 다가왔다. 나는 곧 그 발소리의 주인공을 알아차렸다. "곧 가겠네, 테오. 다 됐어." 화가는 외치면서, 침대 곁에 있는 나에게 몸을 웅크리라고 명령했다. 다음 그는 뒷주머니에 넣었던 술병을 꺼내 한 모금 마셨다. 침대 발치에 나타난 그림자를 보고 몸을 구부렸을 때, 내 몸뚱이에 밀착된 종이가 부스럭 소리를 냈다. 그림자가 지나가자, 나는 머리를 들었다. 발걸음이 멈추었다. 발끝 하나가 의심쩍다는 듯 단지와 양철통들을 툭툭 건드렸다. 책상 위에 놓였던 서류 가방도 검색되었다. 아틀리에에 들어온 사람이 부스베크가 아니라는 것쯤 이젠 알 수 있었지만, 화가는 짐짓 "이쪽일세, 테오." 하고 외치며, 캐비닛 문을 다시 한번 열었다 닫았다. 발걸음 소리는 다시 들리고, 화가 쪽을 향해 접근해 갔다.

그것이 아버지라는 사실을 나는 벌써부터 알고 있었다. 화가도 틀림없이 알고 있었을 것이다. 전혀 놀라워하지 않고 그저 몇 걸음 옆으로 움직여, 갈 준비가 되어 있다는 사실을 몸짓으로 알려주었다. 아버지의 얼굴, 즉 바싹 마르고 뾰족한, 그리고 피부가 거친 그 얼굴은 천창을 올려다보면서 무언가를 생각하고 있었다. 다소 우월감에 찬 표정이랄까, 어쩌면 만족감에 찬 표정 같은 것이 그의 얼굴에 어려 있었다. 꺼냈던 시계를 그는 다시 집어넣었다. 제한된 시간이 아직 지나지 않았다는 것, 허용된 시간을랑 남김없이 써먹어야 한다는 것 등을 화가에게 일러준 셈이었다. 다리를 벌리고, 뒷짐을 지고, 우뚝 선 자세로 화가는 거기 서 있었다. 무슨 일에건 아랑곳할 생각이 없다는 태도였다. 아버지가, 이젤 위에 놓인 색이 바랜 스케치 묶음을 들춰보아도 좋으냐고 묻자, 그는 대답하지 않았다. 그는 묵묵히, 발판을 딛고 올라서 캐비닛 너머를 살펴보는 파출소장을 응시했다. 아버지가 캐비닛을 열고 반쯤 몸통을 집어넣었다가, 결국 허리를 굽혀 하잘것없는 종잇조각을 캐비닛 바닥에서 주워 올렸을 때도, 그리고 그놈들을 한 장씩 한 장씩 천창에 비추어본 후 조심스레 탁자 위에 올려놓았을 때도, 그는 아무 말도 하지 않았고 아무 행동도 취하지 않았다.

아버지는 그 종이쪽지들에도 혐의를 두는 모양이었다. 그것들을 탁자 위에 가지런히 늘어놓은 다음, 다시 캐비닛 속으로 몸을 던져 끈질기게 뒤지고 탐지하고 조사했다. 탁자로 되돌아온 그는 만족스레 쪽지들을 모아서는, 툭툭 쳐서 가지런히 정리했다. 그러면서도 줄곧 화가를 주시했는데, 그건 마치 웃기만 해봐라, 그땐 너에게 대답할 말이 준비되어 있어 하는 표정이었다. 그러나 화가는 웃지 않았다. 쪽지들을 가져가도 좋으냐고 물었을 때도 묵묵부답이었다. 파출소장이 말했다. "지금까지 자네는 운이 좋았네, 막스. 모든 일이, 앞으로의 일이 어떻게 되어가든 다 자네 자신이 원했던 일이야. 그러나 자네가 항상 재수 좋게 그물을 빠져나갈 수 있으리라곤 생각지 않네. 언젠간 제대로 걸려들 때가 있을걸. 그땐, 그림이 눈에 보이든 안 보이든 상관이 없을 거야. 내가 그것을 찾아내고야 말 테니까. 하긴 벌써 또 하날 찾아낸 셈이지. 눈에 보이려고 하지는 않지만." 그는 조그만 종이쪽지들을 툭툭 치고는 화가에게 다가갔다. 화가는 여전히 몸을 우뚝 추켜세우고, 경멸적인 시선으로 파출소장을 바라보았다. 적의를 품은 것도 아니고, 걱정스럽다는 표정도 아니고, 단지 경멸을 담은 표정으로. 나의 아버지가 그때, 왜 그다지 침묵을 깨뜨리며 애를 썼는지, 왜 그다지 대답을 얻으려 했는지 이해가 간다. 그러나 막스 루드비히 난젠은 아무런 관심도 표명하지 않았다. 놀라움도, 두려움도, 노여움도 나타내지 않았다. 그러니 아버지의 머릿속에 떠오르는 것이라곤, 지금까지 화가에게 일어난, 그리고 앞으로 일어나게 될 모든 일을 다 화가 자신의 탓으로 돌려야 한다는 점을 상기시키는 게 고작이었다. "자네가 그러길 바랐지." 하고 아버지가 말했다. "자네 자신이 말이야. 하지만 자네 같은 사람들이야 물론 비범하지. 어느 누구보다 뛰어나고 다른 사람들에게서 통하는 것이 자네들에겐 통하지 않으니 말일세." 그러자 화가가 갑자기 말했다——아버지를 향해서라기보다 자기 자신에게——"시간이 다 됐군. 가야겠어." 아버지는 순간 꽤나 낭패한 듯이 보였다. 침묵이 깨지는 순간을 고대하던 아버지를 아랑곳하지 않고 화가는 앞장을 섰다. 문에 이르자 즉시 정원으로 나섰고, 골이 잔뜩 난 아버지가 그 뒤를 따라갔다. 가죽 외투들은 여전히 담배를 피우며 자동차 앞에 서 있었다. 문 앞에는 갈색 트렁크를 사이에 두고 디테와 부스베크 박사가 서로 다른 기대를 갖고 서 있었다. 아무도 말을 하지 않았다. 나는 화가에게 달려가, 사람들을 향해 걸어가는 그의 옆을 따라가고 싶었다. 그러나 아버지가 내 스웨터 밑에 있는 그림을 발견할까 겁이 났기 때문에, 외양간 쪽으로 건너가 그곳에서 자동차를 향해 걸어가는 두 남자를 관찰했다.

덧붙여 말하건대, 화가가 도망갈 의사를 전혀 갖고 있지 않다는 데 나는 놀랐다. 적어도 처음에 마음만 먹었으면 이탄의 늪이나 혹은 반도까지도 충분히 갈 수가 있었는데 말이다. 창문을 통해, 정원을 통해 얼마든지 눈에 띄지 않고. 하지만 그는 그것을 원치 않았다. 단 한 번도 그런 걸 생각조차 않는 것 같았다. 제한된 시간을 엄수하기라도 하려는 듯, 그는 주저하지 않고 갈색 가방을 집어들었다. 디테에게, 다음 부스베크 박사에게 손을 내밀었다. 자동차 쪽으로 걸어가 가죽 외투들에게 퉁명스레 내뱉었다. "내가 왔소. 이제 갑시다. 뭘 더 기다릴게 있는 거요?" 가죽 외투 중 하나가 자동차 문을 열고, 화가의 손에서 가방을 빼앗으려 했다. 아니, 어느새 가방을 손에 들고, 몸을 굽혀 좌석에 앉아 있는 화가를 자동차의 안쪽으로 밀어넣는 참이었다. 바로 그때, 말없이 형세를 관망하던 부스베크 박사가 갑자기 한쪽 팔을 높이 들었다. "정지, 잠깐만!" 단 네 걸음에 자동차까지 다가간 그는 여윈 팔을 내리고 흥분에 떨며 말했다. "기다려요. 잠깐만 기다려요."

예의 가죽 외투가 몸을 일으켰다. 그는 이 조그만 남자가 귀찮은 데다가 자신의 행동을 중지시킨 이유에도 흥미가 없었기 때문에 루크뷜의 파출소장에게 눈짓을 보냈다. 어느새 대령한 아버지가 일에 끼어들었다. "무슨 일이오?" 그는 부스베크를 자동차에서 떼어내면서 물었다. "뭘 원하는 거요?" 아버지가 다시 물었다. "내 말을 좀 들어봐요." 하고 부스베크는 아버지 쪽이 아니라 무표정하게 기다리고 있는 가죽 외투 쪽을 향해 말했다. "바로 나요. 그날, 아틀리에의 등화관제를 소홀히 한 책임은 바로 나에게 있소. 난젠 씨는 아무 상관이 없어요."

아버지는 그 작은 남자의 옷소매를 움켜잡고 비난에 찬 표정으로 훑어보았다. 그러나 감히 무어라 말할 수는 없었다. 지금 말할 수 있는 모든 것은 분명 가죽 외투들의 소관이었기 때문이다. "나를 데리고 가시오." 부스베크 박사가 말했다. "나를 데려가고, 그 사람을 여기 놔두시오. 잘못한 건 바로 나니까." 그는 자동차를 향해 걸어갔다. 그러나 한 걸음도 못 가 아버지에게 다시 끌려가고 말았다. 가죽 외투들은 서로 눈짓을 주고받았다. 한 명이 운전석에 앉아 발동을 걸었고, 다른 한 명은 부스베크 박사를 가리키며 파출소장에게 물었다. "도대체 저잔 누구요? 무슨 할 말이 있다는 거요?" 아버지가 아니라는 듯 손을 저으며 대답했다. "부스베크 박사입니다. 여기 살고 있지요. 친구입니다." "제발." 하고 부스베크 박사가 외쳤다. "내 말을 믿어줘요. 난젠 씨는 모르고 있었어요. 등화관제가⋯⋯."

"그만하시오." 가죽 외투가 말했다. "우리를 방해하지 말고 물러서시오. 조용히 물러나는 게 신상에 좋을 거요." 그는 뒷좌석의 화가 옆에 앉은 다음, 문을 닫았다. 아버지는 부스베크를 놓고, 문지방 앞에 서 있는 디테를 건너다보았다. 곧 내가 있는 쪽도 흘끗 바라보더니, 차를 빙 돌아 앞좌석에 올라탔다. 차가 떠났다. 나는 부스베크 박사의 옆으로 달려가, 열린 문을 차가 서서히 통과해 나가는 동안, 뒷자리에 앉은 화가의 실루엣을 바라보았다. 그러고는 부스베크 박사처럼 기다리고 또 기다렸다. 막스 루드비히 난젠이 한 번 더 뒤를 돌아다보기를. 그러나 그의 실루엣은 움직이지 않았다.

나는 떠나가는 자동차를 바라보았고, 아직도 밀도살이 진행 중인 외양간을 흘끗 건너다보았다 ─ 그리하여 자물쇠에 꽂히는 열쇠 소리도, 요스비히의 발걸음 소리도, 심지어 그가 방을 들어오면서 건넨 인사말도 알아듣지 못했다.

우리의 친애하는 간수님께서는 허물없이 한 손을 내 어깨 위에 올려놓으면서 나직이 속삭였다. "놀라지 마, 지기. 나야." 소스라치게 놀란 나는 즉시 창가로 몸을 피했다. 요스비히는 걱정스러운 표정을 하고 책상 옆에 서 있었다. 내 손거울을 들고 자신의 모습을 그 속에서 찾아보려 했다. 그러나 그가 발견한 것이라곤 천장에 달린 전구와 그것이 반사하는 불빛뿐이었다. 그는 거울을 내 공책 옆 바로 그 자리에 내려놓고 말없이 칼자국이 요란한 앉은뱅이 걸상에 앉았다.

취침 시간 엄수를 요구하기 위해 온 것일까? 높아진 전기 소모량을 계산해 보이려는 것일까? 아니면 여름밤의 불면증 때문에 내 작문 중에서——그의 말마따나——'그럴싸한 부분'의 낭독을 얻어들을 수 있지 않을까 하는 희망이 그의 발길을 이곳으로 이끌어온 것일까? 그는 내 작문 위로 몸을 굽히고는 머리를 설레설레 흔들면서 읽기 시작했다. 읽는 동안, 기다란 손가락을 상의 주머니에 넣어 꼬깃꼬깃한 담배 두 개비를 꺼냈다. 양담배였다. 미국의 심리학도가 선사했음직한 이 담배들을 그는 책갈피처럼 공책에 끼워놓고는 모르는 척했다. 나는 이런 그가 싫지 않았다.

그동안 우리 중 누구도 요스비히를 나쁘게 생각하는 사람은 없었다. 우리에게 일어나는 일이면 자기 신상의 일처럼 느꼈고, 우리가 괴로워하면 자신도 괴로워했고, 우리가 벌을 받으면 자신도 벌을 받는 듯이 느끼는 이 소심하고 착한 사람을. 그가 내 작문을 읽는 동안 나는 엘베강을 내려다보았다. 한가로운 강 위엔 단지 연기를 내뿜는 예인선 한 척이 요란한 소리를 내면서 아주 천천히, 매우 지친 모습으로 지나가고 있을 뿐이었다. 그 연기 구름은 달을 배경으로 퍼져가다가 구부러져서는 검은 조랑말 떼가 되어 달리더니, 이번엔 물먹이통

앞에 집합한 듯 소리 없이 달 앞에 서 있었다. 갈매기 한 마리 보이지 않았다. 쿡스하펜 방향엔 구름다운 구름 한 점 없었다. 달빛은 더할 나위 없이 밝게 빛났고, 멀리 건너편 어두운 강변 도로엔 자동차 헤드라이트의 불빛이 꼬리를 이었다.

독자로서의 요스비히는 다른 독자들과 전혀 다른 점이 없었다고 말하고 싶다. 마지막 페이지를 넘기자마자, 다시 말해 막스 루드비히 난젠이 경찰차로 연행되어 갔다는 사실을 알자마자, 그도 또한 화가가 언제, 어떤 모습으로 돌아오게 될 것인가를 몹시 알고 싶어 했으니 말이다. 왜 그가 그다지도 틀에 박힌 질문들을 해야 했던지? 나는 어깨를 으쓱 올려서 그런 것까지 당장 결정할 수는 없다는 듯한 태도를 표명했다. 요스비히는 멍청한 표정으로 나를 응시했지만, 더 이상의 질문은 하지 않았다. 우리는 함께 나란히 앉아, 격자 친 창문을 통해 저녁의 엘베강을 내다보았다. 여기까지, 예컨대 커다란 수로 부표가 떠 있는 곳 같은 데에는 아름다운 은빛 물결이 반짝거렸다. 우리 편 작업장의 아크등(燈)이 그림자가 생기는 것을 방해했고, 강물 속에 드리운 탄력 있는 실버들가지가 물의 방향과 세기를 측정했다. 원장의 개가, 숨은 수영객이 없나 해서 해변을 샅샅이 뒤지고 있었다. 개의 울음소리인가? 구슬픈 개의 울음소리를 내며 항구 밖 먼 곳의 군함 한 척이 예인선의 도움을 요청했다.

요스비히는, 내가 이 모든 것을 충분히 인지하도록 내버려두었다. 내 곁에 서서 그는 망설이고 있는 것이 분명했다. 불을 끄지도, 취침 시간 엄수도 요구하지 않았다. 괴로워하고 있는 것일까. 그는 괴로워하고 있었다. 그러나 심한 정도는 아니다. 무언가를 찾고 있는 것일까? 그는 어떤 방법으로 속마음을 털어놓을까를 찾고 있었다. 요스비히는 나에게 무언가를 바라고 있다. 하지만 아직 마음을 정하지 못한 것이다. 결심을 했다가는 의구심에 빠져버린다. 도약을 위한 도움닫기를 했다가는 멈추어버린다. 마음은 굴뚝같지만 신뢰할 수 있을까 망설인다. 이 눈에 역력한 망설임은 충분한 동정심을 불러일으키고도 남았다.

조용히 흐르는 엘베강을 내다보면서 그는, 내가 일을 좀 쉽게 만들어주지나 않을까, 기대하고 있었다. 다시 말해 나의 도움을 기다리고 있었다.

나는 창문을 떠나 책상 쪽으로 다가갔다. 그러자 갑자기 우선 어떻게 그를 도와줄 것인가 생각났다. 나는 책갈피에서 서표로 넣어둔 담배를 꺼내어 불을 붙였다. 성냥불 붙는 소리가 들리자, 그는 몸을 돌렸다. 책상 앞에서 담배를 피우는 나를 보고는 저지하는 몸짓으로 재빨리 손을 들었다. 손바닥을 이리저리 흔들면서 나에게 다가왔다. 역정을 내지는 않았지만 놀라는 표정이었다. 실내에서 담배를 피우다니—맙소사. 실내에서는 금연이라는 사실을 알 텐데. 나는 그의 명령이 떨어지기 전에 담뱃불을 껐다. "네가, 하필이면 지기, 네가 그런 짓을 하다니—널 필요로 하는 지금 말이야." 하고 그는 말했다. 그는 한숨을 지었다. 나는 그에게 내 침대 위로 앉으라고 권했다. 머리를 흔들며 그는 앉았다. 그러곤 내가 담뱃불이 붙었던 부분을 깨끗이 털어내는 모습을 지켜보았고, 다시금 서표로

서 책갈피 사이에 끼워넣는 것을 저지하지 않았다. 곧 내게 도움은 아니더라도 협조를 청하게 되겠지 하고 나는 생각했다. 내 예측은 틀리지 않았다. 요스비히가 나에게 온 것은, 내 조언을 필요로 했기 때문이다.

고충을 털어놓는 데 물론 그는 자기 방식대로 시작했다. 즉 말을 돌려 주변적인 이야기부터 늘어놓기 시작했다. "고참 중의 하나인 너도 알다시피." 하고 그는 말을 시작했다. "우리 섬에는 허용된 것과 허용되지 않은 것이 있다." 그는 화제를 일반적인 준수사항 쪽으로 끌고 갔다.

'옥외와 옥내에 있어서의 흡연' 조항을 잠시 언급하다가 밑으로 두 조항을 내려가 그것에 대한 위반 사례가 얼마나 빈번한가를 상기시켜 주었다. 그러고 나서 단숨에 슬며시 위쪽으로 올라가 두 번째 조항에서 머물렀다. '간수는 불가침이며, 그의 명령에 절대 복종해야 한다.' 나는 아직 그의 진로가 어느 쪽을 향하고 있는지 알아차릴 수 없었다. 지나가는 말로 그는 올레 플뢰츠의 이름을 떠올렸다. 이미 오래전에 있었던 올레의 탈주 기도에 대해 이야기가 미쳤다. 그는 빈번히 "너도 알지?"를 되풀이했다. "너 아직 비 오는 날 밤을 기억하지?"

그들은 모든 걸 면밀하게 준비했고 계획해 놓았지. 물때도 좋았고. 마지막으로 그들은 작업장에서 만든 열쇠를 이용하기로 결정했지. 너도 알다시피, 그때 바다 쪽에서 안개가 피어나기 시작했어. 어찌나 짙었는지 강 위의 배들도 닻을 내려야 할 정도였지. 너도 아마 들었을걸. 닻을 내릴 때 들리는 요란한 쇠사슬 소리를. 다른 녀석들은 거사를 원치 않았지만 올레는 막무가내였지. 그래 자욱한 안개에도 불구하고 모든 것이 예정대로 결행되었지. 너는 네가 독방에 갇혀 있는 걸 다행으로 여겼을걸. 그렇지 않았다면 필경 너도 다른 녀석들처럼 처량하게 도움을 요청하는 꼴이 되었을 테니까 말이야. 엘베강의 안개를 뚫고 헤엄칠 수 있는 놈이 누가 있단 말이야? 아직도 기억나지? 물에 빠진 생쥐 꼴로 바들바들 떨고 있는 녀석들을 우리가 빙 둘러싸던 그 새벽녘을 말이야.

유성기판 돌아가듯 하는 그의 말을 다 듣고 싶지는 않았기 때문에, 나는 말을 가로막았다. "네, 아직도 알고 있어요. 그날 밤과 그 안개를 말이지요. 그 애들이 탈주를 기도해서 간수들이, 그중 특히 한 사람이 얼마나 괴로워했는지 잘 알아요. 벌써 오래전 일이지요. 아주 오래전은 아니지만요." 요스비히는 머리를 끄덕였다. 이를 부드득 갈고는 고통스러우리만큼 초조한 모습으로 두 팔을 벌렸다. "경험이란 게 왜 있는 걸까, 지기? 이봐, 왜 경험이란 게 아무짝에도 써먹을 수 없는 거지? 누구를 위해 필요한 걸까, 그 경험이란 게?"

나는 귀가 번쩍 뜨였다. 그가 참을 수 없을 때까지, 침묵의 질문으로 맞섰다. "알겠어 지기, 무슨 얘긴지?" 그가 말했다. "내가 모든 걸 다 알고 있다는 사실을 그들은 꿈에도 모를 거야. 화장실에서 모의를 꾸몄지만, 그 정도야 누구나 엿들을 수 있는 거지. 내가 어떻게 한다? 올레, 네 친구 올레 프뤼츠 말이야. 그 녀석이 오는 금요일, 빵에서 잼을 긁어모아 종이에 보관하기로 되어 있지. 밤에 마지막 순찰을 돌 때 그들은 나를 속이기로 작정한 거야. 또 한 번 말이지." "전 아무것도 모르겠는데요." 하고 내가 말하자 그는 꽤 우울한 음성으로, "올레가 땅바닥에 누워 있는 거지. 잼을 얼굴과 목에 바르고 말이야. 나로선 집단 구타를 당했거나, 또는 어디에서 떨어져 다친 거라고 생각할밖에. 깜짝 놀란 나는 철창 문을 열고 안으로 뛰어들겠지. 허리를 구부려 그를 일으켜 세우려 할 때 그는 계획대로 나를 쭉 뻗게 만드는 거야. 그러면 자연 감방 열쇠도 그들의 수중에 들어가는 거겠지. 이런 일이 다시 일어나기로 되어 있단 말이다. 지기 어때, 내 말을 들으니까? 과연 경험이란 게 별 가치가 없는 것인가 하는 의문에 빠지지 않나?"

"그 밖에 또 누구누구지요?" 그는 말하려 하지 않았다. 아마도 먼젓번과 동일한 패거리인 모양이었다. "금요일이 하기로 했다고요?" "그래, 금요일." 하고 요스비히가 말했다. "이 일을 미리 알고 있는 나로서는 어떻게 손을 쓸까 오랫동안 궁리해 보았어. 방법이야 여러 가지가 있지. 한번 말해볼까? 예를 들어, 내가 올레의 방으로 들어가지 않는 거지. 또 설사 들어가더라도, 올레에게 몸을 굽히는 대신 내 편에서 먼저 녀석을 끝장내 주는 거지. 소위 사전 조치랄까? 물론 이 일을 공개해 버릴 수도 있겠지. 한마디만 원장에게 이야기해도, 그가 당장 좋은 방법을 강구해 낼 거야."

요스비히는 시선을 떨구고 입을 다물었다. 갑자기 내 머리를 치는 생각은, 그가 네 번째 방법을 내게 일임하고 있다는 것이었다. 내가 이야기를 꺼내기가 무섭게, 그는 기대에 가득 차 머리를 쳐들었다. "내가 올레에게 이야기할 수도 있겠지요. 모두 다 벌써 들통이 났다, 먼젓번처럼 수포로 돌아갔다고 말이지요. 그에게 알아듣게 이야기할 수도 있겠지요. 도대체 그가 내 말에 귀를 기울이기만 한다면 말예요." "네 말이면 들으려고 할걸." "하지만 그렇지가 않아요. 나는 그에게 경고를 해줄 수가 없어요. 내가 그를 타이르려고 하면, 그 애는 내가 간수들과 한패가 되었다고 생각할 겁니다. 이곳의 어느 누구도 그를 설득시킬 수가 없을 거예요." "그렇다면 어떡하지?" 요스비히가 물었다. 그의 고민은 믿어도 될 것 같았다. "난 어떡하지? 지기? 금요일이 곧 올 텐데. 네가 그를 타이르지 않는다면 무슨 일이 일어나게 될까?" "잼을 말입니다." 내가 말했다. "잼한 컵을 그의 식탁 위에 올려놓는 것이 어떨까요? 이런 쪽지와 함께 말이지요. '무료 서비스. 상처가 충분히 붉어지지 않을 경우를 대비해.'" 요스비히는 어처구니가 없다는 듯 나를 바라보았다. 분명 내 착상은 퇴짜를 맞은 모양이었다. 그러나 한 번 더 음미를 해보더니, 괜찮은 편이라고 심지어는 재미있기까지 하다고 생각하는 모양이었다. 어쨌든 그는 분명 그 아이디어에 곧 익숙해졌고 급기야는 그것이야말로 단 하나밖에 없는 가능성으로 생각되는 듯 침대에서 벌떡 일어났다. "알겠어." 하고 말하면서, 그는 나에게 악수를 청했다. "알았어, 지기. 너에게 와서 헛걸음한 적은 한 번도 없구나."

세계문학전집 40

독일어 시간 1

1판 1쇄 펴냄 2000년 9월 25일
1판 37쇄 펴냄 2023년 8월 21일

지은이 지그프리트 렌츠
옮긴이 정서웅
발행인 박근섭, 박상준
펴낸곳 (주)민음사

출판등록 1966. 5. 19. (제 16-490호)
서울특별시 강남구 도산대로1길 62(신사동) 강남출판문화센터 5층 (우편번호 06027)
대표전화 02-515-2000 팩시밀리 02-515-2007
www.minumsa.com

ISBN 978-89-374-6040-1 04800
ISBN 978-89-374-6000-5 (세트)

* 잘못 만들어진 책은 구입처에서 교환해 드립니다.

세계문학전집 목록

세계문학전집은 계속 간행됩니다.